top 10

Capodopere ale literaturii de pretutindeni
într-o colecţie a celor mai îndrăgite bestselleruri.

Vladimir Nabokov, *Lolita*

www.polirom.ro

Editura POLIROM
Iași, B-dul Carol I nr. 4; P.O. BOX 266, 700506
București, Splaiul Unirii nr. 6, bl. B3A, sc. 1, et. 1,
sector 4, 040031, O.P. 53, C.P. 15-728

Descrierea CIP a Bibliotecii Naționale a României :

NABOKOV, VLADIMIR

Lolita / Vladimir Nabokov ; trad. de Horia Florian
Popescu. – Iași : Polirom, 2011

ISBN 978-973-46-1900-9

I. Popescu, Horia Florian (trad.)

821.111(73)-31=135.1
821.161.1-31=135.1

Printed in ROMANIA

VLADIMIR NABOKOV

Lolita

Ediția a IV-a

Traducere de Horia Florian Popescu

POLIROM
2011

Vladimir Vladimirovici Nabokov s-a născut pe 23 aprilie 1899 la Sankt Petersburg, într-o familie foarte cultivată, astfel încât stăpânea impecabil germana, franceza și engleza încă din copilărie. În 1919, Nabokovii sunt nevoiți să emigreze, iar în 1922 tatăl scriitorului este ucis de un fanatic rus la Berlin. Nabokov a studiat limbile slave și romanice la Trinity College din Cambridge până în 1922. Apoi a locuit la Berlin (1923-1937) și Paris (1937-1940), scriind cu fervoare, în rusă, opt romane, zeci de povestiri, sute de poeme și câteva drame. În 1925 s-a căsătorit cu Vera Slonim. În perioada respectivă, și-a întreținut familia din traduceri, lecții de engleză și tenis, precum și ca autor de cuvinte încrucișate în rusă și analist de șah. În 1940 a plecat în America, împreună cu soția și fiul său, de teamă să nu fie trimis într-un lagăr de concentrare. A predat la Universitățile Wellesley, Harvard și Stanford. Între 1948 și 1959 a fost profesor de literatură rusă la Cornell University. Pasionat de entomologie, Nabokov a descoperit în 1944 o (sub)specie de fluture care-i va purta numele : *Lycaeides melissa samuelis Nabokov*. A tradus în engleză *Evghenii Oneghin* de Pușkin și *Un erou al timpului nostru* de Lermontov. Este autorul mai multor lucrări de critică literară, dintre care studiul despre Gogol (1944) este foarte important pentru înțelegerea artei acestuia. Din seria rusă a scrierilor lui Nabokov, publicate sub pseudonimul V. Sirin, fac parte romanele *Mașenka* (1926), *Rege, damă, valet* (1928), *Apărarea Lujin* (1930), *Hohote în beznă* (1932), *Disperare* (1934), *Darul* (1937), *Invitație la eșafod* (1938). După stabilirea în Statele Unite, începe strălucita sa carieră de romancier în limba engleză. Publică *Adevărata viață a lui Sebastian Knight* (1941), *Bend Sinister* (1947), *Lolita* (1955), *Pnin* (1957), *Foc palid* (1962, roman în versuri, cu adnotări), *Ada sau ardoarea* (1969), *Lucruri transparente* (1972) și *Ia priviți la arlechini* (1974). În 1967 îi apare volumul autobiografic *Vorbește, memorie*.
Pentru activitatea sa literară, Nabokov a fost distins cu National Book Foundation Medal. S-a stins din viață la Montreux, în 1977.
În 2008, Editura Polirom inaugurează seria de autor „Vladimir Nabokov".
Din cauza subiectului său extrem de șocant – pasiunea morbidă a unui bărbat matur pentru o fetiță de doisprezece ani –, romanul *Lolita* a fost respins de editori, fiind publicat în Statele Unite abia după apariția sa în Franța. Construită pe schema mitologică a povestirilor cu fauni și nimfe, *Lolita* este însă, înainte de toate, un poem de dragoste închinat limbii engleze și posibilităților sale expresive. Romanul a beneficiat de două ecranizări îndelung discutate: cea a lui Stanley Kubrick din 1962, cu James Mason, Sue Lyon și Shelley Winters în rolurile principale și, respectiv, cea a lui Adrian Lyne din 1998, avându-i ca protagoniști pe Jeremy Irons, Dominique Swain și Melanie Griffith.

Cuvânt înainte

„LOLITA *sau* Confesiunile unui bărbat alb rămas văduv" – *iată cele două titluri sub care a primit aceste ciudate pagini cel care scrie nota lor de prezentare. „Humbert Humbert", autorul lor, a murit de tromboză coronariană în detenție preventivă pe 16 noiembrie 1952, cu câteva zile înainte de data când era programat să înceapă procesul său. Avocatul lui, bunul meu prieten și totodată ruda mea, Clarence Choate Clark, Esq., care acum face parte din baroul Districtului Columbia, m-a rugat să editez manuscrisul și și-a întemeiat demersul pe o clauză din testamentul clientului său prin care eminentului meu văr i se lăsa întreaga libertate în toate chestiunile ce țineau de pregătirea pentru tipar a* Lolitei. *Hotărârea domnului Clark a fost influențată probabil de faptul că editorului ales de el i se decernase de curând premiul Poling pentru o lucrare modestă (*Au simțurile vreo noimă?*), în care sunt discutate anumite stări morbide și perversiuni.*

Sarcina mea s-a dovedit mult mai simplă decât crezusem. În afară de corectarea unor greșeli gramaticale evidente și înlăturarea câtorva detalii prea relevante care, în ciuda eforturilor lui „H.H.", rămăseseră încă în text ca indicii și pietre de mormânt (trimițând la locuri și persoane pe care bunul-gust dorește să le ascundă și compasiunea să le cruțe), relatarea aceasta remarcabilă este prezentată așa cum am primit-o. Porecla bizară a autorului este inventată de el însuși; și, firește, masca lui – prin care par să strălucească doi ochi hipnotici – trebuie să rămână nesmintită, în conformitate cu dorința celui care a purtat-o. În timp ce „Haze" rimează doar cu numele de familie adevărat al eroinei, numele de botez este prea strâns întrepătruns cu filonul interior al cărții și, ca atare, nu ne permitem să îl schimbăm; de fapt (așa cum își va da seama însuși cititorul), nici nu era nevoie practic să o facem. Cine este curios poate găsi referiri la crima comisă de „H.H." în cotidienele din septembrie 1952; cauza și scopul ei ar fi continuat să rămână un mister absolut dacă memoriile de față n-ar fi ajuns pe masa mea de lucru.

Pentru uzul cititorilor de modă veche dornici să urmărească destinele oamenilor „autentici" dincolo de povestirea „adevărată", se pot da câteva detalii, așa cum le-am primit de la domnul „Windmuller", din „Ramsdale", care ne roagă să nu-i dezvăluim identitatea, pentru ca „umbra lungă a acestei afaceri triste și sordide" să nu se întindă peste comunitatea sa întru totul onorabilă. Fiica lui, „Louise", este acum studentă în anul doi la Colegiu. „Mona Dahl" e studentă la Paris. „Rita" s-a căsătorit de curând cu proprietarul unui hotel din Florida. Doamna „Richard F. Schiller" s-a prăpădit în timpul nașterii, în ziua de Crăciun a anului 1952, în Gray Star, o așezare din nord-vestul foarte îndepărtat. Născuse o fetiță moartă. „Vivian Darkbloom" a scris o biografie, My Cue (Cue, așa cum l-am cunoscut), *în curs de apariție, și criticii care au citit manuscrisul consideră că e cartea ei cea mai bună. Îngrijitorii diferitelor cimitire citate ne informează că nu bântuie nici un fel de fantome. Socotită doar ca un roman,* Lolita *tratează situații și emoții care pentru cititori ar fi rămas exasperant de vagi dacă exprimarea lor ar fi fost vlăguită prin eschivări plate. Ce-i drept, nu veți întâlni nici măcar un termen obscen în întreaga operă; într-adevăr, filistinul viguros pe care convențiile moderne l-au condiționat să accepte fără mustrări de conștiință o mulțime de cuvinte compuse din patru litere într-un roman banal va avea un șoc constatând că ele lipsesc aici. Dacă totuși, pentru consolarea acestui tip de puritan paradoxal, editorul ar încerca să dilueze sau să omită scene considerate, eventual, de o anumită structură mintală drept „afrodiziace" (vezi în această privință decizia monumentală emisă pe data de 6 decembrie 1933 de John M. Woolsey, membru al Congresului, în privința altei cărți mult mai realiste), atunci ar trebui să renunțe pur și simplu la publicarea* Lolitei, *deoarece tocmai scenele pe care cineva le-ar învinui în mod stupid de senzualitate gratuită sunt strict funcționale în desfășurarea unei povestiri tragice ce se îndreaptă ferm spre o apoteoză morală. Cinicul ar putea spune că pornografia comercială ridică pretenții asemănătoare; savantul va susține, dimpotrivă, că mărturisirile pasionale ale lui „H.H." nu sunt decât furtună în eprubetă; că doisprezece la sută dintre masculii adulți americani, cel puțin – o evaluare „moderată", după dr Blanche Schwarzmann (făcută în timpul unei comunicări verbale) –, practică în fiecare an, într-un fel sau altul, experiența aparte pe care „H.H." o descrie cu atâta disperare; și că, dacă autorul dement al acestui jurnal s-ar fi dus în vara fatală a anului 1947 la un psihopatolog competent, nu s-ar mai fi petrecut nici o nenorocire; însă atunci n-ar fi existat nici cartea aceasta.*

Comentatorul roagă să fie scuzat pentru repetarea a ceea ce a subliniat în propriile cărți și prelegeri, și anume că termenul „ofensator" nu este adesea decât un sinonim pentru „neobișnuit"; și o mare operă de artă este, firește, întotdeauna originală și astfel, prin însăși natura ei, se prezintă ca o surpriză mai mult sau mai puțin șocantă. N-am deloc intenția să-l ridic în slăvi pe „H.H.". Neîndoios, individul este oribil, abject, un exemplu strălucit de lepră morală, un amestec de ferocitate și jovialitate care trădează probabil o mizerie supremă, dar nu exercită nici o atracție. Este greoi și capricios. Multe dintre opiniile lui întâmplătoare despre oamenii și priveliștile acestei țări sunt grotești. Onestitatea disperată care pulsează de-a lungul întregii sale confesiuni nu îl absolvă de păcatele perfidiei diabolice. Este anormal. Nu este un gentleman. Dar cântecul magic al viorii sale trezește un sentiment tandru, un sentiment de compasiune pentru Lolita, *și iată de ce ne lăsăm fermecați de carte în timp ce îl detestăm pe autor!*

Ca istorie de caz, Lolita *va deveni fără îndoială un studiu clasic în cercurile psihiatrice. Ca operă de artă, ea depășește aspectele sale expiatorii; dar pentru noi, mai important decât semnificația științifică și valoarea literară rămâne impactul etic pe care cartea îl va avea asupra cititorului serios; pentru că în acest studiu amar, personal, se ascunde o lecție cu caracter general; copilul nădăduios, mama egoistă, maniacul pofticios nu reprezintă numai personaje vii dintr-o poveste unică, ci ne avertizează că există tendințe periculoase și scot în evidență răul potențial.* Lolita *trebuie să ne facă pe toți – părinți, activiști sociali, educatori – să ne dedicăm cu mai multă circumspecție și pătrundere misiunii de a crește o generație mai bună într-o lume mai sigură.*

John Ray, Jr, Ph.D., Windworth, Mass.

Partea întâi

1

Lolita, lumină a vieții mele, văpaie a viscerelor mele. Supliciul meu, suflet al meu. Lo-lii-ta: vârful limbii execută o mișcare în trei timpi, coborând pe vălul palatului ca să atingă, la timpul trei, dinții. Lo. Li. Ta.

Dimineața, era Lo, pur și simplu Lo. Cum stătea în picioare, un metru cincizeci în șosete. Era Lola, când purta pantaloni pescărești. Era Dolly, la școală. Dolores era ea în împrejurări oficiale. Dar, în brațele mele, era întotdeauna Lolita.

A mai fost cineva înaintea ei? Da, da, a fost. De fapt, poate n-ar fi existat o Lolita dacă, într-o vară, inițiatică, n-aș fi iubit o anumită fetiță. Într-un principat la țărmul mării. Dar când? Când? Demult, cu ani și ani înainte de nașterea Lolitei. Câți ani? Aproape vârsta mea din acea vară. Stilul prozei fantastice este acela al unui ucigaș.

Doamnelor și domnilor jurați, proba numărul unu este ceea ce au pizmuit serafimii, dezinformații, naivii, nobil înaripații serafimi. Priviți această împletitură de spini.

2

M-am născut în 1910 la Paris. Tatăl meu era o persoană distinsă, nonșalantă, o salată de gene rasiale: cetățean elvețian de origine amestecată, franceză și austriacă, cu un adaos danubian în vene. Într-o clipită vă dau să priviți niște ilustrate frumoase, albastre, lucioase-lucioase. Avea un hotel de lux pe Riviera. Tatăl său și doi dintre bunici făcuseră negoț cu vin, bijuterii și mătase. La treizeci de ani s-a căsătorit cu o fată, englezoaică, fiica lui Jerome Dunn, alpinistul, și nepoata a două persoane din Dorset specializate în materii obscure – una în paleopedologie, cealaltă în harfe eoliene. Mama mea, femeie fotogenică, a murit în modul cel mai absurd (picnic, trăsnet) când aveam trei ani și, în afara unui nor de căldură în umbra trecutului, ea n-a lăsat nici o urmă pe drumurile pustii ale amintirii peste care a apus (sper ca stilul meu să nu vă pară deja insuportabil – scriu sub supraveghere) soarele copilăriei mele: vă amintiți desigur imaginile amurgului – impregnate de miresme și destrămate de musculițe așa cum călătorul ivit pe neașteptate destramă roiul de musculițe în suspensie, deasupra unui gard viu înflorit – la poalele unei coline în crepusculul verii, căldură de catifea, musculițe de aur, dansând.

Sora mai mare a mamei, Sybil, pe care a luat-o în căsătorie un văr al tatei și mai târziu a abandonat-o, a rămas guvernanta și menajera neplătită a familiei. Mai târziu am aflat că îl iubise pe tata și că acesta îi speculase jovial sentimentele într-o zi ploioasă, uitând totul după ce se înseninase. Țineam foarte mult la ea, în ciuda rigidității – fatala rigiditate – a unora din regulile ei. Voia să devin, când soarta avea să decidă, un văduv mai reușit decât tata. Tanti Sybil avea ochi de azur tiviți cu roz și tenul ca de ceară. Scria poezie. Era superstițioasă în chip poetic. Știa, după cum ne spunea dânsa, că va muri la scurt timp după ce eu voi fi împlinit șaisprezece ani. Și așa a fost. Soțul ei, mare comis-voiajor în branșa parfumurilor, și-a petrecut cea mai mare parte a timpului în America, unde a înființat, în cele din urmă, o firmă și a dobândit ceva avere.

Am fost un copil fericit, sănătos ; trăiam în lumea minunată a cărților ilustrate, a nisipurilor curate, a portocalilor, a panoramelor maritime și a chipurilor zâmbitoare. Hotelul Mirana se rotea în jurul meu ca un fel de univers particular, cosmosul văruit de sub infinitul albastru, strălucitor. Mă iubea toată lumea. Mă răsfăța toată lumea, de la spălătorii de vase, încinși cu șorțuri, până la potentații în costume sport. Doamne din America, mai vârstnice, sprijinite în baston, se înclinau peste mine ca turnul din Pisa. Principese rusoaice ruinate îmi cumpărau bomboane scumpe, deși nu erau în stare să-i achite tatei hotelul. El, *mon cher petit papa*, m-a plimbat cu barca, m-a învățat să merg cu bicicleta, să înot, să mă scufund, să schiez pe apă; mi-a citit *Don Quijote* și *Les Misérables*, iar eu îl adoram, îl respectam și mă bucuram pentru el ori de câte ori îi surprindeam pe servitori discutând despre diferitele doamne, prietenele lui, ființe frumoase și afabile care mă dezmierdau, mă giugiuleau și vărsau lacrimi nestemate pentru veselul orfan de mamă.

Am învățat la o școală englezească, la câteva mile depărtare de casă. Acolo am jucat tenis, am bătut mingea, am luat note excelente și m-am înțeles de minune cu colegii și cu profesorii. După câte îmi amintesc, singurele evenimente sexuale certe care s-au produs înainte să împlinesc treisprezece ani (adică înainte de a o vedea pe Annabel) au fost: o discuție solemnă, decentă și pur teoretică despre surprizele pubertății, purtată în grădina de trandafiri a școlii cu un băiețel american, fiul unei actrițe de cinema faimoasă pe timpul acela, pe care el o vedea arareori în lumea tridimensională; și niște reacții interesante ale organismului meu în fața anumitor fotografii contrast, cu zone scoase în relief cu infinită delicatețe, din volumul de lux *La Beauté Humaine* de Pichon, șterpelit de mine din biblioteca hotelului, de sub un munte de *Graphics*, care aveau coperte marmoreene. Mai târziu, tata mi-a dat, în stilul lui elegant și fermecător, toate informațiile despre sex de care credea că am nevoie. Aceasta se întâmpla cu puțin înainte de a mă trimite, în toamna anului 1923, la un *lycée* din Lyon (unde urma să petrecem trei ierni); dar, vai, în vara acelui an, el cutreiera Italia cu Mme. de R. și cu fiica ei, iar eu n-aveam cui mă plânge, n-aveam pe cine să consult.

3

Annabel avea, ca și autorul, origine amestecată: engleză și olandeză, în cazul ei. Astăzi îmi amintesc trăsăturile ei cu mai puțină precizie decât acum câțiva ani, când nu o cunoscusem încă pe Lolita. Există două feluri de memorie vizuală: primul, când recompui îndemânatic, cu ochii deschiși, o imagine în laboratorul minții (și atunci o văd pe Annabel în termeni generali, cum ar fi: „piele de culoarea mierii", „brațe subțiri", „păr castaniu, tunsoare băiețească", „gene lungi", „gură mare, ispititoare"); al doilea, când evoci dintr-odată, cu ochii închiși, pe ecranul interior al pleoapelor, replica obiectivă, perfect vizualizată, a chipului îndrăgit, fantomă minusculă în culori naturale (așa o văd eu pe Lolita).

Permiteți-mi așadar să o descriu pe Annabel rezumându-mă pedant la afirmația că era o fetiță drăgălașă, mai mică decât mine cu câteva luni. Părinții

Annabelei erau vechi prieteni ai mătușii mele și tot atât de austeri ca ea. Închiriaseră o vilă în apropierea hotelului Mirana. Domnul Leigh, oacheș și chel, și doamna Leigh (născută Vanessa van Ness), grasă și pudrată. Doamne, cât îi mai uram! La început, eu și Annabel discutam despre treburi oarecum indiferente. Ea lua în căușul palmelor nisipul fin, înălța brațele și-l lăsa apoi să se scurgă printre degete. Creierele noastre erau acordate cu ale tuturor preadolescenților europeni inteligenți din epoca și din clasa noastră socială și, de aceea, cred că nu se poate atribui mult geniu individual interesului arătat de noi pentru pluralitatea lumilor locuite, pentru tenisul internațional, infinit, solipsism și așa mai departe. Delicatețea și fragilitatea puilor de animale ne provocau o suferință intensă. Ea dorea să fie soră de caritate în vreo țară asiatică bântuită de foamete; eu voiam să devin spion celebru.

Dintr-odată ne-am pomenit îndrăgostiți nebunește, o dragoste chinuitoare, stângace, nerușinată; lipsită de speranță, aș adăuga eu, fiindcă această frenezie a posesiunii reciproce s-ar fi putut alina doar dacă particulele sufletelor și trupurilor noastre s-ar fi contopit și asimilat, dar iată că nu eram în stare nici măcar să ne împerechem, așa cum copiii mahalalei ar fi găsit cu ușurință ocazia să o facă. După o tentativă nebunească de a ne întâlni noaptea în grădina ei (detaliile ceva mai încolo), ni s-a mai permis doar să tăinuim între noi la o oarecare distanță, dar sub privirile părții populate a plajei. Acolo, pe nisipul moale, la câțiva metri depărtare de cei mai în vârstă, noi doi stăteam întinși toată dimineața într-un paroxism împietrit al dorinței și recurgeam, în spațiu și timp, la orice tertip binecuvântat ca să ne putem atinge: mâna ei se strecura prin nisip spre mine, degetele bronzate și subțiri se apropiau, se apropiau halucinate, genunchiul ei opalin pornea într-o călătorie îndelungată și prudentă; uneori, un meterez ridicat întâmplător de copiii mai mici ne oferea suficientă protecție pentru a ne atinge ușor buzele sărate; iar contactele acestea incomplete au împins trupurile noastre sănătoase, tinere și lipsite de experiență într-o asemenea stare de exasperare, încât nu ne mai putea liniști nici măcar apa albastră și răcoroasă sub care noi doi ne țineam încă agățați unul de altul.

Printre alte comori pierdute în timpul peregrinărilor mele de adult se afla și un instantaneu făcut de mătușa mea, în care se vedeau Annabel, părinții ei și un oarecare dr Cooper, un domn cumpătat, bătrâior și șchiop, care o curtase pe tanti Sybil în acea vară. Stăteau la o masă pe terasa unui restaurant. Annabel n-a ieșit bine, pentru că fusese surprinsă în timp ce mânca aplecată *un chocolat glacé*, și îți dădeai seama că este ea doar după umerii goi și firavi și după pieptănătura cu cărare (așa mi-a rămas în minte fotografia aceasta). Altminteri, frumusețea ei pierdută se dizolva în pata de lumină produsă de supraexpunere. Eu însă ședeam oarecum separat, deși am ieșit cu un fel de pregnanță dramatică: un băiat bosumflat, sprâncenat, într-o cămașă sport de culoare închisă și pantaloni scurți, albi, bine croiți, cu picioarele încrucișate, așezat în profil, privind în depărtare. Fotografia a fost făcută în ultima zi a verii noastre fatale și câteva minute înainte ca noi să încercăm pentru a doua și ultima oară să ne biruim soarta. Sub un pretext absolut neverosimil (doar șansa aceasta ne mai rămăsese și, atunci, nimic nu mai avea importanță), ne-am strecurat din cafenea pe plajă, am descoperit o fâșie de nisip pustie și acolo, în umbra violetă a unor stânci roșii care formau un fel de grotă, am avut un scurt interludiu de mângâieri lacome, iar singurul martor al întâmplării a fost o pereche de ochelari uitați de cineva. Eram în genunchi, gata-gata să îmi posed iubita, când doi înotători bărboși, bătrânul mării și fratele său, au ieșit din apă și ne-au încurajat cu exclamații obscene. Patru luni după aceea ea a murit de tifos în Corfu.

4

Frunzăresc iar și iar aceste memorii nefericite și mă întreb întruna dacă fisura din viața mea s-a produs atunci, în strălucirea acelei veri îndepărtate; dar, poate, dorința excesivă pe care mi-a stârnit-o acest copil a fost primul simptom al unei ciudățenii personale. Când încerc să-mi analizez năzuințele, poftele, motivațiile, acțiunile și așa mai departe, mă abandonez unui fel de imaginație retrospectivă care îmi alimentează capacitatea analitică cu alternative nelimitate, astfel că orice itinerar vizualizat se ramifică și iar se ramifică, la nesfârșit, în perspectiva complexă, înnebunitoare a trecutului meu. Totuși, sunt convins că, într-un anume mod magic și fatidic, Lolita a început cu Annabel.

Știu, de asemenea, că șocul produs de moartea Annabelei a agravat frustrarea din acea vară coșmarescă, transformând-o, în cursul anilor reci ai tinereții mele, într-un obstacol permanent pentru oricare altă poveste de dragoste. Contopirea noastră spirituală și fizică a atins perfecțiunea, ceea ce este de neînțeles pentru tinerii prozaici, grosolani, cu minți standardizate din ziua de azi. Mult timp după moartea Annabelei am continuat să simt cum gândurile ei pluteau prin ale mele. Avuseserăm aceleași vise cu mult înainte de a ne fi întâlnit. Ne-am comparat însemnările. Ne-am descoperit afinități stranii. În aceeași lună, iunie, a aceluiași an (1919), un canar rătăcit a pătruns zburând în casa ei și în casa mea, în două țări situate la mare distanță. Oh, Lolita, de m-ai fi iubit și *tu* astfel!

Am păstrat, pentru a încheia faza „Annabel" din existența mea, relatarea primei noastre întâlniri ratate. Într-o noapte Annabel a izbutit să înșele vigilența tiranică a familiei sale. Într-un pâlc de mimoze nervoase, cu frunze subțiri, din spatele vilei lor, am descoperit un loc mai înalt, pe ruinele unui zid de piatră. Vedeam, prin întuneric și printre copacii delicați, arabescurile ferestrelor luminate, care, înviorate de cernelurile colorate ale memoriei senzoriale, îmi apar acum asemenea unor cărți de joc – probabil fiindcă dușmanul se lăsase prins de o partidă de bridge. Ea tremura și fremăta în timp ce eu îi sărutam colțul gurii întredeschise și lobul fierbinte al urechii. Roiul de stele scânteia discret deasupra noastră printre siluetele frunzelor lungi și subțiri. Cerul pulsa ca și trupul ei gol sub rochia ușoară. Am văzut cum chipul i se proiecta pe cer cu uimitoare claritate, ca și cum ar fi emis o radiație proprie, timidă. Picioarele, frumoasele ei picioare vii erau ușor depărtate și când mâna mea a descoperit ceea ce căuta, trăsăturile copilărești ale Annabelei au înflorit într-o expresie visătoare, stranie, de plăcere și de suferință. Stătea puțin mai sus decât mine și, când extazul ei solitar o împingea să mă sărute, capul i se pleca într-o mișcare somnolentă, blândă, aproape dureroasă, iar genunchii ei goi îmi prindeau și strângeau încheietura mâinii și apoi îi dădeau din nou drumul; și gura ei înfiorată, schimonosită de tăria unei licori misterioase se apropia de obrazul meu sorbind șuierat aerul. Încerca să-și aline chinul dragostei frecându-și cu violență buzele arse de buzele mele; apoi, iubita mea se retrăgea scuturându-și cu o mișcare nervoasă părul și se apropia iarăși enigmatică, lăsându-mi pradă gura, în timp ce, cu o generozitate care i-ar fi oferit totul, inima, gâtul, viscerele, i-am dat să țină în mâna ei neîndemânatică sceptrul pasiunii mele.

Mi-a rămas în minte o mireasmă de pudră – o furase, cred, de la camerista spaniolă a mamei sale –, un parfum de mosc, dulceag, ieftin. Se amestecau cu mirosul ei de fragă și, deodată, simțurile mele s-au învolburat; însă o mișcare neașteptată, într-un tufiș din apropiere, le-a împiedicat să-și iasă din matcă – și, în vreme ce noi ne depărtam unul de altul și, cu sângele bubuindu-ne în artere, urmăream ceea ce era, probabil, o pisică vagabondă, s-a auzit cum mama ei o striga cu voce stridentă –, iar dr Cooper a intrat greoi, șontâc-șontâc, în grădină. Dar pâlcul de mimoze, aburirea stelelor, freamătul, văpaia, nectarul și durerea mi-au rămas în minte, iar fetița aceea cu trup bronzat și limbă fierbinte m-a obsedat de atunci în permanență, până când, în cele din urmă, după douăzeci și patru de ani am rupt vraja și am reîncarnat-o pe Annabel în altă fată.

5

Privite retrospectiv, zilele tinereții se îndepărtează de mine într-o spulberare de crâmpeie decolorate și parcă identice, asemenea șervețelelor întrebuințate pe care, dimineața, călătorul de pe platforma ultimului vagon le vede cum se învolburează în urma trenului. În relațiile epidermice curente am fost lucid, ironic și operativ. În anii studenției, la Londra și Paris, fetele cu tarif m-au mulțumit pe deplin. Am trecut prin facultate învățând conștiincios, meticulos, cu o încăpățânare de catâr, dar n-am reușit să ies din comun. Mai întâi mi-am zis, ca multe alte talente *manqués*, să-mi fac o carieră în psihiatrie, dar nici de asta n-am fost în stare. M-a biruit o ciudată oboseală – ca doctor, mă simțeam, vai, atât de încorsetat. Și așa am virat brusc spre literatura engleză, colac de salvare pentru atâția poeți ratați care își omoară timpul, la vreo catedră universitară, profesori îmbrăcați în haine de tweed și trăgând din pipă! Parisul mi se potrivea. Discutam filmele sovietice cu expatriații. Am stat cu uraniștii la Deux Magots. Am publicat eseuri întortocheate în reviste obscure. Am compus pastișe:

...*Fräulein* von Kulp
poate revine, cu mâna pe clanță;
N-am s-o urmez. Nici Fresca. Nici
acel Pescăruș.

Lucrarea mea intitulată „Tema proustiană într-o scrisoare trimisă de Keats lui Benjamin Bailey" a atras aprecierile câtorva savanți care o citiseră. M-am apucat de o „Histoire abrégée de la poésie anglaise" pentru o importantă casă editorială și, apoi, am început să compilez manualul de literatură franceză pentru studenții vorbitori de engleză (folosind comparații extrase din scriitori englezi), lucrare ce avea să-mi ocupe deceniul 1940-1950, ultimul ei volum fiind aproape gata de tipar în momentul arestării mele.

Mi-am găsit o slujbă – am predat engleza unui grup de adulți din Auteuil. După aceea, câteva ierni la rând am fost angajat la o școală de băieți. Din când în când profitam de relațiile mele cu anumiți activiști sociali și psihoterapeuți și vizitam împreună cu ei diferite instituții, orfelinate sau școli de corecție, unde puteam privi insistent și nepedepsit puberele palide, cu genele încurcate, care îmi aminteau de cea dăruită doar în vise.

Cred că a sosit momentul să-i ofer cititorului câteva observații generale. Unele fete între nouă și paisprezece ani își dezvăluie în fața unor peregrini fascinați, de două sau de mai multe ori mai în vârstă decât ele, adevărata lor natură, care nu este umană, ci nimfică (adică demoniacă). Îmi propun să le spun „nimfete" acestor ființe alese.

Se va observa că înlocuiesc termenii spațiali cu termeni temporali. De fapt, aș cere cititorului să înțeleagă „nouă" și „paisprezece" ca limite, ca hotare, plajele reflectorizante și stâncile trandafirii ale unei insule fermecate, bântuită de nimfetele de care vorbeam și înconjurată de marea imensă, acoperită de ceață. Sunt toate fetițele, între aceste limite de vârstă, nimfete? Firește, nu. Altminteri, noi cei care știm, noi peregrinii solitari, noi nimfolepții, am fi înnebunit de mult. Înfățișarea plăcută nu constituie un criteriu. Iar vulgaritatea sau cel puțin ceea ce o comunitate dată consideră vulgaritate nu alterează caracteristicile misterioase, grațiile de zână, vraja insesizabilă, fugace, distrugătoare de suflete, insidioasă, care desparte nimfetele de fetițele de aceeași vârstă, fetițe mult mai dependente de lumea spațială a fenomenelor sincrone decât de insula intangibilă a timpului vrăjit unde se joacă Lolita cu semenele ei. Între aceleași limite de vârstă, numărul nimfetelor este izbitor mai scăzut în comparație cu acela al fetițelor temporar banale sau pur și simplu drăguțe sau „adorabile" sau chiar „dulci" și „atrăgătoare", ființe esențialmente umane, obișnuite, dolofane, fără forme, cu pielea rece, burtică și codițe, care pot sau nu să se transforme în adulte de o mare frumusețe (uitați-vă la sarmalele cu ciorapi negri și pălării albe ce se metamorfozează în vedete amețitoare ale ecranului). Să dăm unui om normal fotografia de grup a unor școlărițe sau cercetașe și să îi cerem să o arate pe cea mai drăguță dintre ele. El nu va alege în mod necesar nimfeta. Trebuie să fii artist sau nebun, o ființă posedată de o infinită melancolie, cu o bulă de otravă fierbinte în viscere și o văpaie supersenzuală arzând permanent în delicata coloană vertebrală (oh, de câte ori te vei umili și te vei ascunde!) ca să distingi dintr-odată, după semne inefabile – conturul vag felin al pomeților, supletea unui membru acoperit de puf și alte indicii pe care disperarea, rușinea și lacrimile de duioșie îmi interzic să le enumăr –, micul și fatalul demon printre copiii normali. *Ea* stă acolo neștiută de ceilalți, ea însăși ignorându-și fantastica putere.

Pe de altă parte, noțiunea de timp joacă un rol magic aici, cei interesați de această problemă să nu se mire aflând că între femeie și bărbat trebuie să existe o diferență de mai mulți ani, niciodată mai puțin de zece, după părerea mea, de obicei treizeci sau patruzeci (și, în anumite cazuri celebre, chiar nouăzeci de ani). Numai așa poate să cadă bărbatul sub vraja nimfetei. E vorba de o adaptare focală, de o anumită distanță pe care ochiul interior e nerăbdător să o străbată, un anume contrast perceput de inteligență cu înfiorare, înfiorarea deliciilor, a desfătărilor perverse. Micuța Annabel n-a fost pentru mine nimfetă, fiindcă amândoi eram copii; eu eram egalul ei, un mic faun, pe aceeași insulă fermecată a timpului. Dar astăzi, în septembrie 1952, după ce s-au scurs douăzeci și nouă de ani, pot distinge în ea, cred eu, zâna fatidică inițială din existența mea. Dragostea noastră prematură a avut acea violență care adesea distruge viețile adulților. Eu însă am fost un băiat puternic și am supraviețuit; dar otrava se află în rană și rana a rămas pentru totdeauna deschisă. M-am pomenit maturizându-mă în mijlocul unei civilizații care permite bărbatului de douăzeci și cinci de ani să curteze o fată de șaisprezece, dar nu și una de doisprezece ani.

De aceea, nu-i de mirare că viața adultă din perioada europeană a existenței mele s-a dovedit monstruoasă, dublă. La vedere, am avut așa-numitele relații normale cu un număr de femei terestre, înzestrate cu dovleci sau pere în chip de sâni; dar în interior am fost devorat de vâlvătăile drăcești ale patimilor zăgăzuite pentru fiece nimfetă care-mi trecea prin fața ochilor. Și eu, mișelul, cu respect față de legi, n-am îndrăznit niciodată să mă apropii de ele. Femelele umane pe care îmi era permis să le am nu erau decât agenți paliativi. Îmi vine să cred că senzațiile dobândite prin acuplare firească sunt foarte asemănătoare celor bine cunoscute masculilor mari și normali care se împreunează cu femelele lor mari și normale în acel ritm rutinier care face lumea să trepideze. Domnii în cauză n-au avut prilejul să întrezărească beatitudinea incomparabil mai greu de suportat pe care *eu* o descoperisem. Aici e beleaua. Visul meu polutiv cel mai palid era de mii de ori mai intens decât un adulter imaginat de cel mai viril scriitor de geniu sau de cel mai talentat impotent. Universul meu era fracturat. Percepeam clar existența a două sexe, dar nici unul nu era al meu. Anatomistul le-ar fi numit femeiești pe amândouă. Însă, filtrate prin prisma simțurilor mele, ele nu erau prea deosebite pentru mine. Acum îmi explic logic ceea ce se petrecea, dar în tinerețe, pe la douăzeci-treizeci de ani, nu-mi înțelegeam atât de limpede chinurile. Trupul meu știa ce dorește, cu ardoare, însă mintea îi respingea justificările. Eram când rușinat și înspăimântat, când nesocotit în optimismul meu. Tabuurile mă sufocau. Psihanaliștii mă îmbiau cu pseudoeliminări ale pseudolibidoului. Singurele obiecte ce îmi produceau o înfiorare amoroasă erau surori de-ale Annabelei, slujitoarele ei, fetele-paj din suita ei, ceea ce mi se părea un fel de preludiu al nebuniei. Alteori îmi spuneam că totul e o chestiune de atitudine; iar faptul că fetițele mă tulburau până la disperare nu avea în sine nimic rău cu adevărat. Permiteți-mi să reamintesc cititorilor că, în Anglia, „Legea privitoare la copii și persoane tinere", adoptată în 1933, definea termenul „fetiță" astfel: „o fată care depășește opt ani, dar este sub paisprezece ani" (pentru intervalul de la paisprezece la șaptesprezece ani legea utilizează conceptul „persoană tânără"). Pe de altă parte, în Massachusetts, SUA, „copilul delincvent" este, din punct de vedere tehnic, copilul „între șapte și șaptesprezece ani" (care, în plus, se asociază, de regulă, cu persoane vicioase sau imorale). Hugh Broughton, polemist din timpul domniei lui James I, a demonstrat că Rahab devenise târfă la șase ani. Foarte interesant, veți zice, și veți aștepta să fac o criză cu spume la gură, dar nu, n-ați ghicit, jocul e altul, eu arunc la țintă, într-un recipient, licăririle gândurilor fericite. Vă ofer și alte imagini. Iată-l pe Vergiliu care a cântat nimfeta în tonalități sincere, dar prefera, probabil, peritoneul unui ciobănaș. Priviți, aici sunt două din fiicele prenubile ale regelui Ehnaton și ale reginei Nefertiti (cuplul regal avea șase puiandri), a căror îmbrăcăminte se reduce doar la multe coliere din perle strălucitoare. Ele stau destinse pe perne și trupurile lor de cățelușe tuciurii, părul tăiat scurt și tăciunii ochilor ne apar nealterate după trei mii de ani. Iată mirese în vârstă de zece ani, obligate să șadă pe fascinum, fildeșul viril din templele studiilor noastre clasice. Căsătoria și coabitarea înainte de vârsta pubertății nu sunt nici acum neobișnuite în anumite provincii indiene. Bătrânii Lepcha, în vârstă de optzeci de ani, se împreunează cu fete de opt ani și nimeni nu se mai formalizează. La urma urmelor, Dante s-a îndrăgostit nebunește de Beatrice, fetișcana sclipitoare, fardată și grațioasă, îmbrăcată într-o rochie purpurie și împodobită cu multe bijuterii. Beatrice avea nouă ani și întâmplarea s-a petrecut în 1274 la Florența, în timpul unui banchet, în vesela lună a lui mai. Iar Laura, de care se îndrăgostise nebunește Petrarca, era o nimfetă blondă de doisprezece ani, care se zbenguia prin polen și praf, o floare în plin zbor pe frumoasa câmpie văzută de pe dealurile din Vaucluse.

Hai să fim formaliști și civilizați. Humbert s-a străduit din răsputeri să fie bun. S-a străduit cu adevărat. Humbert avea un respect deosebit pentru copiii obișnuiți, pentru puritatea și vulnerabilitatea lor și n-ar fi atentat, în nici un caz, la inocența unui copil dacă ar fi existat cel mai mic risc de scandal. Oh, dar cum îi mai bătea inima când spiona în mulțimea inocentă un copil-demon, *„enfante charmante et fourbe"*, cu priviri neguroase și buze seducătoare, umede (ai zece ani de pușcărie dacă te pune diavolul să arăți că te uiți după ea!). Și astfel viața își continua cursul. Humbert era oricând capabil să întrețină relații cu Eva, dar îl mistuia patima pentru Lilith. Perioada de înmugurire a sânilor apare devreme (10 ani și 7 luni) în lanțul schimbărilor somatice care însoțesc pubertatea. Iar următorul punct de maturare de care dispunem e apariția părului pubian pigmentat (11 ani și 2 luni). Recipientul meu e plin acum, am câștigat jocul.

Naufragiul. Un atol. Sunt singur cu copilul unui călător care s-a înecat. Dragule, e doar un joc! Dar ce minunate erau aventurile mele imaginare trăite în timp ce ședeam pe o bancă tare în parc și mă prefăceam că sunt cufundat în lectura unei cărți tremurătoare. Nimfetele se jucau nestingherite în jurul savantului pașnic, taciturn, de parcă ar fi fost o statuie familiară sau o parte din jocul de umbre și lumini proiectat de un arbore bătrân. Odată, o frumusețe perfectă și minionă în rochie din tartan și-a proptit pe bancă, cu un zornăit, piciorul blindat, sprijinindu-și de mine brațul gol, subțiratic, pentru a-și strânge cureaua de la patina cu rotile. Iar eu m-am dezintegrat în soare cu cartea mea în chip de frunză de viță în timp ce cârlionții ei castanii se revărsaseră peste genunchiul jupuit și umbra frunzelor ce mă adăpostea pulsa și se topea pe mădularul ei care radia căldură lângă obrazul meu cameleonic. Altă dată, o școlăriță roșcată a planat deasupra mea în metrou și revelația perișorului ca flacăra de la subțioară mi-a rămas în sânge săptămâni la rând. Aș putea alcătui o listă substanțială cu asemenea romanțe miniaturale și unilaterale. Unele s-au încheiat într-o puternică mireasmă de infern. De pildă, privind din balcon, observam întâmplător o fereastră luminată de pe partea cealaltă a străzii și ceea ce părea a fi nimfetă surprinsă pe când se dezbrăca în fața unei oglinzi care colabora cu mine. Izolată astfel, îndepărtată, viziunea dobândea un farmec deosebit de ațâțător care mă împingea să zoresc spre satisfacția mea singuratică. Brusc, diabolic, conturul gingaș al nudității pe care o admirasem se transforma în brațul gol, dezgustător, luminat de o lampă, al unui bărbat îmbrăcat sumar care-și citea ziarul lângă fereastra deschisă spre noaptea fierbinte, umedă, lipsită de speranță.

Săritul corzii, șotronul. Ah, bătrâna aceea în negru așezată pe banca mea, pe scaunul de tortură al desfătării mele (o nimfetă tocmai dibuia pe sub mine căutând o bilă pierdută), care m-a întrebat dacă mă doare stomacul, cotoroanța naibii. Ah, lăsați-mă-n pace în parcul meu cu pubere, în grădina acoperită cu mușchi. Lăsați-le să se joace veșnic în juru-mi. Și să nu se facă niciodată mari.

6

Apropo: m-am întrebat adesea ce se întâmplă mai târziu cu nimfetele. Nu cumva în această lume forjată din încrucișarea cauzelor și efectelor palpitul pe care l-am furat de la ele le-a afectat viitorul? Nimfeta! Fusese a mea și n-a aflat niciodată. Perfect. Dar fapta mea nu va avea repercusiuni mai târziu? Nu i-am influențat oare soarta implicându-i imaginea în voluptățile mele? Iată un izvor de mari și groaznice interogații.

Am aflat totuși cum arată aceste nimfete frumoase, înnebunitoare, cu brațe firave, când se fac mari. Țin minte că într-o după-amiază cenușie de primăvară mă plimbam pe o stradă animată din apropierea bisericii La Madeleine. O fată măruntă și zveltă venea cu pași mici și iuți pe tocurile ei înalte. După ce a trecut de mine, amândoi am întors capul în același timp, ea s-a oprit și eu am acostat-o. Îmi ajungea cam până la nivelul părului de pe piept, avea fața mică, rotundă, cu gropițe în obraji, cum au adesea fetele din Franța. Mi-au plăcut genele lungi și rochia croită pe corp care-i învelea într-o teacă gri-perlată trupul tânăr cu un ce copilăresc – ecoul nimfic, fiorii reci ai desfătării, spasmul din viscerele mele –, combinat cu fâțâiala profesionistă a fundului ei mic și agil. Am întrebat-o cât cere și mi-a răspuns prompt, cu precizia melodioasă a unui clinchet de argint (o pasăre, o adevărată pasăre!): „*Cent*". Am încercat să mă tocmesc, dar a sesizat dorința însingurată, groaznică din privirile mele care coborâseră mult, mult spre fruntea ei rotundă și pălăria ei rudimentară (o bentiță, un buchet de flori); și clipind cu înțeles a spus: „*Tant pis*" și a dat să plece. Cu trei ani mai înainte aș fi văzut-o, probabil, cum se întorcea de la școală! Imaginea aceasta m-a hotărât. Fata m-a condus pe obișnuita scară abruptă, cu obișnuitul clopoțel care deschide drumul pentru *monsieur* ferindu-l de întâlnirea cu un alt *monsieur* în timpul ascensiunii spre odaia abjectă, mobilată doar cu pat și *bidet*. Așa cum se obișnuiește, ea și-a cerut imediat *le petit cadeau* și, tot cum se obișnuiește, am întrebat-o cum o cheamă (Monique) și câți ani are (18). Eram familiarizat cu stilul banal al cocotelor care fac trotuarul. Toate răspund „*dix-huit*" – un ciripit cochet, o notă tranșantă și o amăgire nostalgică pe care micile creaturi, bietele, o emit și de zece ori pe zi. În cazul lui Monique, eram sigur că-și sporea vârsta cu unul sau doi ani. Am dedus aceasta din multe detalii ale trupului ei pietros, frumos, surprinzător de imatur. Și-a lepădat îmbrăcămintea cu o rapiditate fascinantă și apoi a rămas o clipă așa, în picioare, învăluită în mătasea subțire și murdară a perdelei, ascultând cu plăcere copilărească, ce potrivire perfectă, flașneta care cânta în curtea interioară întunecoasă. I-am examinat mâinile mici și i-am atras atenția că are unghiile murdare. Mi-a spus cu o încruntare naivă: „*Oui, ce n'est pas bien*" și s-a dus la chiuvetă; însă i-am răspuns că n-are nici o importanță. Era absolut încântătoare. Avea părul castaniu, tuns scurt, ochii metalici, luminoși și pielea palidă. Coapsele ei erau cam ca ale unui băietan care stă pe vine. De fapt, mărturisesc fără ezitare (acesta este și motivul ce mă determină să zăbovesc recunoscător cu micuța Monique în acea cameră cenușie a memoriei) că, printre cele peste optzeci de *grues* pe care le-am pus să mă lucreze, numai ea a fost în stare să-mi provoace un spasm de plăcere autentică. „*Il était malin, celui qui a inventé ce truc-là*", a comentat ea prietenoasă, intrând în rochie cu aceeași viteză de mare clasă.

I-am propus o altă întâlnire, mai de durată, tot în acea seară și mi-a spus să vin la ora nouă la cafeneaua din colț, jurându-se *qu'elle n'avait posé un lapin* niciodată în tânăra ei viață. Am revenit în aceeași cameră. Nu m-am putut abține și i-am spus că este foarte frumoasă, iar ea mi-a răspuns rezervată: „*Tu es bien gentil de dire ça*", apoi, observând ceea ce și eu observasem în oglinda care reflecta micul nostru Eden – grimasa teribilă a sensibilității, dinții încleștați care îmi deformau gura –, blajina, supusa, micuța Monique (oh, ea fusese cu adevărat nimfetă!) a vrut să știe dacă trebuie să-și șteargă stratul de ruj de pe buze *avant qu'on se couche* în caz că mi-am propus să o sărut. Firește, îmi propusesem. M-am lăsat cu totul în voia patimilor, cum nu mi se mai întâmplase niciodată cu tinerele doamne, și ultima imagine a fetei cu gene lungi, Monique, păstrată din acea noapte este mult retușată de o bucurie ce se asociază rareori cu vreo întâmplare din viața mea sentimentală umilitoare, sordidă și posacă. I-am dat cincizeci de franci în plus și fata a fost teribil de încântată. Călca repede, tocând mărunt prin burnița nopții de aprilie, iar Humbert înainta greoi în siajul ei îngust. S-a oprit în fața unei vitrine rostind cu un asemenea entuziasm: „*Je vais m'acheter des bas!*", încât nu cred să uit vreodată cum i-au explodat buzele de copil al Parisului când a pronunțat „*bas*" cu o poftă care l-a transformat pe „*a*" într-un „*o*" scurt, viguros, detonant, ca în „*bot*".

M-am întâlnit cu ea a doua zi la 2,15 p.m. în apartamentul meu, dar n-a mai fost la fel de plăcut, Monique devenise peste noapte mai puțin juvenilă, mai femeie. Cel puțin așa mi s-a părut. Am renunțat la a patra întâlnire, datorită răcelii pe care o contractasem de la ea, dar nu am regretat deloc întreruperea unei serii emoționale ce amenința să mă împovăreze cu fantezii sfâșietoare și să se destrame într-o dezamăgire mohorâtă. Rămână așadar Monique, fata zveltă, cu piele de mătase, așa cum a fost ea un minut sau două: nimfeta delincventă, străluminând prin târfa tânără și prozaică.

Scurta relație cu Monique a declanșat un lanț de gânduri previzibile, bănuiesc, pentru cititorul care îmi cunoaște toate dedesubturile. Reclama dintr-o revistă deocheată m-a împins să descind într-o zi glorioasă în biroul domnișoarei Edith, care mi-a propus de la bun început să aleg un suflet apropiat inimii mele dintr-o colecție de fotografii destul de convenționale expuse într-un album soios („*Regardez-moi cette belle brune!*"). Când am împins albumul la o parte și am izbutit să-mi suprim pofta criminală, ea m-a privit dorind parcă să-mi arate ușa; totuși, m-a întrebat ce sumă sunt dispus să cheltuiesc și atunci a consimțit să mă pună în legătură cu o persoană *qui pourrait arranger la chose*. A doua zi, o damă astmatică, violent machiată, gureșă, duhnind a usturoi, cu accent provensal aproape burlesc și mustață neagră deasupra buzei purpurii m-a condus la ceea ce părea domiciliul ei și, ajunși acolo, și-a sărutat exploziv vârfurile degetelor strânse mănunchi pentru a sugera calitatea delectabilă a mărfii sale, un bujor de fată! Apoi a dat la o parte cu un gest teatral perdeaua, descoperind vederii, am presupus eu, acea zonă din cameră unde doarme de obicei o familie numeroasă și fără pretenții. În spațiul gol se afla doar o fată banală, respingătoare, monstruos de corpolentă, cu piele măslinie, cosițe negre, groase, legate cu fundă roșie, care stătea pe un scaun și părea preocupată de hrănirea păpușii. Am dat din cap a refuz și am încercat să mă extrag din laț, dar femeia s-a pornit să turuie, a început să tragă jerseul jegos din lână de pe pieptul tinerei uriașe și, sesizând că eram hotărât să plec, mi-a cerut *son argent*. Ușa de la celălalt capăt al camerei rămăsese deschisă și doi bărbați care mâncaseră în bucătărie au intrat în scenă. Erau hidoși, cu gâturile goale, deosebit de oacheși, iar unul dintre ei purta ochelari cu lentile fumurii. Un băiețel scund și un alt țânc foarte crăcănat și mozolit, care abia începea să meargă, se ițeau după ei. Codoașa furibundă a arătat spre bărbatul cu ochelari, spunându-mi – oh! logica insolentă a coșmarurilor! – că *el* lucrase în poliție, așa că era mai bine să fac ce mi se ceruse. M-am dus la Marie – acesta era numele ei de star! –, care între timp își transferase neobservată coapsele pe un scaun din bucătărie și își termina liniștită supa care se răcise, păpușa trecând în stăpânirea piciului crăcănat. Am împins o bancnotă în mâna ei indiferentă, cu un gest idiot, dramatizat printr-o puternică tresărire de milă.

7

Nu știu dacă albumul codoașei n-o fi fost încă o verigă în lanțul starletelor, însă curând după aceea m-am decis, pentru propria siguranță, să mă căsătoresc. Mi s-a năzărit că orele regulate, mâncărurile gătite în casă, convențiile căsătoriei, rutina profilactică a activităților de alcov și, mai știi, înflorirea memorabilă a unor valori morale, a unor înlocuitori spirituali m-ar fi putut ajuta să mă purific, să scap de dorințele mele degradante și periculoase sau, cel puțin, mi-ar fi permis să le țin sub un control pașnic. O sumă modestă ce mi-a revenit după moartea tatei (nu cine știe ce – Mirana fusese vândut demult), precum și faptul că eram un tip deosebit de bine, deși cu trăsături oarecum severe, mi-au dat posibilitatea să purced cu sânge rece în aventuroasa mea căutare. După deliberări îndelungate, m-am fixat la fata unui doctor polonez: bietul om îmi trata întâmplător accesele de amețeală și tahicardie. Noi doi jucam șah; fiica lui mă urmărea de după șevalet și insera ochi sau noduri ale degetelor modelate după mine în fleacurile cubiste pe care domnișoarele rafinate din acea vreme le pictau în loc de miei sau tufe de liliac. Permiteți-mi să repet calm, dar cu toată forța: am fost și sunt încă, *en dépit de mes malheurs*, un mascul deosebit de arătos; cu mișcări lente, înalt, păr negru mătăsos și un fel de a fi melancolic, dar cu atât mai seducător. Virilitatea excepțională a trăsăturilor unui subiect reflectă adesea ceva tenebros și congestiv care ține de ceea ce are de ascuns individul. Ăsta era cazul meu. Oh, cât de bine știam că aș fi putut dobândi într-o clipă orice femeie adultă mi-aș fi ales; de fapt, aproape căpătasem obiceiul de a nu fi prea atent cu femeile, ca să nu mă pomenesc că mi se rostogolesc înfierbântate în poala mea rece. Dacă aș fi fost un *français moyen* și aș fi avut slăbiciune pentru doamnele temperamentale, aș fi găsit poate cu ușurință ființe mult mai atrăgătoare decât Valeria printre multele frumuseți smintite care tălăzuiau în jurul stâncii mele neînduplecate. Totuși, alegerea mea a fost inspirată de considerațiuni care, după cum aveam să-mi dau seama de-abia mai târziu, reprezentau în esență un compromis jalnic. Și astfel se vede că bietul Humbert a fost întotdeauna îngrozitor de stupid în probleme de sex.

8

Deși mi-am repetat întruna că nu caut decât o prezență alinătoare, un *pot-au-feu* preaslăvit, un pămătuf însuflețit, Valeria m-a atras prin aerele ei de fetiță. Nu se comporta ca o fetiță pentru că mi-ar fi ghicit năravul, ci pur și simplu acesta era stilul ei – iar eu m-am lăsat ademenit. În realitate, ea avea în jur de 30 de ani (n-am stabilit niciodată exact ce vârstă avea, întrucât chiar și pașaportul ei mințea) și își pierduse virginitatea în împrejurări care variau odată cu dispoziția ei evocatoare. Cât despre mine, eram un naiv, așa cum numai un tip pervers poate să fie. Părea vaporoasă și nostimă, îmbrăcată *à la gamine*, își lăsa descoperită o porțiune generoasă și netedă a piciorului, știa cum să pună în contrast albul gleznei cu negrul papucilor de catifea și făcea mutre, gropițe în obraji și se zbenguia și se foia și își scutura părul blond, creț și scurt în cea mai încântătoare și banală manieră imaginabilă.

După o scurtă ceremonie *à la mairie*, am condus-o la noul apartament pe care-l închiriasem și, înainte de a mă apropia de dânsa, am pus-o să îmbrace o cămașă de noapte simplă, șterpelită de mine din lenjeria unui orfelinat. Gestul a surprins-o puțin. Noaptea nunții mi-a oferit oarece amuzament, iar în zori eram idiotul cuprins de istericale. Curând însă, realitatea a ieșit la suprafață. Buclele oxigenate și-au arătat rădăcinile brune; pe pielea rasă a piciorului puful s-a metamorfozat în spini; gura umedă și mobilă și-a dezvăluit jenant, oricât o îndestulam eu cu dragoste, asemănarea cu partea corespunzătoare din portretul (păstrat cu sfințenie) al mamei sale defuncte, care semăna cu o broască; și în scurt timp, în locul fetiței palide ce făcea trotuarul, Humbert Humbert s-a pomenit că ține în brațe o *babă*, multă, grasă, cu picioare scurte, sâni mari și, practic, fără minte.

Starea aceasta de lucruri a durat din 1935 până în 1939. Ea avea însă o calitate incontestabilă, deși era singura, și anume firea silențioasă care izbutea, într-adevăr, să creeze o stranie senzație de confort în apartamentul nostru mic și sărăcăcios: două camere, de la una dintre ferestre se vedea o priveliște tulbure, de la cealaltă – un zid de cărămidă, o bucătărie înghesuită, cada de forma unui pantof, în care mă simțeam asemenea lui Marat, dar fără fecioara cu gât de lebădă, care să mă înjunghie. Am petrecut împreună câteva seri plăcute, ea cufundată în *Paris-Soir*, eu lucrând la o masă rahitică. Ne-am dus la cinema, la curse de biciclete și la meciuri de box. Apelam foarte rar la carnea ei vlăguită și numai în cazuri de extremă urgență și disperare. Băcanul avea o fetiță a cărei umbră mă înnebunea; dar cu ajutorul Valeriei am găsit în cele din urmă câteva supape legale pentru starea mea ciudată. Cât privește gătitul, noi am demis în mod tacit *le pot-au-feu* și, de cele mai multe ori, am luat masa într-un restaurant aglomerat de pe strada Bonaparte, unde fețele de masă aveau pete de vin și sporovăiala în limbi străine era în floare. Alături, un negustor de obiecte de artă expunea în vitrina tixită o veche stampă americană, splendidă, flamboaiantă, verde, roșie, aurie și sinilie – o locomotivă cu un coș gigantic, faruri baroce mari și un plug formidabil, care-și trăgea vagoanele mov prin noaptea furtunoasă a preriei și își amesteca fumul negru, bogat, brăzdat de scântei, cu blana norilor de furtună.

Totul a sărit în aer. În vara anului 1939, *mon oncle d'Amérique* a murit lăsându-mi moștenire un venit anual de câteva mii de dolari, cu o condiție, și anume să mă stabilesc în Statele Unite și să arăt oarecare interes pentru firma sa. Perspectiva ce mi se oferea a fost mai mult decât bine-venită. Simțeam că se impune o schimbare în existența mea. Dar mai era un lucru: moliile începuseră să-mi roadă din plușul confortului matrimonial. În ultimele săptămâni observasem că Valeria mea cea dolofană nu prea era în apele ei; părea stăpânită de o nervozitate ciudată, ba uneori dădea dovadă de iritare, ceea ce era în discordanță cu caracterul ideal pe care se presupunea că îl personifică. Când am informat-o că vom pleca în curând pe mare spre New York, a părut nefericită și tulburată. A avut necazuri agasante cu actele ei. Avea un pașaport Nansen sau mai bine zis Nonsens care, dintr-un anumit motiv, partea ce îi revenea ei din solida cetățenie elvețiană a soțului ne bloca demersurile. Am hotărât să ne așezăm la coadă la *Préfecture* și să împlinim și alte formalități și din această cauză ea a devenit teribil de apatică, deși eu îi descriam cu răbdare America, țara copiilor rumeni în obraji și a arborilor uriași, țara unde viața noastră avea să fie mai bună decât în sordidul Paris.

Într-o dimineață, după ce ieșiserăm dintr-o clădire administrativă cu actele aproape gata, Valeria, care mergea lângă mine clătinându-se, a început să dea energic din capul ei de pudel fără să rostească un cuvânt. Am lăsat-o câteva momente, apoi am întrebat-o dacă simte că o frământă ceva. Mi-a răspuns (traduc din franceza ei care era, îmi închipui, la rândul ei o traducere a vreunei platitudini slave): „În viața mea a apărut un alt bărbat".

Eh, urâte cuvinte pentru urechile unui soț! Mărturisesc că m-au buimăcit. S-o bat zdravăn pe stradă, acolo și atunci, cum ar fi procedat orice mitocan cumsecade? Imposibil! Anii de suferințe tainice mă deprinseseră cu un autocontrol suprauman. Așa că am băgat-o într-un taxi care ne urmărise curtenitor în timp ce luam curba și în această intimitate relativă i-am sugerat discret să-și explice cuvintele nesăbuite. Mă sufoca o furie crescândă – dar nu pentru că aș fi nutrit sentimente deosebite față de această figură nostimă, *Madame Humbert*, ci fiindcă doar eu aveam dreptul de a hotărî în toate împrejurările legale și ilegale și poftim, acum, ea, Valeria, nevasta de comedie, se pregătea cu neobrăzare să dispună după bunul ei plac de liniștea și soarta mea. I-am cerut să-mi spună cum se numește iubitul ei. I-am repetat întrebarea; dar ea a continuat să bălmăjească burlesc, turuind întruna despre nefericirea ei în relația cu mine și anunțându-mi intenția de a divorța imediat. *„Mais qui est-ce?"*, am strigat în cele din urmă și i-am izbit genunchiul cu pumnul; iar ea m-a privit în ochi fără să tresară, ca și cum răspunsul se dispensa de cuvinte, apoi a ridicat ușor și repede din umeri și a arătat spre ceafa groasă a șoferului. Taximetristul a oprit în fața unei cafenele mici și s-a prezentat. Nu-mi mai amintesc numele lui ridicol, dar îl văd încă foarte clar, deși au trecut atâția ani de atunci – un rus alb, îndesat, ex-colonel, cu mustață stufoasă și părul tuns perie. În Paris erau mii de asemenea indivizi care practicau meseria caraghiosului ăstuia. Ne-am așezat la o masă, țaristul a comandat vin, iar Valeria și-a pus un șervețel ud pe genunchi și a continuat să trăncănească – dar nu cu mine, ci *întru* mine. Turna cuvintele în acest recipient impunător cu o volubilitate pe care nu i-am bănuit-o niciodată. Din când în când îndrepta o cascadă în slavonă către iubitul ei impasibil. Situația absurdă a devenit și mai stupidă când taxi-colonelul a oprit-o pe Valeria cu un zâmbet posesiv și a început să-și expună concepțiile și planurile *lui*. În franceza lui îngrijită, dar cu accent îngrozitor, ex-colonelul a descris universul iubirii și al muncii în care-și propunea să pătrundă ținându-se de mână cu Valeria, soția-copil. În tot acel timp, așezată între el și mine, ea se dichisea rujându-și buzele țuguiate, triplându-și gușulița pentru a-și cerceta pieptii bluzei și așa mai departe, iar el vorbea despre Valeria ca și când ea nu ar fi fost de față și, totodată, ca despre un fel de minoră aflată sub tutelă care era transferată chiar în acel moment, spre binele ei, de la un tutore înțelept la altul și mai înțelept; cu toate că furia mea neputincioasă a exagerat și denaturat, probabil, anumite impresii, jur că tipul mi-a cerut sfatul în legătură cu dieta, ciclul și garderoba ei, cărțile citite sau pe care ar trebui să le citească. „Cred", spuse el, „că o să-i placă Jean Christophe, ce ziceți?". Oh, un adevărat savant, domnul Taximovici!

Am pus capăt trăncănelii sugerându-i Valeriei să-și împacheteze numaidecât lucrușoarele și searbădul colonel s-a oferit galant să i le ducă el acasă cu mașina. Revenit la statutul său profesional, s-a îndreptat cu familia Humbert spre locuința lor și pe drum Valeriei nu i-a stat gura, iar Humbert cel Groaznic s-a sfătuit cu Humbert cel Mic dacă Humbert Humbert trebuia sau nu să ucidă. Pe cine? Pe ea, pe iubitul ei, pe amândoi sau pe nici unul. Țin minte că odinioară m-am antrenat cu pistolul unui coleg de facultate, în perioada (cred că n-am povestit despre aceasta, dar n-are importanță) când cochetam cu ideea de a mă delecta cu surioara lui, o nimfetă diafană, cu părul prins într-o bentiță neagră, propunându-mi ca după aceea să mă sinucid. Acum însă mă întrebam dacă merita cu adevărat să o împușc, să o strâng de gât ori să o înec. Valecika (așa îi spunea colonelul) avea picioarele foarte fragile, așa că m-am decis să o cotonogesc groaznic de îndată ce vom rămâne singuri.

Dar n-am rămas. Valecika – vărsa acum torente de lacrimi mânjite de policromia scursă a fardului – a început să umple la nimereală un cufăr, două valize și o cutie de carton gata să plesnească, iar eu îmi imaginam cum o să-mi pun bocancii de munte și o să-i trag un șut zdravăn în fund; însă îmi era imposibil să-mi pun în aplicare planul din cauza afurisitului de colonel care bântuia întruna în jurul nostru. N-aș putea să spun că individul s-a purtat cu insolență sau cum nu se cuvine; dimpotrivă, a dat dovadă de o politețe discretă, de modă veche, oferind o mică reprezentație complementară la spectacolul în care fusesem implicat. Și-a punctat mișcările cu tot soiul de scuze pronunțate stropșit (*j'ai demannde pardonne* – scuzați-mă –, *est-ce que j'ai puis* – îmi permiteți – și așa mai departe), s-a întors plin de tact când Valeria și-a cules chiloții roz de pe frânghia de deasupra căzii. Părea omniprezent, *le gredin*, fizicul i se mula pe anatomia apartamentului; acum se cuibărea în fotoliul meu și-mi citea ziarul, apoi descurca un șnur înnodat, își răsucea țigara, număra lingurițele, se ducea la baie, își ajuta metresa să împacheteze ventilatorul electric primit de la tatăl ei sau căra bagajele în stradă. Mă rezemasem cu șoldul de pervaz și-mi încrucișasem brațele măcinat de ură și de plictis. În fine, au ieșit amândoi din apartamentul care se cutremura – vibrația ușii trântite după ei se reverbera în nervi, biet surogat al dosului de palmă pe care ar fi trebuit să i-l șterg peste mutră, așa cum se întâmplă în filme. Jucându-mi rolul cu stângăcie, m-am îndreptat călcând apăsat spre baie să verific dacă nu mi-au luat cumva apa de toaletă englezească; nu, n-o luaseră, însă am observat cu mare scârbă că fostul Consilier al Țarului nu trăsese apa după ce-și deșertase conștiincios bășica udului. Băltoaca solemnă de urină străină și chiștocul maroniu de țigară ce se dezintegra în ea m-au șocat ca o insultă finală. Am început să caut încrâncenat o armă. De fapt, acum sunt dispus să admit că era vorba doar de politețea rusească a clasei de mijloc (cu oarecare iz oriental, probabil), care îl determinase pe bunul colonel (Maximovici! mi-am amintit deodată numele lui), o persoană foarte convențională, cum sunt ei toți, să învăluie în tăcere decentă nevoia sa intimă, pentru a nu sublinia dimensiunile modeste ale apartamentului cu iureșul cascadei revărsate peste țârâitura proprie. Pe moment nu m-am gândit la această motivație și, bodogănind furios, am scotocit prin bucătărie, căutând un instrument mai potrivit decât mătura. Apoi am renunțat și am ieșit val-vârtej din casă, decis – era o hotărâre eroică – să-l atac cu pumnii: nu sunt pugilist, deși natura m-a înzestrat cu forță, în schimb Maximovici era lat în umeri și părea turnat în bronz. Pe strada pustie doar un stras căzut în noroi amintea de plecarea soției mele – un nasture pe care-l păstrase degeaba timp de trei ani într-o cutie prăpădită. Astfel, am scăpat cu nasul intact. Nu contează. Un tip din Passadena mi-a spus cândva că doamna Maximovici *née* Zborovski murise prin 1945 în chinurile facerii; cuplul ajunsese cum-necum în California și acolo fusese întrebuințat, pe un salariu excelent, la experimentul condus timp de un an de un distins etnolog american. Se urmăreau reacțiile umane și rasiale la dieta cu banane și curmale în poziție constantă în patru labe. Doctorul care mi-a dat informația s-a jurat că văzuse cu ochii lui cum obeza Valecika și colonelul ei, cărunt și corpolent la momentul acela, se târau conștiincios pe podelele bine măturate ale unei suite de camere puternic luminate (într-una erau fructele, în alta apa, în a treia salatele și așa mai departe), în compania altor patrupede angajate, care proveneau din grupuri sociale nevoiașe sau neajutorate. Am consultat *Review of Anthropology*, ca să aflu rezultatele testelor, dar, după câte se pare, ele n-au fost date încă publicității.

Aceste produse științifice au firește nevoie de timp ca să dea roade. Nădăjduiesc că ilustrațiile care vor însoți studiul vor fi de bună calitate, deși e puțin probabil ca o bibliotecă de închisoare să găzduiască asemenea lucrări erudite. În ciuda aprobării obținute de avocatul meu, sunt nevoit să mă mulțumesc cu o bibliotecă ilustrativă pentru eclectismul inept care patronează selecția cărților achiziționate de pușcării. Firește, se găsesc Biblia și Dickens (o ediție veche, N.Y., G.W. Dillingham Publisher, MDCCCLXXXVII); și *Children's Encyclopaedia* (cu câteva fotografii frumoase ale Cercetașelor cu păr însorit și îmbrăcate în șorturi) și *A Murder is Announced* de Agatha Christie, dar au și maculatură cu glanț ca *A Vagabond in Italy* de Percy Elhinstone, autor al cărții *Venice Revisited*, Boston, 1868, și un recent (1946) *Who's Who in the Limelight* – actori, producători, dramaturgi și fotografii ale unor scene statice. Noaptea trecută am răsfoit ultimul volum citat și m-am delectat cu una dintre acele secvențe uluitoare pe care logicienii le detestă și poeții le îndrăgesc. Transcriu o bună parte din pagină:

PYM, ROL AND. Născut în Lundy, Mass., 1922. Pregătire actoricească la Teatrul Elsinore, Derby, N.Y. Debutează în Sunburst. Apare în multe piese, din care menționăm *Two Blocks from Here, The Girl in Green, Scrambled Husbands, The Strange Mushroom, Touch and Go, John Lovely, I Was Dreaming of You.*

QUILY, CLARE, dramaturg american. Născut în Ocean City, N.J., 1911. Studii la Columbia University. A încercat o carieră publicitară, dar curând și-a început activitatea de dramaturg. A scris *The Little Nymph, The Lady who Loved Lighting* (în colaborare cu Vivian Darkbloom), *Dark Age, The Strange Mushroom, Fatherly Love* și altele. A scris multe piese remarcabile pentru copii. *Little Nymph* (1940) a călătorit 14.000 de mile și a fost reprezentată de 170 de ori în turneul din timpul iernii, care s-a încheiat în New York. Pasiuni: mașinile de mare viteză, fotografia, câinii.

QUINE, DOLORES. Născută în 1882, la Dayton, Ohio. S-a pregătit pentru scenă la American Academy. Debut la Ottawa în 1904 în *Never Talk to Strangers.* De atunci a mai apărut în... (urmează o listă de circa treizeci de piese).

Oh, câtă suferință, suferință neputincioasă, mă încearcă ori de câte ori întâlnesc numele dragei mele dragi, chiar când este afixat la acela al unei actrițe hodorogite. Și ea ar fi putut ajunge actriță. Născută în 1935. A apărut (am observat scăparea de condei din paragraful precedent, dar, te rog, n-o corecta, Clarence) în Quine, Porcul – Swine. Vinovat, Guilty!, de uciderea lui Quilty. Oh, Lolita mea, doar jocul de cuvinte mi-a mai rămas.

9

Divorțul a întârziat călătoria. Umbra unui alt război mondial se așternuse peste glob când am ajuns, în fine, în Statele Unite, după o iarnă de plictis și pneumonie petrecută în Portugalia. În New York am acceptat rapid ocupația comodă pe care mi-o oferea soarta și care consta îndeosebi în conceperea și editarea reclamelor de parfumuri. Caracterul ei nesistematic și pseudoliterar era bine-venit, mai ales că nu aveam altceva mai bun de făcut. Pe de altă parte, o universitate newyorkeză din timpul războiului m-a îndemnat să-mi completez istoria comparativă a literaturii franceze pentru studenții vorbitori de limbă engleză. Primul volum mi-a luat câțiva ani, în timpul cărora am muncit în jur de 15 ore pe zi. Zilele acelea îmi apar acum rânduite fie în lumină intensă, fie în umbră îngustă – lumina ținând de mângâierile cercetării în biblioteci somptuoase, umbra, de dorințele mele chinuitoare și de insomniile despre care am vorbit destul. Cititorul mă cunoaște și își poate lesne imagina neliniștea și fierbințeala care mă cuprindeau când încercam să trag cu ochiul la nimfetele care se jucau în Central Park (vai, întotdeauna la distanță), precum și sila produsă de lustrul secretarelor dezodorizate aduse peste mine de un băiat de viață din birou. Să trecem peste astea. O cumplită depresiune nervoasă m-a trimis la sanatoriu pentru mai bine de un an: am revenit la munca mea, însă curând am fost spitalizat din nou.

Viața sănătoasă în aer liber părea să îmi promită o oarecare alinare. Unul dintre doctorii simpatici, tip cinic și fermecător, cu bărbuța șatenă, avea un frate care se pregătea să conducă o expediție în Canada arctică. Am fost atașat la echipa lui pentru „consemnarea reacțiilor psihice". Împreună cu doi tineri botaniști și un bătrân dulgher, m-am bucurat din când în când (dar niciodată cu prea mult succes) de grațiile uneia dintre dieteticienele noastre, dr Anita Johnson – care, o spun cu încântare deplină, a fost trimisă curând acasă. Nu cunoșteam scopul expediției. Dacă e să judec după numărul meteorologilor din echipă, s-ar părea că urmăream până în bârlogul său (undeva pe insula Prince of Wales, după câte înțeleg) rătăcitorul și nestatornicul pol-nord magnetic. Un grup a stabilit împreună cu canadienii o stație meteorologică la Pierre Point în Melville Sound. Alt grup, îndrumat la fel de prost, colecta plancton. Al treilea studia tuberculoza în tundră. Bert, fotograful nostru – un tip instabil cu care am făcut într-o vreme o mulțime de corvezi (și el avea anumite tulburări psihice) –, susținea că mai-marii expediției noastre, adevărații lideri, pe care nu i-am văzut niciodată, voiau să studieze influența ameliorării climaterice asupra blănii de vulpe polară. Locuiam în cabane prefabricate, din lemn, în mijlocul unui univers precambrian din granit. Aveam mormane de provizii – *Reader's Digest*, mixer pentru înghețată, closete antiseptice, pălării de hârtie pentru Crăciun. Sănătatea mi s-a îndreptat în chip miraculos în ciuda sau din cauza inimaginabilei pustietăți albe și a plictiselii. Mă înconjura o vegetație atât de tristă – sălcii pitice și licheni –, viforul șuiera pătrunzându-mă și, cred eu, purificându-mă, iar eu mă așezam pe un bolovan sub cerul absolut transparent (prin care totuși nu se zărea nimic semnificativ) și aveam sentimentul nefiresc al înstrăinării de mine însumi. Nu mă înnebunea nici un fel de tentație. Micile eschimoase dolofane, lucioase, mirosind a pește, cu părul oribil, negru ca pana corbului, și fețe de cobai nu trezeau în mine nici măcar dorința slabă pe care mi-o stârnise dr Johnson. Regiunile polare nu cunosc nimfetele.

Am lăsat altora mai buni decât mine misiunea de a analiza derivele ghețarilor, gremlinarilor și criminalilor și o vreme m-am străduit să consemnez ceea ce, în naivitatea mea, mi se păreau a fi „reacții" (am observat, de pildă, că visele sub soarele din miez de noapte sunt intens colorate, fapt confirmat și de prietenul meu, fotograful). Se presupunea, de asemenea, că-mi voi interoga colegii în legătură cu un număr de teme importante, de exemplu, îi voi întreba despre dorul de patrie, teama de animale necunoscute, fanteziile culinare, emanațiile nocturne, hobbyurile, alegerea programelor radio, schimbările de concepție și așa mai departe. S-au săturat însă în asemenea hal, încât curând am abandonat definitiv proiectul și de-abia spre sfârșitul celor 20 de luni de muncă rece (cum a numit-o, în glumă, unul dintre botaniști) am încropit un raport fantezist și plin de savoare pe care cititorul îl va găsi poate în *Annals of Adult Psychophysics* pe anul 1945 sau 1946, precum și în numărul din *Arctic Explorations* consacrat acestei expediții deosebite, care, în concluzie, după cum am aflat mai târziu de la doctorul meu binevoitor, nu căutase zăcămintele de cupru sau de altceva de pe insula Victoria întrucât natura adevăratului ei scop a fost „secretă" (sic!). Așa că vă rog să-mi permiteți să mai adaug că, oricare o fi fost obiectivul ei, expediția și-a îndeplinit misiunea.

Cititorul va afla cu mâhnire că, la puțină vreme de la revenirea mea în lumea civilizată, am suferit un nou acces de nebunie (dacă se poate aplica acest termen crud melancoliei și sentimentului de insuportabilă deprimare). Îmi datorez restabilirea completă unei descoperiri pe care am făcut-o în timp ce mă tratam la sanatoriul acela particular și foarte scump.

Am descoperit că secretul desfătării sănătoase constă în a-i lua la vale pe psihiatri: îi conduci cu dibăcie; nu-i lași să-și dea seama că le cunoști trucurile meseriei; inventezi pentru ei vise complicate, în stil pur clasic (care-i fac pe ei, distilatorii de vise, să viseze și să se trezească urlând); îi sâcâi cu „scheme primare" închipuite; și nu le permiți nici măcar să-ți întrezărească adevărata suferință sexuală. Mituind o soră, am putut să consult cartotecile și am descoperit încântat fișe care mă catalogau „potențial homosexual" și „total impotent". Distracția era desăvârșită, iar rezultatele – în cazul meu – atât de roze, încât am rămas încă o lună după ce mă înzdrăvenisem (dormind admirabil și mâncând ca o școlăriță). Apoi am mai adăugat o săptămână, oferindu-mi plăcerea de a prelua un nou-venit, o autoritate, o celebritate dislocată (și cu siguranță deranjată), cunoscută pentru talentul de a-și face pacienții să creadă că au asistat la propria lor zămislire.

10

După ieșirea din sanatoriu, am încercat să găsesc o localitate rurală din Noua Anglie sau un orășel somnolent (ulmi, biserică albă) unde să-mi pot petrece o vară cufundându-mă în studiu – luasem cu mine o cutie doldora de note – și scăldându-mă într-un iaz din vecinătate. Munca începuse să mă intereseze din nou – adică strădaniile mele cărturărești –, fiindcă participarea activă la parfumurile postume ale unchiului fusese redusă la minimum.

Unul dintre foștii săi angajați, vlăstarul unei familii distinse, mi-a propus să petrec câteva luni în casa verilor săi scăpătați, domnul McCoo, pensionar, și soția lui, care voiau să închirieze catul de sus, unde locuise discret o mătușă defunctă. Mi-a spus că au două fetițe, una foarte mică, cealaltă de doisprezece ani, și o grădină frumoasă, în apropierea unui iaz frumos, iar eu mi-am zis că ideea era perfect perfectă.

Am corespondat cu oamenii aceștia asigurându-i că sunt o persoană potolită și am petrecut în tren o noapte fantastică, închipuindu-mi în cele mai mici detalii nimfeta căreia îi voi da lecții în franceză și mângâieri în Humberteză. La gara miniaturală unde am descins cu geamantanul meu cel nou și scump nu mă aștepta nimeni; la telefon nu mi-a răspuns nimeni; totuși, până la urmă, un McCoo buimac, cu hainele ude, și-a făcut apariția la singurul hotel din Ramsdale, orașul verde și roz, și m-a informat că tocmai îi arsese casa din temelii – cine știe, poate din cauza incendiului sincron care îmi devastase cu o noapte înainte arterele. Familia, mi-a spus el, se refugiase la o fermă, proprietatea sa, luând și mașina, însă o prietenă a soției, doamna Haze, o persoană distinsă de pe Lawn Street nr. 342, se oferise să mă găzduiască. Doamna care locuia vizavi de casa Haze îi împrumutase lui McCoo limuzina, o dihanie uimitor de demodată, având capota pătrățoasă și un negru jovial la volan. Singura rațiune a venirii mele se spulberase, așa că aranjamentul amintit mai sus mi s-a părut lipsit de sens. Bine, va trebui să-și construiască din nou casa, ei, și ce-i cu asta? Nu plătise asigurarea cuvenită? Eram furios, dezamăgit și plictisit, dar, fiind european politicos, nu l-am putut refuza și am fost expediat în Lawn Street cu mașina aceea funebră. De altminteri, mă temeam că McCoo ar putea să imagineze un mijloc și mai complicat ca să scape de mine. L-am văzut cum se depărta grăbit, iar șoferul meu a clătinat din cap chicotind ușor. *En route*, m-am jurat să nu rămân în nici un caz la Ramsdale – ba nici măcar să nu-mi treacă prin minte – și să iau chiar în ziua aceea avionul spre Bermude, Bahamas sau Blazes. Perspectivele desfătării pe plajele tehnicolore îmi gâdilaseră mai de mult șira spinării; dar vărul lui McCoo îmi abătuse brusc șirul gândurilor cu propunerea lui bine intenționată, însă, cum se vedea acum, absolut nefolositoare.

Fiindcă tot vorbeam de viraje bruște: în timp ce luam curba ca să intrăm pe Lawn Street, era cât pe ce să călcăm un câine suburban și artăgos (unul dintre cei ce stau și pândesc mașinile). Ceva mai încolo s-a ivit casa Haze, o construcție albă, oribilă, care părea prăfuită și veche, mai mult cenușie decât albă – acel gen de locuință unde știi că în loc de duș vei găsi un furtun de cauciuc fixat la robinetul băii. I-am făcut semn șoferului în speranța că va demara imediat și voi putea face cale întoarsă neobservat la hotelul și bagajele mele; dar tipul a trecut pe cealaltă parte a străzii, de unde îl strigase o bătrână doamnă care stătea pe veranda ei. Ce puteam să fac? Am apăsat pe butonul soneriei.

M-a primit o slujnică neagră care m-a abandonat pe preș și s-a năpustit înapoi în bucătărie, unde ardea ceva ce nu trebuia să ardă. Holul din față era împodobit cu clopoței la ușă, cu o drăcovenie ochioasă din lemn, ceva de origine mexicană, comercială și cu o reproducere după *Arlésienne*, banalitatea preferată a clasei de mijloc cu ifose artistice. În dreapta, o ușă dată de perete îți permitea să vezi livingul, cu alte bagatele mexicane așezate într-o vitrină de colț și o sofa lipită de perete. În capătul holului începea o scară interioară și, în timp ce-mi ștergeam fruntea (de-abia acum îmi dădeam seama cât de cald era afară) și mă holbam așa, doar ca să mă uit la ceva, la o minge de tenis veche și cenușie așezată pe un cufăr de stejar, de sus, din capul scării, a venit vocea de contralto a doamnei Haze, care, aplecându-se peste balustradă, s-a interesat drăgălașă:

— Sunteți domnul Humbert?

Câteva fire de scrum de țigară au căzut de acolo ca un adagiu. Curând doamna însăși a coborât treptele – întâi sandalele, apoi pantalonii de camping, bluza de mătase galbenă și figura colțuroasă, în această ordine –, în timp ce arătătorul ei scutura încă țigara.

Cred că aș face mai bine s-o descriu complet, ca să scap de o grijă. Sărmana doamnă avea în jur de treizeci și cinci de ani, frunte lucioasă, sprâncene pensate și trăsături destul de comune, dar nu lipsite de farmec, care s-ar defini ca o replică palidă a Marlenei Dietrich. Aranjându-și ușor cocul de culoarea bronzului, m-a condus în salon, unde am discutat un minut despre incendiul de la McCoo și despre avantajul de a locui în Ramsdale. Ochii ei depărtați și verzi ca marea explorau interlocutorul într-un mod nostim, evitându-i cu grijă privirile. Zâmbea doar printr-o ridicare bruscă, persiflatoare a sprâncenei și în timp ce vorbea se descolăcea de pe sofa și făcea întruna mișcări impetuoase, spasmodice înspre trei scrumiere și tava sobei din apropiere (unde zăcea coaja cafenie a unui măr); apoi se strângea la loc îndoindu-și un picior sub ea. Era, fără îndoială, dintre acele femei ale căror cuvinte lustruite pot reflecta influența unui cerc de lectură sau de bridge sau orice alt formalism ucigător, însă niciodată sufletul lor; femei lipsite complet de umor; femei total indiferente în sinea lor față de numeroasele subiecte dintr-o conversație de salon, însă foarte exigente în privința regulilor de desfășurare a unor asemenea conversații, sub al căror celofan strălucitor se pot detecta ușor frustrări nu foarte atrăgătoare. Îmi dădeam perfect de bine seama că, dacă aș fi devenit, printr-o întâmplare crudă, chiriașul ei, s-ar fi apucat metodic să realizeze cu mine ceea ce însemnase probabil întotdeauna pentru ea primirea unui chiriaș și m-aș fi trezit prins din nou în lațul uneia dintre acele anoste aventuri amoroase pe care le cunoșteam atât de bine.

Dar nici vorbă să mă stabilesc acolo. Cum puteam să mă simt fericit în acest tip de gospodărie (unde pe fiecare scaun se vedea o revistă pătată), un soi de hibridare hidoasă între comedia „mobilei funcționale și moderne“ și tragedia balansoarelor uzate și a măsuțelor rahitice cu lămpi defecte pe ele. M-a condus la etaj. La stânga se afla camera „mea“. Am cercetat-o prin negura respingerii mele violente; dar am recunoscut într-adevăr deasupra patului meu *Sonata Kreutzer* de René Prinet. Ea numea „semiatelier“ această cameră de serviciu! Trebuie să ies imediat de aici, mi-am spus hotărât, în timp ce mă prefăceam că ascult prețul absurd și neliniștitor de scăzut pe care gazda mea galeșă îl cerea pentru pensiune.

Politețea lumii vechi m-a obligat totuși să îndur chinul până la capăt. Am traversat palierul spre partea dreaptă a casei („unde avem camerele eu și Lo“ – Lo fiind, probabil, fata în casă) și locatarul-amant nu și-a putut ascunde un frison când el, un mascul deosebit de pretențios, a dat cu ochii de singura baie, un dreptunghi îngust între palier și camera lui „Lo“, cu lucruri ude, boțite, atârnate deasupra unei căzi suspecte (în care un fir de păr desenase semnul întrebării). Se aflau acolo, după cum mă așteptam, spiralele furtunului de la duș și complementul lui, învelitoarea rozalie acoperind sfioasă capacul toaletei.

— După cum văd, nu aveți o impresie prea bună, a spus doamna odihnindu-și o clipă mâna pe mâneca mea: ea combina franchețea rece – revărsarea a ceea ce cred că se numește „echilibru“ – cu o timiditate și o tristețe care făceau ca modul degajat de a-și alege cuvintele să pară tot atât de nefiresc ca intonația unui profesor „de pronunție“.

— Casa nu este prea îngrijită, recunosc, a continuat iubita predestinată, dar vă asigur (îmi privea buzele) că vă veți simți foarte bine, cu adevărat foarte bine. Să vă arăt grădina (ultima propoziție a fost mai sonoră; o fermecătoare schimbare de registru a vocii).

Am coborât scările, urmând-o fără tragere de inimă; apoi am trecut prin bucătăria de la capătul vestibulului, pe partea dreaptă a casei, partea unde se mai aflau sufrageria și salonul (sub camera „mea“, în stânga, era doar un garaj). În bucătărie, slujnica neagră, o femeie dolofană și tinerică, spuse, în timp ce-și lua punga neagră, lucioasă de pe clanța ușii care dădea în spatele casei:

— Eu plec, doamnă Haze.

— Bine, Louise, a răspuns doamna Haze cu un oftat. Ne socotim vineri.

Am traversat o cămăruță și am intrat în sufrageria paralelă cu salonul pe care-l admirasem deja. Am observat o șosetă albă pe dușumea. Mormăind dezaprobator, doamna Haze s-a aplecat din mers și a aruncat-o într-o debara de lângă cămară. Am cercetat în fugă masa de mahon cu o fructieră în mijloc, în care mai strălucea încă un sâmbure de prună. Am căutat în buzunar mersul trenurilor și l-am tras pe furiș afară ca să văd când pot să plec din oraș. Mergeam încă în spatele doamnei Haze prin sufragerie, când, deodată, mi-a izbit privirea o explozie neașteptată de verdeață.

— *Piazza*, a rostit melodios ghidul meu, apoi, fără nici un avertisment, un talaz albastru s-a învolburat în inima mea și, de pe salteaua scăldată în soare, pe jumătate dezbrăcată, rotindu-se pe genunchi, s-a ivit dragostea mea de pe Riviera care mă cerceta prin ochelarii de soare.

Era același copil - aceiași umeri firavi de nuanța mierii, același spate gol, mătăsos, suplu, aceeași claie castanie de păr. O batistă cu buline legată în jurul pieptului ascundea ochilor mei de maimuță maturizată, dar nu și de privirea memoriei mele tinere sânii adolescentini pe care-i dezmierdasem într-o zi nemuritoare și, ca și cum aș fi fost doica din basm a unei mici prințese (pierdută, răpită, descoperită în zdrențe țigănești, prin care goliciunea ei zâmbea spre rege și ogarii săi), am recunoscut alunița cafenie de pe coaste. Înspăimântat și încântat (regele plângea de bucurie, trompetele răsunau, doica era beată), i-am văzut din nou abdomenul supt, grațios, unde gura mea călătorind spre sud poposise pentru o clipă, șoldurile acelea de copil pe care sărutasem urma crenelată lăsată de șnurul șortului – ultima zi nebunească, nemuritoare, petrecută acolo, după „*Roches Roses*". Cei douăzeci și cinci de ani trăiți după aceea s-au tot subțiat și s-au încheiat într-un punct palpitant, apoi au dispărut.

Îmi este aproape imposibil să exprim cu forța necesară străfulgerarea, frisonul, impactul recunoașterii pasionate. În clipa luminată de soare când privirea mea alunecă peste copilul îngenuncheat (ochii ei clipeau prin lentilele întunecate, reci – micul Herr Doktor care urma să mă vindece de toate durerile), în timp ce treceam pe lângă ea cu masca mea de adult (o piesă mare și arătoasă a virilității din împărăția filmului), vidul sufletului meu a izbutit să soarbă toate detaliile frumuseții ei strălucitoare, pe care le-am confruntat numaidecât cu trăsăturile logodnicei mele moarte. Ceva mai târziu, firește, ea, această *nouvelle* Lolita, Lolita *mea*, va eclipsa total prototipul. Vreau doar să subliniez că descoperirea mea nu era decât consecința fatală a „principatului de la țărmul mării" din trecutul meu chinuit. Între cele două evenimente se înșiră doar bâjbâieli, gafe și false rudimente de bucurie, care s-au contopit prin ceea ce aveau în comun.

Nu-mi fac totuși nici un fel de iluzii. Pentru judecătorii mei totul va părea, fără doar și poate, o scenă din mascarada produsă de un nebun obsedat de „*le fruit vert*". *Au fond, ça m'est bien égal.* Tot ce știu este că, în timp ce doamna Haze și eu coboram treptele intrând în grădina liniștită, genunchii mei păreau reflexii ale genunchilor din apa vălurită, buzele îmi erau de nisip și...

— E Lo, fata mea, spuse ea, iar aceștia sunt crinii mei.

— Da, am zis, da. Sunt frumoși, frumoși... frumoși!

11

Proba Numărul Doi e jurnalul de buzunar, legat în imitație de piele neagră, cu anul, 1947, imprimat cu aur, *en escalier*, în colțul din stânga sus al copertei. Elegant obiect, produs de Blank Blank Co, Blankton, Massachusetts! Parcă îl am aievea în fața ochilor. În realitate, l-am distrus în urmă cu cinci ani, iar ceea ce vă prezint acum (grație memoriei mele fotografice) reprezintă materializarea lui concisă, Fenixul plăpând și golaș.

De fapt, am scris jurnalul de două ori, de aceea mi-l amintesc cu atâta precizie. Mai întâi, am scris notele cu creionul (cu multe ștersături și corecturi) pe filele unui carnet cunoscut sub numele comercial de „blocnotes pentru dactilografe"; apoi le-am trecut în cărticica amintită mai înainte, folosind prescurtări clare, cu scrisul meu cel mai mărunt, mai satanic. 30 mai a fost proclamată oficial Zi de Post în New Hampshire, dar nu și în cele două Caroline. În acea zi, Ramsdale și-a închis școlile pe timpul verii din cauza epidemiei de „gripă abdominală" (ce o fi fost aia?). Cititorul poate verifica datele vremii în *Ramsdale Journal* din 1947. Mă instalasem în casa Haze cu câteva zile înainte de această dată și jurnalul scurt pe care îmi propun să vi-l prezint acum (așa cum spionul transmite oral conținutul notei pe care a înghițit-o) acoperă mare parte din luna iunie.

Joi. Zi foarte călduroasă. Dintr-o poziție strategică (de la fereastra băii) am ochit-o pe Dolores, care aduna rufele de pe frânghie în lumina crudă, de smarald, din spatele casei. Am ieșit în curte. Purta cămașă ecosez, blugi și pantofi de tenis. Mișcările ei în lumina brodată cu umbre atingeau cea mai tainică și sensibilă coardă a trupului meu ticăloșit. După o clipă, s-a așezat lângă mine pe ultima treaptă a terasei din spate și a început să adune pietricele între tălpi – pietricele, Dumnezeule –, apoi a cules un ciob curb, ca o buză disprețuitoare, rămas de la o sticlă de lapte – și s-a pornit să le arunce la țintă, într-o cutie de conserve. *Bing.* Nu mai ține a doua oară – n-o mai nimerești a doua oară – mai mare chinu'. *Bing.* Ce piele uluitoare – u-lu-i-toa-re: fină și bronzată, fără cusur. Înghețata asortată produce acnee. Excesul de sebum, substanța grasă care hrănește teaca firului de păr, provoacă iritații și dă cale liberă infecției. Nimfetele nu au însă acnee, deși se îndoapă cu toate bunătățile. Mătasea diafană, sclipitoare de deasupra tâmplelor ei trece prin nuanțări inefabile în castaniul deschis al părului. Doamne, ce dulce supliciu! Și osciorul care se zbate pe exteriorul gleznei acoperite cu praf! „Fata lui McCoo? Ginny McCoo? Oh, oh, ce sperietoare! Jigărită. Și șchioapă. Gata să moară de poliomielită." *Bing*. Dantela strălucitoare a pufului de pe antebrațul ei. S-a ridicat să ducă în casă rufele și eu am avut prilejul să ador de la distanță fundul decolorat al blugilor suflecați. Afabila doamnă Haze, înarmată cu aparatul de fotografiat, a răsărit din iarbă ca arborele iluzoriu al unui fachir și, după oarecare frământare fototropică – ochii triști cătând în sus, ochii fericiți cătând în jos –, a avut neobrăzarea să mă pozeze cum stăteam clipind pe trepte, Humbert le Bel.

Vineri. Am văzut-o plecând cu o fată brună, care se numește Rose. De ce oare mă excită atât de dezgustător mersul ei (e o copilă, rețineți, doar o copilă)? Analizați. Sugestia palidă a degetelor de la picioare orientate spre interior. Un soi de zvâcnire, șerpuită de sub genunchi, a fiecărui pas. O vagă încetinire, reținere a mișcării. Foarte copilăroasă, nespus de provocatoare. Pe Humbert îl mai impresionează teribil limbajul argotic al puștoaicei și vocea ei ascuțită. Mai târziu am auzit-o cum îi pasa lui Rose peste gard grosolănii lipsite de noimă. Care vibrau în mine într-un ritm tot mai alert. Pauză. „Trebuie să plec acum, gânganie."

Sâmbătă. (Începutul e, probabil, modificat.) Ținerea jurnalului e o nebunie, știu, dar mă captivează. Doar o soție iubitoare ar putea să-mi descifreze scrierea microscopică. Consemnez plin de năduf că astăzi L. a făcut plajă pe așa-numita „*piazza*", dar maică-sa și o altă cucoană au bântuit prin preajmă. M-aș fi putut instala, desigur, în șezlong, prefăcându-mă că citesc. Pentru mai multă siguranță, m-am ținut deoparte, fiindcă mi-era frică să nu mă apuce tremurul acela groaznic, ridicol, jalnic de paralitic, care putea să compromită *ma entrée*, răpindu-i aparența de dezinvoltură.

Duminică. Ne copleșește în continuare arșița; săptămâna a fost deosebit de prielnică. Azi am ocupat o poziție strategică, cu ziare voluminoase și o pipă nouă, în șezlongul din *piazza* înainte de sosirea lui L. Dezamăgire mare. A venit împreună cu maică-sa; erau în costume de baie negre, din două piese, noi ca și pipa mea. Scumpa mea, dragostea mea, s-a oprit pentru o clipă în dreptul meu – voia revistele umoristice – și mireasma ei semăna foarte mult cu a celeilalte, fata de pe Riviera, era însă mai intensă, cu nuanțe mai aspre – o aromă toridă care mi-a tulburat pe dată bărbăția –, dar s-a îndepărtat repede smulgându-mi de sub priviri partea aceea râvnită și s-a retras pe saltea lângă mama ei cu trup de focă. Frumoasa mea s-a așezat pe burtă, arătându-mi, arătându-le celor o mie de ochi larg deschiși din sângele meu prin care mișună puzderie de ochi, omoplații ușor ridicați, puful de pe curbura coloanei și arcuirea feselor înguste, elastice, îmbrăcate în negru, și țărmul coapselor de școlăriță. Eleva în clasa a șaptea se delecta în tăcere cu desenele verzi-albastre din revistele umoristice. Nici chiar Priap cel verde-roșu-albastru nu și-ar fi putut imagina o nimfetă mai ispititoare. Priveam prin straturi prismatice de lumină, cu buzele uscate, focalizându-mi poftele trupului și legănându-mă ușor sub ziarul meu, și am simțit că aș putea atinge numaidecât beatitudinea cerșetorului printr-o concentrare deplină asupra imaginii sale; dar, asemenea răpitoarelor care preferă prada în mișcare (uneia nemișcate), mi-am propus ca jalnica împlinire să coincidă cu una dintre diferitele mișcări copilărești pe care le făcea când și când în timp ce citea, de pildă, când încerca să se scarpine pe spate și-și descoperea subțioara – dar Haze, grăsana, a risipit brusc vraja întorcându-se spre mine ca să-mi ceară un foc și lansându-se într-o conversație aiurită despre cartea unui șarlatan ce se bucura de popularitate.

Luni. Delectatio morosa. Zilele-mi mohorâte s-au petrecut în deznădejde și durere. Azi după-masă trebuia să ne ducem (mama Haze, Dolores și eu) la Oglinda Iazului, să facem baie și plajă; dar dimineața sidefie a degenerat la amiază în ploaie și Lo s-a isterizat.

S-a constatat că în New York și Chicago vârsta medie a pubertății la fete este treisprezece ani și nouă luni. Există totuși unele diferențe individuale, vârsta variind între zece ani – sau chiar mai puțin – și șaptesprezece ani. Virginia nu împlinise paisprezece ani când a fost posedată de Harry Edgar, care îi dădea lecții de algebră. *Je m'imagine cela.* Și-au petrecut luna de miere la Petersburg, Florida. „*Monsieur* Poe-poe", cum îl numea pe poetul-poet băiatul din clasa de la Paris a lui *Monsieur* Humbert Humbert.

Sunt înzestrat cu toate caracteristicile care, potrivit celor care au studiat interesele sexuale ale copiilor, declanșează reacții tulburătoare la fetițe: liniile energice ale chipului, mâini musculoase, voce profundă și sonoră, umeri lați. În plus, după cât se spune, există oarecare asemănări între mine și un vocalist sau actoraș pe care Lo îl iubea la nebunie.

Marți. Ploaie. Iazul Ploilor. Mămica s-a dus după cumpărături. L. se afla pe undeva pe aproape, știam. Am manevrat în taină și am dat peste ea. Era în dormitorul maică-sii. Îi intrase ceva în ochiul stâng pe care-l ținea deschis cu degetele ca să scoată ce era acolo. Rochie cadrilată. Îmi place, într-adevăr, mireasma îmbătătoare a pielii ei bronzate, totuși cred că ar trebui să-și spele mai des părul. În acel moment ne aflam amândoi în aceeași baie verde și caldă a oglinzii, în care se reflectau doar vârful unui plop, noi doi și cerul. Am prins-o puternic de umeri, apoi delicat de tâmple și am întors-o cu fața spre mine.

— E aici, zise ea, îl simt.

— Țăranca elvețiană folosește vârful limbii.

— Îl scoate cu vârful limbii?

— Îhî. Să-ncerc?

— Firește, spuse ea.

Mi-am trecut ușurel vârful tremurător al limbii în jurul globului ocular sărat, care se rostogolea.

— Așa-așa, spuse clipind. Gata, s-a dus.

— Și-acum celălalt?

— Aiurezi, începu ea, nu mai e nim... – dar a observat rictusul buzelor mele care se apropiau. Bine, spuse ea binevoitoare, și Humbert cel serios s-a aplecat peste chipul bronzat apăsându-și gura pe pleoapa ce se bătea. A izbucnit în râs și a zbughit-o pe lângă mine ieșind din cameră. Inima mi se pulverizase. Niciodată în viața mea – nici când dezmierdam iubita-copil din Franța –, niciodată.

Noapte. N-am simțit nicicând un asemenea chin. Aș vrea să îi descriu chipul, felul de a fi – și nu pot, fiindcă patima mă orbește când o simt aproape, nu sunt deprins să stau cu nimfetele, fir-ar să fie. Dacă închid ochii văd numai câte un fragment imobil din făptura ei, un stop-cadru, imaginea neașteptată a unui membru frumos, genunchiul care iese de sub rochia de tartan când Lo se așază să-și lege șireturile.

— Dolores Haze, *ne montrez pas vos zhambes* (mama ei, care e convinsă că știe franțuzește).

Sunt poet *à mes heures* și am compus un madrigal în care îi cântam funinginea genelor, ochii cenușii indiferenți, cei cinci pistrui asimetrici de pe nasul obraznic, puful blond de pe membrele bronzate; dar l-am distrus și nu mi-l amintesc astăzi. Pot să descriu trăsăturile lui Lo doar în termeni foarte comuni (reiau jurnalul): aș spune că avea păr castaniu și buze roșii ca dropsurile roșii linse, cea de jos destul de cărnoasă – oh, de ce nu sunt scriitoare s-o pun să-mi pozeze goală în lumina pură! În schimb, sunt deșiratul, ciolănosul Humbert Humbert cu piept păros, sprâncene negre stufoase, cu accent excentric și cu o hazna de monștri pestilențiali care colcăie ascunși în spatele zâmbetului inept de băiețaș. Dar nici ea nu este copilul plăpând dintr-un roman feminin. Natura dublă a nimfetei mele – a oricărei nimfete, probabil – mă înnebunește; e vorba de amestecul dintre inocența visătoare și tandră și un soi de vulgaritate stranie ce-și are rădăcinile în istețimea insolentă a reclamelor și ilustrațiilor din reviste, în radicalismul vag al slujnicelor adolescente din Anglia (mirosind a margarete strivite și a transpirație) și în târfele foarte tinere deghizate în copii din bordelurile de provincie. Încă o dată, toate acestea se combină cu delicatețea aleasă, neîntinată care răzbate prin mosc și mocirlă, prin murdărie și moarte, oh, Doamne, Doamne. Faptul cel mai straniu este că ea, Lolita *aceasta*, Lolita *mea*, a individualizat pofta trupească străveche a scriitorului, astfel că mai presus de toți și de toate tronează Lolita.

Miercuri.

— Ascultă, te rog s-o convingi pe mama să ne ia mâine la Oglinda Iazului.

Am reprodus textual cuvintele pe care mi le-a spus, șuierat și voluptuos, iubirea mea de doisprezece ani când am dat nas în nas pe veranda din față; eu ieșeam, ea intra. Soarele de după-amiază, diamantul alb, orbitor, cu puzderie de spini irizanți, tremura reflectându-se pe spatele rotund al unei mașini parcate. Frunzișul unui ulm imens își juca umbrele suave pe zidul casei placat cu șiță. Doi plopi fremătau și susurau. Se deslușea zgomotul inform al traficului îndepărtat. Un copil striga: Nancy, Nan-cy! În casă, Lolita își pusese discul preferat „Little Carmen", pe care eu îl numeam „Dirijorii pigmei", ceea ce o făcea să reacționeze pufnind cu indignare prefăcută la poanta mea de prost-gust.

Joi. Seara trecută, doamna Haze, Lolita și cu mine am stat în *piazza*. Înserarea caldă se dizolvase în întunericul senzual. Bătrâna fată povestise cu lux de amănunte intriga unui film pe care-l văzuse împreună cu Lo în timpul iernii. Boxerul decăzuse cumplit, dar l-a întâlnit pe bătrânul și bunul preot (care fusese și el boxer în vremea tinereții lui robuste și putea încă să pocnească zdravăn păcătoșii). Ședeam pe jos, pe niște perne, iar Lo se afla între cucoană și mine (se înghesuise între noi, scumpa). M-am lansat, la rându-mi, într-o relatare hazlie a aventurilor mele arctice. Muza invenției mi-a pus în mâini o armă și am împușcat un urs alb care s-a lăsat moale la pământ și a spus doar: „Ah!". În același timp, percepeam intens apropierea de Lo; gesticulam și vorbeam în întunericul îngăduitor și mă foloseam de gesturile invizibile pentru a-i atinge mâna, umărul și o balerină din lână și voal cu care se juca înfigându-mi-o în poală; și, în sfârșit, după ce îmi învăluisem iubita strălucitoare în mreaja împletită din mângâieri eterate, m-am încumetat să îi mângâi ușor piciorul gol, dezmierdându-i perișorul de piersică de pe gambă. Și chicoteam la propriile glume, tremuram și-mi ascundeam tremurul și o dată sau de două ori buzele mele au sorbit cu repeziciune căldura părului ei în timp ce o delectam cu un aparteu scurt și amuzant și o adulmecam alintându-i jucăria. Dar și ea s-a tot bâțâit, așa că, în cele din urmă, maică-sa i-a spus tăios să înceteze și-a azvârlit păpușa în beznă, iar eu am râs și m-am adresat lui Haze peste picioarele lui Lo, lăsându-mi mâna să urce discret pe spatele firav al nimfetei ca să-i simt pielea prin bluza băiețească.

Știam însă că nu există speranță și eram bolnav de dorințe, hainele îmi păreau strâmte, așa că într-un fel m-am bucurat când vocea mamei sale a anunțat în întuneric:

— Ei, credem că Lo trebuie să se ducă la culcare.

— Cred că ești nesuferită, spuse Lo.

— Deci mâine, adio picnic, zise Haze.

— Trăim într-o țară liberă, replică Lo.

Lo a plecat furioasă, huiduind ca în Bronx, iar eu am mai rămas din pură inerție, în timp ce Haze își fuma a zecea țigară a serii și se plângea de Lo.

Fusese o pacoste de mică, de la un an, când își arunca jucăriile din pătuț, astfel că mama trebuia să le tot adune, ticălos copil! Acum, la doisprezece ani, e o adevărată calamitate, spuse Haze. Voia să devină baterIstă sau dansatoare de shake, cam atât. Avea note slabe, dar se adaptase mai bine în noua școală decât în cea din Pisky (Pisky era orașul de baștină din Vestul Mijlociu al familiei Haze. Casa din Ramsdale aparținuse soacrei ei. Se mutaseră în Ramsdale de aproape doi ani).

— De ce nu se simțea bine acolo?

— Oh, spuse Haze, ar trebui să știu, sărmana de mine. Când eram copil, am trecut și eu prin astea: băieții îți sucesc mâinile, te lovesc cu ghiozdanele pline de cărți, te trag de păr, te izbesc în piept, te smucesc de bluză. Firește, toanele constituie alaiul obișnuit al creșterii, dar Lo exagerează. E posacă și evazivă. Grosolană și bănuitoare. Pe Viola, o colegă italiancă, a pironit-o de bancă, cu stiloul. Știți ce aș dori? Dacă veți mai fi la toamnă aici, *monsieur*, ați fi dispus să o ajutați să-și facă temele? După câte văd, cunoașteți o mulțime de lucruri – geografie, matematică, franceză.

— Cam așa ceva, răspunse *monsieur*.

— Înseamnă, spuse repede Haze, că veți fi aici!

Voiam să strig: am să rămân pentru totdeauna, fiindcă sper să îmi mângâi din când în când eleva începătoare. Dar cu Haze eram prudent. Așa că am mormăit ceva, mi-am întins alene membrele, fără să promit nimic (*le mot juste*) și m-am dus imediat sus în camera mea. Totuși, cucoana nu era pregătită să-și încheie astfel ziua. Mă lungisem pe patul meu rece, strângeam cu amândouă mâinile lângă obraz năluca înmiresmată a Lolitei, când am auzit cum proprietăreasa neobosită luneca tiptil spre ușa mea... Voia doar să fie sigură, mi-a șoptit ea de dincolo de ușă, că terminasem de citit revista *Glance and Gulp* pe care mi-o împrumutase mai deunăzi. Din camera ei, Lolita a zbierat că revista e la ea. Casa asta e o adevărată bibliotecă de împrumut, Doamne mânie-te!

Vineri. Ce-ar zice oare editorii mei academici dacă i-aș cita în manualul meu pe Ronsard cu „*la vermeillette fente*“ sau pe Remy Belleau cu „*un petit feutré de mousse délicate, tracé le milieu d'un fillet escarlatte*“ și așa mai departe? Mă paște, probabil, o altă depresie nervoasă dacă mai rămân în casa aceasta, sub tensiunea insuportabilei ispite, lângă iubita mea – iubita mea –, viața și logodnica mea. O fi inițiat-o maica natura în Misterul lui Menarch? Beat de amor. Blestemul irlandez. Căzând de pe acoperiș. Vine bunica. „Domnul Uterus (citez dintr-o revistă pentru fete) începe să construiască un zid moale și gros pentru cazul când un eventual bebeluș va trebui poate să-și facă acolo culcușul." Nebunul mititel în celula sa capitonată.

Apropo: dacă voi comite vreodată o crimă serioasă... Rețineți-l pe „dacă". Mobilul trebuia să fie mult mai puternic decât ceea ce se petrecuse între mine și Valeria. Rețineți că atunci m-am purtat destul de stupid. Dacă și când doriți să mă ardeți de viu, să nu uitați că numai un acces de nebunie putea să-mi dea energia necesară pentru a deveni o brută (tot pasajul e, probabil, modificat). Am visat uneori că încerc să ucid. Știți ce se întâmplă? De pildă, țin în mână o pușcă. De pildă, ochesc spre un dușman afabil, care mă privește interesat. Oh, apăs pe trăgaci, perfect, dar gloanțele cad moale, unul după altul, din gura bleagă a țevii. Singurul meu gând, în acele vise, era să-mi ascund fiascoul, să nu-l sesizeze dușmanul meu, care încet-încet începea să se înfurie.

Astă-seară la cină mâța a bătrână mi-a spus privind piezis, cu persiflare maternă, spre Lo (tocmai descriam cu mare vervă mustața tăiată scurt pe care încă nu mă hotărâsem să mi-o las):

— Mai bine renunțați, altminteri știu eu pe cineva care o s-o ia razna de tot.

Lo a împins deoparte farfuria cu pește fiert, mai--mai să răstoarne cana cu lapte, și a ieșit ca o furtună din sufragerie.

— Credeți că v-ar plictisi tare, zise Haze, să mergeți mâine cu noi la scăldat la Oglinda Iazului? Firește, dacă Lo își cere iertare pentru impolitețe.

Mai târziu am auzit uși trântite puternic și alte sunete care veneau din grotele zguduite de cutremurul înfruntării acerbe dintre cele două rivale.

Nu și-a cerut iertare. S-a dus iazul. Poate ne-am fi distrat.

Sâmbătă. De câteva zile, în timp ce scriu în camera mea, las ușa crăpată; dar capcana a funcționat de-abia azi. După ce s-a agitat îndelung, a ezitat, și-a șters picioarele insistent – se jena că venise neinvitată și voia să nu se observe –, a intrat în odaie, s-a învârtit, s-a răsucit și, în fine, a început să examineze încârligăturile pe care le așternusem pe o foaie de hârtie. Păreau să o intereseze. Oh, nu erau produsul pauzei inspirate pe care o face Literatul între două paragrafe, ci hieroglifele hidoase (ea nu avea cum să le descifreze) ale poftelor mele funeste. Și-a aplecat cârlionții peste masa la care stăteam, Humbert Humbert și-a petrecut patern brațul pe după mijlocul ei, iar vizitatoarea neprihănită s-a lăsat încetișor pe unul din genunchii mei, în timp ce ținea foarte aproape de ochi bucata de hârtie.

Profilul adorabil, buzele puțin desfăcute, părul ei cald se aflau la mică distanță de caninul meu; și, prin veșmintele de băiețoi necioplit, i-am simțit dogoarea membrelor. Mi-am dat seama numaidecât că o puteam săruta nepedepsit pe gât, pe golfulețul gurii. Știam că mă va lăsa, ba chiar va închide ochii, cum ne învață Hollywood-ul.

La fel de banal ca o vanilie dublă cu ciocolată fierbinte. Nu-i pot spune cititorului avizat (ale cărui sprâncene s-au retras, presupun, spre creștetul chel), nu-i pot spune cum mi-am dat seama. Urechea mea de maimuță a sesizat, probabil involuntar, o modificare ușoară în ritmul respirației ei – pentru că acum nu se mai uita, de fapt, la mâzgăleala mea, ci aștepta curioasă și calmă – oh, nimfeta mea diafană! – ca locatarul plin de vrajă și de dorințe să treacă la fapte. S-ar putea ca unei copile, cititoare asiduă a revistelor--cinema, expertă în detalii filmate cu încetinitorul, cu mișcări de vis, să nu i se pară prea ciudată situația, cred eu, când un prieten, adult arătos, foarte viril... prea târziu! Casa a început dintr-odată să vibreze, vocea gureșei Louise îi relata doamnei Haze, care de-abia intrase în casă, despre nu știu ce mortăciune găsită de ea și de Leslie Tomson în pivniță, și micuța Lolita nu putea să rateze o asemenea poveste.

Duminică. Nestatornică, țâfnoasă, veselă, neîndemânatică, fermecătoare, având acea grație picantă a puberelor cu făptura teribil de ademenitoare (dau New England pentru un condei de scriitoare!), de la funda neagră și clamele care-i țineau părul până la cicatricea mică din josul gambei netede (unde o lovise cu rotilele patinelor un băiat din Pisky), cu o palmă mai sus de șoseta albă din bumbac.

Plecată cu maică-sa la familia Hamilton – ziua de naștere sau așa ceva. Rochie cadrilată, lungă. Porumbeii săi mici par bine formați. Ce capcană precoce!

Luni. Dimineață ploioasă. *„Ces matins gris et doux...“* Pijamaua mea albă are pe spate un desen liliachiu. Mă simt asemenea păianjenilor umflați și palizi pe care-i vedeți în grădinile bătrâne. Așezați în mijlocul pânzei strălucitoare, trimit semnale smucind ușor de unul sau altul dintre fire. Pânza *mea* se întinde în toată casa, iar eu ascult, ca un vrăjitor viclean, stând tolănit într-un fotoliu. Unde o fi Lo? În odaia ei? Trag binișor de firul mătăsos. Nu este. S-a auzit sunetul sacadat al ruloului de hârtie igienică: și firul meu lansat în exterior nu a interceptat zgomot de pași între baie și camera ei. Se spală încă pe dinți (singura operație igienică pe care Lo o îndeplinește cu sfințenie)? Nu. Ușa de la baie de-abia s-a închis, am auzit cu câteva clipe mai înainte cum s-a trântit, deci trebuie să dibui prin alte părți ale casei ca să descopăr prada frumoasă, cu piele fierbinte, bronzată și obrajii rumeni. Ia să-mi expediez firele de mătase pe scări în jos. Mă conving astfel că nu e în bucătărie – nu trântește ușa frigiderului, nu țipă la mama ei nesuferită (care se delectează, presupun, cu a treia conversație telefonică matinală, uguind cu voioșie potolită). Ei, să bâjbâim și să nădăjduim. Gândurile mele alunecă asemenea unui fascicul de raze până în salon și constată că radioul tace (iar mămica turuie întruna cu voce scăzută, discutând cu doamna Chatfield sau cu doamna Hamilton; e îmbujorată, surâzătoare, cupa mâinii libere acoperă receptorul și refuză, implicit, să dezmintă insinuările acelea amuzante, știți, zvonar, locatar, și doamna, care în discuțiile față-n față e întotdeauna categorică, șoptește afectuos, cum nu-i stă în fire). Așadar nimfeta mea nu este acasă! Plecată! Ceea ce credeam că este o rețea prismatică se dovedește a fi doar un păienjeniș vechi și cenușiu, casa e pustie, moartă. Și deodată, prin ușa întredeschisă, se aude chicotitul dulce, discret al Lolitei:

— Să nu-i spui mamei că ți-am mâncat *toată* slănina.

Ies iute din odaie. S-a dus. Lolita, unde ești? Tava cu micul dejun, pregătit cu drag de stăpâna casei, rânjește știrbă la mine, așteptând să o duc în cameră. Lola, Lolita!

Marți. Norii au amânat din nou picnicul de la iazul acela inaccesibil. Intrigile Destinului. Ieri am probat în fața oglinzii o nouă pereche de chiloți de baie.

Miercuri. După-amiază, Haze (pantofi decenți, taior) mi-a spus că se duce în oraș să cumpere un cadou pentru prietena uneia dintre prietenele ei și m-a întrebat dacă n-aș fi dispus să o însoțesc; eram atât de priceput la stofe și parfumuri!

— Să alegeți mireasma dumneavoastră preferată, a sfârâit ea.

Ce mai putea spune Humbert, care lucra în branșa parfumurilor? Mă prinsese la înghesuială, între veranda din față și mașină.

— Hai, grăbiți-vă, spuse, în timp ce eu mă chinuiam să-mi aplec trupul meu mare ca să mă strecor înăuntru (și căutam cu disperare un pretext pentru a scăpa). Pornise motorul și înjura monden un camion care o bloca - a dat cu spatele și apoi a întors, după ce îi adusese bătrânei invalide, domnișoara Devizavi, un scaun cu rotile nou-nouț. Deodată vocea ascuțită a Lolitei a țâșnit pe fereastra salonului.

— Hei, unde vă duceți? Vin și eu! Stați așa!

— N-o băga în seamă, scheună Haze (forțând motorul): dar vai, ce necaz pe șoferița mea nurlie, Lo ajunsese la portiera de pe partea mea și trăgea de ea.

— E inadmisibil, începu Haze.

Dar Lo s-a și aruncat înăuntru, în culmea încântării:

— Alo, mișcă-ți fundu', îmi spuse Lo.

— Lo! strigă Haze (privindu-mă cu coada ochiului, în speranța că o voi împinge afară pe Lo, mojica!).

— Ei, poftim! strigă Lo (nu o făcea pentru prima oară), când a fost proiectată brusc pe banchetă de mașina care s-a năpustit înainte.

— E inadmisibil, reluă Haze, băgând furioasă în viteza a doua, ca un copil să fie atât de bădăran. Și atât de insistent. Doar știe că nu este dorită. Și nici măcar n-a făcut baie.

Dosul palmei mele atingea blugii copilei. Era desculță: pe unghiile degetelor de la picioare se vedeau urme de ojă vișinie, iar degetul mare era înfășurat în leucoplast; și, Doamne, ce n-aș fi dat să pot săruta lăbuțele cu degete lungi de maimuță!

Deodată și-a strecurat mâna în mâna mea și eu am ținut și am strâns lăbuța fierbinte, tot timpul drumului, fără să fim văzuți de supraveghetoarea noastră. Aripile nasului Marlenesc al șoferiței străluceau, deoarece tainul de pudră se risipise sau se consumase. Monologa elegant despre circulația locală, zâmbea din profil, își țuguia buzele, din profil, își bătea genele rimelate, din profil, iar eu mă rugam să nu mai ajungem niciodată la magazin, dar am ajuns.

Mai am de relatat doar, *primo*: că, la întoarcere, Haze cea mare a exilat-o pe Haze cea mică pe bancheta din spate și *secundo*: că doamna s-a decis să păstreze preferința Humbert pentru dosul urechilor ei frumoase.

Joi. La începutul tropical al lunii, plouă cu piatră și câinii văzduhului latră. Într-un volum din *Young People's Encyclopaedia* am găsit o foiță pe care creionul unui copil începuse să copieze harta Statelor Unite. Pe partea cealaltă, în dreptul conturului neîncheiat al Floridei și Golfului, era o listă trasă la mimeograf cu nume care se refereau, evident, la clasa ei din școala de la Ramsdale. E un poem pe care-l știu pe de rost.

Angel, Grace
Austin, Floyd
Beale, Jack
Beale, Mary
Buck, Daniel
Byron, Marguerite
Campbell, Alice
Carmine, Rose
Chatfield, Phyllis
Clarke, Gordon
Cowan, John
Cowan, Marion
Duncan, Walter
Falter, Ted
Fantazia, Stella
Flashman, Irving
Fox, George
Glave, Mabel
Goodale, Donald
Green, Lucinda
Hamilton, Rose
Haze, Dolores
Honech, Rosaline
Knight, Kenneth
McCoo, Virginia
McCrystal, Vivian
McFate, Aubrey
Miranda, Anthony
Miranda, Viola
Rosato, Emil
Schlenker, Lena
Scott, Donald
Sheridan, Agnes
Sherva, Oleg
Smith, Hazel
Talbot, Edgar
Talbot, Edwin
Wain, Lull
Williams, Ralph
Windmuller, Louise

Un poem, un adevărat poem! Ce straniu, ce plăcut să o descopăr pe această „Haze, Dolores" (ea!) în minunatul pavilion al numelor, cu bodigarzi de roze – o prințesă de basm între domnișoarele de onoare. Numele acesta așezat printre multe altele îmi dă fiori pe șira spinării. De ce? Încerc să analizez. De ce mă tulbură într-atât încât mă podidesc lacrimile (fierbinți, opalescente, mari; lacrimile pe care le varsă poeții și îndrăgostiții)? De ce? Din cauza anonimatului duios al numelui în mantie oficială („Dolores") și a permutării abstracte a numelui de botez și a celui de familie, care seamănă cu o pereche nouă de mănuși deschise la culoare sau cu o mască?

Care să fie cuvântul-cheie? „Mască"? Din cauza delectării produse de misterul semitransparent al voalului unduitor din interiorul căruia îți zâmbesc, în trecere, doar ție carnea și ochii ființei dragi, fiindcă numai tu o vei cunoaște? Sau pentru că îmi pot imagina perfect restul pitoresc al clasei, băieții și fetele din jurul iubitei mele neguroase și *dolorosa*: Grace și coșurile ei coapte; Ginny cu piciorul târșâit; Gordon, onanistul jigărit; Duncan, clovnul urât-mirositor; Agnes, care își roade unghiile; Viola, bruneta cu sânii mari; drăgălașa Rosaline; oacheșa Mary Rose; adorabila Stella, care se lasă pipăită de străini; Ralph, teroristul și hoțul; Irving, de care îmi pare rău. Și, pierdută printre ei, stă Ea, Lolita *mea*. Profesorii o detestă, dar ochii băieților îi mângâie gâtul și părul.

Vineri. De s-ar produce odată un dezastru înspăimântător! Cutremur. Explozie spectaculoasă. Mama sa este eliminată, spulberată imediat și pentru vecie, împreună cu tot ce se găsește pe o rază de patru mile. Lolita scâncește în brațele mele. Fiind un bărbat liber, mă bucur de ea printre ruine. Surprinderea ei, explicațiile mele, demonstrațiile, gemetele. Plăsmuiri idioate și zadarnice! Un Humbert viteaz s-ar fi jucat cu ea în modul cel mai scârbos (de pildă, ieri, când venise din nou în camera mea ca să-mi arate desenele ei – artă școlară!) sau ar fi putut să o cumpere, să o corupă – și treaba se aranja. Un individ simplu și practic ar fi recurs la surogate comerciale – cine știe unde vrea să ajungă! Eu însă nu știu. Sunt îngrozitor de timid, deși am trăsături virile. La gândul că aș putea să am neplăceri teribil de indecente, sufletul meu romantic e cuprins de frisoane și devine amorf. Monștrii aceia marini, obsceni. *„Mais allez-y, allez-y!"* Annabel sărea într-un picior, trăgându-și șortul pe ea, eu turbam de furie și încercam să o ascund de privirile lor.

Aceeași dată, mai târziu, foarte târziu. Am aprins lumina pentru a întrerupe un vis, care avea un antecedent clar. La cină, Haze anunțase binevoitoare că duminică, după slujbă, ne vom duce la iaz, fiindcă institutul meteorologic prevedea un weekend însorit. Stăteam lungit pe pat, pierdut în reverii erotice și, înainte de a adormi, mă gândeam cum să profit de picnicul ce se anunța. Încercam să imaginez un plan. Îmi dădeam seama că Haze o ura pe iubita mea, fiindcă Lo se îndrăgostise de mine. Așa că planul meu pentru ziua când ne vom duce la iaz își propunea să dea satisfacție mamei; dar, când mi se va oferi prilejul, voi spune că mi-am uitat ochelarii de soare sau ceasul în luminișul acela, de acolo – și mă voi pierde cu nimfeta mea în pădure. Ajuns aici, realitatea s-a retras, s-a vaporizat. Căutarea Ochelarilor s-a transformat într-o miniorgie liniștită cu Lolita, care, spre surprinderea mea, se dovedea versată, veselă, coruptă și docilă. Pe la trei dimineața am înghițit un somnifer și numaidecât un vis parodic – dar care nu-l continua pe cel anterior – mi-a înfățișat cu un soi de limpezime semnificativă iazul la care nu fusesem niciodată: era glazurat cu o pojghiță de gheață de culoarea smaraldului, pe care încerca să o spargă cu târnăcopul un eschimos ciupit de vărsat. Și totuși, pe malurile nisipoase ale iazului înfloreau mimoze importate și leandri. Dr Blanche Schwarzmann mi-ar fi dat un sac de bani ca să-și sporească fișele cu un asemenea vis-libido. Din păcate, restul visului era complet eclectic. Haze cea mare și mica Haze călăreau în jurul iazului, călăream și eu săltând conștiincios în șa, cu picioarele depărtate și arcuite, deși între ele nu se afla calul, ci doar aerul elastic – o mică scăpare datorată neatenției agentului oniric.

Sâmbătă. Inima îmi bate și acum foarte tare. Sunt încă agitat și amintirea din vis îmi smulge gemete stinse.

Vedere din spate. Imaginea fugară a pielii strălucitoare dintre tricou și chiloții de gimnastică albi. Aplecată peste pervaz, rupe frunze din plopul de lângă casă, în timp ce e absorbită de o discuție torențială cu vânzătorul de ziare, băiatul din stradă (Kenneth Knight, bănuiesc), care a propulsat cu un bobârnac foarte precis *Ramsdale Journal* direct pe verandă. Asemenea unui mim, m-am dus pâș-pâș, târâș-grăpiș spre ea. Brațele și picioarele deveniseră suprafețe convexe și eu înaintam între ele – nu pe ele –, mă apropiam lent, cu un mijloc neutru de locomoție: Humbert, Păianjenul Rănit. Mi s-a părut că s-au scurs multe ore până să ajung la ea: o vedeam, parcă, printr-un telescop întors și mă deplasam ca un paralitic, pe mădulare moi și diforme, teribil de concentrat, spre fundul ei mic și încordat. Am ajuns, în fine, în spatele ei și atunci m-a pălit o idee nefericită și am zbierat „bau", înșfăcând-o de ceafă și scuturând-o ca să-mi maschez adevăratul meu *manège*; și ea a mârâit scurt: „Termină!". Foarte grosolană, cocota mică! Rânjind cadaveric, Humbert cel Hulit a ordonat o retragere tristă, iar ea a continuat să reverse bancuri înspre stradă.

Am să vă povestesc acum ce s-a întâmplat mai târziu. După ce am luat prânzul, m-am întins într-un șezlong și am încercat să citesc. Deodată, două mânuțe dibace mi-au acoperit ochii: Lo se furișase în spatele meu, reproducând, parcă într-o secvență de balet, manevra pe care o făcusem dimineața. Degetele ei care încercau să ascundă soarele erau purpură luminoasă. Vorbea înecându-se de râs și se smucea când încolo, când încoace, iar eu îmi întindeam mâinile în lături și în spate, dar fără să-mi schimb poziția corpului. Mâna îmi aluneca pe picioarele ei agile, chicotitoare, cartea a plecat din poală ca o sanie și doamna Haze a apărut în grădină și mi-a spus îngăduitoare:

— Plesniți-o bine, dacă vă tulbură meditațiile cărturărești. Ce mult îmi place grădina (...). Nesuferita doamnă a schițat un gest de mulțumire prefăcută și apoi s-a tolănit în iarbă, cu fața în sus, sprijinindu-se pe coate, și a început să privească cerul. La puțin timp după aceea, a lovit-o o minge de tenis veche și cenușie și din casă s-a auzit vocea arogantă a lui Lo:

— *Pardonnez*, mamă. N-am vrut să te lovesc *pe tine*.

Bineînțeles, piersica mea dulce, iubita mea înfierbântată.

12

Aceasta a fost ultima dintre cele vreo douăzeci de însemnări ale jurnalului. Se observă din ele că schema se repeta în fiecare zi, în ciuda inventivității diavolului. Mai întâi, tartorul mă ispitea – apoi, tot el mi se punea în cale și mă abandona cu o durere surdă în rădăcina însăși a ființei mele. Știam exact ce voiam să fac și cum să procedez ca să nu vatăm castitatea unui copil; în definitiv, căpătasem ceva experiență în viața mea de *pederosis*; îmi posedasem vizual nimfetele pepite din parcuri; îmi croisem prudent și bestial drumul, până la colțurile cele mai aglomerate și încinse ale autobuzelor pline de eleve care stăteau în picioare. Dar, timp de trei săptămâni, nu mi-am putut duce până la capăt nici una din mașinațiunile mele patetice. Agentul perturbator era, de obicei, doamna Haze (pe care n-o speria atât gândul că aș vrea să profit de Lo, ci, așa cum va remarca cititorul, acela că Lo s-ar putea simți mult prea bine în prezența mea). Pasiunea pentru această nimfetă – prima nimfetă din viața mea pe care aveam, în sfârșit, posibilitatea să o ating cu ghearele mele stângace, îndurerate, timide – m-ar fi debarcat din nou într-un sanatoriu, dacă diavolul nu și-ar fi dat seama că trebuia să-mi acorde o alinare, un respiro, în cazul când n-ar fi dorit să se joace o vreme mai îndelungată cu mine.

Cititorul a remarcat, desigur, ciudatul Miraj al Iazului. Ar fi fost logic ca Aubrey McFate (cum mi-ar plăcea să-l poreclesc pe diavolul acela, care era destinul meu) să-mi pregătească o masă la iarbă verde, lângă plaja făgăduită, în pădurea mult visată. În fapt, doamna Haze făcuse o promisiune necinstită, fiindcă nu-mi spusese că va veni și Mary Rose Hamilton (o adevărată frumusețe, mică și oacheșă) și că, astfel, cele două nimfete se vor trage deoparte, șușotind între ele, jucându-se și distrându-se singure, în timp ce doamna Haze și chiriașul ei arătos vor conversa potolit, pe jumătate goi, departe de ochii iscoditori. Întâmplător, ochii iscodeau într-adevăr și gurile melițau. Cât de ciudată este viața! Ne grăbim să îndepărtăm ursitoarele pe care aveam de gând să le chemăm în ajutor. Gazda mea se hotărâse – până să descind eu în carne și oase – să aducă în Ramsdale pe domnișoara Phalen, o celibatară bătrână, a cărei mamă fusese bucătăreasă la familia Haze, ca să stea cu Lolita și cu mine. Între timp, doamna Haze, care avea vocație de funcționară, își va căuta un serviciu convenabil în orașul cel mai apropiat. Doamna Haze văzuse foarte limpede întreaga situație: ochelaristul, cocârjatul Herr Humbert va sosi cu valizele lui central-europene și se va adăposti după un maldăr de cărți, adunând praful în ungherul lui; fiica mică, urâtă și neiubită se va afla sub supravegherea strictă a domnișoarei Phalen, care o mai ținuse o dată pe Lo sub aripa ei de uliu (Lo își amintea vara anului 1944 cu un tremur de indignare), iar doamna Haze se va angaja ca recepționeră într-un oraș mare și elegant. Planul ei a fost torpilat de un eveniment destul de banal. Domnișoara Phalen și-a fracturat femurul în Savannah, Georgia, chiar în ziua când soseam în Ramsdale.

13

După sâmbăta descrisă mai înainte a urmat o duminică minunată, așa cum prezisese meteorologul. Am scos tava cu resturile de la micul dejun pe scaunul de lângă odaia mea, pentru ca gazda să le poată lua când dorește și, punând cap la cap ceea ce auzisem de la balustrada palierului unde mă strecurasem binișor în papucii mei vechi – singurele lucruri vechi pe care le adusesem cu mine –, am dedus următoarea situație.

Se produsese un nou tărăboi. Doamna Hamilton telefonase că fiica ei „are temperatură". Doamna Haze și-a informat fata că picnicul se amână. Înfierbântată, mica Haze a informat-o pe Haze cea mare și rece că dacă-i așa n-are decât să se ducă singură la biserică. Mama a spus „E-n regulă" și a plecat.

Ieșisem pe palier imediat după bărbierit, cu urechile pline de săpun, în pijamaua mea albă cu model albăstrui (nu liliachiu) pe spate. Numaidecât m-am șters de săpun, mi-am parfumat părul și subțiorile, am tras pe mine un halat de mătase purpurie și, dondănind nervos, am coborât scările în căutarea lui Lo.

Îi rog pe cititorii mei avizați să urmărească atent scena pe care mă pregătesc să o reiau; îi rog să analizeze fiecare detaliu și să constate singuri cât de controlat, cât de cast apare evenimentul dulce ca vinul, dacă e perceput cu „simpatie imparțială", cum s-a exprimat avocatul meu într-o discuție confidențială. Sarcina mea este extrem de ingrată.

Personajul principal: Humbert Dondănitorul. Timpul: o duminică dimineață de iunie. Locul: livingul însorit. Recuzită: o canapea veche, dungată ca dropsurile, reviste, un patefon, bibelouri mexicane (răposatul domn Harold E. Haze – odihnească-l Dumnezeu pe stăpânul casei – o zămislise pe iubita mea într-o cameră albastră de hotel, în timpul voiajului de nuntă la Vera Cruz; și suvenirele, printre care și Dolores, erau răspândite prin toată casa). În acea zi ea purta o rochie cu un imprimeu drăguț, roz, în care o mai văzusem doar o singură dată, cu fustă amplă, corsaj strâmt, mâneci scurte cu carouri în altă nuanță de roz: și pentru a completa gama coloristică își făcuse buzele și ținea în căușul palmelor un măr frumos, obișnuit, roșu ca acela din grădina raiului. Totuși, nu-și pusese pantofii de sărbătoare. Și geanta ei albă, de duminică, zăcea aruncată lângă patefon.

Inima a început să-mi bubuie ca o tobă când Lo s-a așezat pe sofa lângă mine – fusta răcoroasă s-a umflat și apoi s-a lăsat lin – și a început să se joace cu fructul lucios. Îl arunca în aerul cu pulbere de soare și apoi îl prindea – iar mărul făcea *clap*, șlefuit, înfundat.

Humbert Humbert a interceptat mărul.

— Dă-l înapoi, mi-a cerut ea, arătându-și roșeața marmoreană a palmelor. I-am oferit Deliciul. L-a înhățat, a înfipt colții în el – sub pielea subțire, de purpură, inima îmi era ca zăpada – și, cu agilitatea de maimuță tipică acestei nimfete americane, mi-a smuls din mână revista pe care o deschisesem, scoțând-o din raza mea de acțiune (din păcate nu s-a înregistrat pe nici o peliculă structura curioasă, îmbinarea monogramică a mișcărilor noastre paralele sau intersectate). Deodată, a început să răsfoiască violent paginile cu mâna în care ținea mărul mutilat. Voia să-i arate ceva lui Humbert. A găsit, în fine. Am mimat interesul apropiindu-mi atât de mult capul, încât părul ei mi-a atins tâmpla și brațul ei mi-a mângâiat obrazul (Lo se ștergea la gură cu dosul palmei). Reacția mea a fost lentă, fiindcă vedeam ilustrația ca printr-o ceață groasă și genunchii ei goi se frecau și se izbeau nerăbdători unul de celălalt. S-au ivit destul de neclar: un pictor suprarealist care se odihnea pe o bancă întins pe spate și, lângă el, culcată, copia în ghips a lui „Venus din Milo" îngropată pe jumătate în nisip. Pictura săptămânii, glăsuia legenda. Am îndepărtat din fața ochilor obscenitatea aceea. În clipa următoare, prefăcându-se că luptă să recupereze revista, Lo s-a prăvălit peste mine. Am prins-o de încheietura cu protuberanțe delicate a mâinii. Revista a căzut fâlfâind ca o pasăre beată. Lo s-a smucit eliberându-se, s-a tras înapoi și s-a tolănit din nou în colțul din dreapta al canapelei. Apoi, cu o naturalețe absolută, copila lipsită de pudoare și-a întins picioarele peste genunchii mei.

Eram într-o stare de excitare vecină cu nebunia; dar aveam și viclenia nebunului. Stând pe canapea, am izbutit să armonizez, printr-o serie de mișcări nevăzute, hoțești, pofta trupului meu cu membrele ei neștiutoare. Nu era ușor să distrag atenția fetiței în timp ce operam neobservat adaptările necesare pentru succesul trucului. Vorbeam precipitat, îmi pierdeam suflul, mi-l recăpătam, mimam o durere năprasnică de dinți ca să justific pauzele din sporovăiala mea, privirea interioară de maniac rămânându-mi fixată tot timpul pe scopul meu îndepărtat, de aur, însă aveam impresia că frecarea magică începe să se stingă – era poate doar o iluzie, poate realitatea era alta – și, de aceea, am intensificat-o prudent cu ajutorul texturii (pijama, rochie) de neînlăturat din punct de vedere material, dar fragilă din punct de vedere psihologic, care separa povara picioarelor bronzate ce se odihneau pe genunchii mei de tumoarea ascunsă a unei pasiuni nebunești. Sporovăind, mi-am amintit întâmplător textul destul de ritmat al unui cântec nerod ce se bucura de popularitate și i-am recitat selectiv cuvintele – o, Carmen, mica mea Carmen, bla-bla, bla-bla, nopțile acelea bla-bla, și stelele, și mașinile, și barurile, și barmanul; am repetat mașinal, ca într-un dicteu automat, fleacurile acestea și am ținut-o sub vraja lor (deosebită datorită selecției), temându-mă tot timpul că vreun gest al divinității ar putea să mă întrerupă, ar putea să îndepărteze povara de aur în a cărei percepție părea să se concentreze întreaga mea ființă, și această neliniște groaznică m-a silit să acționez în primele clipe cu o grabă nepotrivită pentru o delectare modulată, controlată conștient. Lo prelua imediat stelele scăpărând, mașinile parcând, barurile și barmanii; glasul ei fura și corecta melodia pe care o mutilasem. Avea simț muzical; și era dulce ca fraga. Picioarele ei tresăreau ușor pe genunchii mei; le mângâiam; Lola se lăfăia în colțul din dreapta al canapelei, Lola, fetișcana devorând fructul ei străvechi, cântând prin sucul lui, pierzându-și papucul, frecându-și călcâiul piciorului descălțat, cu șoseta stropită de noroi, de maldărul de reviste vechi așezate în stânga mea, pe canapea – și fiecare mișcare, fiecare târșâire și unduire mă ajuta să ascund și să perfecționez sistemul de corespondențe tactile tainice între bestie și frumusețe – între bestia mea amuțită, explozivă și frumusețea trupului cu gropițe, în rochia nevinovată de bumbac.

Vârfurile degetelor mele văzătoare simţeau cum se zbârleşte uşor perişorul fin de pe gambele ei. M-am cufundat în căldura chinuitoare, dar sănătoasă care atârna ca o pâclă estivală deasupra micuţei Haze. Să nu plece, să nu plece... Se căznea să arunce cotorul mărului lichidat în tava din faţa sobei şi tânăra ei povară, coapsele nevinovate şi neruşinate şi fundul ei rotund au alunecat în poala mea tensionată, care lucra pe furiş; şi deodată, în simţurile mele s-a produs o schimbare misterioasă. Am intrat într-un plan existenţial unde nu mai conta decât infuzia de bucurie preparată în interiorul trupului meu. Ceea ce debutase printr-o dilatare delicioasă a rădăcinilor mele a devenit o înfiorare fierbinte care atingea *acum* starea de siguranţă, încredere şi speranţă deplină ce nu se întâlneşte în viaţa conştientă. S-a instalat astfel farmecul dogoritor şi profund care se îndrepta spre comoţia finală. Am simţit că pot să încetinesc ritmul pentru a prelungi senzaţia. Lolita fusese claustrată fără nici o vătămare în universul meu. Soarele pulsa complice în plopii ce i se ofereau. Eram ireal şi dumnezeieşte de singuri; o priveam cum stă neştiutoare într-un nimb roz-auriu, dincolo de vălul desfătării mele controlate, străină de aceasta; soarele îi strălucea pe buze, iar buzele ei formau, pare-se, în continuare cuvintele cântecului Carmen-barmen, care nu mai ajungeau la conştiinţa mea. Totul era pregătit acum. Nervii plăcerii se despuiaseră. Corpusculii lui Krauze intrau în faza de delir. O simplă apăsare ar fi fost suficientă pentru a elibera întregul paradis. Încetasem de a mai fi Humbert Hăitaşul, cotarla degenerată îmbrăţişând cizma care o va izbi imediat şi o va îndepărta. Mă ridicasem deasupra tribulaţiilor ridicolului, dincolo de orice posibilitate de a fi pedepsit. În haremul pe care mi-l făurisem singur eram turcul radios şi viril care, deplin conştient de libertatea lui, amâna cu deliberare momentul când se va desfăta cu cea mai tânără şi mai gingaşă dintre sclavele sale. Suspendat pe marginea acestei prăpăstii a voluptăţii (o subtilitate a echilibrului fiziologic comparabilă cu anumite tehnici din artele plastice), am continuat să repet după ea cuvinte întâmplătoare – barmeni, alarmeni, desfătarea mea, Carmen, ahmeni, ahahmeni – ca o persoană care vorbeşte şi râde în somn şi în acest timp mâna mea fericită urca tiptil-tiptil pe piciorul ei însorit, atât cât permitea o umbră de decență. Cu o zi înainte se lovise de cufărul greu din hol.

— Uite, uite! am gâfâit eu. Vezi ce-ai făcut, ce ți-ai făcut, oh, uite! fiindcă era, mă jur, o pată gălbui-violacee pe coapsa grațioasă de nimfetă, pe care mâna mea uriașă, păroasă, a masat-o, a cuprins-o încetul cu încetul. Datorită desuurilor ei mai mult simbolice, se părea că degetul meu mare și musculos va ajunge fără piedici la golul acela fierbinte al pubisului – ca și cum ar fi vrut să gâdile și să mângâie un copil chicotind – ca și cum! – și:

— Oh, o nimica toată, a strigat ea cu o notă stridentă, impetuoasă în glas și s-a zvârcolit, și-a dat capul pe spate, dinții i s-au oprit în buza strălucitoare, apoi s-a răsucit întorcându-se pe jumătate și, gemând, gura mea aproape i-a atins gâtul gol, domnilor jurați, în timp ce lipit de fesa ei stângă am stors ultimul fior al celui mai lung extaz menit vreodată omului sau unui monstru.

Imediat după aceea (ca și cum ne luptaserăm și acum strânsoarea mea slăbise) s-a rostogolit de pe canapea și a sărit în picioare – într-un picior, mai degrabă – ca să răspundă la telefonul care suna în demență – dacă ar fi fost după mine, putea să sune o veșnicie. Stătea acolo și clipea, cu obrajii în flăcări, părul răvășit, privirile ei treceau ușor peste mine și peste mobilă; asculta și vorbea (mama ei îi spunea că trebuie să meargă împreună la familia Chatfield, unde fuseseră invitate la masă – nici Lo, nici Hum nu știau ce pune la cale Haze cea aferată), bătând darabana pe marginea mesei cu papucul pe care-l ținea în mână. Lo nu observase nimic, slavă Domnului!

Atentă la ce-i spunea mamă-sa, privirea i s-a oprit o clipă, absentă, pe batista multicoloră cu care-mi ștergeam sudoarea de pe frunte, iar eu, cufundat în euforia eliberării, mi-am aranjat mantia regală. Era încă la telefon ciorovăindu-se cu maică-sa (mica mea Carmen îi cerea să trimită mașina), iar eu, cântând din ce în ce mai tare, am zburat în sus pe scări și am lăsat să curgă un torent de apă clocotită în cadă.

În acest moment aș putea să vă redau cuvintele șlagărului – așa cum mi le amintesc –, deși nu cred să le fi știut bine vreodată. Iată-le:

> Oh, micuța mea Carmen, Carmencita mea!
> Bla-bla, bla-bla, nopțile acelea bla-bla;

Barurile și barmanii, mașinile și stelele;
Și, oh, draga mea, și îmbrățișările noastre, cumplitele.
Și orașul, bla-bla, unde atât de veseli, braț la
Braț ne-am dus, și ultima ceartă, bla-bla,
Și arma care te-a ucis, o, Carmen a mea,
Pe care o țin în mâini, arma mea.

(și-a scos pistolul calibrul 32, presupun, și a trecut un glonț prin ochiul metresei sale).

14

Am luat masa în oraș – îmi era o foame de lup. Când m-am întors, casa era pustie, fără Lo. Mi-am petrecut după-amiaza meditând, complotând, digerând fericit experiența din acea dimineață.

Eram mândru de mine. Șterpelisem nectarul unui spasm fără să bruschez simțul moral al copilei. Complotistul turnase lapte, melasă, șampanie înspumată în geanta albă și nouă a unei tinere doamne și, minune, geanta rămăsese intactă. Ați văzut cum mi-am construit visul meu mârșav, pasionat, păcătos; și totuși, Lolita n-a fost întinată, iar eu eram în afara oricărei primejdii. O posedasem ca un dement, dar nu, nu fusese ea, ci o Lolită ireală, creată de mine și poate mai reală decât Lolita, pe care o claustra suprapunându-i-se; o Lolită ce plutea, fără voință, fără conștiință – și fără viață proprie – între mine și Lo.

Copila nu știa nimic. Nu-i făcusem nici un rău. Nimic nu mă oprea să-mi repet isprava de azi, care n-o afectase, căci ea fusese imaginea pâlpâitoare de pe ecranul televizorului, iar eu – cocoșatul umil care se masturbează în întuneric. După-amiaza se scurgea și se tot scurgea într-o liniște desăvârșită și arborii înalți păreau să știe ce se întâmplase; iar dorința, mai puternică decât până acum, a început să mă chinuie din nou. Adu-mi-o mai repede acasă, m-am rugat unui Dumnezeu însingurat și, în timp ce mama ei se află în bucătărie, fă să se repete scena de pe canapea, rogu-te, fiindcă mi-e îngrozitor de dragă.

Nu: „îngrozitor“ nu e cuvântul potrivit. Viziunea unor noi desfătări mă aducea într-o stare de exaltare care nu era „îngrozitoare“, ci patetică. O consider patetică. Patetică – întrucât, în ciuda apetitului meu veneric, intenționam să protejez, cu forța și prevederea extreme ale pasiunii, puritatea copilei de doisprezece ani.

Și acum să vă spun cum mi-au fost răsplătite chinurile. Lolita nu s-a întors acasă – se dusese la film, cu familia Chatfield. Masa fusese aranjată cu neobișnuită eleganță: la lumina lumânărilor, dacă vreți. În această atmosferă intim-dulceagă, doamna Haze a lovit ușor, pe margini, farfuria ei de argint, parcă ar fi atins clapele pianului, și i-a zâmbit farfuriei goale (ținea regim) și mi-a spus că speră să-mi placă salata (rețeta era preluată dintr-o revistă pentru femei). Spera să-mi placă și gustările reci. Avusese o zi foarte bună. Doamna Chatfield e o persoană încântătoare. Phyllis, fiica ei, pleacă mâine într-o tabără de vară. Pentru trei săptămâni. Lolita va pleca joi, așa s-a hotărât. Nu vor aștepta până în iulie, cum se stabilise inițial. Va rămâne acolo și după plecarea lui Phyllis. Până la deschiderea școlii. Splendidă perspectivă, inima mea.

Oh, am fost descumpănit – fiindcă asta însemna să-mi pierd pur și simplu iubita și tocmai acum când fusese, în mare taină, cu adevărat a mea. Ca să-mi justific proasta dispoziție, a trebuit să recurg la același pretext, durerea de dinți simulată și în timpul dimineții. Era, probabil, un molar enorm cu un abces cât o sticlă de maraschino.

— Avem, spuse Haze, un dentist excelent. Vecinul nostru, de fapt, dr Quilty. Unchiul sau vărul dramaturgului, cred. Ziceți că o să treacă? Mă rog, cum doriți. La toamnă o s-o duc la el să-i „îndrepte dinții", cum spunea mama. O s-o mai domolească. Mă tem că v-a sâcâit îngrozitor zilele astea. Ne mai așteaptă câteva zile frumoase până la plecarea ei. A refuzat categoric să plece și vă mărturisesc că am lăsat-o cu familia Chatfield fiindcă mi-a fost teamă să rămân imediat singură cu ea. Poate filmul o s-o mai potolească. Phyllis e o fată foarte dulce și nu înțeleg de ce Lo nu o agreează. Zău, *monsieur*, îmi pare foarte rău pentru dintele acela. Dacă vă mai doare și mâine dimineață, cred că ar fi rezonabil să-mi permiteți să vorbesc cu Ivor Quilty. Știți, cred că e mult mai sănătos să stai într-o tabără de vară – mă rog, e mult mai rezonabil, zic eu – decât să tânjești pe pajiști suburbane, să folosești rujul mamei, să te ții după domnii studioși și să-ți sară țandăra din te-miri-ce.

— Sunteți sigură, am zis eu în cele din urmă, că acolo va fi fericită? (penibilă obiecție, jalnică!)

— Va fi mult mai bine, zise Haze, fiindcă acolo nu e numai joacă. Tabăra e condusă de Shirley Holmes – știți, doamna care a scris *Campfire Girl*. Tabăra o va învăța pe Dolores Haze cum să realizeze progrese în multe domenii – sănătate, cunoaștere, caracter. Și îndeosebi în privința răspunderii pe care o are față de alți oameni. Ei, ce ziceți, luăm lumânările să ne ducem pentru câteva clipe în *piazza*? Sau doriți să vă culcați și să vă doftoriciți dintele acela?

Să-mi doftoricesc dintele acela.

15

Ziua următoare s-au urcat în mașină și au plecat în oraș să cumpere lucrurile necesare pentru tabără: Lo era înnebunită după îmbrăcăminte, ar fi cumpărat orice. La masă s-a prezentat în dispoziția ei sarcastică obișnuită. După aceea a șters-o în camera ei și s-a cufundat în lectura cărților umoristice cumpărate pentru zilele ploioase din Tabăra Q. (Până joi le-a parcurs atât de temeinic, încât nu le-a mai luat cu ea.) M-am retras și eu în bârlog și mi-am citit corespondența. Mi-am făcut planul să mă duc la mare și apoi, după ce se vor deschide școlile, să-mi reiau existența în casa Haze; fiindcă acum știam că nu mai pot trăi fără copila aceea. Marți s-au dus din nou la cumpărături, iar eu am fost rugat să răspund la telefon dacă sună directoarea taberei în timpul absenței lor. A sunat; iar după mai bine de o lună am avut prilejul să evocăm conversația noastră plăcută. În acea marți, Lo a luat masa la ea în cameră. Plânsese după un scandal de rutină cu mamă-sa și, așa cum făcuse în alte împrejurări similare, nu voise să-i văd ochii umflați: avea tenul deosebit de gingaș, care, după o porție bună de plâns, se păta și se înroșea, devenind de-a dreptul ispititor. Comitea o eroare gravă și regretabilă în privința esteticii mele personale, fiindcă eu ador pur și simplu nuanța de roz botticellian, purpura crudă a buzelor, genele umede și încâlcite; și, firește, toana ei izvorâtă din sfiiciune m-a făcut să ratez numeroase prilejuri de alinare fățarnică. Nu era însă numai asta. Stăteam în întuneric pe verandă (vântul puternic stinsese lumânările ei roșii) și Haze mi-a spus, râzând sinistru, că o anunțase pe Lo că iubitul ei Humbert aproba întru totul ideea taberei.

— Iar acum, adăugă Haze, domnișoara face crize. Pretextul: noi doi vrem să scăpăm de ea. Motivul: i-am spus că mâine vom da înapoi niște lenjuri mult prea elegante pe care i le-am cumpărat fiindcă m-a bătut la cap și vom lua în schimb lucruri mai simple. Vedeți, ea se consideră starletă; eu cred însă că e o copilă zănatică, sănătoasă, dar absolut obișnuită. Iată mărul discordiei noastre.

Miercuri am reușit s-o prind pe Lo pentru câteva secunde: era pe palier, în flanelă de corp și șort alb. M-am străduit să-i spun câteva cuvinte prietenoase și amuzante, însă ea a pufnit țâfnoasă și nu s-a uitat la mine. Disperat, Humbert muribundul a mângâiat-o delicat și stângaci pe coccis și ea l-a altoit destul de tare cu un calapod al răposatului domn Haze.

— Escrocule! strigă ea în timp ce eu mă târam în jos pe scări frecându-mi brațul și arboram o imensă căință. N-a catadixit să ia masa cu Hummy și cu mama: s-a spălat pe cap și s-a băgat în pat, luându-și cărțile ei ridicole. Iar joi, pașnica doamnă Haze a dus-o cu mașina la Tabăra Q.

Autori mai mari decât mine s-au exprimat astfel: „Închipuiți-vă, dragi cititori" etc. Dacă mă gândesc mai bine, le-aș trage acelor închipuiri un șut în turul pantalonilor. Mă îndrăgostisem pe vecie de Lolita; știam însă că ea nu va fi veșnic Lolita. Pe 1 ianuarie împlinește treisprezece ani. Peste doi ani și ceva nu va mai fi nimfetă și se va transforma într-o „fată tânără" și apoi în „colegiană" - grozăvia grozăviilor. Cuvintele „pe vecie" se refereau numai la pasiunea mea, la Lolita cea eternă, așa cum o reflecta sângele meu. Lolita cu oasele iliace nedesfăcute încă, Lolita, ființa pe care o pot atinge, mirosi, auzi și vedea astăzi, Lolita cu voce stridentă și păr castaniu bogat – cu șuvițe și vârtejuri pe tâmple și cârlionți la ceafă; cu gât înalt și fierbinte și cu limbaj vulgar – „revoltător", „extra", „șucăr", „moacă", „pămpălău" – Lolita *aceea*, Lolita *mea* o să dispară pentru totdeauna, sărmane Catullus. Și-atunci cum să-mi permit să n-o mai văd două luni cu insomnii de vară? Două luni din ultimii doi ani ai nimfității ei! Să mă deghizez oare în fată, o fată timidă de modă veche, mademoiselle Humbert, și să-mi instalez cortul la marginea Taberei Q. cu speranța că nimfetele roșcate vor striga în cor: „Vrem s-o adoptăm pe această Persoană Strămutată cu voce groasă" și o vor trage pe Berthe au *Grand Pied*, cu zâmbet trist și sfielnic, în căminul lor rustic. Și Berthe va dormi cu Dolores Haze!

Vise zadarnice, sterpe. Două luni de frumusețe, două luni de gingășii se vor irosi pentru totdeauna și eu nu pot face nimic, dar absolut nimic, *mais rien*.

Totuși, joia aceea ascundea în potirul ghindei un strop de nectar rar. Haze urma să pornească spre tabără dis-de-dimineață. Zgomotele pregătirilor de plecare au ajuns la urechile mele; am sărit din pat, m-am repezit la fereastră și m-am aplecat peste pervaz. Mașina trepida sub plopi. Louise stătea pe trotuar cu mâna streașină la ochi, ca și cum micuța călătoare se pierdea în depărtare sub lumina soarelui înălțat de-o șchioapă deasupra pământului. Gestul s-a dovedit prematur.

— Hai mai repede, strigă Haze.

Lolita mea, care era pe jumătate în mașină și se pregătea să tragă portiera, a coborât geamul, a făcut cu mâna un semn de adio spre Louise și spre plopi (nu avea să-i mai vadă niciodată) și a întrerupt mișcarea sorții: s-a uitat în sus și s-a năpustit din nou în casă (Haze striga furioasă după ea). O clipă mai târziu iubita mea urca în fuga mare scările. Inima-mi bubuia, mai-mai să-mi spargă pieptul. Mi-am săltat în grabă pantalonii pijamalei și am dat ușa de perete; exact în clipa aceea a apărut Lolita, în rochia ei de duminică, bocănind și gâfâind, și s-a aruncat în brațele mele, gura ei nevinovată topindu-se sub apăsarea sălbatică a maxilarelor mele de mascul sinistru. Scumpa mea fremătătoare ca o trestie! În secunda următoare am auzit-o cum tropăia pe scări, vie și nesedusă. Soarta și-a reluat cursul. Piciorul blond s-a retras în mașină, portiera s-a trântit – s-a trântit încă o dată –, iar șoferița Haze a tras violent de volan – buzele ei ca de gumă se strâmbau rostind furioase ceva imperceptibil – și mi-a smuls iubita ducând-o departe, în vreme ce domnișoara Devizavi, invalida, stătea pe veranda ei îmbrăcată în viță și, fără să fie observată de ele sau de Louise, își agita slab, dar ritmic mâna în semn de rămas-bun.

16

Palma îmi era plină de amintirea ființei de ivoriu a Lolitei – plină de amintirea tactilă a spatelui ei preadolescentin arcuit, de senzația aceea a alunecării pe fildeș pe care mi-a transmis-o prin rochia subțire pielea ei în timp ce o îmbrățișam, iar mâna mea îi mângâia frenetic trupul. M-am dus în camera ei răvășită de febra plecării, am deschis ușa unui dulap și m-am înfundat într-o grămadă de lucruri mototolite care veniseră în contact cu ea. Mi-a atras atenția în mod deosebit un material roz, uzat și rupt, a cărui cusătură degaja un ușor miros înțepător. Am înfășurat în el inima uriașă și congestionată a lui Humbert. În mine începuse să izvorască un haos dureros – însă am fost nevoit să abandonez lucrurile acelea și să-mi revin rapid, fiindcă brusc mi-am dat seama că de pe scări mă striga moale vocea catifelată a slujnicei. Avea un mesaj pentru mine, mi-a spus; și încununând mulțumirile mele mașinale printr-un binevoitor „Cu plăcere", buna Louise mi-a pus în mâna tremurătoare o scrisoare fără timbru și care părea ciudat de imaculată.

Îți fac o mărturisire: te iubesc șașa începea scrisoarea; și o clipă, o clipă deformată, am confundat mâzgălitura isteroidă cu scrisul dezordonat, nesigur al unei școlărițeț. Duminica trecută, la biserică – tu, răule, n-ai vrut să vii să vezi ferestrele noastre noi și frumoase! –, de-abia duminica trecută, dragule, l-am întrebat pe Dumnezeu, Doamne, ce să fac în situația aceasta? Și Dumnezeu mi-a spus să procedez așa cum procedez acum. Înțelegi, nu există alternativă. M-am îndrăgostit de tine din clipa în care te-am văzut. Sunt o femeie pasionată și singuratică, iar tu ești dragostea vieții mele.

Așadar, dragul meu drag, *mon cher, cher monsieur*, ai citit și acum știi. Așa că te rog să-ți strângi bagajele și să pleci numaidecât. Este hotărârea proprietăresei. Renunț la un chiriaș. Te dau afară. Pleacă! Du-te! *Departez!* Mă întorc pe la vremea cinei – dacă mân cu optzeci de mile la oră și la dus, și la întors și n-am vreun accident (dar ce importanță ar mai avea?) – și nu doresc să te mai găsesc în casă. Te rog, te implor pleacă imediat, *acum*. Nici măcar nu mai citi până la capăt rândurile mele absurde. Du-te! *Adieu*.

Situația, *chéri*, este destul de simplă. Firește, știu *absolut sigur* că nu însemnez nimic pentru tine, nimic-nimic. Oh, da, te amuză să discuți cu mine (și să mă tachinezi, ai început să îndrăgești casa noastră prietenoasă, cărțile mele preferate, grădina mea frumoasă, ba chiar și felul zgomotos de a fi al Lolitei), dar eu nu însemnez nimic pentru tine. Așa-i? Da, absolut nimic pentru tine. *Dar* dacă, după ce ai citit „confesiunea" mea, ajungi la concluzia, în stilul tău romantic și sumbru, european, că sunt destul de atrăgătoare și îți propui să profiți de scrisoarea mea și să mă seduci, atunci ești un criminal – mai cumplit decât răpitorul bestial care siluește un copil. E limpede, cred, *chéri*. Dacă însă te decizi să rămâi, dacă te-aș găsi acasă (ceea ce știu că nu se va întâmpla – iată de ce mă simt în stare să-mi continui epistola), *faptul* că ai rămas ar însemna doar un singur lucru: că mă vrei așa cum te vreau și eu, adică pe toată viața, și că ești gata să-ți legi viața de a mea pentru totdeauna și să fii tatăl fetiței mele.

Mai lasă-mă să bat câmpii, să aiurez încă o clipă, una mică, mică de tot, scumpul meu, fiindcă știu că ai și rupt scrisoarea, iar fărâmele ei (ilizibile) sunt în vârtejul toaletei. Scumpul meu, *mon très, très cher*, ce univers al dragostei am înălțat pentru tine în timpul acestui miraculos iunie! Știu cât ești de rezervat, cât ești de „britanic". Reticența ta specifică lumii vechi, simțul decadenței sunt lezate, poate, de îndrăzneala unei fete americane! Tu, care îți disimulezi chiar și cele mai puternice sentimente, crezi, probabil, că sunt o mică idioată lipsită de pudoare pentru că îmi ofer așa, pe tavă, sărmana inimă rănită. În anii care s-au scurs am avut multe dezamăgiri. Domnul Haze era un om minunat, suflet de aur, dar avea, întâmplător, douăzeci de ani mai mult decât mine și – în fine, la ce bun să bârfesc trecutul. Dragul meu drag, dacă ai făcut abstracție de rugămintea mea și ai citit scrisoarea până la sfârșitul ei amar, ți-ai satisfăcut pe deplin curiozitatea. Dar nu contează. Rupe scrisoarea și te du. Nu uita să lași cheia pe masa din camera ta. Și adresa ta pe o bucată de hârtie, ca să-ți pot restitui până la sfârșitul lunii cei doisprezece dolari pe care ți-i datorez. Rămâi cu bine, dragule. Roagă-te pentru mine – dacă te rogi vreodată.

C.H.

Am prezentat aici ceea ce îmi amintesc din scrisoare și ceea ce-mi amintesc din scrisoare îmi amintesc verbatim (inclusiv acea franceză îngrozitoare). Scrisoarea era cel puțin de două ori mai lungă. Am lăsat deoparte un pasaj liric pe care l-am cam sărit la momentul acela, despre fratele Lolitei. Murise la doi ani – Lolita avea pe atunci patru ani. L-aș fi îndrăgit, spunea ea. Ce aș mai putea adăuga? Să văd. A, da. Nu este imposibil ca „vârtejul toaletei" (unde a ajuns, într-adevăr, scrisoarea) să reprezinte contribuția mea prozaică. M-a implorat, probabil, să înalț un rug special și s-o dau flăcărilor.

În primul moment am simțit repulsie și dorința de a mă retrage. Apoi însă, parcă mi s-a așezat pe umăr mâna liniștitoare a unui prieten, îndemnându-mă să mă mai gândesc. Asta am și făcut. M-am trezit din buimăceală și am constatat că mă găseam încă în camera lui Lo. Deasupra patului, pe perete, între mutra unui cântăreț *charmant* și genele unei actrițe de cinema, era fixată o reclamă de dimensiunile unei pagini, smulsă dintr-o revistă ilustrată. Reprezenta un tânăr soț cu părul negru și privirea stinsă în ochii săi irlandezi. El prezenta un halat creat de Cutărică și ducea o tavă în formă de pod, creată de Cutărică, cu micul dejun pentru două persoane. Legenda, scrisă de reverendul Thomas Morell, îl numea „eroul cuceritor". Doamna cucerită în întregime (nu era arătată) se săltase pe perne, probabil ca să-și primească jumătatea ei de tavă. Nu se înțelegea prea bine cum avea să se strecoare pe sub pod partenerul ei de pat fără să pățeze ceva. Lo trăsese o săgeată haioasă spre fața devastată a iubitului ei și scrisese cu litere mari: H.H. Și într-adevăr, în ciuda unei diferențe de câțiva ani, asemănarea era izbitoare. Sub aceasta se afla o altă ilustrație, tot o reclamă colorată. Un distins dramaturg fuma maiestuos o țigaretă Drome. Fuma totdeauna Drome. Asemănarea mi s-a părut palidă. Sub ilustrație se întindea patul cast al lui Lo, așternut cu „reviste umoristice". Emailul de pe rama patului sărise pe alocuri, lăsând deschise răni negre, mai mult sau mai puțin rotunde, pe lacul alb. M-am asigurat că Louise plecase și m-am lungit în patul lui Lo ca să recitesc scrisoarea.

17

Domnilor din juriu! N-aș putea să jur că nu-mi trecuse prin cap înainte că ar exista anumite sentimente legate de afacerea în curs – dacă-mi este permis să inventez o expresie. Mintea mea nu le reținuse sub formă logică sau în vreo relație cu ocaziile pe care mi le aminteam cu precizie; dar n-aș putea să jur – repet – că nu m-am hârjonit cu ele (ca să lansez o altă expresie) în negura gândului, în bezna pasiunii mele. Au existat probabil momente – au existat, fără îndoială, momente, așa cum îl cunosc eu pe Humbert al meu – când am supus unei cercetări detașate ideea de a mă căsători cu o văduvă coaptă (în speță, Charlotte Haze), care nu mai avea nici un fel de neamuri în lumea largă și cenușie, doar ca să-mi satisfac patima pentru fata ei (Lo, Lola, Lolita). Sunt gata să le spun torționarilor mei că o dată sau de două ori, probabil, privirea mea rece și expertă a zăbovit pe buzele de mărgean, pe părul arămiu și în decolteul primejdios de adânc al Charlottei, cu preocuparea vagă de a o integra într-o fantezie diurnă plauzibilă. Mărturisesc totul sub tortură. Tortură imaginară, probabil, dar cu atât mai îngrozitoare. Păcat că nu pot face o digresiune, fiindcă v-aș vorbi atunci despre acel *pavor nocturnus* care mă chinuia cumplit în timpul nopții ori de câte ori întâlneam în timpul lecturilor întâmplătoare ale copilăriei mele câte o expresie șocantă; de pildă, *peine forte et dure* (un adevărat Geniu al Pedepsirii, inventatorul ei!) sau cuvinte înspăimântătoare, misterioase, insidioase, ca „traumă", „eveniment traumatic" și „transept". Dar povestirea mea este și așa destul de confuză.

După câteva momente, am distrus scrisoarea, m-am dus la mine în odaie și am încercat să reflectez, răvășindu-mi părul, aranjându-mi halatul purpuriu și gemând printre dinții încleștați și deodată... Deodată, domnilor din juriu, am simțit cum pe chipul meu se ivește un rânjet dostoievskian (desprins din însăși grimasa care-mi deforma gura), asemenea unui soare îndepărtat și teribil. Mi-am imaginat (în condiții noi, de vizibilitate perfectă) mângâierile degajate pe care soțul mamei ar fi avut prilejul să le dăruiască, cu prisosință, Lolitei lui. O voi strânge la piept de trei ori pe zi, în fiecare zi! Tulburările și necazurile mele vor fi alungate, voi fi un bărbat sănătos. „Să te țin pre tine ușor pe genunchiul blajin, întipărindu-ți pe obrazul de catifea sărutul meu patern..." Oh, Humbert cel cu lecturi bogate!

Apoi, luându-mi precauțiile necesare, pășind mintal în vârful degetelor, ca să zic așa, am evocat-o pe Charlotte în chip de parteneră posibilă. Pe Dumnezeul meu, aș fi fost în stare să-i aduc eu însumi grepfrutul tăiat economicos pe din două, micul dejun fără zahăr.

Humbert Humbert, cel care transpirase sub lumina albă, crudă, fioroasă, călcat în picioare de polițiști asudați care urlau la el, este gata să facă acum o altă „declarație" (*quel mot!*), în timp ce-și întoarce pe dos conștiința și îi smulge căptușeala intimă. Nu plănuiam să mă căsătoresc cu biata Charlotte ca s-o elimin în mod vulgar, înfiorător și periculos, adică să o omor plasând cinci tablete de biclorură de mercur în vinul ei preprandial de Xerex sau ceva de genul acesta; dar un gând farmacopeic discret înrudit clincheta într-adevăr în creierul meu sonor și înnourat. De ce să mă mulțumesc doar cu desfătarea modestă și mascată pe care o încercasem până acum? Mi s-au prezentat legănându-se și zâmbind alte viziuni ale destrăbălării. Mă vedeam administrându-le amândurora – mamei și fiicei – o puternică poțiune somniferă, astfel încât să mă delectez cu nimfeta în timpul nopții ferit de orice pedeapsă. Casa se zguduie de sforăitul Charlottei, în vreme ce Lolita respiră imperceptibil în somn, nemișcată ca o fetiță pictată pe o pânză. „Mamă, mă jur, Kenny nici măcar nu m-a atins." „Dolores Haze, tu ori minți, ori te-a vizitat zburătorul." Nu, nu voi merge chiar atât de departe.

Astfel complota și visa Humbert Cubus – iar soarele roșu al patimii și hotărârii (cele două elemente care creează o lume vie) se înălța, se înălța, în timp ce pe mii de balcoane, mii de libertini cu pahare scânteind în mână închinau pentru fericirea nopților trecute și viitoare. Apoi, metaforic vorbind, am făcut țăndări paharul și mi-am imaginat cu îndrăzneală (în acel moment eram beat de asemenea viziuni și îmi subestimam blândețea firii) cum, în ultimă instanță, aș putea să exercit asupra ei presiuni murdare – nu, nu, e prea tare cuvântul –, presiuni nu foarte curate, ca s-o determin pe Haze cea mare să mă lase să mă drăgostesc cu micuța Haze; aș putea s-o ameninț blând pe Marea

Porumbiță că o voi părăsi dacă încearcă să mă împiedice să-mi împlinesc dorința cu fiica mea vitregă legală. Într-un cuvânt, în fața unei asemenea Oferte Uluitoare, în fața unei perspective atât de diverse și infinite mă simțeam la fel de neajutorat ca Adam la previzionarea istoriei orientale timpurii condensate ca un miraj în livada sa de meri.

Iar acum notați-vă următoarea constatare importantă: artistul îl învinsese pe gentilomul din mine. Printr-un mare efort de voință, am izbutit în aceste note memorialistice să-mi adaptez stilul la tonul jurnalului pe care l-am ținut în perioada când doamna Haze reprezenta pentru mine doar un obstacol. Acel jurnal nu mai există; dar am considerat că este datoria mea artistică să-i păstrez intonațiile, oricât de false sau de brutale mi-ar părea acum. Din fericire, povestirea mea a ajuns în punctul în care nu mai are rost să proferez insulte la adresa sărmanei Charlotte. Asta pentru a păstra verosimilitatea retrospectivă.

Doream să o scutesc pe biata Charlotte de cele două sau trei ore de suspans petrecute pe șoseaua șerpuită (și să evit o posibilă coliziune frontală care ne-ar fi sfărâmat visurile noastre deosebite), așa că am încercat să vorbesc cu ea la telefon, dar n-am izbutit, fiindcă plecase din tabără cu o oră mai înainte. În locul ei a răspuns Lo, căreia i-am spus – tremurând și dând în clocot din cauza puterii mele asupra sorții – că mă voi căsători cu mama ei. Am fost nevoit să repet de două ori, deoarece intervenea ceva care o împiedica să mă asculte cu atenție. „Fantastic, colosal!" spuse ea râzând. „Când e nunta? Așteaptă o clipă, ah, cățelul. Cățelul nostru m-a prins de șosetă. Ascultă." A adăugat că se va distra, fără îndoială, copios... și, în timp ce puneam receptorul în furcă, mi-am dat seama că doar câteva ore petrecute în tabără fuseseră suficiente ca peste imaginea frumosului Humbert Humbert să se aștearnă, încețoșând-o, noi impresii. Dar ce mai conta acum? De îndată ce se va scurge un timp convenabil, decent, după cununie, o voi aduce înapoi. „Nu se ofilise încă floarea de portocal de pe mormânt", cum ar fi spus poetul. Dar eu nu sunt poet, ci doar memorialist conștiincios.

După plecarea Louisei am inspectat frigiderul și am constatat că este mult prea puritan. De aceea, m-am dus pe jos în oraș și am cumpărat toate delicatesele pe care le-am găsit. Am cumpărat și niște băutură fină și două sau trei feluri de vitamine. Eram aproape sigur că, ajutat de întăritoare și, bineînțeles, de resursele mele naturale, voi fi în stare să evit inhibiția pe care ar fi putut să mi-o provoace indiferența în momentul când va trebui să-mi dovedesc pasiunea arzătoare și nerăbdătoare. Inepuizabilul Humbert o evoca iarăși și iarăși pe Charlotte așa cum se reflecta ea în spectacolul curios al imaginației bărbătești. Era fercheșă și bine clădită, ce-i al ei e-al ei; era sora mai mare a Lolitei – aș fi reținut noțiunea, probabil, dacă nu aș fi vizualizat în chip prea realist șoldurile ei masive, genunchii rotunzi, bustul matur, pielea roz, dar lipsită de finețe a gâtului („lipsită de finețe" în comparație cu mătasea și mierea) și celelalte părți ale acestui lucru trist și searbăd care se numește: o femeie frumoasă.

Soarele își făcea rondul obișnuit în jurul casei, în timp ce după-amiaza se maturiza devenind înserare. Am tras o dușcă. Încă una. Și încă una. Ginul și sucul de ananas, amestecul meu preferat, îmi sporesc întotdeauna energiile. M-am hotărât să-mi fac de lucru pe peluza noastră neîngrijită. *Une petite attention.* O năpădiseră păpădiile, iar un câine afurisit – detest câinii! – pângărise dalele în locul unde odinioară fusese un cadran solar. Sorii păpădiilor, cei mai mulți, se transformaseră în mici bumbi selenari. Ginul și Lolita dansau în mine. Mai-mai să mă prăbușesc peste scaunele pliante pe care încercam să le strâng. Zebre sângerii! Anumite eructații seamănă cu ovațiile – cel puțin ale mele așa sunau. Gardul vechi din spatele grădinii ne despărțea de tomberoanele de gunoi ale vecinului și tufele lui de liliac; dar între partea din față a peluzei noastre (punctul din care ea începea să coboare pe lângă una din laturile casei) și stradă nu se afla nimic. Prin urmare, puteam să pândesc (cu aerul suficient al celui care are de gând să facă o faptă bună) întoarcerea Charlottei: trebuie neapărat să scap odată de dintele acela. În timp ce mă împleticeam și mă chinuiam cu secerătoarea manuală – crâmpeiele de iarbă se agitau optic în soarele ce se apropia de asfințit –, privirea mea rămânea lipită de acea porțiune a străzii suburbane. Ea se arcuia ieșind de sub o boltă de arbori uriași, apoi se repezea spre noi, lăsându-se la vale destul de brusc pe lângă casa de cărămidă îmbrăcată în iederă a bătrânei domnișoare Devizavi și pe lângă peluza ei povârnită (mult mai îngrijită decât a noastră), și dispărea după veranda noastră din față, pe care n-o puteam vedea din locul unde trudeam și rânjeam fericit. Păpădiile pieriseră. Mirosul neplăcut al sevei lor se amestecase cu parfumul ananasului. Două fetițe, Marion și Mabel, cărora în ultima vreme le urmărisem venirile și plecările (dar cine ar fi putut s-o înlocuiască pe Lolita mea?), se îndreptau spre bulevard (cel din care cobora precipitat strada noastră); una împingea o bicicletă, cealaltă ciugulea ceva dintr-o pungă de hârtie. Discutau cât le ținea gura cu vocile lor însorite. Leslie, grădinarul și șoferul bătrânei domnișoare Devizavi, un negru foarte amabil și atletic, mi-a zâmbit de la distanță cu toți dinții și a strigat, a strigat din nou, arătând prin gesturi că sunt al naibii de energic astăzi. Câinele zărghit al prosperului negustor de vechituri care locuia în apropiere alerga după o mașină albastră - dar nu era Sedanul Charlottei. Cea mai drăguță dintre cele două fetițe (Mabel, cred) - pantaloni scurți, sutien care nu prea avea ce să susțină, păr bălai; o nimfetă, pe barba lui Pan! - se întorcea coborând strada în fugă și mototolea punga de hârtie. Apoi, fațada reședinței domnului și doamnei Humbert a ascuns-o de privirile Țapului Naiv. Un camion a țâșnit zgomotos de sub bolta de frunze a bulevardului, crengile s-au mai agățat o clipă de prelată, apoi s-au desprins brusc, legănându-se, și a virat într-o viteză idioată pe lângă noi; șoferul avea tricoul ud de sudoare și ținea mâna stângă afară pe capota cabinei, iar câinele negustorului de vechituri se dădea cu furie la una din roți. A urmat o pauză plină de zâmbete - și, deodată, inima mi-a zvâcnit în piept când și-a făcut apariția Sedanul Albastru. L-am urmărit cum lunecă la vale și dispare după colțul casei. O clipă am zărit profilul ei palid și calm. M-am gândit că nu o să știe dacă am plecat sau nu decât după ce va urca la etaj. N-a trecut un minut și am văzut-o cum mă privea de la fereastra camerei lui Lo. Pe față i se citea o neliniște teribilă. Am urcat scările în fugă și am reușit să o prind încă în camera aceea.

18

Când mireasa este o văduvă și mirele un văduv; când ea locuiește în Marele Nostru Orășel de-abia de doi ani, iar el de numai o lună; când *monsieur* vrea să încheie cât mai repede treaba asta afurisită și madame acceptă zâmbind îngăduitoare; atunci, cititorule, nunta este, în general, o afacere „liniștită". Mireasa renunță la cununa din flori de portocal care fixează voalul fin și nu are o orhidee albă în cartea de rugăciuni. Fetița miresei ar fi adăugat ceremoniei care îi unea pe H. cu H. o tușă de roșu-aprins; dar îmi dădeam seama că nu voi îndrăzni să mă arăt prea drăgăstos față de Lolita cea năpăstuită și, de aceea, am acceptat să nu smulgem copila din minunata Tabără Q.

Charlotte a mea, singuratica și *soi-disant* pasionala Charlotte, era în viața de toate zilele prozaică și gregară. În plus, am descoperit că era o femeie cu principii, chiar dacă nu-și putea controla inima și stăpâni strigătele. Imediat după ce devenise mai mult sau mai puțin iubita mea (în ciuda întăritoarelor, „nervosul și nerăbdătorul *chéri*" – eroicul *chéri* –, s-a inhibat la început într-o oarecare măsură, dar și-a compensat slăbiciunea printr-o desfășurare formidabilă de dezmierdări în stil european), cucernica Charlotte s-a interesat de relațiile mele cu Dumnezeu. I-aș fi putut răspunde că mintea îmi rămâne deschisă în această privință; în schimb, i-am mărturisit – plătind tribut unei platitudini pioase – credința mea în spiritul cosmic. M-a întrebat apoi dacă în familia mea n-a existat și vreo genă mai stranie, de alt neam sau rasă. Am ripostat întrebând-o dacă s-ar mai căsători cu mine în cazul când bunicul meu ar fi fost turc, bunăoară. Mi-a spus că n-avea nici o importanță; dar că se va sinucide dacă va descoperi vreodată că nu cred în Dumnezeul nostru creștin. A spus-o cu un aer atât de solemn, încât m-a luat cu răcori. Atunci mi-am dat seama că este o femeie cu principii.

Or, era foarte bine-crescută: spunea „scuză-mă" ori de câte ori fluxul vorbirii se întrerupea din cauza unui discret râgâit, pronunța phlic în loc de plic, iar în discuțiile cu prietenele ei vorbea întotdeauna despre domnul Humbert. M-am gândit că ar încânta-o dacă aș intra în comunitatea lor însoțit de o anumită aureolă romantică. În ziua căsătoriei noastre, *Ramsdale Journal* a publicat la Rubrica Mondenă interviul acordat de mine și alături o fotografie a Charlottei, cu o sprânceană ridicată, și numele ușor alterat („Hazer"). În ciuda acestor mici accidente, publicitatea i-a încălzit miezul de porțelan al ființei sale, iar pe mine m-a făcut să-mi zornăi teribil de bucuros clopoțeii din coadă. În cursul celor doi ani de ședere în Ramsdale, Charlotte se antrenase în activități bisericești și intrase în relații cu mamele cele mai serioase ale colegelor lui Lo, reușind să devină astfel o cetățeancă acceptabilă și acceptată, chiar dacă nu și de primă mărime. Însă până atunci nu apăruse niciodată la această *rubrique* fascinantă. Cel care a introdus-o acolo am fost eu, domnul Edgar H. Humbert (l-am adăugat pe „Edgar" așa, de kiki), „scriitor și explorator". Fratele lui McCoo, care mi-a luat interviul, m-a întrebat ce scrisesem. Nu mai țin minte ce i-am spus, dar a reieșit că scrisesem „câteva cărți despre Păstârnac, Trocăl și alți poeți". Menționasem, de asemenea, că o cunoșteam pe Charlotte de mulți ani și mă înrudeam de departe cu primul ei soț. I-am dat să înțeleagă reporterului că între Charlotte și mine fusese o relație amoroasă în urmă cu treisprezece ani, însă ziarul nu publicase insinuarea mea. Rubricile mondene, i-am spus Charlottei, trebuie să conțină și câteva inexactități picante.

Continuam povestea aceasta ciudată. În momentul când am fost avansat din postura de chiriaș în aceea de iubit, am simțit oare doar amărăciune și repulsie? Nicidecum. Domnul Humbert mărturisește că vanitatea i-a fost oarecum gâdilată, ba a simțit cum pe pumnalul lui de complotist se prelinge elegant un fir anemic de duioșie, ceva asemănător remușcării. Nu mi-a trecut niciodată prin minte că doamna Haze – care era destul de ridicolă, deși relativ frumoasă –, cu credința ei oarbă în înțelepciunea bisericii și a cercului ei de lectură, cu manierismele dicțiunii și atitudinea ei rece, dură, disprețuitoare față de copila de doisprezece ani, fetița adorabilă cu puf pe brațe, se va transforma într-o ființă de-a dreptul înduioșătoare și neajutorată de îndată ce mâinile mele o vor cuprinde, ceea ce s-a întâmplat pe pragul camerei (a Lolitei!), și se va retrage sfielnică înapoi repetând întruna: „Nu, nu, te rog, nu".

Transformarea i-a priit, a început să arate mai bine. Zâmbetul ei artificial a devenit din acel moment strălucirea supremei adorații – o strălucire cu nuanțe blânde și umede – și am constatat uimit asemănarea dintre aceasta și privirea încântătoare, goală, pierdută pe care o avea Lo când sorbea în transă o nouă combinație de sucuri la chioșcul de răcoritoare sau când îmi admira în tăcere hainele scumpe, scoase întotdeauna ca din cutie. O urmăream de-a dreptul fascinat când discuta cu altă doamnă despre necazurile lor de mame și arbora grimasa națională a resemnării feminine (ochii dați peste cap, colțurile gurii lăsate) pe care o văzusem și la Lo, dar în varianta copilărească. Beam amândoi câteva păhărele de whisky cu sifon înainte de a intra în odaie și, ajutat de ele, izbuteam să evoc fiica în timp ce mângâiam mama. Iată pântecele alb în care nimfeta mea fusese un pește mic, arcuit, în 1934. Părul acesta vopsit cu grijă, atât de steril pentru mirosul și simțul meu tactil, căpăta în anumite momente, la lumina lămpii, în patul cu postere, nuanța, dacă nu și substanța buclelor Lolitei. În timp ce îmi mânuiam soția nou-nouță, în mărime naturală, îmi spuneam întruna că, din punct de vedere biologic, ea reprezenta ipostaza cea mai apropiată de Lolita; la vârsta Lolitei, Lotte fusese o școlăriță la fel de ispititoare ca și fiica ei, așa cum o să fie într-o bună zi și fata Lolitei. Mi-am pus nevasta să scoată de sub o colecție de pantofi (domnul Haze avusese o adevărată pasiune pentru încălțăminte, după cât se părea) un album vechi, de treizeci de ani. Voiam să văd cum arăta Lotte când era copil și, în ciuda expunerii defectuoase și a rochiilor lipsite de grație, mi-am reconstituit o primă versiune, ușor încețoșată, a conturului, picioarelor, pomeților și a nasului cârn al Lolitei. Lotelita, Lolitchen.

Mi-am strecurat astfel privirile curioase prin gardurile vii ale anilor, iscodind ferestruicile slab luminate. Iar când cea cu nobile sfârcuri și coapse masive mă pregătea pentru îndeplinirea obligației mele nocturne prin mângâieri focoase, jenante și naiv lascive, eu încercam disperat să regăsesc mireasma nimfetei în timp ce hămăiam prin lăstărișul pădurilor întunecate și în curs de veștejire.

Oh, dar cât de amabilă, cât de înduioșătoare era sărmana mea soție! Cum să vă spun? La micul dejun, în bucătăria lustruită și deprimantă, cu strălucirea ei de crom, Calendarul Hardware & Co. și ungherul ingenios amenajat pentru gustări (care imita barul *Coffee Shoppe*, unde Charlotte și Humbert se drăgostiseră în timpul colegiului), ea stătea îmbrăcată în halatul roșu, cu cotul pe masa acoperită cu plastic și obrazul sprijinit în pumn, și mă privea cu o tandrețe insuportabilă în timp ce înfulecam omleta cu șuncă. Chipul lui Humbert se crispa uneori din cauza nevralgiei, însă în ochii ei rivaliza în frumusețe și însuflețire cu soarele și umbrele care pâlpâiau pe frigiderul alb. Exasperarea mea ceremonioasă era pentru ea liniștea profundă a iubirii. Venitul meu modest se adăugase resurselor ei încă și mai modeste, ceea ce i se părea un noroc formidabil. Suma rezultată satisfăcea, într-adevăr, majoritatea nevoilor clasei de mijloc, dar cauza entuziasmului ei era alta; banii mei, chiar și banii, aveau strălucirea virilității mele și contul nostru comun i se părea că seamănă cu acele bulevarde din Sud care, la amiază, au umbră deasă pe o parte și soare blând pe cealaltă, pe toată lungimea lor, până la capătul perspectivei unde se profilează nedeslușit munții roz.

În cele cincizeci de zile ale coabitării noastre Charlotte a înghesuit activitățile a tot atâția ani. Biata femeie s-a ocupat de o mulțime de lucruri la care renunțase, probabil, de mult sau care nu prezentaseră un interes deosebit pentru ea, ca și cum (ca să prelungesc intonațiile proustiene), căsătorindu-mă cu mama copilei iubite, îi dădusem soției mele prin procură posibilitatea de a recâștiga plenitudinea tinereții. A început să „glorifice căminul“ cu zelul banal al unei tinere neveste. Știam pe de rost fiecare cotlon al casei – din acele zile când, așezat în fotoliul meu, urmărisem mintal deplasarea Lolitei – și stabilisem de multă vreme un soi de relații emoționale cu odăile, zidurile, palierul, chiar și cu urâțenia clădirii, iar acum parcă simțeam cum dărăpănătura se strângea de frică, întrucât n-avea nici un chef să suporte baia de ecru și ocru și ferchezuiala nemiloasă pe care Charlotte se pregătea să i-o administreze. N-a ajuns până acolo, slavă Domnului, dar a consumat o groază de energie spălând jaluzele, ceruind șipcile storurilor venețiene, cumpărând jaluzele și storuri noi, ducându-le înapoi la prăvălie și înlocuindu-le cu altele și așa mai departe, într-un permanent clarobscur de zâmbete și înnegurări, de ezitări și îmbufnări. Se dădea pricepută la cretoane și stambe; a schimbat culorile canapelei – canapeaua sacră, locul pe care cândva se deschisese un mugur de paradis în mine. A aranjat mobila și a fost încântată când a descoperit într-un manual al bunului gospodar că „este permis să desparți cele două comode dintr-o garnitură împreună cu lămpile aferente". Ca și autoarea cărții *Căminul tău ești tu*, Charlotte a început să urască taburetele și mesele cu picioare sfrijite. Încăperea cu o suprafață generoasă de sticlă și porțiuni întinse de perete acoperite cu lambriuri masive din lemn constituia prototipul masculin de cameră, câtă vreme cel feminin se caracteriza prin ferestre mai cochete și piese din lemn mai delicate. A înlocuit romanele pe care le citea la momentul când mă mutasem în casa ei prin cataloage ilustrate, ghiduri pentru aranjarea casei. A comandat la o firmă din Philadelphia, 4640 Roosevelt Boulevard, o „saltea cu 312 arcuri îmbrăcată în damasc" – deși cea veche mi se părea elastică și îndeajuns de rezistentă pentru ceea ce urma să suporte.

Era din Vestul Mijlociu, ca și răposatul ei soț, și nu locuia de mult timp în patriarhalul Ramsdale, perla unui stat estic, așa că nu cunoștea toată lumea bună. Îl cunoștea vag pe dentistul jovial care trăia într-un fel de *château* destul de dărăpănat, din lemn, ce se înălța în spatele peluzei noastre. La un ceai oferit de biserică o cunoscuse pe soția „cu nasul pe sus" a negustorului local de vechituri, proprietarul urâciunii albe „Coloniale" de la colțul bulevardului. Din când în când „schimba vizite" cu bătrâna domnișoară Devizavi; cunoștea doamne, trecea pe la ele, le întâlnea când se amenajau peluzele sau se întreținea cu ele la telefon – dar matroanele mai aristocrate, cucoane elegante ca doamna Glade, doamna Sheridan, doamna McCrystal, doamna Knight și altele dădeau rar pe la Charlotte a mea, care nu prea era băgată în seamă. Doamna Haze avea relații cu adevărat cordiale, lipsite de orice *arrière-pensée* sau intenții practice doar cu soții Farlow, care se întorseseră la timp din Chile, dintr-un voiaj de afaceri, ca să ia parte la cununia noastră împreună cu familia Chatfield, familia McCoo și câțiva alții (dar nu doamna Vechitură sau și mai înfumurata doamnă Talbot). John Farlow, negustorul de articole sportive, era un bărbat de vârstă mijlocie, sobru, atletic și prosper, care avea un birou în Parkington, la patruzeci de mile depărtare. El mi-a procurat cartușele pentru Coltul acela și m-a învățat cum să-l folosesc în timpul unei plimbări duminicale prin pădure. John Farlow practica, de asemenea, avocatura, fiind, cum spunea el zâmbind, jurist în timpul liber și se ocupa de unele probleme ale Charlottei. Jean, soția tinerică (verișoara lui primară), era o fată cu membrele lungi, cu ochelari caraghioși, doi câini boxeri, doi sâni ascuțiți și o gură mare și roșie. Picta – peisaje și portrete – și îmi amintesc cu claritate cum la o petrecere a lăudat tabloul pe care i-l făcuse unei nepoate, mica Rosaline Honeck, o scumpete roz în uniformă de cercetașă, beretă verde din lână, centură verde din șnur împletit, plete încântătoare, până pe umeri –, iar John și-a scos pipa și a spus ce păcat că Dolly (Dolita mea) și Rosaline se critică atât de tare la școală, dar speră, sperăm cu toții, să se înțeleagă mai bine după ce se vor întoarce din taberele unde se duseseră. Am discutat despre școală. Avea și păcate, și virtuți.

— Desigur, sunt cam mulți negustori italieni pe aici, zise John, însă, pe de altă parte, noi nu suntem încă în pericol...

— Regret, a întrerupt Jean râzând, că Dolly și Rosaline nu-și petrec vara împreună.

Deodată mi-am imaginat-o pe Lo proaspăt întoarsă din tabără – șocolatie, caldă, somnoroasă, bucșită cu somnifere – și mai-mai că mi-a venit să plâng de atâta pasiune și nerăbdare.

19

Să vă mai spun câteva cuvinte despre doamna Humbert cât lucrurile merg încă bine (un accident sinistru se va produce destul de curând). Observasem de la bun început că este extrem de posesivă, dar n-am crezut niciodată că va fi nebună de gelozie pe toate detaliile vieții mele în care ea nu fusese prezentă. Dovedea o curiozitate sălbatică, nesățioasă față de trecutul meu. Dorea să readuc la viață dragostele mele pentru a mă sili să le insult, să le calc în picioare, să le reneg, să le trădez, să-mi distrug astfel trecutul. M-a pus să-i povestesc despre căsătoria cu Valerie – care a fost, desigur, ceva grotesc –, dar a trebuit să inventez și să lungesc o serie și așa destul de cuprinzătoare de amante pentru delectarea morbidă a Charlottei. Să o fac fericită! I-am prezentat catalogul lor ilustrat, fiecare fiind caracterizată atent, după regulile reclamelor americane, în care ne sunt arătate grupuri de școlari aranjate potrivit unei subtile proporții între rase, cu un școlar șocolatiu – numai unul, dar drăgălaș cum numai ele știu să-l facă –, cu ochi rotunzi, plasat exact în mijlocul rândului din față. La fel mi-am prezentat și eu femeile: le-am pus să zâmbească și să se legene, blonda languroasă, bruneta feroce, roșcata senzuală – ca la o paradă de bordel. Cu cât arătam cât de banale și de serbede fuseseră, cu atât era mai încântată de show doamna Humbert.

Nu făcusem și nu ascultasem niciodată atâtea mărturisiri. Sinceritatea și naivitatea comentariilor ei despre „viața sentimentală", de la prima îmbrățișare până la luptele conjugale intime, contrastau izbitor, din punct de vedere etic, cu fluența compozițiilor mele, dar, din punct de vedere tehnic, cele două serii se înrudeau, întrucât ambele purtau amprenta acelorași producții de două parale (melodrame comerciale, psihanaliză și istorioare ieftine) de la care eu preluam tipologia personajelor, iar ea – modalitățile de exprimare. Anumite obiceiuri sexuale remarcabile ale lui Harold Haze – dezvăluite de Charlotte – m-au amuzat copios, însă veselia mea i s-a părut deplasată; altminteri, autobiografia ei era la fel de neinteresantă ca o autopsie. N-am întâlnit femeie mai sănătoasă ca ea, deși făcea mereu cure de slăbire.

Despre Lolita mea vorbea rar – mai rar, de fapt, decât despre pruncul bărbătuș, blond și estompat a cărui fotografie împodobea în exclusivitate dormitorul nostru mohorât. În una dintre reveriile ei insipide, Charlotte a prezis că sufletul pruncului mort va reveni pe pământ sub forma copilului pe care-l va naște în noua ei căsătorie. Nu mă prea îndemnam să îmbogățesc linia Humbert cu o replică din producția Harold (pe Lolita ajunsesem să o privesc cu emoție incestuoasă ca pe copilul *meu*, însă mi-a venit în minte ideea că o perioadă de recluziune prelungită, o frumoasă operație cezariană și alte complicații într-o maternitate demnă de încredere, în primăvara următoare, mi-ar oferi șansa să rămân câteva săptămâni, probabil, singur cu Lolita mea și să îndop nimfeta vlăguită cu somnifere.

Pur și simplu își ura fiica! Mi s-a părut un act de perversiune faptul că se apucase să răspundă cu mare sârg – cum nu-i stătea în fire – la chestionarele dintr-o carte pe care și-o procurase (*A Guide to Your Child's Development*), scrisă de un imbecil și publicată la Chicago. Procedura încâlcită se continua an de an și presupunea că Mămica va completa un fel de inventar la fiecare aniversare a zilei de naștere a copilului. La 1 ianuarie 1947, când Lo împlinise doisprezece ani, Charlotte Haze, *née* Becker, subliniase următoarele zece epitete din cele patruzeci oferite sub titlul „Personalitatea copilului dumneavoastră": agresivă, zgomotoasă, critică, suspicioasă, nerăbdătoare, iritabilă, iscoditoare, distrată, negativistă (subliniat de două ori) și încăpățânată. Făcuse abstracție de celelalte treizeci de adjective, printre care: veselă, cooperantă, energică și așa mai departe. Cu o brutalitate care altminteri nu era caracteristică firii sale blânde, soția mea iubitoare ataca și înlătura lucrușoarele lui Lo risipite prin diferite părți ale casei unde încremeniseră ca niște iepurași hipnotizați. Habar n-avea buna doamnă că într-o dimineață, când stomacul meu deranjat (rezultat al încercării mele de a se adapta la sosurile ei) mă împiedicase să o însoțesc la biserică, o înșelasem cu una din șosetele Lolitei. Ce să mai spun de atitudinea ei față de scrisorile savuroase ale iubitei mele!

Dragă Mummy și Hummy,

Sper că sunteți bine. Vă mulțumesc foarte mult pentru bomboane. Mi-am (*tăiat și scris din nou*). Mi-am pierdut puloverul cel nou în pădure. În ultimele zile a fost rece pe aici. Mă cam distrez. Vă iubesc.

Dolly

— Neroada! zise doamna Humbert, a băgat aiurea un cuvânt înaintea lui „distrez". Puloverul era din lână pură și, apropo, să nu-i mai trimiți bomboane fără să-mi spui.

20

La câteva mile depărtare de Ramsdale se afla un lac înconjurat de păduri (Clepsidra Iazului, căruia i se spunea frecvent și Oglinda Iazului) și în ultima săptămână a lunii iulie, din cauza arșiței mari, ne-am dus zilnic acolo cu mașina. Mă văd silit să descriu cu amănunte plicticoase ultima noastră partidă de înot într-o dimineață tropicală. Era marți.

Lăsasem mașina în parcarea din apropierea șoselei și coboram pe o cărare ce tăia pădurea de pini îndreptându-se spre iaz, când Charlotte mi-a spus că Jean Farlow, mare amatoare de efecte speciale de lumină (Jean ținea de vechea școală de pictură), îl văzuse pe Leslie când se arunca în apă în pielea goală, „în chiloți de abanos" (cum s-a exprimat sarcastic John), duminica trecută la cinci dimineața.

— Apa, am zis, trebuie să fi fost cam rece.

— Nu, nu-i vorba de asta, spuse mândra mea osândită să fie logică. Tipul e arierat, înțelegi? Și, continuă ea (în stilul caracteristic de frazare aleasă care începea să mă calce pe nervi), am foarte limpede sentimentul că Louise a noastră s-a îndrăgostit de cretinul ăsta.

Am sentimentul. „Avem sentimentul limpede că Dolly nu se comportă cum se cuvine" etc. (dintr-un raport școlar mai vechi).

Soții Humbert și-au continuat drumul în sandale și halate.

— Știi ceva, Hum: am un vis teribil de ambițios, s-a exprimat Lady Hum lăsându-și capul în jos – rușinându-se de acest vis – și intrând într-o comunicare intimă cu pământul roșiatic. Mi-ar plăcea să pun mâna pe o slujnică bine pregătită, cum e fata aceea, nemțoaica, de care vorbeau soții Talbot, și s-o aduc să locuiască la noi.

— Unde, draga mea? am zis.

— Haide-haide, spuse ea zâmbind caustic. Desigur, *chéri*, subestimezi posibilitățile casei Humbert. O vom instala în camera lui Lo. Oricum voiam să transform vizuina asta într-o cameră de oaspeți. E odaia cea mai rece și mai meschină din casă.

— Ce tot vorbești? am întrebat, și pielea de pe pomeții obrajilor s-a întins și încordat (mă ostenesc să consemnez chestia asta fiindcă pielea fiicei mele reacționa la fel când Lo încerca sentimente asemănătoare de suspiciune, dezgust, iritare).

— Ei, ce-i? Te chinuie amintirile romantice? m-a întrebat soția mea făcând aluzie la momentul când mi-a cedat pentru prima dată.

— Da' de unde! am replicat eu. Mă întreb pur și simplu unde ai să-ți așezi fiica dacă aduci în casă musafirul sau servitoarea.

— Ehei..., zise doamna Humbert visând, zâmbind, emițându-l pe „Ehei" concomitent cu înălțarea unei sprâncene și cu o ușoară degajare de respirație. Tare mă tem că micuța Lo nu intră în tablou deloc, dar absolut deloc. De la tabără, micuța Lo se duce direct la o școală-internat bună, cu disciplină severă și pregătire religioasă solidă. Apoi, Colegiul Beardsley. M-am gândit eu la toate, tu n-ai de ce să-ți frămânți mintea.

A continuat spunând că ea, doamna Humbert, va trebui să-și biruie lenea obișnuită și să-i scrie surorii domnișoarei Phalen, care era profesoară la St. Algebra. A apărut oglinda scânteietoare a iazului. I-am spus că mi-am uitat ochelarii de soare în mașină și că o ajung din urmă.

Am crezut întotdeauna că a-ți frânge mâinile este un gest convențional – reminiscență a vreunui ritual medieval, probabil; dar când am luat-o spre pădure ca să-mi las timp pentru disperare și cugetare disperată, acesta ar fi fost gestul („privește, Doamne, lanțurile aceste!") care s-ar fi apropiat cel mai mult de exprimarea mută a stării mele de spirit.

Dacă în locul Charlottei ar fi fost Valeria, aș fi știut cum să țin sub control situația; „să țin sub control" este expresia cea mai potrivită! În bunele zile de odinioară o convingeam pe Valeria să se răzgândească pe loc răsucindu-i pur și simplu grăsunei încheietura fragilă a mâinii (cea pe care și-o sucise cândva căzând de pe bicicletă); însă așa ceva era de neconceput cu Charlotte. Charlotte, americănoaica nesărată, mă înspăimânta. Visul meu flușturatic de a o ține sub control prin pasiunea ei pentru mine se dovedea în întregime greșit. Nu îndrăzneam să întreprind nimic ca să nu i se altereze imaginea (a mea!) pe care se pornise să o venereze. Mă gudurasem pe lângă ea câtă vreme fusese paznicul strașnic al iubitei mele și ceva din umilirea aceea persista în comportamentul meu. Aveam totuși un atu: Charlotte nu știa nimic despre dragostea mea monstruoasă pentru Lo. O supărase slăbiciunea lui Lo pentru mine; dar n-avea cum să-mi ghicească sentimentele. Valeriei i-aș fi spus: „Fii atentă, neroadă umflată, *c'est moi qui décide* ce e bun pentru Dolores Humbert". Charlottei nu-i puteam spune nici măcar (cu un calm insinuant): „Scuză-mă, dragă, dar nu sunt de acord. Să-i mai dăm copilului o șansă. O să-i fiu tutore de suflet un an, un an și ceva. Chiar tu mi-ai spus cândva...". De fapt, nu-i puteam spune nimic despre copil fără să mă dau de gol. Oho, nici nu vă puteți închipui (cum nici eu nu mi-am închipuit până atunci) cum sunt femeile acestea cu principii! Charlotte, care nu observa falsitatea convențiilor și a regulilor de comportament cotidiene, a cărților, a mâncărurilor și a oamenilor după care se înnebunea, era în stare să sesizeze imediat o intonație falsă în ceea ce aș fi susținut pentru a o păstra pe Lo lângă mine. Se asemăna muzicianului care poate fi un mitocan odios în viața de zi cu zi, lipsit de tact și de gust, dar e capabil să detecteze cu diabolică precizie o notă falsă în interpretarea unei partituri. Ca să frâng voința Charlottei ar fi trebuit să-i frâng inima. Dacă i-aș fi sfărâmat inima, s-ar fi sfărâmat și imaginea pe care și-o făcuse despre mine. Dacă i-aș fi zis: „Ori mă lași să-mi urmez drumul cu Lolita și mă ajuți să păstrăm totul sub tăcere, ori ne despărțim pe dată", ea s-ar fi schimbat la față, făcându-se albă ca varul, și mi-ar fi replicat tacticos: „Perfect, n-are rost să-ți bați gura, cu mine ai încheiat socotelile". Și încheiate ar fi fost!

Aici era beleaua. Îmi amintesc că am ajuns în parcare, am pompat un pumn de apă cu gust de rugină și am sorbit-o lacom, așteptând parcă să-mi dea înțelepciune magică, tinerețe, libertate și o concubină mititică. Înveșmântat în purpură, am stat câteva clipe, bâțâindu-mi picioarele, pe marginea uneia dintre mesele rudimentare de sub pinii care foșneau. La o oarecare depărtare, două fetițe în șorturi și sutiene au ieșit dintr-o privată bălțată de soare pe care scria „Femei". Mabel, care mesteca gumă (sau dublura lui Mabel), călărea de zor, distrată, o bicicletă, și Marion, scuturându-și părul ca să scape de muște, stătea în spate, cu picioarele rășchirate; și clătinându-se întruna, ele s-au contopit încet-încet, fără să observe, cu lumina și umbra. Lolita! Tatăl și fiica topindu-se în aceste păduri! Soluția firească era să o distrug pe doamna Humbert. Dar cum?

Nimeni nu poate să comită o crimă perfectă; întâmplarea, totuși, poate! A fost, de pildă, faimoasa trimitere pe lumea cealaltă a unei madame Lacour în Arles, Franța de Sud, la sfârșitul secolului trecut. La puțin timp după ce se căsătorise cu colonelul Lacour, un individ neidentificat, înalt – peste un metru optzeci –, care, așa cum s-a presupus mai târziu, fusese iubitul neștiut al doamnei, s-a apropiat de ea pe o stradă aglomerată și a înjunghiat-o mortal, aplicându-i trei lovituri de cuțit în spate. Colonelul, un tip mic și încăpățânat, s-a agățat de brațul criminalului. Printr-o coincidență miraculoasă și frumoasă, exact în momentul când făptașul se chinuia să scape din ghearele soțului mic și furios (și câțiva spectatori se apropiau încercuind grupul), un italian țicnit, din casa cea mai apropiată de scenă, a detonat din pură întâmplare o substanță explozivă la care moșmondea ceva. Strada s-a transformat numaidecât în infern – fum, cărămizi care cădeau și oameni fugind înspăimântați. Explozia n-a rănit pe nimeni (l-a scos doar din joc pe colonelul Lacour); dar iubitul doamnei (care se răzbunase) a fugit odată cu ceilalți și a trăit fericit după aceea.

Să vedem acum ce se întâmplă când făptașul însuși plănuiește o eliminare perfectă.

Coboram spre Clepsidra Iazului. Locul în care făceam baie – noi doi și alte câteva cupluri „șic" (soții Farlow, soții Chatfield) – era un fel de golfuleț; Charlottei îi plăcea pentru că semăna cu „o plajă particulară". Principalele dotări pentru înot (ori „dotări pentru înecat", cum găsise prilejul să scrie *Ramsdale Journal*) se aflau în partea stângă (de răsărit) a Clepsidrei și nu se vedeau din golfulețul nostru. Spre dreapta, pinii se retrăgeau făcând loc buclei unei mlaștini și dispăreau din nou în pădure, însă pe partea cealaltă.

M-am așezat fără zgomot lângă soția mea. A tresărit când m-a văzut.

— Ce zici, intrăm? a întrebat.

— Da, dar mai stai o clipă. Să nu-mi pierd șirul gândurilor.

Mă gândeam. S-a scurs mai mult de un minut.

— Gata, hai!

— Am fost și eu în șirul acela?

— Da' cum altfel?

— Sper! zise Charlotte intrând în apa care i-a ajuns curând la pielea de gâscă de pe coapsele groase; apoi și-a întins brațele, și-a lipit palmele și, ținând gura bine închisă – avea o figură extrem de banală în casca de cauciuc negru –, a plonjat în față cu un plescăit puternic. Înotând lent, am ieșit pe oglinda sclipitoare a iazului.

Pe malul celălalt, la o distanță de cel puțin o mie de pași (dacă se poate păși pe apă), distingeam două siluete mici care lucrau pe fâșia de pe mal. Știam exact cine sunt: un polițist pensionar de origine polonă și un instalator pensionar, care dețineau cea mai mare parte a cherestelei de pe acel mal al iazului. Mai știam că se apucaseră să construiască un debarcader – mai mult în joacă, o joacă penibilă! Loviturile ajungeau până la noi și păreau disproporționat de mari față de brațele și sculele acelor pitici; într-adevăr, îți venea să bănuiești că regizorul acestor efecte acrosonice era în contratimp cu păpușarul, pentru că trosnetul puternic al fiecărei lovituri miniaturale rămânea în urma versiunii sale vizuale. Banda îngustă de nisip alb a plajei „noastre" – de care noi ne îndepărtaserăm puțin pentru a da de adânc – era pustie în diminețile zilelor de lucru. Jur-împrejur nici țipenie, în afară de cele două siluete miniaturale trudind pe malul celălalt și de un avion particular, roșu-închis, care a zumzăit deasupra capului și a dispărut apoi în înaltul cerului. Cadrul se dovedea propice pentru săvârșirea rapidă a unei crime cu bulbuci. Iată în ce consta subtilitatea acțiunii: omul legii și cel al apei erau destul de aproape ca să fie martorii oculari ai unui accident și îndeajuns de departe ca să nu sesizeze comiterea unei crime. Erau destul de aproape ca să audă cum se zbate cuprins de panică un înotător care răcnește să-i sară cineva în ajutor ca să-și salveze soția de la înec; și erau la distanță prea mare și n-aveau cum să observe (dacă din întâmplare s-ar fi uitat prea curând) că înotătorul panicat își termina treaba ținându-și soția sub tălpi. Nu ajunsesem încă la stadiul acesta; vreau să arăt numai cât de ușor s-ar fi săvârșit actul și să subliniez adecvarea cadrului! Așadar, Charlotte continua să înainteze stângace și conștiincioasă (era o naiadă extrem de mediocră), dar nu fără o evidentă plăcere solemnă (tritonul ei era, nu-i așa, alături); și, cum urmăream cu luciditatea pură a rememorărilor (adică încercând să văd lucrurile așa cum îmi voi aminti că le-am văzut) albul lăcuit al feței ei ude și atât de puțin bronzate – în ciuda strădaniilor sale –, buzele palide, fruntea convexă și dezgolită, casca neagră și strânsă, gâtul grăsuț și ud, îmi dădeam seama că ar trebui doar să rămân puțin în urmă, să-mi umplu plămânii cu aer, s-o înhaț de gleznă și să mă scufund rapid trăgând după mine cadavrul captiv. Spun cadavru, fiindcă surpriza, panica și lipsa de experiență o vor face să înghită dintr-odată o vadră letală de iaz, iar eu voi fi în stare să rezist sub apă, cu ochii deschiși, cel puțin un minut. Gestul fatal a brăzdat bezna crimei contemplate ca o coadă de stea căzătoare. Era un balet tăcut, înspăimântător, dansatorul ținea balerina de laba piciorului și se lăsa ca fulgerul în adânc prin amurgul acvatic. Aș mai ieși, eventual, la suprafață să trag o gură de aer în timp ce pe ea aș ține-o dedesubt și după aceea m-aș cufunda de câte ori va fi necesar și mi-aș permite să strig după ajutor numai când cortina se va fi lăsat definitiv peste ea. Și după vreo douăzeci de minute, când cele două marionete crescând constant în dimensiuni vor sosi într-o barcă cu vâsle vopsită doar pe jumătate, sărmana doamnă Humbert Humbert, victima unui cârcel sau a unui stop cardiac, sau a amândurora, va sta în cap, în nămolul negru, la vreo treizeci de picioare sub oglinda zâmbitoare a Clepsidrei Iazului.

Simplu, nu-i așa? Dar ce știți voi, oameni buni? Nu mă puteam hotărî să o fac!

Foca greoaie și încrezătoare înota alături de mine și întreaga logică a pasiunii îmi urla în ureche: acum e momentul! Și, oameni buni, pur și simplu n-am fost în stare! Am cârmit spre mal în tăcere, s-a întors și ea, conștiincioasă, cu un aer grav, și Infernul își striga întruna sfatul și eu tot n-am putut să mă hotărăsc să înec sărmana creatură cu trup mare și alunecos. Strigătul iadului s-a îndepărtat, s-a auzit din ce în ce mai slab, până ce s-a stins, iar eu am înțeles – ce melancolie! – că nici mâine, nici vineri, nici în altă zi sau noapte nu mă voi putea hotărî s-o omor. Oh, mi-aș fi putut reprezenta clar scena în care o pocnesc pe Valeria peste sâni, scoțându-i din aliniament, sau cum o rănesc în alt mod – și puteam să mă văd cu aceeași limpezime împușcându-i iubitul în burtă și făcându-l să scoată un „ah!“ și să se prăbușească. Dar nu puteam să o ucid pe Charlotte – mai ales când lucrurile nu erau chiar atât de lipsite de speranță, probabil, cum păreau la prima vedere, în acea dimineață nenorocită. Să zicem că aș fi apucat-o de piciorul care izbea puternic apa: i-aș fi văzut privirea uimită, i-aș fi auzit glasul îngrozitor; și, dacă aș fi rezistat la întreaga încercare, fantoma ei m-ar fi urmărit toată viața. Să nu fi fost anul 1947, ci 1447, poate mi-aș fi amăgit firea blândă administrându-i o otravă clasică, un filtru gingaș al morții, din scorbura unei agate. Dar în epoca noastră iscoditoare, epocă a clasei de mijloc, lucrurile nu s-ar fi petrecut ca în palatele îmbrăcate în brocart ale trecutului. În zilele noastre, ca să fii ucigaș, trebuie să fii om de știință. Or, eu nu eram nici una, nici alta. Doamnelor și domnilor din juriu, cei mai mulți delincvenți sexuali tânjesc după o relație palpitantă, cu dulci suspine, o relație fizică, dar nu neapărat de împerechere, cu o copilă. Ei sunt anonimi, înstrăinați, inofensivi, inadecvați, pasivi și timizi și nu cer comunității decât să le permită, să accepte comportamentul lor aberant, dar practic nevătămător, să accepte actele lor de deviere sexuală – intime, mărunte, umede, fierbinți și fără însemnătate – fără ca poliția și societatea să îi calce în picioare. Nu suntem demoni ai sexului! Nu ne pretăm la violuri, ca vajnicii soldați. Noi – gentlemeni nefericiți, blânzi, cu priviri de câine bătut, destul de bine integrați social, astfel că ne controlăm impulsurile în prezența adulților –, noi suntem gata să jertfim ani și ani de viață pentru șansa unică de a atinge o nimfetă. Oh, rogu-te, nu mă urî, sărmana mea Charlotte, care ești în cerul tău veșnic, pierdută în alchimia eternă a combinării asfaltului cu cauciucul, metalul și piatra – dar, mulțumescu-Ți Ție Doamne, nu și cu apa, nu și cu apa!

Totuși, n-a lipsit mult s-o pățească, dacă e să fiu obiectiv. Și acum vine poanta parabolei mele despre crima perfectă.

Ședeam pe prosoapele noastre în soarele ars de sete. Charlotte s-a uitat în jur, și-a slăbit brasiera și s-a răsucit așezându-se pe burtă, ca să ofere spatelui ocazia să se prăjească. A suspinat adânc. A întins o mână și a bâjbâit prin buzunarul halatului, căutându-și țigările. S-a săltat în fund și a început să pufăie. Și-a cercetat umărul drept. M-a sărutat apăsat cu gura deschisă și fumegândă. Deodată, de pe malul nisipos din spatele nostru, de sub boschete și pini, s-a rostogolit o piatră, apoi încă una.

— Oh, dezgustători mai sunt și copiii ăștia care-și bagă nasul peste tot, zise Charlotte, ridicându-și brasiera mare, ținând-o lipită de piept și răsucindu-se din nou cu fața la pământ. O să discut despre asta cu Peter Krestovski.

Din locul de unde porniseră pietrele s-a auzit un foșnet, zgomot de pași și Jean Farlow a coborât cu șevaletul și lucrurile ei.

— Ne-ai speriat, spuse Charlotte.

Fusese acolo, sus, ne-a spus Jean, ascunsă în frunzișul verde al unui boschet, și spionase natura (spionii sunt, în general, împușcați) încercând să termine un peisaj al iazului, dar n-a ieșit ca lumea, oricum, zicea ea, n-are talent, asta e (ceea ce era adevărat!).

— Humbert, ai încercat vreodată să pictezi?

Charlotte, care era un pic geloasă pe Jean, voia să știe dacă vine și John.

— Da, vine. Vine astăzi la masă. O lăsase la iaz și-și continuase drumul spre Parkington și o să vină să o ia destul de curând. Era o dimineață splendidă. Avea întotdeauna sentimentul că îi trădează pe Cavall și pe Melampus când îi lăsa legați în asemenea zile minunate. S-a întins pe nisipul alb între Charlotte și mine. Purta pantaloni scurți. Picioarele ei lungi, șocolatii, mă atrăgeau la fel de tare ca acelea ale unei iepe murge. Când zâmbea își arăta gingiile.

— V-am pictat și pe voi doi pe iazul meu, zise ea. Ba chiar am observat un obiect pe care l-ai scăpat din vedere. Tu (adresându-se lui Humbert) ai intrat în apă cu ceasul, da, domnule, bravos!

— E antiacvatic, răspunse dulce Charlotte, țuguindu-și gura ca un pește.

Jean mi-a așezat încheietura mâinii pe genunchii ei și a cercetat darul Charlottei, apoi a pus mâna lui Humbert la loc pe nisip cu palma în sus.

— Deci se vede totul, remarcă Charlotte cu cochetărie.

Jean a oftat.

— Odată, la apus de soare, am văzut cum doi copii, bărbătuș și femeiușcă, se iubeau chiar aici. Umbrele lor erau uriașe. Și v-am povestit ce făcea domnul Tomson în zori de ziuă. Data viitoare sper să-l văd pe bătrânul și grăsunul Ivor în albul lui de ivoriu. Tipul e o adevărată pocitanie. Ultima oară când l-am întâlnit mi-a povestit o istorioară absolut indecentă despre nepotul său. Se pare că...

— Hei, voi de acolo, se auzi vocea lui John.

21

Obiceiul de a rămâne tăcut atunci când ceva îmi displace sau, mai exact, glacialitatea și scorțoșenia tăcerii mele iritate o îngrozeau și o scoteau din minți pe Valeria. De regulă scâncea și scheuna spunând: *„Ce qui me rend folle, c'est que je ne sais à quoi tu penses quand tu est comme ça"*. Am încercat să fiu tăcut cu Charlotte, însă ea continua să ciripească sau îmi lua tăcerea de bărbiță. Uluitoare femeie! Mă retrăgeam în fosta mea cameră, bodogănind că, în definitiv, am de scris un opus savant și, plină de voioșie, Charlotte continua să înfrumusețeze casa, să scoată triluri la telefon și să scrie scrisori. De la fereastra mea o vedeam prin foșnetul lăcuit al frunzelor de plop cum traversa încântată strada ca să pună la cutia poștală scrisoarea către sora domnișoarei Phalen.

Săptămâna averselor intermitente și a umbrelor dispersate care s-a scurs după ultima noastră vizită la nisipurile nemișcate ale Clepsidrei Iazului a fost una dintre cele mai mohorâte de care îmi amintesc. S-au ivit apoi două sau trei raze firave de speranță – înainte de apariția definitivă a soarelui.

Mi-a venit ideea că am un creier fain, în stare foarte bună de funcționare, și că l-aș putea utiliza; de ce nu? Dacă nu îndrăzneam să mă amestec în planurile soției mele pentru fiica ei (care devenea tot mai caldă și mai bronzată în fiecare zi în vremea feerică a distanței fără speranță), puteam în mod sigur să inventez un mijloc de a mă impune la modul general. Ulterior mi-aș putea folosi autoritatea când se va ivi prilejul. Într-o seară, Charlotte însăși mi-a oferit deschiderea.

— Am să-ți fac o surpriză, zise ea, privindu-mă peste lingura plină de supă, cu ochii topiți. La toamnă ne ducem în Anglia. Noi doi.

Mi-am înghițit sorbitura, m-am șters la gură cu șervețelul roz (oh, olanda elegantă și răcoroasă de la Hotel Mirana) și am zis:

— Și eu am o surpriză pentru tine, draga mea. Nu ne ducem în Anglia. Noi doi!

— Dar de ce, ce s-a întâmplat? zise ea, uitându-se – mai surprinsă decât scontasem eu – la mâinile mele (fără să-mi dau seama, împătuream și sfâșiam, și zdrobeam și sfâșiam din nou nevinovatul șervețel roz). Chipul meu zâmbitor a mai liniștit-o, totuși.

— Ce s-a întâmplat? E foarte simplu, i-am ripostat. Chiar și în căsniciile cele mai armonioase, cum este a noastră, hotărârile nu sunt luate numai de partenerul feminin. În anumite chestiuni bărbatul este cel care hotărăște. Îmi închipui perfect ce fiori te vor trece pe tine, o americănoaică sănătoasă, când vei traversa Atlanticul pe același vas cu Lady Bumble – ori Sam Bumble, Regele Cărnii Congelate, sau cu o fleoarță de la Hollywood. Și cât de frumoasă reclamă pentru Agenția de Turism fotografia noastră! Nici nu s-ar putea altfel. Iată, ne uităm – tu, cu ochii tăi strălucitori ca stelele, eu, încercând să-mi stăpânesc admirația plină de invidie – la Palace Sentries ori la Scarlet Guards ori la Beaver Eaters sau cum naiba s-or mai numi ele. Dar, întâmplător, am alergie la Europa, inclusiv la vesela și bătrâna Anglie. Știi foarte bine că nu am decât amintiri triste despre Lumea europeană veche și în descompunere. Reclamele colorate din revistele tale nu schimbă cu nimic situația.

— Dar, dragule, zise Charlotte, eu, de fapt...

— Nu, mai așteaptă puțin. Chestiunea de moment este întâmplătoare. Sunt însă preocupat de tendința generală. Ai vrut să-mi petrec după-amiezile făcând plajă la iaz în loc să mă ocup de lucrarea mea, iar eu am cedat bucuros și am devenit, de dragul tău, un fermecător băiat bronzat, deși ar fi trebuit să rămân cărturar și, mă rog, educator. Mă duci să joc bridge și să beau whisky cu minunații soți Farlow și eu te urmez fără crâcnire. Nu, nu, mai așteaptă, te rog. Îți împodobești casa și eu nu mă amestec în planurile tale. Hotărăști tot felul de lucruri – or, s-ar putea să fiu într-un, cum să spun, dezacord complet sau parțial cu deciziile tale –, dar nu scot o vorbă. Nu iau în seamă detaliile. Dar nu pot ignora chestiunile de principiu. Îmi place să fiu patronat de tine, dar fiecare joc își are regulile sale. Nu, nu sunt supărat. Nu sunt deloc supărat. Te rog, abține-te. Dar eu reprezint jumătate din această familie și glasul meu este distinct, chiar dacă ți se pare modest.

Venise lângă mine, căzuse în genunchi și, încet, dar foarte vehement, își clătina capul și se agăța de pantalonii mei. Spunea că nu și-a dat seama. Spunea că eu sunt domnul și stăpânul ei. Spunea că Louise a plecat și să ne iubim numaidecât. Spunea să o iert, altminteri se prăpădește.

Acest mic incident m-a umplut de o mare încântare. I-am spus calm că nu are de ce să-și ceară iertare, însă ar fi cazul să-și schimbe felul de a fi; și m-am hotărât să speculez avantajul și să-mi petrec o bună parte din timp, distant și prost dispus, lucrând la cartea mea sau, cel puțin, prefăcându-mă că lucrez.

„Patul din studio", fosta mea cameră, fusese transformat de mult în canapea (de fapt, asta și era) și Charlotte mă prevenise de la începutul coabitării noastre că, treptat, camera se va transforma într-o permanentă „vizuină a scriitorului". La vreo câteva zile după Incidentul Britanic ședeam într-un fotoliu confortabil, cu un volum impresionant în poală, când Charlotte a ciocănit cu inelarul și a intrat așa, într-o doară. Cât de deosebite erau mișcările ei de cele pe care le făcea Lolita mea când mă vizita îmbrăcată în blugii murdari și dragi, mirosind a livezi din țara nimfetelor, stângace, înfierbântată și tainic depravată, cu nasturii de la poalele cămășii descheiați. Să vă spun totuși ceva. Pe sub zvăpăiala micuței Haze și pe sub sobrietatea marei Haze curgeau șuvițe de viață sfielnică, având același gust și susurând în același fel. Un mare doctor francez i-a spus odinioară tatălui meu că, la rudele apropiate, chiar și cele mai slabe ghiorțăituri gastrice au aceeași voce.

Deci Charlotte a intrat agale. Simțea că între noi lucrurile nu stau prea bine. Cu o noapte mai înainte mă făcusem că dorm; la fel procedasem și în noaptea anterioară de îndată ce mă băgasem în pat; și mă sculasem în zori. M-a întrebat blajină dacă nu „deranja".

— În acest moment nu, am zis răsucind volumul C din *Girl's Enciclopaedia* ca să cercetez ilustrația imprimată „bottom-edge", cum spun tipografii.

Charlotte s-a apropiat de o măsuță cu sertar din imitație de mahon. A pus mâna pe ea. Măsuța era urâtă, fără îndoială, dar nu-i făcuse nici un rău.

— Am tot vrut să te întreb, spuse ea (practică, fără să cocheteze), de ce ții chestia asta încuiată? Vrei să rămână aici în cameră? E oribilă.

— Ce-ai cu ea? i-am spus. Îmi instalam tabăra în Scandinavia.

— Are și cheie?
— Ascunsă bine.
— Oh, Hum...
— Țin sub cheie scrisori de amor.

Mi-a aruncat una din acele priviri de ciută rănită care mă iritau îngrozitor și apoi, cum nu-și dădea seama dacă vorbisem serios și nu știa cum să întrețină conversația, a așteptat până am parcurs lent câteva pagini (Camera, Campus, Canada, Candid, Candy) și s-a dus la fereastră, dar cred că nu s-a uitat afară, ci a privit doar geamul, bătând darabana pe el cu unghiile – migdale-și-trandafiri – ascuțite.

Imediat după aceea (la Canoeing sau Canvasback) s-a apropiat de fotoliul meu, s-a lăsat greoaie, făcându-l să scârțâie, pe brațul lui și m-a invadat cu parfumul preferat al primei mele soții.

— Dorește luminăția voastră să-și petreacă toamna *aici*? a întrebat ea, arătând cu degetul mic un peisaj de toamnă dintr-un stat răsăritean conservator.

— De ce? (Foarte clar și apăsat.)

A ridicat din umeri. (Probabil Harold își lua de regulă concediu în acea perioadă. Sezon deschis. Unul dintre reflexele ei condiționate.)

— Cred că știu unde e locul acela, zise ea, continuând să arate cu degetul. Îmi amintesc de un hotel, Vânătorii Vrăjiți, ciudat nume, ce zici? Au o mâncare de vis și nu te deranjează nimeni.

Și-a frecat obrazul de tâmpla mea. Valeria renunțase repede la deprinderea asta.

— Dorești ceva deosebit pentru cină, dragule? John și Jean vin mai târziu.

Am răspuns cu un mârâit. M-a sărutat pe buza de jos și, spunându-mi volubilă că o să bage la cuptor o prăjitură (se păstra din epoca mea de chiriaș tradiția că mă prăpădesc după prăjiturile ei), m-a lăsat cu trândăvia mea.

Așezând cu grijă cartea deschisă pe locul ei (volumul a încercat să lanseze o rotație în valuri, dar un creion băgat între pagini le-a oprit rostogolirea), am controlat tainița cheii care se lăfăia oarecum conștientă de sine sub aparatul de ras vechi, dar scump pe care îl folosisem înainte ca ea să-mi cumpere unul mult mai bun și mai ieftin. Să fie oare o ascunzătoare perfectă – acolo, sub aparat, în lăcașul cutiei căptușite cu catifea? Cutia era așezată într-o valiză mică unde păstram diferite hârtii de afaceri. Cum să găsesc un loc mai bun? E uluitor de greu să ascunzi ceva – mai ales când nevasta n-are astâmpăr și mută întruna mobilele.

22

Cred că se împlinea exact o săptămână după ultima noastră partidă de înot când poșta de la amiază a adus răspunsul de la a doua domnișoară Phalen. Doamna scria că de-abia se întorsese la St. Algebra de la înmormântarea surorii ei: „După ce și-a fracturat piciorul, Euphemia n-a mai fost ca înainte". În ce privește chestiunea fiicei doamnei Humbert, ea voia să ne anunțe că acum era prea târziu să o înscrie pentru anul acesta. Ea însă, supraviețuitoarea Phalen, era aproape sigură că, dacă domnul și doamna Humbert o vor aduce pe Dolores în ianuarie, lucrurile se pot aranja.

Ziua următoare, după prânz, m-am dus să-l vizitez pe „doctorul nostru", un tip politicos care se purta fără fasoane și avea o încredere oarbă în câteva medicamente foarte cunoscute și își ascundea astfel foarte bine ignoranța sau indiferența față de știința medicală. Faptul că Lo va reveni la Ramsdale constituia o comoară de așteptări. Evenimentul trebuia să mă găsească perfect pregătit. De fapt, îmi începusem campania din vreme, înainte ca Charlotte să fi luat acea hotărâre crudă. Când va sosi copila mea trebuia să știu sigur – în acea noapte și apoi noapte după noapte, până când St. Algebra o va lua departe de mine – că sunt în posesia mijloacelor de a adormi două ființe atât de temeinic încât să nu le poată trezi nici un sunet, nici o atingere. O bună parte din luna iulie am testat diferite prafuri somnifere dându-i-le Charlottei, o mare consumatoare de pastile. Ultima doză pe care i-o administrasem (credea că e o tabletă de bromură slabă, ca să-i ungă nervii) o scosese din circulație timp de patru ore încheiate. Am dat radioul la maximum. I-am fulgerat prin fața ochilor lumina puternică a unui bliț. Am împins-o, am ciupit-o, am înțepat-o – și nimic nu i-a tulburat ritmul respirației liniștite și puternice. Totuși, când am sărutat-o, s-a trezit pe dată, proaspătă și viguroasă ca o caracatiță (abia am scăpat). Asta nu merge, m-am gândit; trebuie să procur ceva și mai sigur. Mai întâi, dr Byron nu prea m-a crezut când i-am spus că ultimul medicament pe care mi l-a prescris e prea slab pentru insomniile mele. Mi-a sugerat să încerc din nou și pe moment a căutat să-mi abată atenția arătându-mi câteva fotografii de familie. Avea o copiliță fascinantă, de vârsta lui Dolly; dar m-am prins la trucurile lui și i-am cerut insistent să-mi prescrie cea mai puternică pilulă pe care o cunoaște. Mi-a propus să joc golf, dar până la urmă a fost de acord să-mi dea ceva care, spunea el, „va avea un efect grozav". S-a îndreptat spre un dulăpior și a scos un flacon cu capsule albastru-violete cu o dungă de culoare vișinie la unul din capete. Fuseseră puse de curând pe piață, zicea el, și nu erau destinate nevroticilor – pe aceștia îi putea liniști chiar și o înghițitură de apă dacă era administrată cu pricepere –, ci marilor artiști care sufereau de insomnie, fiindcă ei trebuiau să moară totuși pentru câteva ore dacă voiau să trăiască apoi secole de-a rândul. Îmi place să-mi bat joc de doctori, așa că am băgat pilulele în buzunar, ridicând sceptic din umeri, deși în sinea mea mă bucuram. Printre altele mi-am propus să fiu foarte prudent cu el. Odată, cu altă ocazie, am avut o scăpare stupidă și am pomenit de ultimul meu sanatoriu; am avut impresia că și-a ciulit imediat urechile. N-aș fi dorit ca Charlotte sau altcineva să afle de acea perioadă din trecutul meu și, de aceea, i-am explicat în grabă că odinioară mă hotărâsem să scriu un roman și făcusem niște cercetări printre nebuni ca să mă documentez. În sfârșit, nu contează; bătrânul potlogar avea, fără doar și poate, o fetișcană dulce.

Am plecat într-o dispoziție excelentă. Conducând mașina nevesti-mii cu un deget, rulam plin de încântare spre casă. Ramsdale era, în definitiv, plin de farmec. Greierii țârâiau, bulevardul fusese stropit de curând. Am virat lin, catifelat, intrând pe mica noastră stradă povârnită. Toate erau, nu știu cum, atât de la locul lor astăzi. Atât de albastre și verzi. Știam că soarele strălucește întrucât cheia de contact se reflecta în parbriz; știam că este trei și jumătate fix fiindcă infirmiera care venea în fiecare după-amiază să-i facă masaj domnișoarei Devizavi cobora cu pași mărunți (în pantofii și ciorapii ei albi) pe trotuarul îngust. Ca de obicei, setterul isteric al domnului Vechitură m-a atacat în timp ce rulam la vale și, ca de obicei, ziarul local zăcea pe verandă, unde îi făcuse vânt Kenny. Cu o zi înainte pusesem capăt regimului de rezervă pe care mi-l impusesem și acum, în timp ce deschideam ușa livingului, am rostit un voios salut de întoarcere. Charlotte stătea la biroul din colț și scria o scrisoare; îi vedeam ceafa albă ca smântâna și cocul arămiu. Era îmbrăcată cu bluza galbenă și cu pantalonii de camping pe care îi avusese când am întâlnit-o pentru prima dată. Am repetat strigătul amical ținând încă mâna pe clanță. Mâna care scria s-a oprit. O clipă Charlotte a rămas nemișcată; apoi s-a răsucit încet pe scaun, sprijinindu-și cotul pe speteaza curbată. Chipul ei desfigurat de emoție nu-mi oferea o priveliște plăcută. Privirea i se fixase pe pantofii mei.

— Muierea Haze, cățeaua cea mare, mâța a bătrână, mămica nesuferită, bătrâna și stupida Haze nu mai este victima ta. Ea a – ea a...

Frumoasa mea acuzatoare s-a oprit înghițindu-și veninul și lacrimile. Ce a spus – sau a încercat să spună Humbert Humbert – nu este esențial. Ea a continuat:

— Ești un monstru. Ești un șarlatan detestabil, odios, criminal. Dacă te apropii, țip de la fereastră. Înapoi!

Și iarăși cred că se poate omite ce a bolborosit H.H.

— Plec la noapte. Tot ce e aici îți aparține. Atât că n-ai s-o mai vezi niciodată, dar niciodată pe scârba aia mică și mizerabilă. Ieși afară din camera asta!

Cititorule, am ieșit! Am urcat în ex-semistudioul meu. Am rămas o clipă aproape nemișcat și calm, cu mâinile în șolduri, cercetând din prag măsuța violată, cu sertarul deschis, cheia atârnând în broască și alte patru chei ale casei pe tăblie. Am traversat palierul, am intrat în dormitorul soților Humbert, am scos liniștit jurnalul meu de sub perna ei și l-am băgat în buzunar. Apoi am început să cobor, dar m-am oprit la jumătatea scării: vorbea la telefon și acesta era conectat la priza de lângă ușa livingului. Voiam să aud ce zice: a anulat o comandă pentru un lucru oarecare și s-a reîntors în salon. Mi-am reglat respirația și am traversat vestibulul îndreptându-mă spre bucătărie. Acolo am deschis o sticlă de scotch. Când era vorba de scotch, ea nu rezista tentației. După aceea m-am dus în sufragerie și de acolo, prin ușa întredeschisă, am contemplat îndelung spatele lat al Charlottei.

— Îți dai seama că ne distrugi viața? i-am spus liniștit. Hai să ne purtăm ca oamenii civilizați. Ești victima propriei halucinații. Ești nebună, Charlotte. Notele pe care le-ai găsit sunt fragmente de roman. Am folosit numele tău și al ei absolut întâmplător, fiindcă mi-au fost la îndemână. Mai gândește-te. Am să-ți aduc ceva de băut.

Ea n-a răspuns, nu s-a întors, ci a continuat să mâzgălească febril chestia aia pe care o scria. A treia scrisoare, după câte se pare (două, în plicuri timbrate, se aflau pe masă). M-am întors în bucătărie.

Am scos două pahare (cui îi scrie? St. Algebra? Lo?) și am deschis frigiderul. A vuit răutăcios spre mine când i-am scos gheața din inimă. I-l rescriu, asta e! O să-l citească din nou. N-o să-și amintească detaliile. Mai schimb câte ceva, mai ticluiesc. Scriu un fragment și i-l arăt sau îl las pe undeva la vedere. De ce s-or văita uneori atât de oribil robinetele? Îngrozitoare situație, zău. Micile bucăți de gheață de forma unor perne – perne pentru ursulețul polar din pluș, Lo – trosneau în timp ce apa caldă le desprindea din lăcașurile lor. Am așezat paharele unul lângă altul. Am turnat whisky și ceva apă minerală. Îmi interzisese să folosesc țepușa. Hodoronca-zdronca făcea cutia cu gheață. Am traversat sufrageria, ducând paharele, și i-am vorbit prin ușa salonului, care era foarte puțin deschisă, nici măcar cât să-ți strecori capul.

— Ți-am pregătit ceva de băut, am zis.

N-a răspuns, căteaua turbată, și am așezat paharele pe bufetul de lângă telefonul care începuse să sune.

— Leslie la telefon. Leslie Tomson, zise Leslie Tomson, căruia îi plăcea să se scalde în zori. Doamna Humbert, domnule: pe doamna Humbert a călcat-o o mașină, așa că veniți repede.

I-am răspuns cam morocănos, probabil că soția mea era întreagă și nevătămată și, cu receptorul încă în mână, am deschis ușa și am zis:

— Charlotte, e aici unul care spune că te-a omorât o mașină.

În living nici urmă de Charlotte.

23

M-am năpustit afară. Partea cealaltă a străduței noastre povârnite prezenta o priveliște neobișnuită.

Un Packard negru, lucios, se cățărase pe pajiștea în pantă a domnișoarei Devizavi formând un unghi cu trotuarul (unde un pled din tartan acoperea o movi-liță) și stătea acolo strălucind în soare, cu portierele deschise ca niște aripi și roțile din față înfundate printre arbuștii veșnic verzi. În dreapta anatomică a mașinii, pe gazonul îngrijit al pajiștii povârnite, un bătrân domn cu mustață albă, bine îmbrăcat – un costum gri la două rânduri, papion cu picățele –, zăcea întins pe spate, cu picioarele lungi lipite, ca o figură de ceară, în mărime mortuară. Sunt nevoit să zugrăvesc impactul unei imagini instantanee printr-o suită de cuvinte; acumularea lor fizică pe pagină alterează străfulgerarea autentică, unitatea acută a impresiei: movilița pledului, mașina, păpușa bătrână, infirmiera domnișoarei D. îndreptându-se voinicește, cu un pahar aproape gol în mână, înapoi spre veranda nevăzută – unde doamna sprijinită în perne, întemni-țată, ramolită, țipa trident, probabil, dar nu îndeajuns de tare ca să acopere hămăitul ritmic al setterului domnului Vechitură. Câinele mergea de la un grup la altul – de la ceata de vecini strânși pe trotuar lângă bucata de stofă cadrilată înapoi la mașina pe care o hăituise până la capăt și apoi la un alt grup de pe pajiște alcătuit din Leslie, doi polițiști și un bărbat voinic, cu ochelari cu rame de baga. În acest punct trebuie să vă spun că apariția promptă a patrulei, la nici un minut după accident, se datora faptului că la acel moment polițiștii lăsau notele de amendă la mașinile parcate ilegal pe o alee lăturalnică, două blocuri mai jos de școală; că tipul cu ochelari era Frederick Beale Jr, șoferul Packardului; că tatăl său de șaptezeci și nouă de ani, căruia infirmiera îi dăduse apă ceva mai înainte pe malul verde unde zăcea – un bancher pe un banc de verdeață, cum s-ar spune – nu-și pierduse complet cunoștința, ci își revenea tihnit și metodic dintr-un ușor atac de cord, real sau probabil; și, în sfârșit, că pledul de pe trotuar (unde ea îmi arătase adesea, cu dezaprobare, crăpăturile șerpuite, năpădite de iarbă) ascundea rămășițele muti-late ale Charlottei Humbert, care fusese doborâtă și târâtă câțiva metri de mașina lui Beale în timp ce traversa în grabă strada ca să pună trei scrisori la cutia poștală ce se afla în colțul peluzei domnișoarei Devizavi. O copilă drăgălașă, într-o rochiță murdară și roz, a adunat scrisorile și mi le-a dat, iar eu m-am descotorosit de ele rupându-le bucățele, cu unghiile, în buzunarul de la pantaloni.

Trei doctori și soții Farlow au sosit numaidecât la fața locului și au preluat victima. Văduvul, un bărbat înzestrat cu o excepțională stăpânire de sine, n-a plâns, n-a blestemat, n-a urlat. S-a clătinat puțin, atât! A deschis gura doar ca să dea cutare informație sau să ofere datele strict necesare pentru identificarea, examinarea și ridicarea femeii moarte, cu creștetul capului făcut terci, un terci din oase, creier, păr arămiu și sânge. Soarele era încă roșu, orbitor, când am fost așezat în pat, în camera lui Dolly, de cei doi prieteni, inimosul John și Jean cea cu ochii înrourați; care, ca să fie pe-aproape, s-au retras pe timpul nopții în dormitorul soților Humbert; unde, după câte știu, nu s-au purtat chiar atât de inocent cum ar fi cerut-o solemnitatea împrejurării.

N-am nici un motiv să insist în această relatare specială asupra formalităților prefunerare sau asupra înmormântării, care a fost la fel de discretă ca și cununia. Trebuie să consemnez însă câteva incidente care se referă la cele patru sau cinci zile de după moartea simplă a Charlottei.

În prima noapte a văduviei mele am fost atât de beat, încât am dormit buștean, asemenea copilei care dormise în acel pat. Dimineața următoare m-am grăbit să cercetez fragmentele de scrisoare din buzunar. Se amestecaseră însă atât de bine, încât mi-a fost imposibil să le sortez în trei seturi complete. Am presupus că „...și ai face bine să-l găsești, fiindcă nu îți pot cumpăra..." provenea din scrisoarea către Lo; iar alte fragmente păreau să indice intenția Charlottei de a fugi cu Lo la Parkington sau chiar înapoi la Pisky, ca nu cumva vulturul să-i smulgă prețioasa mioară. Alte zdrențe și crâmpeie (n-am crezut niciodată că am gheare atât de puternice) se refereau evident la o cerere de înmatriculare, însă nu la St. Algebra, ci la altă școală-internat despre care se spunea că e atât de posomorâtă și cumplită în privința metodelor ei (deși oferea crochet sub ulmi), încât își câștigase porecla de „Casă de Corecție pentru Tinerele Doamne". În sfârșit, a treia scrisoare îmi era adresată. Am descifrat chestiuni ca „...după un an de despărțire putem...", „...oh, dragul meu drag, oh...", „...mai rău decât dacă aș fi fost o femeie pe care o ții...", „...sau poate voi muri...". În general, spicuirile mele nu prea aveau înțeles; în capul sărmanei Charlotte, elementele celor trei misive scrise în fugă fuseseră la fel de amestecate ca fragmentele diverse înghesuite în pumnii mei.

În ziua aceea John avea întâlnire cu un client, iar Jean trebuia să dea de mâncare la câini; urma deci să fiu lipsit temporar de compania prietenilor ei. Dragii de ei, se temeau să mă lase singur ca nu cumva să mă sinucid și, cum nu aveam la dispoziție alți prieteni (domnișoara Devizavi era inabordabilă, soții McCoo își construiau o casă nouă la multe mile depărtare, iar soții Chatfield fuseseră chemați de curând în Maine din cauza unor necazuri de familie), Leslie și Louise au primit misiunea de a sta cu mine sub pretextul că mă ajută să aleg și să împachetez o mulțime de lucruri care rămăseseră orfane. Într-un moment de inspirație superbă, le-am arătat amabililor și credulilor soți Farlow (așteptam ca Leslie să vină la întâlnirea plătită cu Louise) o fotografie mică a Charlottei, pe care o găsisem printre hârtiile ei. Cocoțată pe un bolovan, zâmbea prin părul ciufulit. Fusese făcută în aprilie 1934, într-o primăvară memorabilă. Făcusem o vizită de afaceri în Statele Unite și avusesem ocazia să petrec câteva luni în Pisky. Ne întâlniserăm și urmase o poveste nebunească de dragoste. Dar vai!, eu eram însurat, ea era logodită cu Haze; însă, după ce m-am întors în Europa, am corespondat prin mijlocirea unui prieten, care nu mai trăiește. Jean a murmurat că auzise unele zvonuri, s-a uitat la poza făcută la minut și, continuând să o privească, i-a dat-o lui John, iar John și-a scos pipa și a privit-o pe grațioasa și frivola Charlotte Becker și mi-a înapoiat fotografia. Apoi cei doi au lipsit câteva ore. În pivniță, fericita Louise își giugiulea și își cicălea drăguțul.

Nici nu plecaseră bine soții Farlow și a venit un cleric cu bărbia albastră – și mi-am dat silința să scurtez întrevederea fără să îl ofensez sau să-i trezesc bănuielile. Da, îmi voi dedica întreaga viață fericirii copilului. Iată, întâmplător aici este o cruciuliță pe care mi-o dăruise Charlotte Becker când eram tineri. Aveam o verișoară în New York, o domnișoară bătrână și respectabilă. Acolo o să găsim pentru Dolly o școală particulară bună. Oho, Humbert e un adevărat maestru!

Pentru uzul lui Leslie și al Louisei, care puteau (au și făcut-o) să relateze totul lui John și Jean, am interpretat teribil de sonor și cu mare artă o convorbire telefonică simulată – cu directoarea taberei, Shirley Holmes. După ce s-au întors John și Jean, mi-am completat scenariul spunându-le, bâiguind și mimând agitația, că Lo plecase cu un grup de școlari mai mari într-o excursie de cinci zile și n-avea cum să fie anunțată.

— Doamne Dumnezeule, zise Jean, ce-i de făcut?

John spuse că e foarte simplu – o să-i roage pe cei de la poliția din Climax să-i găsească pe excursioniști – n-o să le ia nici o oră. De fapt el cunoaște ținutul și...

— Știi ce? continuă el, ce-ar fi să plec acolo chiar acum? Tu poți să dormi cu Jean (în realitate, el n-a făcut această completare, însă Jean îi susținuse oferta cu atâta înfocare, încât... se putea presupune).

Eram la pământ. L-am implorat pe John să lase lucrurile așa cum sunt. I-am spus că nu pot suporta lângă mine copilul – suspinând, agățându-se de mine; fata e atât de sensibilă; experiența asta ar putea să lase urme asupra ei; psihiatrii au analizat asemenea cazuri. S-a instalat brusc o pauză.

— Bine-bine, tu ești doctorul, zise John ușor vexat. Dar, în definitiv, eu am fost prietenul și sfătuitorul Charlottei. Oricum, am dori să știm ce ai de gând cu copilul.

— John, a strigat Jean, e copilul lui, nu al lui Harold Haze. Ce naiba, nu pricepi? Humbert e adevăratul tată al lui Dolly.

— Mda, înțeleg. Îmi pare rău. Da, înțeleg. Nu mi-am dat seama. Firește, asta simplifică lucrurile și orice ai simți e corect.

Nefericitul tată le-a spus în continuare că se va duce imediat după înmormântare să-și ia fiica gingașă și se va strădui din răsputeri să-i creeze condiții pentru a se reface, schimbând mediul; probabil, printr-o călătorie la New Mexico sau în California – firește, admițând cazul că voi supraviețui! Am întruchipat cu atâta măiestrie liniștea disperării extreme, tăcerea de dinaintea unei izbucniri de nebunie, încât impecabilii soți Farlow m-au dus la ei acasă. Aveau o pivniță bine garnisită cu vinuri, așa cum sunt pivnițele din acest ținut; ceea ce mi-a fost de mare ajutor, pentru că mă temeam de insomnie și de strigoi!

Să vă explic acum de ce voiam să o țin pe Dolores la distanță. Normal, în primul moment, imediat după ce Charlotte fusese eliminată, iar eu intrasem din nou în casă, dar ca tată liber, și dădusem de dușcă cele două pahare cu whisky și apă minerală pe care le pregătisem, încununându-le cu o stacană sau două din „bolobocul“ meu, și mă încuiasem apoi în baie ca să scap de vecini și de prieteni – în mintea și în pulsul meu se afla doar conștiința că peste puțină vreme Lolita mea – a mea, a mea, a mea –, caldă, cu părul castaniu, va fi în brațele mele vărsând lacrimi pe care le voi săruta sorbindu-le de îndată ce izvorau. Dar cum stăteam cu ochii măriți și îmbujorat în fața oglinzii, John Farlow a bătut discret în ușă: se interesa dacă mă simt bine. Mi-am dat seama numaidecât că ar fi o nebunie să o aduc pe Lo în casă când băgăreții ăștia bântuie prin încăperi și complotează să o despartă de mine. Desigur, însăși imprevizibila Lo ar putea – cine știe? – să manifeste o neîncredere nesăbuită în mine, o repulsie subită, teamă nedeslușită și altele de acest gen – și gata, s-a zis cu premiul magic chiar în momentul sărbătoririi triumfului.

Vorbeam de băgăcioși. M-a mai vizitat cineva – amicul Beale, tipul care o eliminase pe nevastă-mea. Solid și solemn, cu aerul unui ajutor de călău, fălci de buldog, ochi mici și negri, ochelari cu rame groase și nări imense, a intrat în camera mea condus de John, care apoi ne-a lăsat singuri, închizând ușa cu un tact desăvârșit. Mi-a spus curtenitor că are doi gemeni în clasa fiicei mele vitrege, iar după aceea oaspetele meu grotesc a desfășurat o diagramă mare a accidentului desenată chiar de el. Era, cum s-ar fi exprimat fiica mea vitregă, o schemă „trăsnet“, cu tot felul de săgeți impresionante și linii punctate în cerneluri de diferite culori. Traiectoria doamnei H.H. era ilustrată în câteva locuri printr-o serie de siluete minione desenate – păpușelele de la Corpul de Armată al Femeilor, folosite în statistici ca mijloace vizuale auxiliare. Această rută intra în contact, foarte limpede și foarte convingător, cu o linie sinuoasă trasată cu îndrăzneală, care reprezenta două viraje consecutive – unul executat de mașina lui Beale pentru a ocoli câinele Vechiturii (câinele nu se vedea) și al doilea, un fel de continuare exagerată a primului, menit să evite tragedia. O cruce foarte neagră marca locul unde silueta cochetă ajunsese, în cele din urmă, să zacă pe trotuar. Am căutat un semn similar care să-mi fixeze locul de pe taluz unde stătuse întins pe spate uriașul tată de ceară al vizitatorului meu, dar n-am găsit așa ceva. Totuși, acest gentleman semnase documentul în calitate de martor, imediat după Leslie Tomson, domnișoara Devizavi și alți câțiva vecini.

Cu creionul colibri zburând îndemânatic și delicat de la un punct la altul, Frederick a demonstrat absoluta sa nevinovăție și nesăbuința soției mele: el se căznise să evite câinele, iar ea alunecase pe asfaltul proaspăt stropit și plonjase în față, când normal ar fi fost să sară înapoi, nu înainte (Fred a arătat cum, smucindu-și umărul său bine căptușit cu mușchi). Evident, am spus eu, nu era greșeala lui și ancheta mi-a susținut punctul de vedere.

Respirând violent pe nările lui dilatate, negre ca smoala, a dat din cap și mi-a strâns mâna; apoi, cu un aer de *savoir vivre* desăvârșit și de generozitate nobilă, s-a oferit să plătească cheltuielile de înmormântare. Se aștepta să-i refuz oferta. Copleșit de recunoștință, am scos un oftat de bețiv și i-am acceptat-o. L-am descumpănit. Rar, neîncrezător, a repetat ceea ce spusese. Iar eu nu mai conteneam cu mulțumirile.

În urma acestei întrevederi caraghioase, buimăceala sufletului meu s-a risipit pentru moment. Și nu-i de mirare! Mă întâlnisem, într-adevăr, cu agentul sorții. Palpasem chiar carnea sorții – și umărul ei musculos. Se produsese dintr-odată o mutație strălucită, monstruoasă și acesta fusese instrumentul. Prin încâlceala diagramei (nevastă grăbindu-se, pavaj alunecos, o bestie de câine, școala de pe pantă, mașină mare, maimuțoi la volan) am distins vag și contribuția mea mârșavă. Dacă n-aș fi fost atât de neghiob – sau un asemenea geniu intuitiv – încât să păstrez jurnalul acela, umorile produse de furia vindicativă și de rușinea dogoritoare nu ar fi orbit-o pe Charlotte în cursa ei năprasnică spre cutia poștală. Dar, chiar dacă ar fi orbit-o, tot nu s-ar fi întâmplat nimic dacă soarta meticuloasă, acea fantomă care sincronizează, n-ar fi amestecat în alambicul ei mașina și câinele, soarele și umbra și udătura, pe cei slabi și pe cei tari – și piatra. *Adieu*, Marlene! Strângerea de mână oficială a sorții grase (așa cum a fost reprodusă de Beale înainte de a ieși din cameră) m-a scos din torpoare și am plâns. Da, doamnelor și domnilor din juriu, am plâns!

24

Ulmii și plopii își răsuceau spinările zbârlite sub năvala neașteptată a vântului și vârful unui nor cumulus amenința turla albă a bisericii din Ramsdale. M-am uitat în jur. Pentru ultima dată. Părăseam casa lividă unde închiriasem o cameră cu zece săptămâni în urmă și mă îndreptam spre aventuri necunoscute. Jaluzelele – jaluzelele ieftine, practice, din bambus – fuseseră coborâte. Pe verande sau în casă, textura lor bogată trăda o dramă modernă. Casa Raiului trebuie să fi părut destul de pustie după aceea. Pe încheietura unui deget mi-a căzut o picătură de ploaie. Am intrat din nou în casă, să caut ceva în timp ce John îmi așeza bagajele în mașină. Atunci s-a întâmplat un lucru nostim. Nu mai țin minte dacă în aceste note tragice am subliniat îndeajuns efectul special „de fascinație" pe care trăsăturile plăcute ale scriitorului – pseudoceltice, de maimuță atrăgătoare, adolescentin-bărbătești – îl aveau asupra femeilor de orice vârstă și din orice mediu. Firește, asemenea declarații făcute la persoana întâi riscă să sune ridicol. Dar trebuie să-i reamintesc din când în când cititorului înfățișarea mea, așa cum romancierul profesionist, care și-a înzestrat unul dintre personaje cu vreo particularitate sau cu un câine, e obligat să arate pe tot parcursul cărții acel câine sau acea particularitate ori de câte ori apare personajul. Cu atât mai mult în cazul de față. Frumusețea mea tenebroasă trebuie să vi se imprime în ochiul minții dacă vreți să înțelegeți ca lumea povestea mea. Pubera Lo s-a topit sub vraja lui Humbert tot așa cum leșina ascultând muzică sughițată; adulta Lotte m-a iubit cu o pasiune matură, posesivă, pe care acum o deplâng și o respect mai mult decât vreau să recunosc. Jean Farlow, care avea treizeci și unu de ani și era absolut nevrotică, se simțea și ea, după cum se pare, atrasă puternic de mine. Era o frumusețe de tip indian, parcă cioplită și avea tenul ars ca sienitul. Buzele ei păreau polipi mari și purpurii și când emitea râsul ei aparte, lătrat, își arăta dinții mari și înnegriți și gingiile palide.

Era foarte înaltă, purta fie pantaloni marinărești și sandale, fie fuste înfoiate și balerini, bea orice fel de tărie, în orice moment, avusese două avorturi spontane, scria povestiri despre animale, picta, după cum știe și cititorul, peisaje lacustre, făcea tratament pentru cancerul care o va ucide la treizeci și trei de ani și, pentru mine, era iremediabil lipsită de farmec. Închipuiți-vă ce spaimă am tras când, cu câteva secunde înainte de plecare (ne aflam amândoi în hol), Jean m-a prins de tâmple cu degetele ei care tremurau mereu și – ochii ei albaștri strălucitori erau plini de lacrimi – a încercat, fără succes, să se lipească de buzele mele.

— Să ai grijă de tine, zise ea, și sărută-ți fiica din partea mea.

Bubuitul unui tunet s-a propagat prin toată casa și ea a adăugat:

— Poate cândva, undeva, într-un moment mai puțin tragic, ne vom întâlni din nou (Jean, oriunde și orice ai fi, în spațiul-timp minus ori în timpul-suflet plus, iartă-mi notele astea, inclusiv paranteza).

Curând după aceea, în stradă, strada povârnită, am dat mâna cu cei doi și toate se învârtejeau și fugeau din fața potopului alb care se apropia și un camion aducând o saltea de la Philadelphia rula la vale încrezător spre o casă pustie, iar praful se așternea și se rida pe lespedea aceea de piatră unde Charlotte, când au dat pledul la o parte ca să o recunosc, se revelase ghemuită, cu ochii nevătămați, genele negre, încă umede și încâlcite ca ale tale, Lolita.

25

Toate stavilele fuseseră îndepărtate și în fața mea se deschidea perspectiva unor infinite desfătări delirante. Se putea presupune că mă voi destinde mintal scoțând un suspin de ușurare divină. *Eh, bien, pas du tout.* În loc să mă scald în razele întâmplării zâmbitoare, eu eram obsedat de tot felul de dubii și temeri pur etice. De pildă: n-o să se întrebe lumea de ce Lo nu lua parte la obligațiile festive și funerare din familia ei apropiată? Vă amintiți, cred, că nu am adus-o la căsătoria noastră. Sau altceva: să admitem că întâmplarea își întinsese brațul lung și păros ca să îndepărteze o femeie nevinovată; și atunci, n-ar fi oare posibil ca tot întâmplarea să ignore într-un moment păgân ceea ce făptuise brațul ei geamăn și să-i transmisă lui Lo o notă prematură de condoleanțe? E drept, accidentul fusese relatat numai de *Ramsdale Journal*, dar nu și de *Recorder* din Parkington sau de *Herald* din Climax. Tabăra Q. se afla în alt stat și morțile locale nu prezentau interes informativ federal; dar puteam eu să nu-mi imaginez că Dolly fusese informată într-un fel oarecare și că, în timp ce eu mă duceam să o iau, prieteni de-ai familiei, pe care eu nu-i cunoșteam, o aduceau la Ramsdale? Și iarăși, mai neliniștitor decât ipotezele și grijile rămânea faptul că Humbert Humbert, cetățean american de dată recentă, cu origine europeană obscură, nu făcuse nici un demers ca să devină tutorele legal al fiicei soției lui moarte (fata având doar doisprezece ani și șapte luni). Voi îndrăzni vreodată să fac demersurile cuvenite? Nu-mi puteam reține un fior de câte ori îmi imaginam goliciunea mea înconjurată de statute misterioase, în lumina severă, necruțătoare a Legii.

Stratagema mea era un miracol al artei primitive: mă voi duce vâjâind la Tabăra Q., îi voi spune Lolitei că mama ei va fi supusă unei operații importante la un spital inventat de mine și apoi mă voi deplasa întruna, din han în han, în timp ce mama ei se va simți din ce în ce mai bine și, în cele din urmă, va muri. Dar, pe măsură ce înaintam spre tabără, neliniștea mea se adâncea. Era insuportabil gândul că s-ar putea să n-o mai găsesc acolo pe Lolita sau că voi găsi o altă Lolită, înspăimântată, care va insista să cheme un prieten de-al familiei. Nu mă gândeam la soții Farlow, fiindcă, slavă Domnului, ea nu-i prea cunoștea, dar de unde să știu eu dacă nu mai are și alți amici pe care nu i-am pus la socoteală? Până la urmă m-am hotărât să am de-adevăratelea convorbirea aceea telefonică pe care o simulasem atât de bine cu câteva zile mai înainte. Ploua torențial când am oprit într-o suburbie noroioasă a Parkingtonului, cu puțin înainte de Furcă – de-aici pornea o centură care ocolea orașul și ducea spre șoseaua ce traversa dealurile îndreptându-se spre Lacul Climax și Tabăra Q. Am scos cheia din contact și am stat aproape un minut în mașină; încercam să mă fortific pentru convorbirea telefonică și priveam ploaia, trotuarul inundat, unde o gură de incendiu, un obiect hidos, zău, vopsit grosolan în roșu și argintiu, își întindea cioturile roșii ale brațelor sale ca să fie lăcuite de ploaia care picura ca un sânge stilizat peste lanțurile lui argintii. Nu-i de mirare că se interzice staționarea lângă schilozii ăștia coșmarești. M-am dus la o stație de benzină. Mă aștepta o surpriză. Monedele au căzut în aparat zornăind promițător și, în sfârșit, i s-a permis unei voci să răspundă vocii mele.

Holmes, directoarea taberei, m-a informat că Dolly plecase luni (acum era miercuri) într-o excursie pe dealuri, cu grupul ei, și era așteptată să se întoarcă astăzi, destul de târziu. M-ar deranja dacă aș veni mâine? Ce se întâmplase, de fapt? Fără să intru în detalii, i-am spus că mama fetiței fusese internată într-un spital, că situația era gravă, că nu trebuie să i se spună copilului că e gravă și că Lo trebuie să se pregătească să plece înapoi cu mine mâine după-amiază. Cele două voci s-au despărțit călduros, cu efuziuni de bunăvoință și, prin cine știe ce capriciu mecanic, toate monedele s-au reîntors la mine, dându-se peste cap, rostogolindu-se cu un zornăit ca de automat căruia îi smulsesem marele premiu, ceea ce m-a făcut să râd, deși amânarea fericirii mă dezamăgise oleacă. Se pune întrebarea dacă această rambursare spasmodică nu se corela într-un fel sau altul cu mintea lui McFate, destinul, cu faptul că inventasem mica expediție a copiilor înainte de a fi aflat de ea (ceea ce se întâmplase de-abia cu câteva clipe mai înainte).

Ce a urmat? Am purces spre centrul comercial al Parkingtonului și mi-am consacrat întreaga după-amiază (vremea se limpezise, orașul ud era numai argint și sticlă) cumpărării unor lucruri frumoase pentru Lo. Dumnezeule, ce achiziții nebunești a inspirat predilecția emoționantă pe care o avea în acele zile Humbert pentru țesăturile cadrilate, stambele în culori strălucitoare, pentru zorzoane, mâneci bufante, pliseuri ușoare, corsaje lejere, fuste cu poale ample! Oh, Lolita, tu ești fata mea, așa cum Dee a fost a lui Poe și Bea a lui Dante!

Dar ce fetiță n-ar fi încântată să se rotească în fustă cloș și pantalonași? Doresc un anumit lucru? mă întrebau voci lingușitoare. Costume de baie? Avem orice culoare. Roz de vis, alb glacial, mov clitoric, roșu tulipe, negru oolitic. Ce-ați zice despre niște costume sport? Slipuri? Nu, slipuri nu. Și eu, și Lo detestam slipurile.

Mă orientam după o notă antropometrică scrisă de mama ei când Lo împlinise doisprezece ani (cititorul își amintește, desigur, de cartea *Să vă cunoașteți copilul*). Aveam sentimentul că Charlotte, îmboldită de motive obscure, de invidie și aversiune, mai adăugase câțiva centimetri colea, câteva grame dincolo, dar cum, fără îndoială, nimfeta crescuse în ultimele șapte luni, am considerat că pot accepta fără riscuri majoritatea măsurătorilor din ianuarie: circumferința șoldurilor, 74 centimetri; circumferința la coapse (imediat sub dunga feselor), 43 centimetri; perimetrul gambelor și circumferința gâtului, 28 centimetri; perimetrul toracic, 69 centimetri; grosimea brațului, 21 centimetri; talia, 59 centimetri; înălțimea, 145 centimetri; greutatea, 39 de kilograme; silueta, liniară; coeficientul de inteligență, 121; apendice vermicular intact, slavă Domnului.

Dar și fără măsurători o vedeam în gând pe Lolita cu o luciditate halucinantă; și cum mă furnica întruna punctul în care creștetul ei mătăsos fusese o dată sau de două ori în dreptul inimii mele; cum îi simțeam neîncetat povara caldă în poală (încât, într-un anumit sens, eram întotdeauna „cu Lolita", așa cum o femeie este „cu sarcină"), n-am fost surprins când am constatat mai târziu că socotelile mele fuseseră mai mult sau mai puțin corecte. În plus, studiasem catalogul mărfurilor estivale și am examinat ca un mare cunoscător articolele frumoase, pantofii tip sport, pantofii de tenis, pantofii de șevro pentru copii răzgâiați. Fata machiată, îmbrăcată în negru, care a venit în întâmpinarea nevoilor mele arzătoare a transformat erudiția părintească și descrierea precisă în eufemisme comerciale de felul „*petite*". O altă vânzătoare, o femeie mult mai coaptă, fardată ca o clătită, îmbrăcată într-o rochie albă, s-a arătat foarte impresionată de cunoștințele mele despre moda la adolescenți; aveam o metresă minionă, probabil; și de aceea, când mi-au arătat o fustă cu două buzunare „șic" în față, am pus o întrebare bărbătească voit naivă și am fost răsplătit cu o demonstrație surâzătoare a modului de funcționare a fermoarului de la spate al fustei. M-am distrat apoi copios cu diverse modele de pantaloni scurți și chiloței – mici Lolite fantomatice dansând, căzând, înșirându-se pe tejghea ca margaretele. Am rotunjit afacerea încheind cu câteva pijamale frumoase de bumbac în stilul „tânărul casap", Humbert, casapul popular.

Se simte o undă de mitologie și de vrajă în aceste mari magazine unde, potrivit reclamelor, funcționara își poate procura o garderobă de serviciu completă și modernă și unde sora mai mică visează la ziua în care jerseul ei de lână îi va face să sporovăiască pe băieții din fundul clasei. În jurul meu pluteau manechine din plastic reprezentând, în mărime naturală, copii cu nasul cârn și cu chipuri cafenii-cenușii, cu puncte maronii, de faun. Mi-am dat seama că eram singurul cumpărător din acest loc destul de sinistru, bântuit de stafii, în care mă deplasam precum peștele într-un acvariu de culoare verde-albăstrie. Simțeam cum se formează gânduri bizare în mințile doamnelor apatice care mă escortau de la stand la stand, de la recif la algele marine și curelele și brățările pe care le-am ales îmi păreau căzute în apa transparentă din mâini de sirenă. Am cumpărat un geamantan elegant, mi-am pus cumpărăturile în el și m-am dus la hotelul cel mai apropiat, încântat nevoie mare de modul în care îmi petrecusem ziua.

După-amiaza poetică și liniștită consacrată cumpărăturilor pretențioase mi-a adus nu știu cum în minte numele seducător al hanului Vânătorii Vrăjiți pe care Charlotte mi-l citase întâmplător, cu puțin înainte de eliberarea mea. L-am depistat cu ajutorul ghidului turistic; se afla în Briceland, un oraș izolat, situat față de tabăra lui Lo la patru ore de mers cu mașina. Aș fi putut telefona, însă m-am temut că o să-mi scape de sub control vocea și o să derapeze în croncănituri jenante, într-o engleză stâlcită, așa că m-am hotărât să trimit o telegramă prin care comandam pentru noaptea următoare o cameră cu două paturi alăturate. Ce Făt-Frumos comic, stângaci, ezitant eram! Și ce-or să mai râdă de mine unii cititori când le voi spune că m-am căznit cu textul telegramei! Cum să o formulez: Humbert și fiica? Humburg și fetița? Homberg și fata imatură? Homburg și copilul? Greșeala caraghioasă – litera „G" de la sfârșit s-a produs în cele din urmă de-adevăratelea, ca un ecou telepatic al șovăielilor mele.

Ce să vă mai spun despre meditațiile mele, în catifeaua nopții de vară, asupra elixirului pe care îl luasem cu mine! Oh, Hamburg, meschinule! Dar nu era el însuși Vânătorul Vrăjit când se lupta cu sine lângă flaconul cu muniție magică? Să încerce el însuși una din capsulele de ametist și să izgonească astfel monștrii insomniei? Erau patruzeci de pilule – patruzeci de nopți cu o micuță și firavă adormită la pieptul meu înfiorat; să-mi fur eu însumi o asemenea noapte? Ei bine, nu! Era mult prea prețioasă fiecare prună minusculă, subțire, fiecare planetarium microscopic cu praful său stelar viu. Oh, lăsați-mă să fiu siropos o clipă! Cinismul m-a obosit cumplit.

26

Durerea de cap zilnică în atmosfera tenebroasă, funerară a pușcăriei este neliniștitoare, dar trebuie să fiu perseverent. Am scris mai mult de o sută de pagini și încă n-am ajuns nicăieri. Calendarul meu se zăpăcește. Asta trebuie să se fi petrecut în jurul lui 25 august 1947. Nici gând să pot continua. Inima, capul – toate. Lolita, Lolita, Lolita, Lolita, Lolita,

Lolita, Lolita, Lolita, Lolita, Lolita, Lolita. Zețar, repetă numele până umpli pagina.

27

Tot în Parkington. Am izbutit, în cele din urmă, să ațipesc o oră, dar m-am trezit înspăimântat de împerecherea aiuritoare și înfiorător de epuizantă cu un hermafrodit mic păros, complet necunoscut. Să fi fost șase dimineața. Deodată mi-a venit ideea că n-ar fi rău să ajung la tabără mai devreme decât spusesem. De la Parkington până la autostradă aveam de parcurs o sută de mile, de aici la Hazy Hills și Briceland încă o dată pe atât, poate mai mult. Spusesem că vin să o iau pe Dolly în cursul după-amiezei fiindcă fantezia ținea morțiș ca noaptea să se lase milostivă cât mai repede peste nerăbdarea mea. Acum însă presimțeam tot felul de necazuri și stăteam ca pe jar, temându-mă că întârzierea ar putea să-i ofere lui Lo ocazia de a telefona, așa, într-o doară, la Ramsdale. La 9,30 a.m. am încercat să plec, dar, ghinion, bateria era moartă, așa că am părăsit Parkingtonul pe la amiază.

Am ajuns la destinație pe la două și jumătate; mi-am parcat mașina într-o dumbravă de pini unde se afla un tânăr straniu, care arunca potcoave la țintă, într-o singurătate ursuză. Tipul m-a îndrumat laconic spre un birou dintr-o vilă ornamentată cu stuc; am ascultat pierit condoleanțele inchizitoriale ale directoarei taberei, o femelă șleampătă, trecută, cu părul ruginiu. Dolly și-a făcut bagajul, mi-a spus ea, și e gata de plecare. Știe că mama ei e bolnavă, dar nu foarte grav. N-ar dori domnul Haze, vreau să zic domnul Humbert, să le cunoască pe consilierele taberei? Ori să viziteze cabanele fetelor? Fiecare e închinată unei creaturi a lui Disney. Ori cabana de vânătoare? Să-l trimită pe Charlie să o aducă? Fetele făceau ultimele aranjamente pregătind sufrageria pentru dans. (Și va spune, probabil, după aceea, unuia și altuia: bietul de el, părea propria stafie!)

Permiteți-mi să reamintesc amănuntele banale și profetice ale scenei: Holmes, muma pădurii, transcria o rețetă scărpinându-se în cap; apoi a tras un sertar de la biroul ei, a vărsat niște mărunțiș în palma mea nerăbdătoare și, netezind o bancnotă, a spus sonor „...și cinci"; fotografii ale copilelor; un fluture viu colorat mișca încă, fixat cu un ac pe perete („studiu al naturii") – ce prost gust! –; diploma înrămată a dieteticienei taberei; mâinile mele tremurânde; o fișă scoasă de Holmes cea eficace, cu raportul asupra comportării lui Dolly Haze în luna iulie („satisfăcătoare spre bună; pasionată de înot și canotaj"); melosul pomilor și al păsărilor și inima mea care bătea să-mi spargă pieptul... Stăteam cu spatele la ușa deschisă și brusc mi-a năvălit sângele-n cap când i-am auzit în spatele meu respirația și vocea. Sosea târând și împingând cu piciorul geamantanul greu.

— Bună! mi-a spus și a rămas nemișcată, scrutându-mă cu priviri ironice și vesele, și buzele înflorite într-un zâmbet naiv, dar grozav de atrăgător.

Era mai subțire, mai înaltă și o clipă mi s-a părut că fața ei nu era la fel de drăgălașă ca amprenta mintală pe care o păstrasem cu sfințenie mai mult de o lună: obrajii păreau supți și trăsăturile rustice, trandafirii, erau afectate prea mult de lentigo; și această primă impresie (intervalul uman foarte îngust dintre două bătăi ale inimii unui tigru) spunea clar că văduvul Humbert trebuia și dorea să-i ofere micuței orfane *aux yeux battus* care părea palidă, deși era bronzată de soare (chiar și cearcănele plumburii de sub ochii ei erau pistruiate) o educație serioasă, o adolescență sănătoasă și fericită, un cămin curat, prietene frumoase de vârsta ei, printre care (dacă soarta binevoia să mă răsplătească) aș găsi o mică *mägdlein* numai pentru Her Doktor Humbert. Dar „cât ai clipi", cum spun nemții, linia angelică de comportare s-a șters și eu mi-am înhățat prada (timpul o ia înaintea fanteziilor noastre!) și ea a devenit din nou Lolita mea – de fapt, mai Lolita ca niciodată. Mi-am pus o secundă mâna pe creștetul ei fierbinte și castaniu și i-am luat bagajul. Era nespus de dulce, îmbrăcată în rochița ei minunată dintr-un imprimeu cu mere mici și roșii, iar brațele și picioarele ei erau arămii, cu zgârieturi ca niște linii punctate, subțiri, cu stropi fini de rubine coagulate și manșetele uzate ale șosetelor erau răsucite la nivelul știut și, din cauza mersului copilăresc sau pentru că mi-o fixasem în memorie încălțată cu pantofi fără toc, botinele ei păreau oarecum prea mari și cu tocul prea înalt. Bun rămas, Tabără Q., veselă Tabără Q. Bun rămas hrană simplă și nesănătoasă, bun rămas Charlie, băiete. S-a cuibărit lângă mine, în mașina închisă, a pocnit o muscă ageră pe genunchiul ei încântător; apoi – gura ei continuând să mestece violent o bucată de chewing-gum – a coborât geamul de pe partea ei și s-a cuibărit din nou. Goneam prin pădurea vârstată și smălțuită.

— Cum se simte mama? a întrebat ea cuminte.

I-am spus că doctorii nu prea știu despre ce e vorba. Oricum, ceva abdominal. Abominabil? Nu, abdominal. Va trebui să mai zăbovim oleacă prin împrejurimi. Spitalul era la țară, lângă pitorescul oraș Lepingville, unde locuise la începutul secolului al nouăsprezecelea un mare poet și unde vom lua la rând toate spectacolele. Ideea i s-a părut strașnică și s-a întrebat dacă vom ajunge la Lepingville înainte de 9 p.m.

— Trebuie să ajungem la Briceland la vremea cinei, am spus, și mâine vizităm Lepingville. Cum a fost excursia? Te-ai distrat bine în tabără?

— Îhî.

— Îți pare rău că pleci?

— Îhî-îhî. Hm-hm.

— Hei, Lo, nu mârâi. Spune-mi ceva.

— Ce să-ți spun, Tăticule? (Cuvântul s-a lăbărțat ironic.)

— Orice.

— Te superi dacă-ți spun așa? (Ochii îngustați spre șosea.)

— Nici gând!

— E o chestie grozavă, știi? Când ți-a căzut cu tronc mama?

— Într-o zi, Lo, ai să înțelegi multe emoții și situații; de pildă, armonia, frumusețea relației spirituale.

— Haida-de! replică nimfeta cinică.

Pauză mică în dialog umplută cu ceva peisaj.

— Lo, uite vacile alea de pe coasta dealului.

— Dacă mai văd o vacă, vomit.

— Mi-ai lipsit îngrozitor, Lo.

— Mie nu. La drept vorbind, am fost revoltător de infidelă, dar ce contează, fiindcă tu oricum nu mai ții la mine. Conduci mult mai repede decât mama, mister.

De la nechibzuita viteză de șaptezeci la oră am redus la cincizeci de mile cuminți.

— De ce crezi că nu mai țin la tine, Lo?

— Păi nici măcar nu m-ai sărutat, așa-i?

Sufletul îmi agoniza și gemea, am filmat într-o clipită o bună porțiune din șosea și m-am năpustit hurducându-mă printre bălării. Nu uita, este un copil, nu uita.

Nici nu s-a oprit bine mașina că Lolita mi-a zburat pur și simplu în brațe. Nu îndrăzneam, nu îndrăzneam să mă las în voia patimii – nu îndrăzneam nici măcar să-mi dau seama că *acesta* (dulcea umiditate și focul pâlpâind) era începutul vieții inefabile pe care, ajutat cu dibăcie de soartă, am vrut să o fac posibilă – nu îndrăzneam să o sărut cu adevărat și-atunci i-am atins buzele fierbinți, întredeschise, cu profundă evlavie, sorbituri mici, fără nimic scârbos; dar ea s-a răsucit nerăbdătoare, și-a apăsat gura pe gura mea atât de puternic, încât i-am simțit dinții din față și m-am împărtășit din saliva ei cu gust de mentă. Știam, firește, că nu e decât un joc inocent, un crâmpei de bufonerie adolescentină, care imita cine știe ce simulacru de aventură romantică și întrucât (așa cum vă vor spune atât psihoterapistul, cât și siluitorul) limitele și regulile unor asemenea jocuri de fetițe sunt fluide ori, cel puțin, au o subtilitate copilărească greu sesizabilă pentru partenerul matur, m-am temut îngrozitor să nu merg cumva prea departe determinând-o să bată în retragere dezgustată și înspăimântată. Cum doream mai presus de orice să o strecor neștiut în sihăstria de la Vânătorii Vrăjiți și aveam de parcurs încă optzeci de mile, o intuiție binecuvântată ne-a făcut să întrerupem îmbrățișarea – cu o fracțiune de secundă înainte ca mașina unei patrule de circulație să oprească lângă noi.

Roșu la față, cu sprâncene stufoase, șoferul ei m-a privit insistent:

— N-ați văzut, întâmplător, un Sedan albastru, marca mașinii voastre, care v-a depășit la intersecție?

— Păi, nu.

— Nu, n-am văzut, spuse Lo, aplecându-se repede peste mine, cu mâinile inocente sprijinite de picioarele mele, dar sunteți sigur că era albastru, fiindcă...

Curcanul (ce umbră a noastră urmărea el?) i-a zâmbit frumos și a executat o întoarcere în U.

Am pornit mai departe.

— Găgăuță! a remarcat Lo. Ar fi trebuit să *te* înhațe.

— Pentru numele lui Dumnezeu, de ce pe mine?

— Păi, în acest stat leneș limita de viteză este de cincizeci de mile și – nu, nu încetini, tu, cap de sifon. Acu' s-a dus.

— Mai avem o bună bucată de drum, am spus, și vreau să ajungem acolo până se înserează. Să fii fetiță cuminte.

— Ba rea! Fetiță rea, spuse Lo mulțumită. Delincvent juvenil, dar sincer și seducător. Semaforul era pe roșu. N-am mai văzut așa stil de conducere.

Rulam în tăcere printr-un orășel tăcut.

— Ia zi-mi, n-ar turba Mama dacă ar afla că suntem amanți?

— Doamne Dumnezeule, ce-ți veni?

— Dar noi suntem amanți, nu-i așa?

— Eu n-am auzit nimic. Cred că o să mai plouă. Nu vrei să-mi povestești ce năzdrăvănii ai făcut prin tabără?

— Vorbești ca din carte, *Tăticule*.

— Cu ce te-ai ocupat? Insist să-mi spui.

— Te scandalizezi repede?

— Nu. Dă-i drumul.

— Să tragem într-o alee mai izolată și am să-ți povestesc.

— Lo, te rog foarte serios să nu mai faci pe nebuna.

— Bine – am participat la toate activitățile.

— *Ensuite?*

— Ansuit, m-au învățat să trăiesc fericită și din plin împreună cu ceilalți și să-mi formez o personalitate utilă. Să fiu o gâsculiță, de fapt.

— Da. Am văzut câte ceva în broșură.

— Ne-au plăcut cântările la gura marelui șemineu de piatră sau sub stelele afurisite unde fiecare fată își contopea sentimentul personal de fericire cu vocea grupului.

— Ai o memorie excelentă, Lo, dar te invit să renunți la cuvintele urâte. Și altceva?

— Motto-ul cercetașilor, spuse Lo rapsodic, este și al meu. Îmi umplu viața cu fapte demne de laudă, cum ar fi – în fine, nu contează care. Datoria mea este să fiu folositoare. Sunt prietena animalelor masculi. Mă supun ordinelor. Sunt voioasă. Și mașina asta a fost tot a poliției. Sunt înfloritoare și definitiv spurcată în gând, vorbe și fapte.

— Sper că asta-i tot, gata, copil sarcastic.

— Aha. Am gătat. Ba nu, mai stai un pic. Am copt într-un cuptor reflectorizant. Așa-i că e grozav?

— Mda, așa-i mai bine.

— Am spălat zilioane de vase. „Zilioane", știi, înseamnă în argoul profelor multe-multe-multe-multe. Oh, stai, ultimul, dar nu și cel mai neînsemnat, cum zice Mama – stai să-mi aduc aminte – ce naiba era? A, da: am făcut umbre chinezești. Mamă-mamă, ce distracție!

— *C'est bien tout?*

— *C'est.* Ba mai e ceva, un lucrușor pe care nu ți-l pot spune fără să roșesc.

— O să mi-l spui mai târziu?

— Dacă stăm în întuneric și mă lași să șoptesc, da, ți-l spun. Dormi în camera ta cea veche sau la grămadă cu Mama?

— Camera veche. Mama ta trebuie să facă o operație foarte grea, Lo.

— Oprește, te rog, la chioșcul ăla de dulciuri, spuse Lo.

S-a instalat pe un scaun înalt, cu o dâră de soare pe antebrațul gol și cafeniu; Lo a fost servită cu înghețată asortată stropită cu sirop sintetic. I-a fost înălțată și adusă de o brută buboasă, cu un papion soios, care a cercetat cu insistență carnală copila mea fragilă în rochia ei subțire de bumbac. Nerăbdarea de a ajunge la Briceland și la Vânătorii Vrăjiți devenea insuportabilă. Din fericire, ea a expediat înghețata cu viteza ei obișnuită.

— Câți bani ai? am întrebat.

— Nici un sfanț, mi-a spus ea tristă, înălțându-și sprâncenele și arătându-mi interiorul gol al portmoneului.

— Las' că se aranjează, am replicat ștrengărește. Hai, mergem?

— Ascultă, crezi că au toaletă?

— Nu te duci acolo, i-am spus hotărât. E un loc mizerabil, cu siguranță. Hai, hai să mergem.

Era, în general, o fetiță ascultătoare și când am intrat din nou în mașină am sărutat-o pe gât.

— Fără de-astea! spuse ea privindu-mă cu surprindere neprefăcută. Nu mă îmbăloșa. Scârbosule! Și-a frecat locul acela de umărul ei ridicat.

— Iartă-mă, am murmurat. Mi-ești atât de dragă, asta-i.

Urcam sub un cer posomorât, pe serpentine, apoi am început din nou să coborâm.

— Și tu mi-ești într-un fel drag, spuse Lolita cu o voce blândă și tărăgănată, un fel de suspin, și s-a cuibărit mai aproape de mine.

(Oh, Lolita mea, nu mai ajungem odată!)

Când am pătruns pe străzile slab luminate, căutând Vânătorii Vrăjiți, se instalase amurgul peste micul și drăguțul Briceland, cu arhitectura sa colonială contrafăcută, magazinele de antichități și copacii decorativi importați. Aerul era cald și verde, deși burnița neîntreruptă îl perla, și în fața ghișeului unui cinematograf picurând diamante de foc se formase o coadă, alcătuită mai ales din copii și bătrâni.

— Oh, vreau să văd filmul acesta. Mergem imediat după cină. Oh, imediat!

— S-ar putea, a psalmodiat Humbert – care știa perfect, diavolul viclean, turgescent – că până la nouă, când va începe spectacolul lui, ea va fi ca moartă în brațele sale.

— Mai domol! strigă Lo proiectată în față în timp ce un camion afurisit, cu luminile rubinii din spate pulsând, a oprit brusc la intersecție.

Simțeam că dacă nu dăm de hotel, imediat, în chip miraculos, chiar în următorul cvartal, am să pierd complet controlul asupra rablei lui Haze cu ștergătoarele ei de parbriz lipsite de eficacitate și cu frânele capricioase; dar trecătorii cărora le-am cerut informații sau erau ei înșiși străini, sau întrebau încruntându-se „Vânătorii cum?" de parcă aș fi fost nebun; sau, altminteri, se pierdeau în explicații atât de complicate, cu gesturi geometrice, generalități geometrice și indicații strict locale (...apoi o ții spre sud după ce ai ajuns la tribunal...), încât era imposibil să nu mă rătăcesc în labirintul bolboroselii lor bine intenționate. Lo, ale cărei măruntaie minunate și prismatice digeraseră de mult dulciurile, aștepta masa copioasă și începuse să se agite. Iar pentru mine, frecușul și bâjbâiala prin străzile Bricelandului reprezentau un canon cumplit, cum nu mai trăisem, deși mă obișnuisem de mult cu un gen de ursitoare secundară (secretară idioată a destinului McFate, ca să zic așa) care își băga nasul în planul splendid și generos al șefului. În lunile următoare am râs de nepriceperea mea când mi-am amintit felul copilăresc în care m-am concentrat asupra hanului cu nume fantezist; fiindcă de-a lungul drumului parcurs, nenumărate moteluri își anunțau cu lumini de neon disponibilitatea, fiind gata să găzduiască negustori, ocnași evadați, impotenți, grupuri familiale, precum și cuplurile cele mai corupte și viguroase. Ah, voi șoferi amabili care alunecați prin nopțile negre de vară, ce zbenguieli, ce twisturi ale poftelor trupești ați putea să contemplați de pe autostrăzile voastre impecabile dacă acele Kumfy Kabins și-ar seca deodată pigmenții și ar deveni transparente ca niște cutii de sticlă!

Miracolul după care tânjeam s-a săvârșit în sfârșit. Un bărbat și o fată, încârligați într-o mașină cufundată în întuneric, sub copacii ce se scuturau de apă, ne-au spus că ne aflăm în inima Parcului, dar n-aveam decât să o luăm la stânga la primul semafor și, gata, am ajuns. Nu am văzut în realitate nici un semafor, Parcul era negru ca păcatele pe care le ascundea – însă curând după ce am căzut sub vraja unei curbe bine trasate, călătorii au observat prin ceață o strălucire diamantină, apoi a sclipit oglinda unui iaz – și iată-l, palatul palid al Vânătorilor Vrăjiți, minunat și inexorabil, la capătul unui drum pietruit, sub copacii spectrali.

La prima vedere, un șir de mașini parcate, ca porcii la troacă, părea să blocheze intrarea; dar apoi, ca prin farmec, o decapotabilă splendidă, rubinie sub ploaia iluminată, s-a pus în mișcare – extrasă energic de un șofer lat în umeri – și noi ne-am strecurat recunoscători în golul lăsat de ea. Am regretat imediat graba când am băgat de seamă că predecesorul meu găsise acum un loc mai ferit, un fel de garaj unde era spațiu suficient pentru încă o mașină; dar eram prea nerăbdător și nu i-am urmat exemplul.

— Vai! dar e colosal! remarcă iubita mea vulgară privind în fugă stucatura, în timp ce s-a strecurat afară, în burnița sonoră, și mâna ei de copil a ciupit faldul rochiei ca să-l scoată din despicătura piersicii – ca să-l citez pe Robert Browning. Sub lumina lămpilor cu arc, copii mărite ale frunzelor de castan se proiectau legănându-se și jucându-se pe coloanele albe. Am deschis portbagajul. Un negru ghebos și cărunt, într-o așa-zisă uniformă, ne-a luat bagajele și le-a dus încet cu căruciorul în holul plin de doamne bătrâne și de clerici. Lolita s-a lăsat pe vine ca să mângâie un cocker spaniol cu pistrui vineții și urechi negre – care se topea de plăcere pe covorul floral sub mâna ei – dar cine nu s-ar fi topit, sufletelul meu – în timp ce eu îmi dregeam glasul prin îmbulzeala de la recepție. Acolo, un bătrân chel cu aspect porcin – toți erau bătrâni în acest hotel bătrân – m-a cercetat zâmbind politicos, apoi a scos pe îndelete telegrama mea (boțită), s-a luptat cu niște îndoieli obscure, a întors capul, a privit ceasul și, în cele din urmă, a spus că îi pare rău, reținuse camera cu două paturi alăturate până la șase și jumătate, însă acum era dată. Un congres religios, spuse el, a coincis cu o expoziție de flori în Briceland, și...

— Numele, i-am spus eu, rece, nu este nici Humberg și nici Humburg, ci Herbert, adică Humbert, și accept orice cameră, doar să puneți și un pat pliant pentru fetița mea. Are zece ani și e foarte obosită.

Tipul rozaliu și bătrân a privit-o blajin pe Lo – care stătea în continuare pe vine, ascultând din profil, cu gura întredeschisă, ceea ce îi spunea stăpâna câinelui, o veritabilă doamnă înfășurată în voaluri violete, cufundată în adâncurile unui fotoliu îmbrăcat în creton.

Îndoielile pe care le-ar fi avut tipul obscen s-au spulberat în fața acestei imagini de vis. S-ar putea să mai aibă o cameră, a zis, de fapt mai avea una – cu pat dublu. În ce privește patul pliant...

— Ne-au mai rămas paturi pliante, domnule Potts?

Potts, la fel de rozaliu și chel, cu peri albi ieșindu-i din urechi și din alte orificii, o să vadă ce se poate face. A venit și au discutat în timp ce îmi deschideam stiloul. Nerăbdătorul Humbert!

— Paturile noastre duble sunt de fapt triple, spuse el amabil, băgându-mă cu copilul sub aceeași cuvertură. Într-o noapte cu aglomerație mare au dormit împreună trei doamne și un copil ca al dumneavoastră. Cred că una dintre doamne era bărbat deghizat (ipostaza mea statică). Totuși – nu s-ar putea să fie un pat pliant disponibil în 49, domnule Swine?

— Cred că a fost dat familiei Swoon, spuse Swine, primul clovn bătrân.

— Deh, ne descurcăm noi cumva, am zis. Soția va veni mai târziu, dar presupun că ne vom descurca și atunci.

Cei doi porci roz deveniseră acum prietenii mei cei mai buni. Am scris în caligrafia limpede și lentă a crimei: Dr Edgar H. Humbert și fiica, 342 Lawn Street, Ramsdale. Mi-a fost arătată discret o cheie (342!) (iluzionistul prezintă obiectul pe care se pregătește să-l facă dispărut) – ce a fost transmisă Unchiului Tom. Lo, abandonând câinele, așa cum mă va abandona într-o zi și pe mine, s-a ridicat de pe vine; o picătură de ploaie a căzut pe mormântul Charlottei; o negresă tânără și frumoasă a deschis ușa liftului și copila predestinată a intrat, urmată de tatăl ei, care-și dregea glasul, și de Tom – langusta cu bagajele.

Parodia unui coridor de hotel. Parodia tăcerii și a morții.

— Oho, e numărul casei, spuse voioasă Lo.

Un pat dublu, o oglindă, un pat dublu în oglindă, ușa cu oglindă a unei nișe, ușa băii idem, o fereastră albastră-neagră, un pat reflectat acolo, același în oglinda nișei, două fotolii, o masă acoperită cu cristal, două noptiere, un pat dublu: un pat mare cu tăblii, ca să fiu mai exact, acoperit cu o cuvertură toscană cu șnur roz și două veioze cu abajur roz gofrat, în stânga și în dreapta.

Am fost tentat să plasez o bancnotă de cinci dolari în palma aceea sepia, dar m-am gândit că mi-ar putea interpreta greșit largheţea, așa că am pus un sfert de dolar. Am mai adăugat unul. S-a retras. Clac. *Enfin seules.*

— Dormim în *aceeași* cameră? spuse Lo, și trăsăturile ei se agitau în acea modalitate dinamică specifică – fără supărare sau dezgust (deși la un pas de acestea), ci numai dinamică – momentelor când voia să imprime o semnificație violentă unei întrebări.

— Le-am cerut să pună un pat pliant. Pe care îl voi folosi eu, dacă dorești.

— Ești nebun, zise Lo.

— De ce, draga mea?

— Pen'că, dragha mea, dacă află dragha mea Mamă s-a zis cu noi, divorțează de tine, iar pe mine mă strânge de gât.

Numai dinamică. Fără să ia problema prea în serios.

— Fii te rog atentă, i-am spus așezându-mă, în timp ce ea stătea în picioare, la câțiva pași de mine, și am privit-o intens și satisfăcut, fără să fiu rău impresionat de înfățișarea sa, care umplea cu strălucirea ei trandafirie oglinda surprinsă și încântată a nișei.

— Ascultă, Lo. Să punem la punct lucrurile odată pentru totdeauna. Pentru orice eventualitate, eu sunt tatăl tău. Am un sentiment de mare afecțiune pentru tine. În absența mamei tale eu sunt îngerul tău păzitor. Nu suntem bogați și în timpul călătoriei vom mai fi nevoiți să stăm oarecum înghesuiți. Doi oameni care își împart camera intră în mod inevitabil într-un fel – cum să-ți spun – un fel de...

— Cuvântul este incest, spuse Lo – și dispăru în nișă; a ieșit de acolo chicotind copilărește ca un clopoțel de aur, a deschis ușa de alături și, după ce a cercetat atent interiorul cu ochii ei ciudați, înnegurați (ca să nu mai repete greșeala), a intrat în baie.

Am deschis fereastra, mi-am scos cămașa leoarcă de sudoare, m-am schimbat, am verificat tubul cu pilule din buzunarul hainei, am descuiat...

A ieșit. Am încercat să o îmbrățișez: degajat, fărâmă de tandrețe controlată, înainte de cină.

Zise:

— Termină, lasă baltă jocul cu pupatul și hai să mergem să mâncăm ceva.

Abia atunci am scos la vedere surpriza pe care i-o pregătisem.

Oh, ce dulceață de vis! S-a îndreptat spre geamantanul deschis ca și cum l-ar fi vânat de la distanță;

parcă pășea cu încetinitorul, cercetând îndepărtatul geamantan-tezaur așezat pe suportul pentru bagaje. (Se întâmplă ceva cu ochii ei mari și cenușii, mă întrebam, sau eram învăluiți amândoi în aceeași ceață vrăjită?) Se apropia de el prin spațiul dilatat săltându-și mult botinele cu tocuri destul de înalte și îndoindu-și frumoșii genunchi băiețești cu încetineala celui care umblă pe sub apă sau pășește parcă planând în vis. Apoi a ridicat de umeri o vestă de culoarea aramei, încântătoare și foarte scumpă, a întins-o foarte încet între mâinile ei tăcute, ca păsărarul uimit, cu respirația tăiată, care desface pasărea uluitoare ținând-o de vârfurile aripilor ei de flăcări. Apoi (în timp ce eu o așteptam în picioare), a scos șarpele moale al unei curele splendide. A încercat-o.

S-a strecurat în brațele mele care o așteptau, radioasă, destinsă, mângâindu-mă cu ochii ei tandri, misterioși, impuri, indiferenți, crepusculari – asemenea celei mai ieftine dintre cocotele ieftine. Fiindcă pe ele le imită nimfetele – în vreme ce noi ne tânguim și murim.

— Ce se întâmplă cu domnișoarele? am bolborosit eu în părul ei (controlul cuvintelor se evaporase).

— Dacă-ți spun, zise ea, ai să te superi.

— Arată-te, rază curajoasă!

— Totul la momentul potrivit, răspunse iubițica.

Seva ascendes, pulsata, brulans, kitzelans, dementissima. Elevator clatterans, pausa, clatterans, populas in corridoro. Hanc nisi mors mihi adimet nemo! Juncea puellula, jo pensavo fondissime, nobserva nihil quidquam; din fericire, a revenit la geamantanul-tezaur.

În baie mi-a trebuit ceva timp pentru a reintra în forma normală și pentru a-mi satisface o nevoie banală. Stăteam în picioare, bătând darabana, ținându-mi respirația. Și auzeam „oho"-urile și „vai"-urile Lolitei, care exprimau încântarea ei copilărească.

Folosise săpunul doar pentru că era o mostră.

— Hai, draga mea, hai, dacă ești la fel de flămândă ca mine.

Și astfel, la lift, fiica legănându-și vechea gentuță albă, tatăl mergând înainte (*nota bene*: niciodată în urmă, ea nu e o doamnă). În timp ce stăteam (unul lângă altul acum) așteptând să coborâm, și-a dat capul pe spate, a căscat fără reținere și și-a scuturat buclele.

— La ce oră te trezeai în tabără?

— La șas - și-a înăbușit un alt căscat - se și jumătate - a urmat un căscat complet și o înfiorare a întregului trup. Și jumătate, a repetat ea și gâtul i s-a umplut de un nou căscat.

Sufrageria ne-a întâmpinat cu mirosul de grăsime prăjită și cu un zâmbet ofilit. Era o încăpere spațioasă și pretențioasă, cu picturi murale siropoase, care reprezentau vânători vrăjiți în diferite ipostaze și stări de vrăjire și o amestecătură pestriță de animale decolorate, driade și arbori. Câteva doamne în vârstă, doi clerici și un bărbat în costum sport stăteau la mese diferite și își terminau cina în tăcere. Sufrageria se închidea la ora nouă din fericire, chelnerițele în uniforme verzi, cu fețe de lemn, se grăbeau disperate să scape de noi.

— Așa-i că seamănă perfect, da' perfect, cu Quilty? zise Lo cu voce scăzută și cotul ei maroniu ardea de nerăbdare să arate spre tipul în haine extravagante, care-și lua masa singur, în colțul cel mai îndepărtat al sălii.

— Cu dentistul nostru cel gras din Ramsdale?

Lo a reținut gura de apă sorbită și a pus pe masă paharul care dansa.

— Da' de unde, zise ea împroșcând cu voioșie. Mă gândeam la tipul acela, scriitorul, din reclama pentru țigările Drome.

Oh, Faimă! Oh, femina!

Când ni s-a adus desertul - lingoul uriaș al unei plăcinte cu vișine pentru tânăra doamnă și înghețată de vanilie pentru protectorul ei, din care și-a transferat rapid o bună parte din plăcinta ei - eu am scos flaconul mic care conținea Pilulele Purpurii ale lui Papa. Privesc retrospectiv picturile murale suferind de rău de mare, momentul acela monstruos și ciudat și nu-mi pot explica purtarea mea de atunci decât prin mecanismul vidului oniric în care se rotește o minte deranjată; dar la vremea aceea totul mi s-a părut simplu și inevitabil. Am privit împrejur, m-am asigurat că plecase și ultimul mesean, am scos dopul și am răsturnat cu mare băgare de seamă în palmă elixirul dragostei. Repetasem atent în fața oglinzii gestul lipirii palmei goale de gura deschisă și înghițirea unei pilule (imaginare). După cum mă așteptam, ea s-a repezit la flaconul cu capsule dolofane, frumos colorate, încărcate cu Somnul Frumoasei.

— Albastre! a exclamat ea. Albastru-violet. Din ce sunt făcute?

— Ceruri de vară, am zis, și prune, și smochine, și sângele de struguri al împăraților.

— Hai, fii serios, te rog!

— Oh, sunt niște fortifiante. Vitamina X. Devii tare ca fierul iute ca oțelul. Vrei și tu?

Lolita și-a întins mâna și a dat energic din cap.

Sperasem că leacul va acționa rapid. Și, într-adevăr, a acționat. Avusese o zi foarte lungă, fusese dimineața la canotaj cu Barbara, a cărei soră era Administrator al Zonei Lacului – începuse acum să-mi povestească nimfeta adorabilă și accesibilă între două căscături strivite de vălul palatului (oh, cât de repede acționa poțiunea magică!) –, și fusese activă și în alte moduri. Filmul plutise vag prin mintea ei, dar fusese, firește, uitat în momentul când părăseam sufrageria călcând parcă pe apă. În lift s-a rezemat de mine, zâmbind ușor – n-ai vrea să-ți povestesc? –, închizându-și pe jumătate ochii cu pleoape de plumb.

— Somnoroasă, ai? spuse Unchiul Tom, care îi urca pe liniștitul gentleman franco-irlandez și pe fiica lui, precum și două doamne ofilite, specialiste în trandafiri. Ele îmi priveau cu simpatie iubita, roza mea, gingașă, bronzată, care se clătina buimacă. Am dus-o mai mult pe sus până în cameră. Acolo, s-a așezat pe marginea patului legănându-se un pic, vorbind în tonalități uguite, tărăgănate.

— Dacă-ți spun, dacă-ți spun, îmi promiți (somnoroasă, atât de somnoroasă – cu capul greu și ochii stinși), promiți să nu faci tărăboi?

— Mai târziu, Lo. Acum bagă-te-n pat. Te las singură și te bagi în pat. Îți dau zece minute.

— Oh, am fost o fetiță dezgustătoare, a continuat ea, scuturându-și părul, scoțându-și de pe cap, cu degete moi, bentița de catifea. Stai să-ți zic...

— Mâine, Lo. Hai, bagă-te-n pat, bagă-te-n pat – pentru numele lui Dumnezeu, fuguța în pat.

Am vârât cheia în buzunar și am coborât pe scări.

28

Doamnelor din juriu! Fiți indulgente cu mine! Îngăduiți-mi să vă răpesc doar o fărâmă din timpul dumneavoastră prețios! Așadar acesta a fost *le grand moment.* O lăsasem pe Lolita la marginea patului abisal, ridicându-și somnolentă piciorul, bâjbâind pe la șireturi și arătându-și, ca de obicei, partea interioară a coapsei până sus la chiloței – era întotdeauna ciudat de neatentă sau lipsită de rușine sau și una, și alta în ceea ce privește expunerea picioarelor. Iată viziunea hermetică pe care am încuiat-o – după ce mă asigurasem că nu există zăvor interior. Cheia cu brelocul din lemn pe care era gravat numărul a devenit numaidecât sesamul autoritar spre viitorul frenetic și formidabil. Era a mea, făcea parte din pumnul meu fierbinte și păros. Peste câteva minute – să zicem douăzeci sau poate jumătate de oră, *sicher ist sicher*, cum obișnuia să spună unchiul Gustav – voi pătrunde în „342" și-mi voi găsi nimfeta, frumoasa și mireasa mea, închisă în somnul de cleștar. Doamnelor din juriu! Dacă ar fi avut glas, fericirea mea ar fi umplut elegantul hotel cu un vuiet asurzitor. De ce n-am depus discret cheia „342" la recepție și n-am părăsit orașul, țara, continentul, emisfera – globul – chiar în acea noapte? E singurul meu regret.

Să mă explic. Insinuările ei acuzatoare nu m-au tulburat pe degeaba. Eram încă decis să-mi urmez politica și să-i protejez puritatea, acționând numai în taina nopții asupra micului nud complet anesteziat. Motto-ul meu rămânea în continuare „reținere și venerație" – chiar dacă „puritatea" (întâmplător demolată în întregime de știința modernă) îi fusese ușor alterată prin câteva experiențe erotice juvenile, homosexuale fără îndoială, în acea tabără blestemată. În stilul demodat, de om al lumii vechi, Eu, Jean-Jacques Humbert, am crezut, când am întâlnit-o prima oară, că ea rămăsese neîntinată. Așa cum noțiunea stereotipă de „copil normal" se păstrase neatinsă de la sfârșitul regretat al Lumii Vechi î.Hr. cu practicile ei fascinante până în zilele noastre. Noi nu suntem înconjurați – în epoca noastră iluminată – de micuțe flori sclave ce pot fi culese cu nepăsare între afaceri și baie, așa cum se întâmpla în vremea romanilor; și nu folosim, ca orientalii solemni, din vremuri și mai senzuale, micuți animatori la prova și la pupa, între friptura de berbec și șerbetul de trandafiri. Esențial este că vechea legătură dintre lumea adulților și lumea copiilor a fost complet retezată azi prin obiceiuri și legi noi. Deși m-am ocupat, între altele, și de psihiatrie, și de activitățile sociale, știu, la drept vorbind, prea puțin despre copii. La urma urmelor, Lolita avea doar doisprezece ani și oricâte concesii am face timpului și locului – chiar dacă nu pierdem din vedere comportamentul grosolan al școlarilor americani –, eu eram încă sub impresia că între acei puști se petrec anumite lucruri, dar la o vârstă mai mare și într-o ambianță diferită. De aceea (ca să reiau firul acestei explicații) moralistul din mine a ocolit chestiunea controversată rămânând fidel noțiunilor convenționale despre ceea ce ar trebui să fie fetele de doisprezece ani. Pediatrul din mine (un escroc, așa cum sunt cei mai mulți – dar nu contează!) a regurgitat tocătura neo-freudiană și a reconstituit o Dolly visătoare și exagerată care se afla în perioada „de latență" a adolescenței. În sfârșit, senzualul din mine (un monstru mare și dement) a acceptat fără obiecții posibilitatea ca prada lui să fi cunoscut anumite perversiuni. Dar undeva în spatele beatitudinii hohotitoare deliberau umbre uimite – și nu le-am luat în seamă, iată ce regret! Ființe umane, ascultați! Ar fi trebuit să înțeleg că Lolita dovedise că se deosebește considerabil de inocenta Annabel și că răul nimfic ce respira prin porii copilei damnate pe care o pregătisem pentru delectarea mea tainică va face imposibilă discreția, iar delectarea se va dovedi letală. Ar fi trebuit să știu (prin semnele venite dinspre Lolita – de la adevăratul copil Lolita sau de la vreun înger neîmblânzit ascuns în spatele ei) că extazul scontat va aduce numai chin și oroare. Oh, gentlemeni înaripați ai juriului!

Era a mea, a mea, cheia se afla în pumnul meu, pumnul în buzunarul meu, ea era a mea. În cursul evocărilor și planurilor cărora le-am consacrat atâtea insomnii, am eliminat treptat neclaritățile inutile, am stivuit straturile translucide ale viziunilor și am produs o imagine finală. Goală – mai avea doar o șosetă și brățara *port-bonheur* – întinsă ca un vultur cu aripile desfăcute în patul pe care o doborâse elixirul meu – așa o vedeam în proiecția mea anticipativă, strângea în pumn o bentiță din catifea, pentru păr; trupul ei ca mierea brună, cu negativul alb al costumului de baie rudimentar imprimat pe fondul bronzat, îmi arăta sfârcurile palide ale sânilor; în lumina rozalie a lămpii peticul de borangic sclipea pe movilița ei pubiană grăsuță. Cheia rece cu adenda ei caldă din lemn se afla în buzunarul meu.

Am rătăcit prin diferite saloane, glorie dedesubt, întristare sus: fiindcă imaginea patimei este întotdeauna tristă; patima nu este niciodată sigură – chiar când victima catifelată este zăvorâtă în temnița ta – vreun diavol rival sau vreun zeu influent tot mai poate aboli triumful pregătit. În limbaj comun, simțeam nevoia să beau ceva; dar nu exista nici un bar în acest loc venerabil, ticsit de filistini asudați și de obiecte de epocă.

M-am deplasat spre toaletă. Acolo, o persoană în negru clerical – un „tovarăș de nădejde“ *comme on dit* – în concordanță cu participanții de la Viena, dacă mai erau acolo, m-a întrebat dacă mi-a plăcut cuvântarea doctorului Boyd și a fost teribil de intrigat când eu (Regele Sigmund al Doilea) i-am răspuns că Boyd era cam puști. După care, am azvârlit elegant șervețelul cu care îmi ștersesem vârfurile degetelor mele sensibile în recipientul prevăzut pentru aceasta și m-am îndreptat spre hol. Cu coatele instalate confortabil pe tejghea, l-am întrebat pe domnul Potts dacă e sigur că soția mea nu telefonase și ce se întâmpla cu patul pliant? Mi-a răspuns că nu telefonase (firește, era moartă), iar patul pliant va fi instalat mâine dacă ne hotărâm să mai rămânem. Dintr-un salon mare și aglomerat numit Salonul Vânătorilor venea rumoarea vocilor care discutau despre horticultură sau eternitate. Într-o altă încăpere numită Camera Zmeurei, scăldată în lumină, cu mese mici și cochete și una mai mare cu „răcoritoare“ se afla pentru moment doar amfitrioana (tipul acela de femeie istovită, cu zâmbet înghețat și cu felul de a vorbi al Charlottei); ea a plutit spre mine și m-a întrebat dacă nu cumva sunt domnul Braddock și dacă da, să știu că mă caută domnișoara Beard.

— Ce nume de femeie!? am spus și m-am îndepărtat.

Curcubeul sângelui intra și ieșea din inima mea. Am s-o las până la nouă și jumătate. M-am întors în hol și am constatat o schimbare: câteva persoane în rochii florale sau costume negre formaseră ici și colo grupuri și hazardul poznaș mi-a oferit priveliștea unei copile fermecătoare de vârsta Lolitei, cu părul negru prins într-o bentiță albă, care era îmbrăcată într-o rochie croită ca a Lolitei, dar albă, imaculată. Nu era frumoasă, dar era nimfetă; picioarele ei albe ca ivoriul și gâtul ei de lebădă au intonat pentru câteva clipe memorabile o antifonie delectabilă (în termenii muzicii spinale) la patima mea pentru Lolita, cea șocolatie și roză, îmbujorată și pângărită. Copila palidă mi-a surprins privirea (altminteri destul de nonșalantă și cuviincioasă) și, fiind ridicol de timidă, și-a pierdut complet cumpătul, a început să-și dea ochii peste cap, să-și ducă dosul palmei la obraz, să tragă de tivul fustei și, în cele din urmă, și-a întors spre mine omoplații firavi și s-a prefăcut că trăncănește cu mama ei bivolița.

Am părăsit holul zgomotos și m-am oprit afară pe treptele albe și m-am uitat la sutele de gângănii pudrate care se roteau în jurul lampioanelor în noaptea neagră și umedă, fremătătoare și agitată. Tot ce trebuia să fac, tot ce voi îndrăzni să fac se va rezuma la un asemenea fleac...

Brusc, mi-am dat seama că în întuneric, lângă mine, pe terasa cu coloane, se afla cineva instalat într-un fotoliu. Nu-l vedeam de-adevăratelea, dar l-a trădat scrâșnetul unei deșurubări, apoi un gâlgâit discret și nota finală a unei înșurubări placide. Mă pregăteam să plec de acolo când vocea mi s-a adresat:

— De unde naiba ai făcut rost de ea?

— Ce spuneți?

— Ziceam că se face vreme bună.

— Așa se pare.

— Cine-i fetișcana?

— Fiica mea.

— Minți, nu e.

— Ce spuneți?

— Ziceam că iulie e luna lui cuptor. Unde e maică-sa?

— A murit.

— Înțeleg. Îmi pare rău. Apropo, n-ai vrea să luăm mâine masa împreună - adică toți trei - ce zici? Mulțimea asta groaznică pleacă până atunci.

— Și noi plecăm. Noapte bună.

— Păcat. M-am cam pilit. Noapte bună. Copila ta are nevoie de somn mult. Somnul este un trandafir, după cum spun persanii. Fumezi?

— Nu acum.

A scăpărat un chibrit, dar din cauză că era beat sau fiindcă bătea vântul, lumina flăcării nu a căzut pe el, ci pe o altă persoană - un om foarte vârstnic, unul dintre acei musafiri permanenți ai hotelurilor bătrâne – și pe balansoarul său alb. Nu s-a mai rostit nici un cuvânt și întunericul și-a reluat locul inițial. Apoi l-am auzit pe ramolit cum tușește și se eliberează de niște mucozități sepulcrale.

Am părăsit terasa. Se scursese cel puțin o jumătate de oră. Ar fi trebuit să cer ceva de băut. Încordarea începea să-și spună cuvântul. Dacă o coardă de vioară poate resimți durerea, atunci eu eram acea coardă. Ar fi fost indecent să mă arăt grăbit. În timp ce-mi croiam drum printr-o constelație de oameni înțepeniți într-un colț al holului, s-a produs fulgerul orbitor al unui bliț – și radiosul dr Braddock, două matroane împodobite cu orhidee, fetița în alb și, după cât se pare, dinții rânjiți ai lui Humbert Humbert, strecurându-se printre fetișcana ca o mireasă și clericul vrăjit, au fost imortalizați – dacă putem considera nemuritoare textura și tiparul unor gazete de orășele. Un grup se strânsese lângă lift și trepida. Am preferat din nou scările, 342 se afla lângă scara de incendiu. Încă mai puteam – dar cheia se și afla în broască și, după aceea, m-am trezit în cameră.

29

Ușa de la baie era dată de perete, lumina rămăsese aprinsă; în plus, lumina lămpilor cu arc de afară pătrundea scheletică prin jaluzelele venețiene; razele întretăiate străpungeau întunericul dormitorului și dezvăluiau următoarea situație.

Îmbrăcată cu una din vechile ei cămăși de noapte, Lolita mea era întinsă pe-o parte, cu spatele la mine, în mijlocul patului. Trupul ei acoperit vag și membrele ei goale formau un Z. Își așezase amândouă pernele sub capul castaniu și ciufulit; o fâșie de lumină palidă îi traversa vertebra cervicală.

Se pare că mi-am lepădat hainele și m-am strecurat în pijama cu acel gen de simultaneitate ireală care e implicată când dintr-o scenă de film se taie operația schimbării hainelor; îmi și urcasem genunchiul pe marginea patului când Lolita și-a întors capul și m-a privit insistent prin umbrele vărgate.

Intrusul nu se așteptase la așa ceva. Întregul șpil cu pilulele (o treabă destul de mizeră, *entre nous soit dit*) avea ca scop realizarea unui somn atât de adânc, încât un întreg regiment să nu-l poată clinti, deranja, și poftim, ea se uita fix la mine și cu vocea îngroșată mă numea „Barbara". Barbara, îmbrăcată cu pijamaua mea, care îi era mult prea mică, a rămas în echilibru, nemișcată, aplecată peste micuța care vorbea prin somn. Domol, cu un suspin deznădăjduit, Dolly s-a întors pe partea cealaltă, revenind la poziția inițială. Timp de aproape două minute am așteptat și m-am perpelit pe marginea abruptă, asemenea croitorului care cu patruzeci de ani în urmă se pregătea să sară de pe Turnul Eiffel cu parașuta confecționată de el. Respirația ei ușoară avea ritmul somnului. În cele din urmă, m-am aburcat pe marginea mea îngustă de pat, trăgând hoțește de ceea ce mai rămăsese din cearșafurile îngrămădite la sud de călcâiele mele reci ca piatra – și Lolita și-a săltat capul și s-a holbat nedumerită la mine.

Mai târziu, un farmacist mi-a spus că pilula purpurie nu făcea parte din familia mare și nobilă a barbituricelor și că, deși putea să provoace somnul nevroticului convins că a înghițit un medicament tare, era un sedativ prea slab și n-avea cum să afecteze pentru mai mult timp o nimfetă vicleană, chiar dacă era obosită. Doctorul din Ramsdale era fie șarlatan, fie un potlogar bătrân și iscusit, dar ce mai conta, ce mai contează. Conta faptul că fusesem păcălit. Când Lolita a deschis ochii din nou, mi-am dat seama că certitudinea pe care mă bizuisem fusese fantezistă, chiar dacă medicamentul și-ar fi făcut efectul mai târziu, în noaptea aceea. Capul i s-a întors lent și s-a înfundat în mormanul egoist de perne. Stăteam lungit pe marginea mea de pat, cercetând cu privirea părul ei ciufulit, licărirea cărnii de nimfetă, unde apăreau nedeslușit jumătate de coapsă și jumătate de umăr și încercam să-i sondez profunzimea somnului după ritmul respirației. A trecut un timp, nu s-a schimbat nimic, și mi-am spus că pot să risc o apropiere mai mare de licărirea înnebunitoare; dar nici nu m-am mișcat bine în zona limitrofă caldă și respirația ei s-a întrerupt și am avut sentimentul odios că mica Dolores e complet trează și va începe să urle dacă o voi atinge cu vreo parte a abjecției mele. Eroul cărții mele e slab de înger, are o sensibilitate morbidă și manifestă o prudență infinită ce te poate exaspera, pe drept cuvânt, dar rogu-te, cititorule, nu sări peste aceste pagini esențiale! Încearcă să-ți imaginezi starea în care eram; fiindcă eu nu pot exista decât prin efortul imaginației tale; încearcă să sesizezi ciuta ascunsă în mine, tremurând în pădurea propriei mele nedreptăți; ba chiar hai să zâmbim puțin. În definitiv, zâmbetul nu face rău nimănui. De exemplu (aproape am scris „dexemplu"), n-aveam unde să-mi pun capul și, colac peste pupăză, m-a apucat și o criză de gastrită (ei o numesc arsuri „franțuzești", *grand Dieu!*).

Nimfeta mea adormise buștean, eu însă nu cutezam încă să mă lansez în călătoria mea vrăjită. *La Petite Dormeuse ou l'Amant Ridicule.* Mâine am s-o îndop cu pilulele din seria anterioară care o amorțiseră atât de temeinic pe mămica ei. Unde or fi? În bordul mașinii sau în sacul de voiaj din piele? Să mai aștept o oră și apoi să mă furișez din nou? Nimfolepsia este o știință precisă. Contactul efectiv aduce împlinirea într-o secundă. Spațiul despărțitor de un milimetru o aduce în zece secunde. Să așteptăm, totuși.

Nu există ceva mai zgomotos ca un hotel american; și, atenție, cel în care mă aflam era considerat un loc liniștit, familial, confortabil, de modă veche – unde „se trăiește minunat" și tot tacâmul. Uruitul ușii liftului – la vreo douăzeci de metri nord-est de capul meu, dar perceput cu ucigătoare claritate, ca și cum s-ar fi produs sub tâmpla mea stângă – alterna cu bubuitul și pocnetul diferitelor evoluții ale motorului și a durat mult după miezul nopții. Din când în când, la est, dar foarte aproape de urechea mea stângă (presupunând întotdeauna că stau întins pe spate și nu îndrăznesc să-mi îndrept partea mea mai scârboasă spre coapsa nebuloasă a vecinei mele de pat), coridorul deborda de exclamații vesele, răsunătoare și neroade care se încheiau printr-o salvă de urări de noapte bună. Când acestea au contenit, o toaletă situată imediat la nord de cerebelul meu a preluat ștafeta. O toaletă virilă, energică, cu voce groasă. A fost folosită de multe ori. Gâlgâitul și jetul ei, precum și o îndelungată scurgere ulterioară au zguduit peretele din spatele meu. Apoi cuiva situat înspre sud i s-a făcut atât de rău din cauza băuturii, încât ai fi zis că-și varsă sufletul odată cu băutura, iar toaleta lui se declanșa ca o veritabilă Niagară, dincolo de peretele băii noastre. Și când, în sfârșit, s-au oprit căderile de apă și vânătorii vrăjiți au adormit buștean, bulevardul de sub fereastra insomniei mele, la vest de priveghiul meu – o alee cu arbori uriași, tihnită, eminamente rezidențială, maiestuoasă –, a degenerat într-o goană abjectă de camioane uriașe care duduiau și urlau prin noaptea umedă și vântoasă.

Iar la mai puțin de cincisprezece centimetri de mine și de viața mea în flăcări se afla nebuloasa Lolita! După o veghe prelungită, în deplină nemișcare, tentaculele mele s-au îndreptat din nou spre ea și de data asta scârțâitul somierei nu a mai trezit-o. Am izbutit să-mi apropii atât de mult de ea trupul mistuit de pofte, încât am simțit pe obraz respirația caldă a umărului ei gol. Apoi, deodată, s-a sculat în fund, a respirat gâfâit, bolborosind cu viteză dementă despre bărci, a tras de cearșafuri și s-a prăbușit iarăși în inconștiența ei densă, întunecată, tânără. S-a răsucit în torentul somnului și brațul ei, până de curând cafeniu-roșcat, dar selenar acum, m-a lovit peste față. O clipă am reținut-o. S-a smuls din umbra îmbrățișării mele – și a făcut-o inconștient, fără violență, fără vreo repulsie personală, ci doar cu murmurul tânguios și neutru al copilului care-și cere odihna firească. Și situația a rămas neschimbată: Lolita întoarsă cu spinarea arcuită spre Humbert, Humbert cu mâna sub cap, mistuit de pofte și dispepsie.

Dispepsia a impus o deplasare la baie pentru un gât de apă – este cel mai bun medicament pentru mine, excepție făcând, probabil, laptele cu ridichi; și când am revenit în fortăreața stranie vârstată cu argint-selenar, unde hainele vechi și noi ale Lolitei se sprijineau în diverse atitudini, ca vrăjite, pe piesele mobilierului și păreau să plutească nedeslușit, fiica mea imposibilă s-a ridicat în fund și, cu o voce limpede, mi-a cerut să-i aduc ceva de băut. A luat ceașca de hârtie elastică și rece în mâna ei ireală și a dat pe gât recunoscătoare conținutul ei, cu genele îndreptate spre pahar, apoi, cu un gest copilăresc, fermecător, care umbrea orice altă mângâiere trupească, mica Lolita și-a șters buzele de umărul meu. S-a prăbușit la loc pe perna ei (eu mi-o subtilizasem pe a mea în timp ce ea și-a băut apa) și a adormit imediat.

Nu îndrăznisem să-i ofer o nouă doză de somnifer și nu pierdusem speranța că prima ar putea totuși să-i adâncească somnul. Am început să mă deplasez iarăși spre ea, pregătit pentru orice dezamăgire, știind că ar fi mai bine să aștept, dar fiind incapabil de așteptare. Perna mea era îmbibată cu parfumul părului ei. Mă deplasam spre iubita mea luminiscentă, oprindu-mă sau retrăgându-mă ori de câte ori mi se părea că se mișcă sau e gata să se miște. O adiere venită dinspre țara minunilor începuse să-mi afecteze gândurile și acum ele păreau tipărite în italice, ca și cum suprafața care le reflecta ar fi fost încrețită de fantasma acelei brize. De mai multe ori conștiința mea s-a ghemuit cum nu trebuie, corpul meu a pătruns ezitant pe tărâmul somnului, a ieșit șovăind de acolo și o dată sau de două ori m-am surprins antrenat într-un sforăit melancolic. Neguri de gingășie învăluiau munți de dorință. Când și când aveam impresia că prada vrăjită era pe punctul de a veni în întâmpinarea vânătorului vrăjit, coapsa ei aluneca spre mine pe sub nisipul moale al unei plaje legendare, pierdută în negura timpului; apoi întunecimea ei cu gropițe se mișca și atunci îmi dădeam seama că se afla mai departe ca niciodată de mine.

Insist asupra înfiorării și bâjbâielilor din acea noapte de odinioară, fiindcă doresc să dovedesc că nu sunt, n-am fost și n-aș fi putut deveni niciodată o canalie brutală. Zonele atrăgătoare și feerice prin care m-am furișat nu erau teritoriul de vânătoare al crimei, ci domenii ale poeților. Dacă mi-aș fi atins scopul, extazul meu ar fi fost de o mare blândețe, o combustie interioară căreia Lolita nici nu i-ar fi simțit dogoarea, chiar de ar fi fost trează de-a binelea. Eu mai speram încă să o văd cum se cufundă în acea încremenire desăvârșită care mi-ar fi permis să depășesc contemplarea delectabilă a trupului ei luminiscent. Și astfel, prins între aproximări experimentale, cu percepția debusolată, care o metamorfoza fie în pete selenare, fie într-o tufă înflorită și zbârlită, visam că mi-am recăpătat conștiința, că stau la pândă.

În primele ore antemeridian s-a produs o acalmie în noaptea agitată a hotelului. Apoi, pe la patru dimineața, toaleta de pe coridor s-a declanșat ca o cascadă și ușa ei s-a trântit violent. Puțin după ora cinci a început să vină în reprize un monolog reflectat din vreo curte interioară sau din zona de parcare. De fapt, nu era un monolog, întrucât vorbitorul se întrerupea la fiecare câteva secunde ca să asculte (după cum se părea) ce-i spunea un alt individ, însă cealaltă voce nu ajungea până la mine, astfel încât ceea ce auzeam părea lipsit de sens. Intonațiile prozaice au adus zorile în cameră, inundând-o cu o lumină difuză, cenușiu-violacee. În momentul acela, toaletele harnice s-au pus pe treabă una după alta, iar liftul huruind și scâncind a început să urce ca să-i ducă jos pe cei foarte matinali și pe cei care coborau devreme și timp de câteva minute am dormitat mizerabil, iar Charlotte devenise sirenă într-un bazin verzuliu și undeva pe coridor dr Boyd mi-a spus cu voce melodioasă „Bună dimineața îți spun ție" și păsările se zbenguiau prin copaci și apoi Lolita a căscat.

Stimate doamne frigide din juriu! Crezusem că or să treacă luni sau poate ani până când voi îndrăzni să mă arăt în fața lui Dolores Haze; dar pe la șase ea se trezise complet și pe la șase și cincisprezece eram, din punct de vedere tehnic, amanți. Și am să vă mai spun ceva straniu: ea m-a sedus pe mine!

Când i-am auzit primul căscat de dimineață, m-am prefăcut că dorm, expunându-mi profilul frumos. Pur și simplu nu știam ce să fac. Va fi șocată văzând că nu sunt într-un alt pat, ci lângă ea? Își va strânge repede lucrurile și se va încuia în baie? Îmi va cere să o duc numaidecât la Ramsdale – la patul de suferință al mamei sale – sau înapoi la tabără? Dar Lo, draga mea Lo, era o fetișcană sportivă. Am simțit-o cu ochii pe mine și când, în cele din urmă, a dat drumul la acea fermecătoare notă chicotită am știut că îi râdeau ochii. S-a rostogolit și a venit lângă mine și părul ei castaniu s-a lipit de clavicula mea. Am simulat destul de mediocru trezirea din somn. Stăteam lungiți și tăcuți. Am mângâiat-o tandru pe cap și ne-am sărutat cu tandrețe. Sărutul ei m-a extaziat și m-a pus în încurcătură, căci avea unele finețuri vibratile și de sondare destul de comice, care m-au dus la concluzia că se antrenase mai demult cu o micuță lesbiană. Băiețelul Charlie n-avea cum s-o învețe așa ceva. S-a tras deoparte și m-a studiat. Voia parcă să vadă dacă sunt satisfăcut și dacă am învățat lecția. Obrajii îi erau în flăcări, buza inferioară cărnoasă strălucea, sfârșitul meu era pe-aproape. Dintr-odată, cu o explozie de veselie stridentă (emblema nimfetei!), și-a lipit gura de urechea mea, dar câteva momente mintea mea nu a fost în stare să separe în cuvinte tunetul fierbinte al șoaptelor ei și Lo s-a pornit pe râs, și-a dat părul de pe față și a încercat din nou și când am înțeles ce îmi sugera m-a invadat treptat sentimentul straniu că trăiesc într-o lume ireală și nebună, absolut nouă, unde se permitea orice. I-am răspuns că nu știu de-a ce s-a jucat ea cu Charlie.

— Vrei să spui că niciodată n-ai... – trăsăturile ei au tresărit și privirea i-a căpătat o expresie dezgustată de îndoială.

— Cum, niciodată n-ai...? a început ea din nou.

Mi-am acordat un respiro, dezmierdând-o câteva clipe.

— Hei, încetează odată! zise vorbind scâncit și pe nas și îndepărtându-și în grabă umărul cafeniu de buzele mele. În chip absolut bizar, ea considera – și a ținut-o așa multă vreme – că mângâierile, cu excepția sărutului pe gură sau a actului strict al iubirii fizice, erau fie „sclifoseală romantică", fie „anormale".

— Vrei să spui, a insistat, îngenunchind deasupra mea, că n-ai făcut niciodată asta când erai puștan?

— Niciodată, i-am răspuns, destul de convingător.

— În regulă, zise Lolita, de-aici începem.

Totuși, nu-mi voi plictisi cititorii mei experimentați cu o relatare detaliată a îndrăznelilor Lolitei. E suficient să vă spun că n-am sesizat nici o umbră de modestie la această fată tânără, frumoasă și încă neformată, pe care învățământul mixt modern, atitudinile morale juvenile, colcăiala de la focul de tabără și așa mai departe o pervertiseră complet și fără speranță. Pentru ea actul în sine ținea de lumea tainică a tinerilor, o lume necunoscută adulților. Nu o interesa ce făceau adulții cu scopul de a procrea. Viața mea era mânuită de Lolita într-un stil viguros, lipsit de fantezie, ca și cum ar fi fost vorba de un dispozitiv insensibil, fără legătură cu mine. Dorea să mă introducă energic în lumea puștimii dure, însă nu-și dădea seama că există anumite nepotriviri între viața unui copil și a mea. Numai mândria a împiedicat-o să renunțe; pentru că în situația mea stranie și dificilă, am simulat imbecilitatea supremă și am lăsat-o să se desfășoare – atât cât am putut să suport. În sfârșit, chestiile astea sunt irelevante; nu mă preocupă deloc așa-numitul „sex". Elementele de animalitate și le poate imagina oricine. Mă ispitește însă teribil ideea de a căuta să definesc o dată pentru totdeauna magia primejdioasă a nimfetelor.

30

Trebuie să calc atent. Să vorbesc în șoaptă. Oh, tu, reporter veteran al crimelor, tu, portărel bătrân și grav, tu, polițistule odinioară popular, acum în regim de izolare, după ce ani de-a rândul ai împodobit zebra de traversare de la școală, tu, profule bătrân, cu băiatul care îți citește! Nu voi izbuti, nu-i așa, să vă fac pe voi, semenii mei, să vă îndrăgostiți nebunește de Lolita mea! Dacă aș fi fost pictor, dacă într-o zi de vară direcțiunea Vânătorilor Vrăjiți și-ar fi pierdut mințile și m-ar fi pus să decorez sala de mese cu picturi murale proprii aș fi imaginat... dar lăsați-mă să enumăr câteva fragmente:

Aș fi pictat un iaz. Un arbore mistuit de văpăile flăcărilor. Câteva studii după natură – un tigru urmărind o pasăre a paradisului, un șarpe sufocant înfășurându-se strâns în jurul trunchiului jupuit al unei hermeline. Aș mai fi pictat un sultan, cu chipul devastat de o cumplită neliniște (amplificată, ca să zic așa, de mângâierea lui modelatoare) care ajută un copil sclav calipigean să se cațere pe o coloană din onix. Aș fi pictat sferulele luminoase ale incandescenței gonadale care urcă pe laturile multicolore ale tonomatelor. Și diferite activități de tabără prestate de grupul auxiliar, Canotaj, Canon, Pieptănarea Cârlionților în soarele de pe malul iazului. Aș fi pictat plopi, meri, o duminică la periferia orașului. Și opalul de foc dizolvându-se în lac, cu unduiri circulare, o ultimă pulsație, o ultimă tușă de culoare, roșu țipător, roz strident, un copil care tresare.

31

Nu-ncerc să descriu aceste lucruri pentru a le retrăi în mizeria mea actuală nemărginită, ci pentru a selecta partea de iad și partea de rai din universul bizar, îngrozitor, înnebunitor al dragostei pentru o nimfetă. Bestialitatea și frumosul se contopesc într-o anumită zonă și eu aș dori să fixez tocmai această linie de hotar, dar simt că nu reușesc decât în parte. De ce?

Stipularea din dreptul roman potrivit căreia o fată se poate mărita la doisprezece ani a fost adoptată de Biserică și este menținută încă, oarecum tacit, în câteva dintre Statele Unite. Pretutindeni se consideră că vârsta legală este cincisprezece ani. Nu e nimic rău, spun ambele emisfere, când o brută de patruzeci de ani, binecuvântată de preotul local și umflată de băutură, își leapădă costumul de ginere muiat de transpirație și se aruncă până la plăsele pe tânăra lui mireasă. „În climate temperate atât de stimulatoare (afirmă o revistă veche din biblioteca pușcăriei) ca St. Louis, Chicago și Cincinnati, fetele se maturizează în jurul vârstei de doisprezece ani." Dolores Haze se născuse la mai puțin de trei sute de mile depărtare de stimulativul Cincinnati. N-am făcut altceva decât să urmez natura. Sunt un setter devotat. De ce atunci această oroare de care nu pot să mă scutur? I-am răpit eu floarea? Doamnelor hipersensibile ale juriului, nici măcar n-am fost primul ei amant.

32

Mi-a povestit cum s-a produs pervertirea ei. Mâncam banane făinoase și fade, piersici bătute și cartofi pai foarte gustoși și *die Kleine* mi-a povestit totul. Relatarea ei volubilă, dar dezarticulată a fost însoțită de multe *moues* nostime. Țin minte îndeosebi una din ele (mă tem însă că v-am mai vorbit despre asta): scotea un „pfui" și concomitent fața i se contorsiona, gura-meduză se dilata spre colțuri și ochii i se dădeau peste cap într-o împletire de dezgust comic, resemnare și toleranță față de păcatele tinereții.

Și-a început istorioara ei uimitoare citând-o pe colega ei de cort din vara trecută, când fusese în altă tabără, una „foarte selectă", cum s-a exprimat ea. Colega de cort („o fire destul de dificilă", „pe jumătate nebună", dar „o bomboană de fată") o inițiase în diferite stiluri de manevrare. Din loialitate, Lo n-a vrut la început să-mi spună numele puștoaicei.

— A fost Grace Angel? am întrebat.

A scuturat din cap. Nu, n-a fost ea, ci fiica unui grangur. E...

— A fost, probabil, Rose Carmine?!

— Da' de unde! Taică-su...

— Poate Agnes Sheridan?

A înghițit și a clătinat din cap – și, în sfârșit, și-a biruit surpriza și a reacționat.

— Ia, ia stai, de unde îi știi pe toți puștii?

I-am explicat.

— A, da, zice ea. Câțiva din gașca asta de elevi sunt destul de răi, dar nu chiar atât de răi. Ei, hai, să-ți spun, se numește Elizabeth Talbot – se duce acum la o școală particulară șic, tatăl ei este director.

Mi-am amintit cu o nostimă strângere de inimă că Charlotte introducea frecvent în discuțiile ei mondene cioace elegante de felul „când fiica mea se plimba anul trecut cu fata lui Talbot".

Am întrebat-o dacă vreuna dintre mame a aflat de amuzamentele lor safice.

— Ei, pe naiba, nu! se indignă mlădioasa Lo, mimând groaza și ușurarea, apăsându-și pe piept mâna care se agita sugerând palpitația.

Pe mine, totuși, mă interesau mai mult experiențele ei heterosexuale. Intrase în clasa a șasea la unsprezece ani, imediat după ce se mutaseră din Vestul Mijlociu la Ramsdale. Ce înțelegea ea prin „destul de răi"?

Păi, gemenii Miranda împărtășiseră același pat ani de-a rândul și Donald Scott, băiatul cel mai tâmpit din școală, făcuse chestia aia cu Hazel Smith în garajul unchiului său și Kenneth Knight, băiatul cel mai sclipitor, practica exhibiționismul oriunde și oricând i se ivea ocazia și...

— Să revenim la Tabăra Q., am zis. Și am aflat numaidecât întreaga poveste.

Barbara Burke, o blondă voinică, mai mare cu doi ani decât Lo și de departe cea mai bună înotătoare din tabără, avusese o canoe formidabilă în care vâslea împreună cu Lo „fiindcă eram singura fată în stare să fac Willow Island" (vreun test nautic, îmi închipui). Toată luna iulie, dimineață de dimineață – notează, cititorule, în fiecare dimineață lăsată de Dumnezeu –, Barbara și Lo erau ajutate să-și care barca la Onyx sau Eryx (două lăculețe din pădure) de Charlie Holmes – fiul directoarei taberei, în vârstă de treisprezece ani și singurul mascul uman pe o rază de câteva mile (dacă facem abstracție de tipul bun la toate, om blând și surd ca piatra, și de fermierul care venea uneori la tabără cu Fordul lui vechi ca să vândă ouă, așa cum fac fermierii); în fiecare dimineață, oh, cititorule, cei trei copii o luau pe scurtătură prin codrul inocent și frumos, înzestrat cu toate emblemele tinereții – rouă, ciripit de păsărele – și, într-un anumit punct, în mijlocul vegetației luxuriante, Lo rămânea de pază, în timp ce Barbara și băiatul se împerecheau pitiți după un tufiș.

La început, Lo n-a vrut „să încerce să vadă cum e", dar curiozitatea și camaraderia au precumpănit și, după aceea, ea și Barbara au făcut chestia aia pe rând cu tăcutul, banalul și posacul, dar neobositul Charlie, care avea sex-appeal-ul unui morcov crud, însă etala o colecție fascinantă de anticoncepționale pescuite dintr-un lac vecin (al treilea), unul mult mai mare și mai populat numit Climax, ca și tânărul oraș industrial din apropiere. Lolita admitea că operațiunea era „într-un fel amuzantă" și „minunată pentru ten", dar avea cel mai profund dispreț pentru inteligența și apucăturile lui Charlie. Diavolul acesta obscen nu izbutise să-i trezească simțurile. De fapt, cred că, în ciuda „amuzamentului", mai degrabă i le-a zăpăcit.

Se făcuse aproape zece. Odată cu refluxul dorințelor trupești m-a invadat pe nesimțite și a început să zbârnâie pe sub tâmplele mele sentimentul leșios al grozăviei comise, amplificat de perspectiva realistă a unei zile cenușii, cu dureri nevralgice. Șocolatie, goală, firavă, cu fesele albe și înguste spre mine și fața îmbufnată spre oglinda de pe ușa nișei, Lo stătea în picioare, cu mâinile în șolduri, picioarele (în papuci căptușiți cu blăniță) depărtate și – printr-o meșă care-i atârna pe ochi – se maimuțărea într-un mod ordinar în oglindă. De pe coridor veneau glasurile gungurite ale fetelor de culoare care lucrau. Curând s-a produs o încercare discretă de a deschide ușa de la camera noastră. Am pus-o pe Lo să intre în baie și să se spele cu săpun, că avea mare nevoie. Patul frământat părea așternut cu un strat de cartofi pai. Ea a probat un *deux-pièces* din lână bleumarin, după aceea o bluză fără mâneci cu o fustă plisată cu pliuri asemănătoare unor zăbrele, dar prima era prea strâmtă, iar a doua prea largă și, când am rugat-o să se grăbească (situația începea să mă înspăimânte), Lo, răutăcioasă, a aruncat într-un ungher cadourile frumoase primite de la mine și și-a pus rochia de ieri. Când, în sfârșit, a fost gata, i-am dat o gentuță nouă, frumoasă, din imitație de piele de vițel (în care strecurasem niște bănuți și două monede strălucitoare de zece cenți scoase parcă atunci de sub teascul monetăriei) și i-am spus să-și cumpere o revistă din hol.

— Într-o clipită cobor și eu, am zis. În locul tău, draga mea, n-aș sta de vorbă cu persoane necunoscute.

În afara sărmanelor mele daruri nu prea aveam ce să împachetez; dar am fost nevoit să dedic o periculoasă cantitate de timp (dacă se-ntâmplă ceva în hol?) ca să aranjez patul în așa fel încât să lase impresia cuibului părăsit de un tată neliniștit și de fiica lui băiețoasă și să nu pară locul orgiei făcute de un fost ocnaș cu câteva târfe bătrâne și grase. Apoi am terminat îmbrăcatul; și am sunat să vină gromul cărunt să-mi coboare bagajele.

În hol totul era în ordine. Ea stătea într-un fotoliu sângeriu și citea absorbită o revistă cinema de senzație. Un tip de vârsta mea în haine de tweed (peste noapte stilul locului se schimbase și hotelul devenise acum un cuib contrafăcut de nobili de țară) se holba la Lolita mea pe deasupra țigării stinse și a ziarului vechi.

Era încălțată cu șosetele reglementare și cu botine și purta rochia aceea veselă cu decolteul pătrat; o pată de lumină, istovită, de jad, dezvăluia pufulețul auriu de pe membrele ei calde și cafenii. Stătea într-o poziție indecentă, picior peste picior, dezgolindu-se cu nerușinare, iar ochii ei parcurgeau în fugă rândurile și clipeau din când în când. Bill era căsătorit cu o doamnă care îl idolatrizase de la distanță și cu mult înainte ca ei să se fi întâlnit în realitate. De fapt, ea îl urmărise plină de admirație pe faimosul actor în timp ce acesta își mânca înghețata cu fructe în magazinul lui Schwob. Ce putea fi mai copilăros decât nasul în vânt, fața pistruiată sau pata purpurie de pe gâtul gol, de unde se hrănise vampirul din basm, sau mișcarea inconștientă a limbii care explora urma unei iritații trandafirii din jurul buzelor ei umflate; ce putea fi mai inofensiv decât să citești despre Jill, o starletă plină de energie, care își confecționa singură rochiile și studia literatura serioasă; ce putea fi mai nevinovat decât cărarea din părul castaniu lucios, sclipind mătăsos pe la tâmple? Nimic nu putea fi mai naiv...

Dar ce invidie ar fi simțit tipul destrăbălat, oricare ar fi fost acela! – gândiți-vă la faptul că el se asemăna puțin cu micul meu unchi elvețian Gustav, el însuși un mare admirator al lui *le decouvert* –, dacă ar fi știut că nervii mei erau încă miruiți și reverberau palpitul trupului ei – trupul unui demon nemuritor deghizat în copil-femelă.

Era porcul roz, domnul Swoon, absolut sigur că soția mea nu telefonase? Da, era. Dacă sună, o să fie el amabil să o anunțe că am plecat spre locuința mătușii Clare? O să fie, cum să nu. Am achitat consumația și am săltat-o pe Lo de pe fotoliul ei. Și-a continuat lectura în drum spre mașină. Am dus-o la o așa-numită cafenea, la o oarecare depărtare de hol. A citit tot timpul drumului. Oh, a mâncat bine. Ba chiar a pus la o parte revista, dar voioșia ei obișnuită fusese înlocuită de o opacitate stranie. Știam că micuța Lo putea să fie extrem de nesuferită, așa că mi-am făcut curaj, am rânjit și am așteptat să se dezlănțuie furtuna. Eram neîmbăiat, nebărbierit și nu se produsese nici o mișcare intestinală. Nervii îmi plesneau. Nu-mi plăcea deloc felul în care mica mea amantă ridica din umeri și își umfla nările când încercam să trăncănesc degajat. Să fi știut Phyllis ceva înainte de a-și întâlni părinții în Maine? am întrebat zâmbind.

— Uite ce e, zise Lo, arborând o grimasă plângăcioasă, las-o baltă!

Mi-am bătut apoi gura degeaba și n-am reușit să-i trezesc interesul pentru harta rutieră. Destinația noastră era, permiteți-mi să-i reamintesc cititorului meu răbdător și cu fire blândă – ce bine ar fi fost ca Lo să-i semene! –, veselul oraș Lepingville, undeva în apropiere de spitalul ipotetic. Destinația în sine era perfect arbitrară (așa cum, vai, vor mai fi multe) și tremuram în pantofi întrebându-mă cum să dau un aer plauzibil întregului aranjament și ce alte ținte plauzibile să mai născocesc după ce vom fi vizionat filmele din Lepingville. Humbert se simțea, într-adevăr, din ce în ce mai stingherit, un sentiment neobișnuit, ciudat, apăsător, groaznic, de parcă aș fi stat cu micul strigoi al unei persoane pe care o omorâsem de curând. Lo se pregătea să se urce în mașină când pe chipul ei a fluturat o expresie de durere. A fluturat din nou, mai semnificativ, când s-a așezat lângă mine. A doua oară a reprodus, fără îndoială, grimasa pentru uzul meu. Am întrebat-o ca un nerod despre ce e vorba.

— Nu-i nimic, brută.

— Cum, cum? am întrebat eu.

Tăcea. Părăseam Bricelandul. Vorbăreața Lo tăcea. Păianjenii reci ai panicii îmi alunecau pe șira spinării. E orfană, e copilă, singură, complet abandonată... o copilă cu care un adult greoi și rău mirositor întreținuse relații epuizante de trei ori în acea dimineață. Nu știu dacă împlinirea visului de o viață întrecuse așteptările, dar într-un anume sens ținta fusese ratată, și evenimentele se cufundau cu repeziciune în coșmar. Fusesem ușuratic, stupid și mârșav. Vreau însă să fiu cinstit: am simțit din nou cum dorința se răsucea pe fundul harababurii tenebroase, atât de monstruos era apetitul meu pentru nimfeta mizerabilă. Mă simțeam vinovat, dar remușcările se amestecau cu gândul ucigător că proasta dispoziție a lui Lo va face imposibilă o nouă partidă de dragoste pe un frumos drumeag de țară, în mașina parcată discret. Cu alte cuvinte, bietul Humbert Humbert se simțea îngrozitor de nefericit și își storcea creierii să găsească un cuvânt de duh, cuvântul înaripat care să-i permită să se întoarcă spre tovarășa lui de drum, și mașina gonea nebunește, parcă fără stăpân. Totuși ea a rupt prima tăcerea.

— Oh, o veveriță strivită, zise ea. Ce rușine!

— Da, da, așa e (Hum pătimașul, plin de speranță).

— Să oprești la prima stație de benzină, a continuat Lo. Vreau să mă duc la toaletă.

— Oprim unde vrei, am zis. O pădurice frumoasă, singuratică, trufașă (de stejari, mi-am zis; în stadiul acela nu cunoșteam bine copacii americani) a început să fie ecoul verde al mașinii noastre grăbite, iar în dreapta și-a scos capul, înainte de a se prăvăli în ținutul împădurit, un drum roșu brodat cu ferigi. Am sugerat că ar fi, probabil, o bună ocazie să...

— Mână mai departe, a strigat ascuțit Lo.

— Gata, gata, șezi bine (liniștește-te, sărmană bestie!).

M-am uitat la ea. Mulțumescu-Ți Doamne, copila surâdea.

— Cap sec, zise ea, zâmbindu-mi dulce. Ființă revoltătoare. Eram proaspătă ca o floare și uite în ce hal m-ai adus. Ar trebui să chem poliția și să mă plâng că m-ai violat. Oh, babalâc mizerabil, josnic!

Era doar o glumă? Printre cuvintele ei stupide se simțea o notă isterică, de rău-augur. Imediat a început să scoată un sunet șuierat și să se vaiete de dureri și mi-a spus că de-abia poate să stea pe perna mașinii și că i-am rupt ceva în ea. Sudoarea mi se prelingea pe ceafă și era cât pe ce să călcăm niște animale mici care traversau drumul cu coada îmbârligată, iar partenera mea, aflată într-o dispoziție urâcioasă, mi-a mai zis câteva de dulce. Când ne-am oprit la stația de benzină, Lo s-a strecurat fără o vorbă afară și a lipsit multă vreme. Încet, afectuos, un prieten bătrâior, cu nasul rupt, îmi ștergea parbrizul cu un burete roz (tipii aceștia folosesc procedee diferite, de la pielea de căprioară până la peria cu săpun).

În sfârșit a apărut.

— Ascultă, zise, cu vocea aceea neutră care mă rănea groaznic. Dă-mi niște bani. Vreau să-i telefonez mamei la spital. Ce număr are?

— Intră în mașină, i-am spus. Nu ai cum suna la numărul acela.

— De ce?

— Hai, intră și trage portiera.

A intrat și a tras portiera. Bătrânul de la stația de benzină i-a zâmbit larg. Am virat spre autostradă.

— Și, mă rog, de ce nu-mi pot chema mama dacă vreau să vorbesc cu ea?

— Pentru că, i-am spus, mama ta a murit.

33

În veselul oraș Lepingville i-am cumpărat patru cărți umoristice, o cutie cu bomboane, o cutie cu tampoane igienice, două sticle de Coca-Cola, o trusă de manichiură, un ceas de voiaj cu ecran luminos, un inel cu topaz autentic, o rachetă de tenis, patine pe rotile cu ghete înalte, un binoclu, un radio portabil, gumă de mestecat, un impermeabil transparent, ochelari de soare, câteva alte articole de îmbrăcăminte – un swooner, pulovere, pantaloni scurți, diferite rochii de vară. La hotel am avut camere separate, dar pe la mijlocul nopții a venit suspinând la mine și împăcarea a fost dulce. Înțelegeți, nu mai avea unde să se ducă.

Partea a doua

1

Atunci au început călătoriile noastre dezlănțuite care ne-au purtat pe întreg cuprinsul Statelor Unite. Se ofereau nenumărate tipuri de cazare turistică, însă în curând am început să prefer Motelul Funcțional – cuibușoare curate, simple, bine amenajate, sigure, spații ideale pentru somn, ceartă, împăcare și dragoste nesățioasă, ilicită. Nu voiam cu nici un preț să trezesc bănuieli și, de aceea, plăteam rapid pentru ambele secțiuni ale unei duble, fiecare având câte un pat dublu. Ciudată dispunere a încăperilor, destinată parcă unui neștiut joc în patru, pentru că peretele incomplet care împărțea cabina sau camera în două cuiburi comunicante ale dragostei nu asigura decât o parodie fariseică de intimitate. Apropo, posibilitatea sugerată de o asemenea promiscuitate cinstită (două cupluri tinere care-și schimbă într-o veselie partenerii sau un copil care se preface că doarme ca să tragă cu urechea și să surprindă sonoritățile primare) m-a făcut să devin mai îndrăzneț. Din când în când închiriam o cabană cu pat și pat pliant sau cu paturi gemene – o celulă paradiziacă de pușcărie, cu jaluzelele galbene trase ca să producă iluzia intimității la Veneția și a strălucirii soarelui, când, de fapt, ne aflam în Pennsylvania și afară ploua.

Am cunoscut – *nous connûmes*, ca să folosesc o intonație flaubertiană – vilele de piatră pitite sub enormi arbori chateaubriandești, căsuțele din cărămidă, căsuțele din chirpici, conacele decorate cu stucatură de pe terenurile „umbroase“ sau „întinse“ sau „cu peisaje“, cum le descria ghidul turistic al Asociației Automobiliștilor. Cabanele din bârne finisate cu placaje noduroase de pin îi evocau lui Lo, datorită lacului cafeniu-auriu, oasele unor pui fripți. Aveam un dispreț suveran pentru cabanele simple, văruite și acoperite cu șindrilă, care degajau un discret miros de canal sau altă duhoare sumbră și persistentă și se lăudau doar cu „paturi bune“ și cu o administratoare acră, pregătită să-și dobândească numaidecât darul („...mă rog, aș putea să vă dau...").

Nous connûmes (ce distracție împărătească!) presupusa atracție exercitată de numele lor, care se repetau obsedant – Motelurile Asfințitului, Vilele U-Beam, Conacele din Pisc, Palatele în Decor de Pini, Palatele cu Priveliști Montane, Palatele Profilate pe Cer, Palatele cu Parcuri, Conacele Verzi, Hanurile lui Mac. Prezentarea lor elogioasă ne oferea deseori câte un rând deosebit: „copiii sunt bineveniți, animalele de casă permise" (*Voi* sunteți bineveniți, *voi* sunteți admiși). De obicei, băile erau încăperi pardosite cu ceramică și prevăzute cu dușuri și cu o infinită varietate de mecanisme de împroșcat, care aveau în comun o trăsătură categoric non-laodiceană: înclinația de a trimite în timpul utilizării jeturi fioros de fierbinți sau ucigător de reci când vecinul umbla la robinetul de apă rece sau la cel de apă caldă și anula dozarea convenabilă stabilită cu atâta migală. Unele moteluri aveau instrucțiuni lipite deasupra toaletei (pe bazin stăteau stivuite neigienic prosoapele) care cereau musafirilor să nu arunce la coșul cu gunoi cutii de bere, pachete de țigări și copii avortați; altele puneau sub cristalul mesei notițe speciale de felul *Distracții Deosebite* (Călăria: *adesea o să vedeți cum călăreții coboară pe Main Street întorcându-se de la o cavalcadă sub clar de lună.* „Adesea la 3 a.m.", ricana telurica Lo).

Nous connûmes diferite tipuri de administratori de moteluri, criminalul convertit, profesorul pensionar, hahalera afaceristă, printre bărbați; și variantele mămoase, pseudoaristocrate sau de tipul codoașă, printre femei. Uneori, în nopțile monstruos de fierbinți și umede, trenurile țipau tânguindu-se înfricoșător și rău prevestitoare, amestecând forța și isteria într-un urlet disperat.

Evitam Căminul pentru Turiști, verii de la țară ai Pompelor Funebre, pline de prețiozitate, fără dușuri, cu dormitoare roz-albe deprimante în care erau mese de toaletă înzorzonate și fotografiile copiilor proprietăresei la diferite vârste. Dar cedam uneori, e-adevărat, predilecției lui Lo pentru hotelurile „autentice". În timp ce o dezmierdam în mașina parcată pe un drum lăturalnic liniștit, ea alegea din ghid, folosindu-se de lanternă, câte un hotel situat pe malul unui lac, recomandat la superlativ, care oferea numai și numai minunății, amplificate sub fascicolul de lumină plimbat de Lo peste ele – cum ar fi societate selectă, gustări între mesele principale, petreceri cu grătar în aer liber; un obraz roșu ca jăraticul lipit de obrazul ei și mai încolo bietul dr Humbert îmbrățișând resemnat doi genunchi bărbătești și răcorindu-și hemoroizii pe gazonul umed. De asemenea, o ispiteau Hanurile „Coloniale", care, pe lângă „atmosfera delectabilă" și ferestrele pictate, promiteau „cantități nelimitate de mâncare îmnî-mnî-mnî". Îmi păstrasem cu sfințenie amintirile despre hotelul maiestuos al tatălui meu și căutam uneori ceva asemănător în țara străină prin care călătoream. M-am descurajat repede; Lo adulmeca neîncetat mirosul reclamelor pentru mese bogate, dar mie panourile de pe șosea de tipul *Hotel Bușteni, Gratuit pentru copiii sub paisprezece ani* îmi produceau necazuri economice, și nu numai. Mă cutremur și acum când îmi amintesc de stațiunea zisă „de înaltă clasă" dintr-un stat din Vestul Mijlociu ce se fălea cu gustările „prădați-răcitorul" de la miezul nopții și al cărei director, intrigat de accentul meu, a vrut să afle numele de domnișoară al soției mele moarte, precum și pe cel al mamei decedate. Am stat acolo doar două zile și am plătit o sută douăzeci și patru de dolari! Și mai ții minte Miranda, cealaltă vizuină ultraelegantă a tâlharilor, cu cafeaua suplimentară de dimineață, cu apă curentă de la gheață și nici un copil sub șaisprezece ani (nici un fel de Lolite, firește)?

Cum ajunsesem la unul dintre cele mai banale hoteluri care deveniseră locurile noastre de predilecție, Lo punea ventilatorul să zumzăie sau mă convingea să introduc o monedă de douăzeci și cinci de cenți în radio și citea la rând reclamele și mă întreba scâncind de ce nu-i dau voie să se cațere pe un traseu atât de lăudat sau să se ducă la bazinul local cu apă minerală caldă. Cel mai adesea, în stilul pleoștit, plictisit, pe care și-l cultiva, Lo zăcea vlăguită și dezgustător de ispititoare pe un scaun roșu cu droturi sau pe un șezlong verde, pe un scaun de terasă din canava vărgată, cu rezemătoare de picior și umbrar, ori într-un hamac sau pe orice scaun instalat sub o umbrelă, în curtea interioară. În schimb, eu consumam ore întregi lingușind-o, amenințând-o sau făcându-i promisiuni ca s-o conving să-mi ofere câteva secunde membrele ei șocolatii în singurătatea camerei de cinci dolari înainte de a se apuca de alt lucru pe care îl prefera bucuriei mele amărâte.

Îmbinare de naivitate și decepție, de farmec și vulgaritate, de dispoziție neagră și veselie trandafirie, Lolita se transforma, când o apuca, într-o puștoaică exasperantă. Crizele de plictis tulbure, văicărelile intense și vehemente, stilul ei lăbărțat, dezabuzat, cu ochii buimaci, ceea ce se numește a arde gazul – un fel de clovnerie difuză pe care o considera dură în maniera golăniei băiețești –, mă prindeau mereu pe picior greșit. Constatam că este o fetiță dezgustător de convențională. Dulcele jaz negru, cadrilul, înghețata insipidă din sucuri sintetice, filmele muzicale, revistele de cinema și așa mai departe – iată câteva din punctele forte de pe lista ei de preferințe. Numai Dumnezeu știe cu câte monede de cinci cenți s-au îmbuibat frumoasele tonomate care apăreau ori de câte ori luam masa! Aud și acum vocile nazale ale ființelor nevăzute care-i cântau serenade, oameni care se numeau Sammy și Jo și Eddy și Tony și Peggy și Guy și Patty și Rex și șlagărele sentimentale, dar auzul meu nu izbutea să descopere nici o deosebire între ele, la fel cum papilele mele nu percepeau nici o deosebire de gust între bomboanele diferite îngurgitate de Lo. Avea un soi de încredere celestă în orice reclamă sau sfat care apărea în *Movie Love* ori *Screen Land* – „Starsail Stârpește Coșurile" sau „Fetelor, aveți grijă să nu vă iasă poalele cămășii afară din blugi fiindcă Jill afirmă că nu e de bonton", spunea panoul de pe marginea drumului Vizitați Magazinul Nostru de Cadouri – ei bine, n-aveam încotro, *trebuia* să-l vizităm, *trebuia* să cumpărăm curiozități indiene, păpuși, bijuterii de bronz, bomboane de cactus. Cuvintele „noutăți și suvenire" o extaziau prin ritmul lor trohaic. Dacă firma unei cafenele anunța Băuturi Reci, Lo nu rezista ispitei, deși băuturile erau pretutindeni reci ca gheața. Ei i se adresau de fapt reclamele: era consumatorul ideal, subiectul și obiectul fiecărui poster scârbos. Și încerca – fără succes – să frecventeze numai restaurantele în care duhul sfânt al lui Huncan Dines pogorâse peste șervețelele șic de hârtie și peste salatele încununate cu un strat de brânză de vaci.

În zilele acelea nici ea, nici eu nu puseserăm la punct încă sistemul de corupere prin bani care în cele din urmă avea să-mi distrugă nervii, iar ei să-i pervertească definitiv moravurile. Îmi țineam concubina puberă în ascultare și dispoziție acceptabilă folosind alte trei monede. Cu câțiva ani înainte, Lo petrecuse o vară ploioasă sub supravegherea mioapă a domnișoarei Phalen, într-o locuință de fermier dărăpănată din Munții Apalași, care aparținuse în trecutul mort vreunui Haze ursuz. Casa dormita și acum printre pogoanele ei bogate în Solidago Auriu, la marginea pădurii fără flori, la capătul drumului gloduros, la douăzeci de mile depărtare de cel mai apropiat cătun. Casa rămânea o sperietoare pentru Lo care își amintea singurătatea, pășunile străvechi mustind de apă, vântul, pustietatea exasperantă cu un dezgust atât de violent, încât i se strâmba gura și i se îngroșa vârful vizibil al limbii. Am avertizat-o că, dacă nu își schimbă „atitudinea prezentă", va locui acolo în exil împreună cu mine luni și, dacă va fi nevoie, ani de zile studiind franceza și latina sub îndrumarea mea. Charlotte, am început să te înțeleg!

Lo, copilul simpluț, striga „Nu!" și se agăța frenetic de mâna mea care ținea volanul ori de câte ori îi stopam izbucnirile virând pe mijlocul șoselei și lăsând să se înțeleagă că sunt hotărât să o duc direct în acel sălaș întunecat și înspăimântător. Totuși, amenințarea și-a pierdut treptat credibilitatea pe măsură ce ne-am îndepărtat de zona vestică, așa că am fost nevoit să recurg la alte metode de convingere.

Amenințarea cu școala de corecție era una dintre metode, dar mi-o amintesc gemând de rușine. Am fost destul de deștept și am înțeles chiar de la început că pentru a păstra taina relației noastre trebuia să mă asigur de cooperarea ei deplină. Comportarea cooperantă urma să-i intre în sânge, să-i devină o a doua natură, înfrângându-i ranchiunele sau dorința de a-și satisface alte plăceri.

— Hai, vino și sărută-ți babacul, îi spuneam, și lasă nazurile astea prostești. Odinioară, când eram încă bărbatul visurilor tale (cititorul observă, probabil, că mă chinui să-i vorbesc pe limba ei), leșinai ascultând înregistrările idolului languros al generației tale (Lo: „Al cui zici? Vorbește englezește!"). Idolul tău și al camarazilor tăi semăna, credeai tu, cu prietenul Humbert. Acum am ajuns *babacul* tău, tăticul iluzoriu protejându-și fiica iluzorie.

— *Chère Dolores!* Vreau să te protejez, drăguță, de nenorocirile ce se pot întâmpla fetițelor în magaziile de cărbuni, în ganguri și, vai, *comme vous le savez trop bien, ma gentille*, în pădurile cu afine, în timpul celor mai albastre veri. Voi rămâne protectorul tău de-ar fi să trec prin foc și apă și, dacă te porți bine, nădăjduiesc că într-un timp relativ scurt tribunalul va accepta să legalizeze tutela mea. Dar să trecem, totuși, Dolores Haze, peste așa-numita terminologie juridică ce consideră rațional termenul „coabitare desfrânată și lubrică". Nu sunt un psihopat sexual care-și arogă libertăți indecente față de un copil. Charlie Holmes a fost siluitorul; eu joc doar rolul de terapeut - asta ca să operăm distincțiile necesare. Sunt tăticul tău nătâng, Lo. Uite, am aici o carte savantă despre fetițe. Și uite, drăguță, ce zice. Citez: fata normală - normală, bagă de seamă -, fata normală dorește, de obicei, să intre în grațiile tatălui său. Ea simte în el antemergătorul bărbatului dorit, dar insesizabil („insesizabil", ăsta-i cuvântul, pe barba lui Polonius!). Mama înțeleaptă (și sărmana ta mamă ar fi fost înțeleaptă, dacă trăia) încurajează prietenia strânsă dintre tată și fiică, fiindcă e conștientă - scuzați-mi stilul răsuflat - că astfel fata își va forma propria imagine despre dragostea ideală și despre bărbatul ideal. Ei bine, la ce relație se referă cartea mea veselă? Citez din nou: la sicilieni, relațiile sexuale dintre tată și fiică sunt considerate firești, iar fata care intră într-o asemenea relație nu se acoperă de oprobriu. Am o admirație nețărmurită pentru sicilieni, care sunt atleți neîntrecuți, muzicieni neîntrecuți, oameni integri neîntrecuți, Lo, și pe deasupra mari îndrăgostiți. Dar să nu ne abatem de la subiect. Mai zilele trecute citeam în ziar o polilogie despre un tip de vârstă mijlocie care a atentat la bunele moravuri și s-a recunoscut vinovat de încălcarea Legii Mann, admițând că a dus o fetiță de nouă ani peste granițele statului și a urmărit scopuri imorale (nu contează care). Dolores, draga mea! Nu ai nouă, ci aproape treisprezece ani și nu te-aș sfătui să te consideri sclava mea în timpul peregrinării noastre prin țară. Legea Mann mă scandalizează întrucât se pretează la un calambur îngrozitor; revanșa pe care și-o iau Zeii Semanticii împotriva filistinilor încorsetați. Sunt tatăl tău. Vorbesc englezește, așa să știi, și te iubesc.

În consecință, să vedem ce s-ar întâmpla dacă tu, minora acuzată că ai prejudiciat moravurile unui adult într-un han respectabil, te-ai plânge poliției că te-am răpit și te-am siluit? Să presupunem că ți s-ar da crezare. O minoră care acceptă să fie cunoscută trupește de o persoană trecută de douăzeci și unu de ani își implică victima în infracțiunea de viol calificat sau sodomie de gradul doi, în funcție de tehnica folosită; și pedeapsa maximă este de 10 ani. Așadar intru la închisoare. Okay! Eu intru la închisoare, dar ce se întâmplă cu tine, orfana mea? Ei, da, tu ești mai norocoasă. Tu devii pensionara Departamentului pentru Protecție Socială – ceea ce mă tem că sună cam albastru. O matroană posomorâtă de tipul domnișoarei Phalen, dar mai rigidă și mai austeră, o să-ți confiște rujul de buze și hainele elegante. S-a zis cu hoinăreala! Nu știu dacă ai auzit vreodată de legile referitoare la copiii întreținuți, neglijați, incorigibili și delincvenți. În timp ce eu voi sta după gratii, tu, fericitul copil neglijat, vei avea de ales între domicilii mai mult sau mai puțin identice, școala corecțională, casa de corecție sau una din acele admirabile instituții pentru protecția fetelor unde croșetezi, cânți imnuri și mănânci clătite râncede duminica. Tu te vei duce acolo, Lolita! – Lolita *mea*, această Lolită îl va părăsi pe Catullusul ei și se va duce acolo așa cum merită o fetiță năbădăioasă ca tine. Pe scurt, dacă suntem descoperiți, tu, slăbiciunea mea, vei fi cercetată și vei fi internată într-o anumită instituție, *c'est tout*. Vei locui, Lolita mea va locui (vino lângă mine, floarea mea cafenie) împreună cu alte treizeci și nouă de puștoaice neroade într-un dormitor murdar (nu, dă-mi voie să termin) sub supravegherea unor gardience hidoase. Asta-i situația, astea-s opțiunile. Nu crezi că, în aceste condiții, Dolores Haze ar face mai bine să rămână cu babacul ei?

Am reușit astfel, prin insistență, să o terorizez pe Lo, care în ciuda vivacității obraznice a manierelor și a unor sclipiri ale spiritului nu era un copil chiar atât de dotat pe cât sugera coeficientul ei de inteligență. Așadar am reușit să instaurez o atmosferă de taină și de vinovăție împărtășită; însă am avut mult mai puțin succes în încercarea de a-i menține buna dispoziție. M-am căznit dimineață de dimineață, în timpul călătoriilor noastre din anul acela, să născocesc o perspectivă, punctul de atracție al zilei – plasat undeva în spațiu și timp – care să o îmbie permițându-i să supraviețuiască până la ora de culcare. Altminteri, în lipsa unui scop să o orienteze și să o susțină, scheletul zilei ei se lăsa pe o parte și se prăbușea. Punctul de atracție putea să fie un far în Virginia, o peșteră naturală în Arkansas transformată în restaurant, o colecție de pistoale și viori, undeva în Oklahoma, o copie a grotei din Lourdes în Louisiana, fotografii deteriorate din perioada goanei după aur în muzeul unei stațiuni din Munții Stâncoși sau orice alt lucru – însă trebuia să strălucească permanent acolo, în fața noastră, ca o stea fixă; și, cu toate acestea, de îndată ce ajungeam acolo, Lo se prefăcea aproape întotdeauna că se simte rău.

Punând geografia Statelor Unite la treabă, m-am străduit din răsputeri, ore întregi, să-i dau impresia că vizităm locuri interesante, că rulăm spre o destinație precisă, spre o delectare ieșită din comun. N-am văzut niciodată drumuri așa de netede, încântătoare, cum erau cele ce se întindeau în fața noastră, ca niște raze pe cuvertura peticită a celor patruzeci și opt de state. Înghițeam lacomi kilometrii autostrăzilor fără sfârșit, extaziați și tăcuți alunecam pe podelele lor negre, lustruite ca pentru dans. Din păcate, pe Lo n-o interesau peisajele, ba, mai mult, reacționa furioasă când încercam să-i atrag atenția asupra detaliilor încântătoare ale panoramei pe care eu însumi am învățat să le descopăr de-abia după ce am absorbit o vreme, inconștient, frumusețea delicată ce însoțea permanent, cu discreție, călătoria noastră netrebnică. Printr-un paradox al gândirii picturale, am receptat priveliștea regiunii depresionare nordamericane cu un șoc – șocul recunoașterii amuzate – datorită mușamalelor pictate ce se importau odinioară din America, pentru a fi atârnate deasupra lavoarelor în grădinițele de copii din Europa Centrală și care, la vremea culcării, îl fascinau încă pe copilul somnoros cu peisajul lor rustic și verde – arbori cârlionțați și opaci, un hambar, vite, un pârâu, albul mat al unor nedeslușite livezi în floare și, probabil, un gard din piatră și dealuri de guașă verzuie. Însă reprezentările rustice primitive s-au destrămat și s-au șters din amintirea mea pe măsură ce cunoșteam de aproape peisajele autentice. Dincolo de câmpia arată, dincolo de acoperișurile ca de jucărie, percepeam o revărsare lentă de frumusețe inutilă, soarele coborât aproape de linia orizontului, într-un abur de platină cu o tușă caldă de piersică jupuită ce se răspândea peste partea de sus a unui nor bidimensional de culoarea porumbelului cenușiu, care se contopea cu pâcla senzuală și îndepărtată. Uneori apărea un șir de copaci ale căror siluete se profilau pe cer în amieze încremenite și fierbinți, deasupra unei întinderi de trifoi pustii, și norii Claude-Lorrain păreau gravați în depărtare în azurul pâclos, doar partea lor cumulus fiind vizibilă pe fundalul extatic și neutru. Sau, alteori, se vedea un orizont El Greco sever, saturat de ploaia neagră ca cerneala și luminiscența fugace a vreunui fermier cu gât de mumie și în jur alterna argintiul viu al apei cu verdele zgrunțuros al porumbului, iar întregul aranjament se deschidea ca un evantai undeva în Kansas.

Din când în când, pe imensitatea acelor câmpii, arbori uriași înaintau spre noi și se strângeau în pâlcuri, sfioși, pe marginea șoselei, pentru a oferi o fărâmă de umbră umanitară deasupra unei mese de picnic, cu pete de soare, pahare aplatizate din hârtie, ghindă și bețe de înghețată împrăștiate pe pământul cafeniu. Modesta mea Lo, care frecventa asiduu grupurile sanitare de la locurile de popas, se delecta cu plăcuțele de la toalete – Băieți-Fete, John-Jane, Jack-Jill și chiar „Pentru Cerbi"-„Pentru Căprioare"; în timp ce eu, pierdut într-o reverie de artist, contemplam strălucirea autentică a pompelor de benzină proiectate pe verdele splendid al stejarilor sau un deal îndepărtat ce se zbătea speriat, dar încă neîmblânzit – încercând să se smulgă din întinderile searbede ale agriculturii care voiau să-l înghită.

Toată noaptea camioane înalte, împodobite cu lumini colorate ca niște uriași și înspăimântători pomi de Crăciun, se iveau din beznă și treceau ca fulgerul pe lângă micul Sedan întârziat. Și, din nou, în ziua următoare, cerul aproape gol, cu azurul dizolvat de căldură, se topea peste creștetele noastre și Lo spunea zgomotos că îi e sete și obrajii i se scobeau când sorbea energic cu paiul și interiorul mașinii părea un adevărat furnal când ne urcam din nou în ea și drumul lucea în fața noastră, iar în depărtare, asemenea mirajului, o mașină își schimba forma pe suprafața orbitoare și rămânea o clipă suspendată parcă – pătrățoasă, demodată – în înaltul pâclei fierbinți. În timp ce ne îndreptam spre vest, începeau să se ivească petice acoperite cu o plantă pe care oamenii de la *service* o numeau „salvie“ și apoi, pe rând, contururile misterioase ale dealurilor de eroziune, surpăturile roșii pătate de negrul ienuperilor, un lanț muntos, cenușiul-cafeniu devenind treptat albastru și albastrul devenind vis. Deșertul ne întâmpina cu vânturi puternice, neostoite, cu pulbere și mărăciniș cenușiu și oribile bucăți de hârtie, parodii ale unor flori palide, rătăcite printre spinii tulpinelor uscate, chinuite de vânt de pe marginea șoselei în mijlocul căreia stăteau uneori vaci inocente, încremenite într-o poziție (coada spre stânga, genele albe spre dreapta), ce se puneau de-a curmezișul tuturor regulilor umane de circulație.

Avocatul mi-a propus să fac o relatare limpede, cinstită, a itinerarului urmat și presupun că aici am ajuns la momentul când sunt obligat să mă achit de această îndatorire neplăcută. În mare, în timpul acelui an dement (din august 1947 până în august 1948), ruta noastră a început cu o serie de ocolișuri și spirale prin Noua Anglie, apoi a șerpuit spre sud, în sus și în jos, înspre răsărit și înspre apus; s-a cufundat adânc în *ce qu'on appelle* Dixieland, a ocolit Florida, fiindcă acolo se aflau soții Farlow, a virat spre vest, a luat-o în zigzag printre suprafețele de porumb și cele de bumbac (mă tem că nu e prea limpede, Clarence, dar atunci n-am consemnat nimic, iar acum am la dispoziție doar un ghid turistic în trei volume, înfiorător de hărtănit, aproape un simbol al trecutului meu sfâșiat și zdrențuit, cu ajutorul căruia îmi controlez amintirile); a traversat și iar a traversat Stâncoșii, a rătăcit prin deșerturile din nord, unde am și iernat; a ajuns la Pacific și a cotit spre nord prin puful pal-violaceu al arbuștilor înfloriți de-a lungul drumurilor forestiere; s-a apropiat mult de frontiera canadiană; și a purces spre est, peste pământuri bune și peste pământuri aride, întorcându-se la agricultura pe suprafețe imense, evitând, în ciuda reproșurilor stridente ale micuței Lo, locul de naștere al micuței Lo, situat într-o zonă bogată în porumb, cărbune și porci; și, în cele din urmă, a revenit în pulpana estului și s-a încheiat epuizată în orașul universitar Beardsley.

2

Examinând cele ce urmează, cititorul e rugat să rețină traseul general așa cum l-am schițat mai înainte, cu numeroase excursii colaterale, capcane turistice, circuite secundare și devieri capricioase; precum și faptul că voiajul nostru n-a fost o indolentă *partie de plaisir*, ci a reprezentat o încercare teleologică aspră și contorsionată, a cărei singură *raison d'être* a fost menținerea partenerei într-o dispoziție acceptabilă de la un sărut la altul.

Dau cu degetul paginile ghidului meu zdrențuit și... îmi amintesc ca prin ceață de Magnolia Garden, dintr-un stat sudic, unde am plătit patru dolari intrarea. Grădina merita să fie vizitată – așa spunea ghidul – din trei motive: fiindcă John Galsworthy (un scriitor mort de-a binelea) o declarase cea mai frumoasă grădină din lume; pentru că în 1900 Ghidul Beadeker o marcase cu o stea; și pentru că... Oh, ghici Cititorule, Cititorul meu!... pentru că, nu-i așa, copiii (ce Dumnezeu, Lolita nu era copil?) se vor plimba înfiorați și fascinați prin această anticipare a raiului, sorbind nesățioși frumusețea care le poate influența viața.

— Nu și pe a mea! replica morocănoasa Lo și se instala pe o bancă, umplându-și poala cu două ziare voluminoase de duminică. Am parcurs și reparcurs întreaga gamă a restaurantelor instalate pe marginea șoselelor. Am poposit în umila ospătărie Eat. Văd și acum inevitabilul cap de cerb (pe cantul interior al ochiului, păstrând dâra întunecată a unei lacrimi lungi), ilustratele umoristice de tipul „Kurort" (ce aveau să apară mult mai târziu), cecurile oaspeților trase într-o țeapă, centurile de salvare, ochelarii de soare, reclamele minunatelor înghețate cu fructe, jumătatea de prăjitură de ciocolată sub clopotul de sticlă și roiul de muște oribile și experte care bântuia în zigzag peste stratul lipicios de zahăr de pe taraba mizerabilă. Am explorat numeroasele categorii de localuri poposind când și când într-un restaurant de lux, cu lumânări discrete, fețe de masă și șervețele penibile, chelneri stupizi (foști ocnași sau studenți) admirând spinarea murgă a unei actrițe de cinema, sprâncenele negre ale bărbatului ei de ocazie și orchestra de malagambiști cu trompete.

Am cercetat cea mai mare stalactită de lume, într-o peșteră unde-și țineau întâlnirea de familie trei state din sud-est; taxa de intrare, după vârstă; adulții un dolar, puberii șaizeci de cenți. Obeliscul de granit care comemora bătălia de la Blue Lick, osemintele îngălbenite și ceramica indiană din muzeul de alături, Lo, zece cenți, foarte rezonabil. Coliba actuală din bârne, imitație insolentă a celei în care s-a născut Lincoln. Stânca pe care se afla fixată o placă în memoria celui care a scris *Copacii* (ne găsim acum în Poplar Cove, Carolina de Nord, unde am ajuns parcurgând „un drum foarte îngust, prost întreținut", cum îl descrie indignat ghidul meu turistic binevoitor, tolerant și atât de reținut, de obicei, observație la care subscriu, deși nu sunt kilmerit). Am închiriat o șalupă condusă de un rus alb mai în vârstă, dar încă dezgustător de frumos, se spunea că e baron (palmele lui Lo, neroada mică!, se umeziseră), care îi cunoscuse în California pe bunul și bătrânul Maximovici și pe Valeria – și de pe puntea ei am văzut de la distanță inaccesibila „colonie a milionarilor" de pe o insulă situată în apropiere de coasta Georgiei. În continuare am cercetat: colecția de ilustrate cu hoteluri din Europa, muzeul consacrat hobbyurilor dintr-o stațiune turistică de pe Mississippi, și aici am descoperit, cutremurat de orgoliu, fotografia color a hotelului Mirana, hotelul tatălui meu, cu tendele sale vărgate și steagul care flutura deasupra palmierilor retușați.

— Și ce-i cu asta? zise Lo, în timp ce schimba ocheade cu proprietarul bronzat al unei mașini scumpe care ne urmărise până la Casa Hobbyurilor. Relicve ale epocii bumbacului. O pădure în Arkansas și pe umărul cafeniu al Lolitei o umflătură roz-purpurie apărută pe neașteptate (opera vreunui țânțar) din care am stors otrava frumoasă și transparentă între unghiile mele lungi de la degetele mari și am supt nesățios sângele ei sărat. Bourbon Street (în orașul numit New Orleans), ale cărei trotuare, spunea ghidul turistic, „pot" (grozav acest „pot") oferi distracții datorită negrișorilor care vor („vor" e și mai grozav) dansa step pentru „bani" (ce amuzant!), în timp ce „numeroasele sale cluburi de noapte, mici și intime, sunt tixite de vizitatori" (asta-i prea de tot!). Colecții de artă populară și tradiții de frontieră. Case antebelice având balcoane cu grilaj de fier, scări frumos sculptate, scările acelea tipice pe care coboară în fugă doamnele din filme, cu umerii sărutați de soare, într-o ambianță viu colorată, săltându-și cu mânuțele – în stilul lor caracteristic – fustele cu volane, în vreme ce pe palierul de sus negresa devotată își clatină capul. Fundația Menninger, o clinică psihiatrică, numai așa, de-al naibii. Un fragment de argilă frumos erodată; flori de yucca, atât de pure, atât de cerate, dar mișunând de păduchi albi, scârboși. Independence, Missouri, punctul de plecare al lui Old Oregon Trail; și Abilene, Kansas, locul de baștină al unui celebru rodeo, Rodeo-ul Ferocelui Bill. Munți îndepărtați. Munți apropiați. Alți și alți munți; frumuseți albăstrui de neatins sau care se transformă necontenit în șiruri de dealuri populate; lanțuri muntoase sud-estice, zigzaguri ale altitudinii pe parcursul munților înalți. Coloși de piatră cenușii cu vine de zăpadă, care sfâșie inima și cerul, piscuri aprige apărând ca din senin la o cotitură a șoselei; imensități acoperite cu păduri de brad întunecate, dese, bine aliniate, întrerupte pe alocuri de norișori palizi de plopi de munte; formațiuni roz și liliachii. Faraonice, falice, „prea preistorice pentru cuvinte" (blazata Lo!); munți tabulari de lavă neagră; munți la început de primăvară, ca niște elefanți nou-născuți păroși pe spinare; ghebele munților la sfârșit de vară, cu membrele lor masive, egiptene, strânse sub falduri de pluș roșiatic, mâncat de molii; coline albicioase pistruiate cu stejari verzi și rotunzi; o ultimă culme muntoasă brun-roșcată și un covor des de lucernă la poale.

Am cercetat, de asemenea: Lacul Micului Iceberg și malurile de zăpadă, și pernuțele de flori alpine minuscule, și din nou zăpadă; și Lo, cu un capișon cu ciucure roșu, a încercat să se dea pe ghețuș și a țipat și niște tineri au bătut-o cu zăpadă și ea a ripostat plătind cu vârf și îndesat *comme on dit.* Scheletele plopilor de munte carbonizați; peticele de flori albastre înțepând lumina. Diferitele atracții ale excursiilor automobilistice în zonele pitorești. Sute de asemenea excursii, mii de Pârâuri ale Ursului, de Izvoare Minerale, Canioane Pictate. Texas, o câmpie pustiită de secetă. Camera de Cristal, în cea mai lungă peșteră din lume, intrarea liberă pentru copii sub doisprezece ani, Lo, tânăra captivă. O colecție de sculpturi indigene – lucrate de doamnele din localitate – închisă! într-o mizerabilă luni dimineața; praf, vânt, pământ pârjolit. Conception Park, într-un oraș de la granița cu Mexicul, pe care n-am îndrăznit să o trec. Aici și aiurea, sute de colibri cenușii în lumina asfințitului, sondând gâturile florilor întunecate. Shakespeare, orașul fantomatic din New Mexico, unde răufăcătorul Bill Rusul fusese spânzurat cu mare tam-tam în urmă cu șaptezeci de ani. Crescătorii de pește. Locuințe pe vârfuri de stâncă. Mumia unui copil (contemporanul indian al Florentinei Bea). Vizitam al doisprezecelea Canion al Infernului. A cincisprezecea Poartă către una sau alta *vide* ghidul turistic, a cărui copertă s-a prăpădit între timp. O crampă în vintrele mele. Cei trei bătrâni – întotdeauna trei – cu pălării și bretele tândălind pe sub copacii din jurul fântânii publice în după-amieze de vară. Priveliștea albastră împâclită dincolo de parapetul acelei trecători și spinările unei familii care o contempla (și Lo șoptind patetic, fericită, înnebunită, plină de speranță, fără speranță – „Uită-te, familia McCrystal, hai, te rog, hai să vorbim cu ei, te rog" – auzi, cititorule, hai să vorbim cu ei! – „te rog! Am să fac orice îmi ceri. Oh, te rog..."). Dansuri ceremoniale indiene, strict comerciale. ART. American Refrigerator Tranzit Company. Evident, locuințele comune ale indienilor pueblo, pictograme primitive, o urmă de dinozaur într-un canion pustiu, întipărită acolo cu treizeci de milioane de ani în urmă, când eram copil. Băiatul palid, slăbănog, de circa un metru optzeci înălțime, cu mărul lui Adam foarte activ, uitându-se galeș la Lo și la pielea ei portocaliu-cafenie, vizibilă între bluză și centură, zona miraculoasă pe care o sărutasem cu cinci minute mai înainte, Jack. Iarna, în deșert; primăvara, pe colinele subalpine cu migdalii în floare. Reno, un oraș mizer din Nevada, a cărui viață de noapte e „cosmopolită și matură", după cum se spunea în ghid. Crama din California și biserica având forma unui poloboc de vin. Valea Morții. Castelul lui Scotty. Opere de artă colecționate de un oarecare Rogers în decursul anilor. Vilele urâte ale frumoaselor actrițe. Urmele pașilor lui R.L. Stevenson pe un vulcan stins. Misiunea Dolores: bun titlu pentru o carte! Festoane din cremene, cioplite de valuri. Un bărbat apucat de o criză spectaculoasă de epilepsie trântit pe jos în Russian Gulch State Park. Albastru, Lacul de crater albastru. Crescătoria de pește din Idaho și Penitenciarul de Stat. Sumbrul Yellowstone Park și izvoarele sale fierbinți, colorate, baby gheizere, curcubeie de nămol bolborosind – simboluri ale pasiunii mele. O turmă de antilope într-o zonă sălbatică. A o suta peșteră vizitată, adulții, un dolar; Lolita, cincizeci de cenți. Castelul construit de o marchiză franțuzoaică în Dakota de Nord. Palatul Porumbului în Dakota de Sud; și capetele președinților sculptate în granitul semeț al munților. Femeia cu Barbă uruitul ni l-a auzit și din pustie a ieșit. O grădină zoologică în Indiana unde o trupă mare de maimuțe locuia pe replica din beton a vasului amiral al lui Cristofor Columb. Miliarde de muște de mai, moarte sau aproape moarte, mirosind a pește, în fiecare vitrină de birt de-a lungul întregului țărm nisipos și posomorât. Pescăruși grași văzuți de pe feribotul City of Cheboygan, cu fumul cafeniu mițos arcuindu-se peste umbra pe care o proiecta pe lacul acvamarin și cufundându-se în ea. Motelul al cărui sorb în aeraj trecea pe sub canalul colector al orașului. Casa lui Lincoln, în mare parte contrafăcută, având un salon cu volume elegante și mobilă de epocă, pe care cei mai mulți vizitatori le acceptau respectuoși ca fiind ale lui.

Am avut certuri – minore și majore. Cele mai mari s-au petrecut: la Lacework Cabins, în Virginia; pe Park Avenue, Little Rock, în apropierea unei școli; în Trecătoarea Milner, la trei mii trei sute metri altitudine, în Colorado; la intersecția din Seventh Street și Central Avenue în Phoenix, statul Arizona; pe Third Street, Los Angeles, fiindcă se vânduseră toate biletele la un cinematograf oarecare; la motelul „La Umbra Plopilor", în Utah, unde șase copaci puberi aveau înălțimea Lolitei și unde ea m-a întrebat *à propos de rien* cât am de gând să o mai ducem așa, locuind în cabane infecte și dedându-ne la scârboșenii, cât timp o să ne mai comportăm ca neoamenii. Pe North Broadway, în Burns, statul Oregon, la intersecția dintre West Washington și Safeway, în fața unei băcănii. Într-un orășel din Valea Soarelui, statul Idaho, în fața unui hotel placat cu cărămidă aparentă, o reușită combinație de cărămizi galbene și roșii – vizavi de hotel se înălța un plop care-și juca umbrele lichide peste Monumentul Eroilor din localitate, căzuți în război. Pe întinderile pustii de Solidago Auriu dintre Pinedale și Farson. Undeva în Nebraska, pe Main Street, lângă First National Bank, înființată în 1889 – din locul acela se vedea pasajul de cale ferată din capul străzii și, ceva mai departe, tuburile albe, ca de orgă, ale unui siloz. Și pe McEwen Street, la colțul cu Wheaton Avenue, într-un oraș din Michigan, care purta numele de botez al lui McEwen.

Am ajuns să cunoaștem specia ciudată a celor care mișună pe marginea drumurilor, Omul Autostopului, acel *Homo pollex* al științei, cu numeroasele sale subspecii și forme: soldatul modest, scos ca din cutie, așteptând liniștit și sobru, sigur de farmecul exercitat de uniformă asupra automobilistelor; elevul dornic să meargă la o distanță de numai câțiva kilometri; ucigașul care vrea să pună mii de kilometri între el și locul faptei; tipul onorabil, misterios, nervos, bătrâior, cu geamantanul nou-nouț și mustața tăiată scurt; eternul trio de mexicani optimiști; studentul etalându-și cu aceeași mândrie jegul datorat muncii în aer liber din timpul vacanței și numele renumitului colegiu arcuit pe pieptul tricoului; doamna disperată că i-a murit bateria mașinii; bestiile tinere, cu trăsături pregnante, părul lucios, ochii pișicheri, cu tenul alb, îmbrăcați cu haine extravagante și purtând cămăși țipător de colorate, care-și aruncau energic, aproape priapic, degetul mare îndreptat pe direcția de mers pentru a ispiti femeile singure sau pe vreun comis-voiajor amărât, dar mistuit de pofte inavuabile.

„Hai să-l luăm", se ruga deseori Lo, frecându-și genunchii unul de altul în stilul ei obișnuit, în vreme ce, din sens invers, venea, practic în calea mașinii noastre, un pollex dezgustător, cam de vârsta mea și la fel de lat în umeri ca mine, cu o *face à claques* de actor șomer.

Oh, am stat tot timpul cu ochii pe Lo, micuța și mlădioasa Lo! Datorită exercițiilor amoroase constante, ea degaja, probabil, în ciuda chipului ei foarte copilăresc, o aură galeșă aparte, care-i băga în boale pe tipii de la garaje, pe pajii de la hoteluri, pe vilegiaturiști, pe pampaleții cu mașini ultraluxoase, ceea ce ar fi trebuit să-mi gâdile orgoliul, nu să-mi intensifice – așa cum se întâmpla, de fapt – gelozia. Dar micuța Lo devenise conștientă de aura ei și adesea o surprindeam *coulant un regard* în direcția vreunui mascul cu antebrațul bronzat, musculos, împodobit cu un ceas-brățară; și nu apucam să mă întorc bine cu spatele și să mă duc să-i cumpăr chiar dumneaei niște dulciuri și auzeam cum între ea și frumosul mecanic se înfiripa duetul erotic al vorbelor de spirit.

În timpul popasurilor mai lungi mă relaxam, uneori după o dimineață deosebit de violentă petrecută în pat, și-atunci, cu inima împăcată, îi permiteam – Hum indulgentul! – lui Lo să viziteze grădina de trandafiri sau biblioteca pentru copii de peste drum, împreună cu micuța și banala Mary, fetița vecinului de hotel, și cu frățiorul ei în vârstă de opt ani; și după o oră, Lo se întorcea cu Mary, târându-se desculță pe urmele ei și cu „băiețelul" metamorfozat în două pocitanii de școlari, stângaci, cu părul de aur, plini de mușchi și de gonoree. Cititorul își poate lesne imagina ce îi răspundeam scumpetei mele când, destul de ezitantă, recunosc, mă întreba dacă îi dau voie să se ducă la ringul de patinaj pe rotile împreună cu Al și cu Carl.

Într-o după-amiază cu vânt și praf i-am permis, totuși, să meargă la un asemenea ring. Lo mi-a spus nemiloasă că n-avea nici un haz să o însoțesc, fiindcă ora aceea era rezervată numai pentru tineri și... Ne-am ciondănit bine și am ajuns la un compromis: am rămas în mașina parcată printre alte automobile (goale!) cu botul îndreptat spre pista în aer liber – acoperită însă cu o prelată – unde vreo cincizeci de tineri, perechi-perechi cei mai mulți, făceau ture după ture în ritmul muzicii de tonomat – și vântul arginta copacii. Dolly era în blugi și cu ghete înalte, ca și celelalte fete. Eu număram turele mulțimii care aluneca – și, deodată, gata, Lo s-a evaporat. Când a trecut, în sfârșit, din nou prin fața mea, era însoțită de trei haidamaci pe care îi auzisem cu câteva momente înainte cum forfecau, stând pe marginea cercului, patinatoarele și cum își băteau joc de o făptură tânără, frumoasă, cu picioare lungi, fiindcă în loc de ginși purta un șort roșu.

La punctele de control de pe autostrăzile ce pătrundeau în Arizona sau California, câte un pârlit de polițist ne privea atât de insistent, încât îmi țâțâia inima. Vreo puicuță? se interesa el și, de fiecare dată, prostuța mea dulce chicotea. Păstrez încă, vibrând prin nervul optic, imagini ale lui Lo călare pe cal, ca o verigă în lanțul cavalcadei conduse de o amazoană bătrână pe o pistă pentru călăreți: Lo sălta în pas de promenadă, urmată de proprietarul „hipodromului", un fermier libidinos, cu ceafa roșie; și în spatele lui veneam eu, și îi uram spatele gras și înflorat al cămășii, așa cum un motociclist urăște camionul lent care-l ține în loc pe drumul îngust de munte. Sau la câte o cabană de schi – instalată într-un telescaun, Lo se îndepărta de mine, plutind, celestă și solitară, spre piscul strălucitor unde atleți despuiați până la brâu o așteptau râzând, o așteptau...

Când ajungeam într-un oraș, mă interesam numaidecât, în modul meu politicos, european, de adresele piscinelor acoperite, ale muzeelor, ale școlilor, de numărul de copii înscriși la școala cea mai apropiată și așa mai departe; și la ora când venea autobuzul școlar, zâmbind și cu obrazul tresărindu-mi ușor (mi-am descoperit acest *tic nerveux* când Lo a început să mă imite plină de cruzime), parcam într-un punct strategic, având școlărița mea vagantă lângă mine în limuzină, și contemplam ieșirea copiilor de la școală – o priveliște întotdeauna încântătoare. Activitatea mea contemplativă a început foarte curând să o plictisească pe Lolita mea, care oricum se plictisea foarte repede și avea, ca toți copiii, o antipatie funciară față de ciudățeniile altor oameni. Vă închipuiți urmarea? Ei bine, Lo se pornea să mă ocărască și să-și bată joc de mine când o rugam să mă mângâie în timp ce treceau pe lângă noi, alintate de soare, micuțele brunete cu ochi albaștri, cu șorturile lor albastre, sau căpșoarele arămii și blondele băiețoase, îmbrăcate în blugi, cu trăsăturile feței nedefinite încă.

I-am recomandat galant și culant – era un fel de compromis – să se ducă, atunci când era posibil, la piscină împreună cu alte fetițe. Apa strălucitoare o fascina. Era o excelentă scufundătoare. Mă instalam în umbra post-meridiană bogată, înfășurat confortabil în halat, după ce îmi executasem numărul meu modest de înot, și stăteam acolo cu o carte inutilă sau cu o pungă de bomboane, sau cu amândouă, sau pur și simplu doar cu glandele mele care zbârnâiau și o urmăream cum se zbenguie, cu casca de cauciuc perlată cu stropi de apă, cum zburdă veselă, uniform bronzată, în chiloței de mătase bine mulați și cu sutien din supraelastic. Iubita mea puberă! Și cu câtă îngâmfare mă minunam că este a mea, a mea, a mea, și asociam recentul extaz matinal cu uguitul tânguios al porumbeilor și mi-l imaginam pe cel din după-amiaza târzie, apoi micșorându-mi ochii înțepați de soare o comparam pe Lolita cu nimfetele pe care șansa zgârcită le aduna uneori în jurul ei pentru delectarea și evaluarea mea de antologator; și astăzi mai cred, mărturisesc cu mâna pe inima mea îndurerată, că forța ei de seducție era excepțională – mi s-a întâmplat doar de două sau de trei ori să întâlnesc ființe mai ispititoare, dar într-o anumită lumină, cu văzduhul degajând miresme ațâțătoare – o dată, când am cunoscut-o pe fetița spaniolă palidă, fiica unui nobil cu fălci puternice, un caz fără nici o speranță – și altă dată... *mais je divague*.

Firește, eram întotdeauna cu ochii în patru, fiindcă gelozia mea lucidă mă avertiza de pericolul zburdălniciei ei fascinante. De pildă, mă îndepărtam câteva minute ducându-mă să văd dacă schimbaseră lenjeria și terminaseră curățenia de dimineață în cabana noastră și, gata minunea! – la întoarcere o găseam *les yeux perdus* pe marginea bazinului, înmuindu-și picioarele cu degete lungi în apă și atingând-o cu ele, străjuită de o parte și de alta de câte un brun adolescent pe care frumusețea ei arămie și argintul viu din pliurile de bebeluș ale pântecelui ei îl făcea, cu siguranță, să se *tordre* – oh, Baudelaire! – în timpul viselor lor obsesive din lunile următoare.

Am încercat să o învăț să joace tenis ca să avem mai multe distracții comune; fusesem un jucător destul de bun în tinerețe, dar ca profesor m-am dovedit o catastrofă; așa că, în California, am aranjat să ia lecții – foarte costisitoare – cu un antrenor renumit, un tip în vârstă, viguros, zbârcit, înconjurat de un harem de băieți de mingi, care, în afara terenului, părea o căzătură, însă uneori, în cursul unei lecții, ca să mențină schimbul de mingi, aplica o lovitură ca o floare aleasă de primăvară – ca să zic așa – și expedia zbârnâind mingea înapoi la elevul lui; ei bine, delicatețea aceea divină a puterii absolute îmi aducea aminte că în urmă cu treizeci de ani îl văzusem cum îl spulberase la Cannes pe marele Gobert! Până să înceapă lecțiile acelea crezusem că n-o să învețe niciodată să joace. O antrenam pe Lo pe terenurile hotelurilor și încercam să retrăiesc zilele când – sub o boare fierbinte, uimit de pulberea și moleșeala ciudată – îi trimiteam minge după minge voioasei, inocentei, elegantei Annabel (sclipirea brățării, fusta albă plisată, bentița de catifea neagră). Furia lui Lo se întețea ori de câte ori încercam să-i dau mai insistent sfaturi.

Prefera jocurilor noastre, în chip destul de bizar – cel puțin până am ajuns în California – un soi de tenis dezlânat – mai mult vânare a mingii decât joc adevărat – cu câte o fată de vârsta ei, genul *ange gauche*, ciufulită, firavă, înfiorător de drăgălașă. Spectator util, mă apropiam de copila aceea, îi inhalam mireasma slabă de mosc în vreme ce-i atingeam antebrațul și-i prindeam încheietura noduroasă a mâinii și-i împingeam coapsa rece, așaa și apoi așaa, să-i arăt poziția pentru lovitura de rever. Între timp, Lo, aplecată înainte, își lăsa să atârne în față buclele șatene, însorite în timp ce izbea cu racheta în pământ, de parcă era bastonul unui infirm și emitea un groaznic pfui! de dezgust față de intervenția mea. Le lăsam să joace mai departe și, cu o eșarfă de mătase la gât, le urmăream și le comparam trupurile în mișcare ; asta se-ntâmpla în sudul Arizonei, cred – și zilele aveau o leneșă căptușeală de căldură și neîndemânatica Lo se repezea la minge și o rata și blestema și trimitea un simulacru de servă în fileu și își arăta puful tânăr de la subsuoară, care sclipea ud în vreme ce ea își agita racheta de disperare și chiar partenera ei mai insipidă se năpustea docilă după fiecare minge și nu recupera nici una ; dar amândouă se distrau de minune și țineau tot timpul, pe tonuri cristaline, scorul exact al nepriceperii lor.

Îmi amintesc că într-o zi m-am oferit să le aduc băuturi răcoritoare de la hotel și am urcat poteca prunduită și m-am întors cu două pahare înalte cu suc de ananas, apă minerală și gheață ; și apoi un gol năprasnic în piept m-a făcut să mă opresc când am văzut că terenul de tenis era pustiu. M-am aplecat să pun paharele pe o bancă și nu știu de ce, cu un fel de claritate glacială, am văzut fața moartă a lui Charlotte și am aruncat o privire în jur și am observat cum Lo, în șort alb, se îndepărta prin umbra pestriță a unei cărări de grădină, însoțită de un bărbat înalt care ducea două rachete de tenis. Am țâșnit după ei, dar în vreme ce treceam culcând la pământ tufișurile, am zărit-o, într-o viziune alternativă, ca și cum cursul vieții se bifurca fără încetare, pe Lo în pantaloni și pe însoțitorul ei în șort, cum se deplasau anevoie în sus și-n jos într-o mică zonă năpădită de buruieni și băteau tufele cu rachetele căutând apatici ultima minge pierdută.

Înșir aceste nimicuri însorite pentru a le demonstra judecătorilor mei că m-am străduit din răsputeri s-o fac pe Lolita mea să se simtă cu adevărat bine. Era o încântare s-o vezi cum, ea însăși o copilă, îi arată altei copile câteva dintre talentele ei, ca, de pildă, un mod deosebit de a sări coarda. Prinzându-și cu mâna dreaptă brațul stâng dus la spate – spatele ei nebronzat –, nimfeta mai mică, o dulcică diafană, era toată numai ochi, așa cum soarele înfoiat ca un păun era tot numai ochi pe prundiș sub copacii înfloriți, pe când în mijlocul acelui paradis vizual fătuca mea pistruiată și dezmățată sărea, repetând mișcările atâtor altora pe care le-am privit cu nesaț pe trotuarele și meterezele Europei, stropite, mirosind a umezeală, luminate de soare. Imediat după aceea, îi înapoia coarda micuței prietene spaniole și urmărea la rându-i lecția repetată și își dădea părul de pe frunte și-și încrucișa brațele și își petrecea degetul mare de la un picior peste degetul mare de la piciorul celălalt sau își lăsa brațele să cadă libere, relaxate, peste șoldurile ei încă neîmplinite, iar eu eram mulțumit că personalul nesuferit terminase în sfârșit curățenia în cabana noastră ; după care îi trimiteam un zâmbet doamnei de onoare timide, cu părul negru, a prințesei mele, îmi văram pe la spate, brusc și adânc, degetele părintești în părul lui Lo și apoi, cu blândețe, dar ferm, îi cuprindeam cu ele ceafa și îmi conduceam favorita care se împotrivea plină de silă spre căsuța noastră pentru un contact rapid înainte de masă.

— A cui pisică te-a zgâriat, bietul de tine ? m-ar fi putut întreba la „cabană", în timpul unui dineu *table d'hôte* urmat de dansul promis lui Lo, o femeie statuară, cărnoasă, înfloritoare, tipul acela de femeie respingătoare care mă consideră deosebit de atrăgător. Acesta era unul dintre motivele pentru care încercam pe cât posibil să mă țin la distanță de oameni, în vreme ce Lo, pe de altă parte, se străduia să atragă în orbita ei cât mai mulți martori.

Ea dădea, la figurat vorbind, din coada ei micuță, din tot fundulețul, de fapt, așa cum fac cățelușele – când vreun străin o acosta zâmbind și începea o conversație vie pe tema unui studiu comparativ al plăcilor de înmatriculare ale automobilelor. „Lung e drumul până acasă !" Părinții indiscreți voiau s-o tragă de limbă pe Lo să afle ce e cu mine și-i propuneau să se ducă la un film împreună cu copiii lor. De câteva ori am scăpat de pericol in extremis. Necazul de la cascadă mă pândea, firește, în toate hotelurile noastre. Dar nu mi-am dat seama cât de subțiri erau pereții lor până într-o seară, când, după ce am făcut dragoste prea zgomotos, tusea masculină a unui vecin a umplut pauza cu atâta claritate de parcă aș fi tușit eu ; și în dimineața următoare, în timp ce luam micul dejun la lactobar (Lo se scula târziu și-mi plăcea să-i aduc la pat o cană de cafea fierbinte), vecinul meu din ajun, un nătărău bătrâior care purta ochelari cu lentile groase pe nasul lui lung și virtuos și o insignă a Congresului pe rever, a reușit oarecum să intre în vorbă cu mine și în timpul conversației s-a interesat dacă doamna mea era ca doamna lui, căreia îi venea greu să se scoale devreme când nu era la fermă ; pericolul groaznic pe care îl ocolisem aproape mă sufocase, altminteri poate m-ar fi încântat expresia ciudată de surpriză de pe fața lui arsă de soare și cu buze subțiri când i-am răspuns sec, în timp ce-mi împingeam taburetul în spate, că eram, slavă Domnului, văduv.

Ce încântare să-i duc cafeauă și apoi să nu i-o dau până când nu-și făcea datoria matinală. Și eram un prieten atât de atent, un tată atât de pătimaș, un pediatru atât de priceput, care se ocupa de toate nevoile trupului micuței mele șatene ! Și îi purtam pică naturii pentru că nu puteam s-o întorc pe dos pe Lolita mea și să-mi lipesc buzele lacome de uterul ei tânăr, de inima ei necunoscută, de ficatul ei sidefat, de iarba-de-mare a plămânilor ei, de grațioșii ei rinichi gemeni. În după-amiezile tropicale, mai ales, în zăpușeala lipicioasă a siestei, îmi plăcea senzația rece pe care fotoliul de piele o dădea goliciunii mele masive în timp ce o țineam pe ea în poală. Acolo stătea ea, o puștoaică tipică, scobindu-se în nas, captivată de articolele frivole ale unui ziar, indiferentă față de extazul meu, de parcă ar fi fost ceva peste care se așezase, un pantof, o păpușă, mânerul unei rachete de tenis, și îi era lene să îndepărteze obiectul. Ochii ei urmăreau aventurile personajelor favorite din benzile desenate : era acolo o adolescentă dezordonată, îngălată și bine desenată, cu pomeții obrajilor înalți și gesturi colțuroase, încât nu puteam eu însumi să nu mă distrez; ea studia rezultatele fotografice ale tamponărilor frontale ; nu se îndoia niciodată de realitatea locului, timpului și împrejurării alese astfel încât să se armonizeze cu imaginile publicitare ale frumuseților cu coapsele goale ; și era surprinzător de fascinată de fotografiile mireselor locale, unele în ținută completă de nuntă, ținând buchete și purtând ochelari.

O muscă se așeza și se plimba în apropiere de buricul ei ori explora areola sfârcurilor palide și fragede. Ea încerca s-o prindă în pumn (metoda lui Charlotte) și apoi se întorcea la rubrica Să-ți Explorăm Mintea.

„Să-ți explorăm mintea. S-ar reduce numărul infracțiunilor în cazul când copiii ar respecta câteva interdicții ? Nu te juca în jurul toaletelor publice. Nu lua bomboane de la străini și nu te plimba cu persoane necunoscute. Dacă ești acostat, să reții numărul mașinii."

— ... și marca bomboanelor, m-am oferit eu.

Ea a continuat, cu obrazul ei (care se îndepărta) lipit de al meu (care o urmărea) ; și asta era o zi bună, fii atent, o, cititorule !

„Dacă n-ai creion, dar ești destul de mare și știi să citești..."

— Noi, am citat eu sarcastic, marinari medievali, am pus această sticlă...

— Dacă, a repetat ea, n-ai creion, dar ești destul de mare și știi să citești și să scrii – asta vrea să spună tipul, nu-i așa, prostovane –, zgârie cumva numărul pe marginea drumului.

— Cu gheruțele tale, Lolita.

3

Pătrunsese în universul meu, Humberlandul sumbru și negru, cu o curiozitate năvalnică; îl cercetase ridicând din umeri amuzată și prost impresionată; și, după cum aveam impresia acum, se pregătea să-i întoarcă definitiv spatele, aproape scârbită. Rămânea indiferentă la mângâierile mele și strădaniile mele își primeau ca răsplată un strident „ce-ți închipui că faci?". Eu îi ofeream Țara Minunilor, iar nesăbuita mea prefera filmele banale și dulciurile sățioase. Între un Hamburger și un Humburger ea vota – invariabil, cu precizie rece – pentru primul. V-am spus numele lacto-barului vizitat cu câteva clipe mai înainte? Se numea, nici mai mult, nici mai puțin, „Regina Frigidă". Zâmbind mâhnit, am poreclit-o Prințesa mea Frigidă. Nu mi-a înțeles gluma amară.

Oh, cititorule, nu mă privi chiorâș, nu vreau să creez impresia că n-am reușit să fiu fericit. Călătorul vrăjit, sclavul nimfetei se află, vorba ceea, *dincolo de fericire*. Înțelegi cititorule?! Să mângâi o nimfetă! Nu-i fericire mai mare pe pământ. Dar e o fericire *hors concours*, ține, adică, de o altă categorie existențială, de un plan deosebit al sensibilității. În pofida ciondănelilor noastre, a răutății ei, a tevaturii și a mutrelor pe care le făcea, a vulgarității, a pericolului și a oribilei lipse de speranță a legăturii noastre, eu trăiam intens instalat în paradisul meu preferat – cu cerurile de culoarea flăcărilor iadului. Totuși, era un adevărat paradis.

Psihiatrul abil care s-a ocupat de cazul meu – dr Humbert l-a adus în momentul acesta, cred, într-o stare de fascinație iepurească –, fără îndoială, arde de nerăbdare să vadă cum o duc pe Lolita la țărmul mării unde voi găsi, în sfârșit, „răsplata" aspirației de o viață și mă voi elibera de obsesia „subconștientă" a poveștii de dragoste copilărești neîmplinite, cu inițiala, micuța Miss Lee.

Ei bine, camarade, da, am căutat *într-adevăr* o plajă, deși sunt de asemenea nevoit să-ți mărturisesc că până când am ajuns la mirajul apei sale cenușii partenera mea de călătorie îmi oferise atât de multe delicii, încât căutarea Tărâmului de lângă Mare, a unei Riviere Sublimate, și altele, nu mai era impulsionată de subconștient, ci devenise urmărirea rațională a unei vibrații pur teoretice. Îngerii știau și aranjau lucrurile în consecință. Vremea rea a compromis în întregime vizita la un golfuleț acceptabil de pe coasta Atlanticului. Cerul acoperit cu nori groși, apăsători, valuri tulburi, senzația ceței fără hotare, dar oarecum prozaice – erau atât de străine de farmecul viu, de întâmplarea safirică și de împrejurarea trandafirie a poveștii mele de dragoste de pe Riviera! Două plaje semitropicale destul de atrăgătoare de la țărmul Golfului ajunseseră în stăpânirea bestiilor veninoase și erau expuse uraganelor. În sfârșit, pe o plajă californiană care privea fantoma Pacificului, am nimerit într-o intimitate oarecum perversă, într-un fel de peșteră de unde se auzeau țipetele unei grupe de cercetașe care se scăldau pentru prima dată în valuri, pe o porțiune separată a plajei, ascunsă de niște copaci putregăiți; dar ceața se așternuse ca o pătură udă, nisipul era rece și vâscos, pielea lui Lo se zbârlise de frig, devenise zgrunțuroasă și, pentru prima dată în viață, trupul ei mi s-a părut la fel de puțin ispititor ca al unui lamantin. Cititorii mei erudiți vor strâmba, probabil, din nas dacă le voi mărturisi că, și în cazul când am fi găsit undeva o porțiune simpatică de țărm, descoperirea ar fi fost tardivă, deoarece eliberarea mea adevărată se produsese cu mult înainte – și anume în momentul când mi se arătase Annabel Haze alias Dolores Lee, alias Loleeta, aurie și șocolatie, în genunchi, privindu-mă pe veranda aceea amărâtă, într-un decor de litoral artificial, amăgitor, dar mulțumitor (deși în apropiere nu se afla decât un iaz de mâna a doua).

Și cu asta am terminat cu senzațiile deosebite, influențate, dacă nu chiar produse de doctrina psihiatriei moderne. În consecință, am renunțat și am dus-o pe Lolita departe de plajele care erau fie pustii – și, ca atare, posomorâte –, fie încinse și prea populate. Totuși, în amintirea, cred, a vânătorilor mele zadarnice din parcurile publice ale Europei, îmi păstrasem interesul acut pentru activitățile în aer liber și dorința de a găsi terenurile de sport neacoperite, adică locurile unde suferisem privațiuni atât de rușinoase. Dar și aici aveam să mă simt frustrat. Dezamăgirea consemnată acum (în timp ce povestirea mea își schimbă pe nesimțite registrul și devine treptat expresia riscului și groazei neîntrerupte ce mi-au marcat fericirea) nu trebuie să afecteze percepția zonelor americane sălbatice care sunt lirice, etice, tragice, însă niciodată arcadiene. Zonele sălbatice, rezervațiile naturale sunt frumoase, înfricoșător de frumoase, au acea calitate ce produce emoții copleșitoare, pure, o stare de abandon sufletesc pe care satele mele elvețiene, lăcuite și strălucitoare ca niște jucării, și Alpii lăudați exhaustiv nu o mai posedă. Nenumărați îndrăgostiți s-au îmbrățișat și s-au sărutat pe iarba vrăjită a povârnișurilor montane vechi de când lumea, pe mușchiul de lângă izvoarele ascunse, în apropierea pârâiașelor igienice care se află pretutindeni, pe băncile rustice de sub stejarii cu inițiale încrustate și în numeroasele *cabanes* din numeroasele păduri de fagi. Dar în zonele sălbatice ale Americii, cel îndrăgostit de viață în aer liber întâmpină dificultăți când dorește să se dedea la cea mai veche dintre crimele și distracțiile cunoscute.

Plante otrăvitoare urzică fesele iubitei, insecte necunoscute i le înțeapă pe ale lui; în genunchii lui se înfig cioturile ascuțite de pe solul pădurii, în ai ei, acele insectelor; și de jur împrejur persistă foșnetul șerpilor potențiali – *que dis-je*, al unor dragoni aproape dispăruți! –, în timp ce semințele florilor feroce se agață ca niște crabi de ciorapul negru prins cu jartiere și de șoseta albă pătată de noroi, formând o crustă verde și hidoasă.

Exagerez puțin. Într-o după-amiază de vară, eu și Lolita am descoperit un locșor romantic, izolat, situat la circa trei-patru metri deasupra trecătorii unde lăsasem mașina. Ne aflam la marginea zonei împădurite, unde flori cu nuanțe celeste – le-aș numi bucuros pintenul-ciocârliei – alcătuiau un covor de-a lungul unui pârâu de munte, care curgea susurând. Povârnișul părea neumblat. Un ultim pin care gâfâia își îngăduise o clipă de răgaz, trăgându-și sufletul pe stânca unde ajunseserăm. O marmotă ne-a fluierat și apoi a dispărut. Flori uscate pârâiau sub pledul pe care îl întinsesem pentru Lo. Venus a sosit și s-a dus. Țancul încoronând talazul și încâlceala arbuștilor care creșteau mai jos de locul unde stăteam păreau să ne apere și de soare, și de privirea omului, dar, vai, nu ținusem cont de o potecuță laterală abia vizibilă care urca ezitantă, șerpuind printre arbuști și stânci la foarte mică distanță de noi.

Cât pe ce să fim surprinși! Așa ceva nu ni se mai întâmplase și de aceea nu-i de mirare că experiența pe care am trăit-o m-a determinat să renunț definitiv la slăbiciunea mea de a face amor în mijlocul naturii.

Țin minte că operațiunea se încheiase complet și ea plângea în brațele mele – o furtună de suspine izbăvitoare după una din izbucnirile ei isterice (atât de frecvente în timpul acelui an, altminteri admirabil!). Retractasem o promisiune prostească pe care i-o făcusem de nevoie, într-un moment de pasiune oarbă, și gata, Lo a început să se zbuciume, să suspine, să-mi ciupească mâna care o mângâia, însă eu râdeam fericit și groaza atroce, incredibilă, insuportabilă și, după cum bănuiesc, eternă pe care *acum* o cunosc nu reprezenta la momentul acela decât un punct negru pe azurul fericirii mele; și cum vă spuneam, stăteam întinși și deodată am simțit o crampă cumplită la inimă (în timp, șocurile acestea mă vor îmbolnăvi de-a binelea) când am întâlnit ochii negri a doi copii ciudați și frumoși, un mic faun și o mică nimfă care păreau să fie frați sau chiar gemeni, judecând după părul lor negru, întins și după obrajii palizi, absolut identici. Stăteau pe vine și se holbau la noi, fără să clipească, îmbrăcați în șpilhozeni albaștri, amestecați printre florile muntelui. Am tras de pled încercând disperat să mă acopăr – și exact în clipa aceea, ceva asemănător unei mingi cu buline a intrat într-o mișcare de rotație în lăstărișul aflat la câțiva pași de noi și s-a înălțat treptat, transformându-se în silueta unei doamne solide, cu părul negru ca pana corbului, prins într-un coc, și doamna și-a adăugat mașinal un crin de pădure la buchetul ei, în timp ce ne privea peste umăr din spatele copiilor ei frumos cioplіți în gresie.

Acum știu că sunt un bărbat curajos – acum, când conștiința mea trece printr-o altă cumpănă –, dar în zilele acelea habar nu aveam și țin minte că am reacționat, spre mirarea mea, cu mult sânge rece. Am obligat-o pe Lo să se ridice, poruncindu-i liniștit, aproape în șoaptă, așa cum îi poruncești unui animal antrenat, temător, buimăcit, scăldat în sudoare, chiar și în cele mai dramatice situații (ce speranță sau ură nebună face să pulseze coastele fiarei tinere, ce stele negre străpung inima îmblânzitorului?!), și am plecat demni, apoi am zbughit-o la vale, lepădând orice demnitate și ne-am îndreptat spre mașină. În spatele ei parcase un microbuz elegant și un asirian frumos, cu bărbuță neagră-albăstruie, un *monsieur très bien* în cămașă de mătase și pantaloni purpurii, soțul botanistei corpolente, după cum se părea, fotografia indicatorul care anunța altitudinea trecătorii. Se afla la peste zece mii de picioare înălțime, iar eu de-abia mai răsuflam. Roțile au scrâșnit, am derapat și am luat-o din loc, în timp ce Lo se chinuia încă să se îmbrace și mă spurca într-un limbaj oribil. Nu mi-am închipuit vreodată că fetițele cunosc și sunt în stare să folosească asemenea cuvinte.

S-au mai petrecut și alte incidente neplăcute. De pildă, întâmplarea din sala de cinematograf. În vremea aceea Lo avea o pasiune puternică pentru cinematograf (care va intra în declin, transformându-se în complezență călâie în timpul celui de-al doilea an de liceu). Noi doi am ingurgitat, cu voluptate și de-a valma, o sută cincizeci sau două sute de programe, oh, nu mai știu exact, în cursul acelui unic an, iar în perioadele când frecventam intens cinematografele, am văzut multe jurnale de actualități de câte șase ori, deoarece jurnalul săptămânii se asocia cu diferite filme artistice și ne urmărea din oraș în oraș. Filmele ei preferate erau, în ordine: filmele muzicale, cele despre lumea interlopă și filmele cu cow-boy. În primele, cântăreți și dansatori autentici aveau cariere scenice neautentice, într-o sferă a existenței esențialmente scutită de tristețe, de unde fuseseră izgonite moartea și adevărul și în care, cărunt, cu ochii înrourați, practic nemuritor, tatăl, inițial lipsit de orice înțelegere, al unei fete nebune după show apărea, în final, aplaudând apoteoza odraslei pe fabulosul Broadway. Lumea interlopă constituia un univers aparte: acolo ziariști eroici erau supuși la torturi, notele telefonice se ridicau la miliarde și, în atmosfera robustă a unor schimburi aiuritoare de focuri trase la întâmplare, ticăloșii erau hăituiți prin canale și antrepozite de polițai patologic neînfricați (eu nu aveam să le dau prea mult de lucru). În sfârșit, existau peisajul de mahon, călăreții rumeni în obraji, cu ochi albaștri, neciopliți, profesorul frumos, manierat, sosind în Defileul Tumultuos, calul care se cabrează, panica spectaculoasă, pistolul vârât prin geamul făcut țăndări, bătaia uluitoare cu pumnii, muntele de mobilă demodată, prăfuită, ce se năruie, masa utilizată ca armă, saltul oportun peste cap, mâna țintuită bâjbâind după cuțitul de vânătoare scăpat pe jos, trosnetul dulce al pumnului izbind bărbia, șutul în burtă, balansul și saltul final cu funia, prăjina, candelabrul și altele; și imediat după teribila aglomerare de suferințe care l-ar fi băgat și pe Hercules în spital (era cazul să o aflu până acum) ni se arată doar o vânătaie estetică pe obrazul bronzat al eroului cotonogit, în timp ce acesta își îmbrățișează frumoasa mireasă de pe frontieră. Îmi amintesc un matineu dintr-o sală mică, neaerisită, plină până la refuz cu copii și trăsnind de mirosul încins al floricelelor. Luna se înălțase galbenă deasupra cântărețului cu basma la gât, degetul lui zdrăngănea coarda chitarei, piciorul i se sprijinea pe un buștean de pin și eu o prinsesem nevinovat pe Lo pe după umeri și îmi lipisem maxilarul de tâmpla ei, când două harpii din spate au început să mormăie lucruri extrem de ciudate – nu știu dacă am înțeles bine ce spuneau, dar ceea ce credeam că am înțeles m-a determinat să-mi retrag mâna galantă și, desigur, am văzut restul spectacolului ca prin ceață.

Un alt șoc violent se asociază cu un orășel pe care-l traversam într-o noapte în timpul călătoriei noastre de întoarcere. Cu vreo douăzeci de mile mai înainte îi spusesem întâmplător că școala din Beardsley, unde urma să o înscriu, avea clase demixtate și nu practica farafastâcurile pedagogice moderne și Lo reacționase blagoslovindu-mă cu una din obișnuitele cuvântări furioase în care implorările și insultele, infatuarea și vorbele în doi peri, vulgaritatea răutăcioasă și disperarea copilărească se împleteau în așa fel încât păreau să aibă o oarecare logică, ceea ce mă obliga să îi ofer la rândul meu o părere de explicație. Prins în lațul cuvintelor ei smintite (ce șansă creață!... da' ce-s tută să te iau în serios... Împuțitule... ia nu te mai da mare... te disprețuiesc... și așa mai departe), mânam printr-un oraș ațipit cu cincizeci de mile la oră, continuând vâjâiala neîntreruptă de pe șosea, când o patrulă de poliție a pus reflectorul pe mașina noastră și mi-a ordonat să trag pe dreapta. Am țistuit-o pe Lo, care toca întruna și bătea câmpii. Cei doi bărbați ne-au privit curioși și răuvoitori. Deodată, numai dulceață și gropițe, le-a zâmbit mieros cum nu-i zâmbise nicicând masculinității mele de orhidee; pentru că într-un anumit sens oamenii legii o înspăimântau pe Lo mai tare decât pe mine – și când amabilii ofițeri ne-au iertat, iar noi ne-am târât slugarnici mai departe, pleoapele i s-au coborât și s-au zbătut; se maimuțărea, prefăcându-se sleită.

Ajunși aici doresc să vă fac o mărturisire ciudată. O să râdeți, probabil – dar, într-un fel sau altul, n-am izbutit niciodată să aflu exact care era, de fapt, situația mea din punct de vedere legal. E adevărul gol-goluț! Și nici măcar acum nu știu. Oh, am aflat eu niște chestiuni mai vechi. De pildă: Alabama interzice tutorelui să schimbe reședința minorei fără ordinul expres al tribunalului; statul Minnesota, în fața căruia îmi scot pălăria, prevede că autoritatea tribunalului nu intervine în cazul când o rudă își asumă îngrijirea și ocrotirea permanentă a unui copil sub paisprezece ani. Întrebare: poate fi considerat rudă și, ca atare, tutore firesc tatăl vitreg al unei pubere scumpe, adorabile, uluitoare, devenit tată vitreg de numai o lună, în situația când el este un văduv nevropat în plină maturitate, cu mijloace materiale independente, dar modeste, cu trotuarele Europei, un divorț și câteva case de nebuni la activ? Și dacă nu, ar fi rezonabil să am curajul să mă adresez unui Birou de Asistență Socială și să completez o petiție (cum se completează o petiție?) și, ca urmare, tribunalul să trimită un agent care să o investigheze pe blânda, îndoielnica și periculoasa Dolores Haze? Numeroasele cărți despre căsătorie, adopțiune, viol și așa mai departe, pe care le-am consultat cu un sentiment de vinovăție în bibliotecile publice ale orașelor mari și mici, nu mi-au spus nimic precis, ci au insinuat cețos că statul este tutorele suprem al copiilor minori; într-un volum impresionant dedicat aspectului legal al mariajului, Pilven și Zepel ignoră în întregime situația taților vitregi care rămân cu fete orfane de mamă în brațele și pe genunchii lor. *Bunul meu prieten*, un volum monografic al serviciilor sociale (Chicago, 1936) pe care un bătrân celibatar și inocent l-a extras pentru mine cu mari eforturi dintr-o firidă colbăită unde era depozitat, spunea: „Nu există un principiu potrivit căruia orice minor trebuie să aibă un tutore; tribunalul rămâne pasiv și intervine numai când situația copilului devine evident periculoasă". Tutorele, am conchis eu, se considera numit numai după ce și-a exprimat solemn și oficial dorința; dar se puteau scurge luni de zile până să fie invitat să se prezinte la o audiere și până să-i crească perechea de aripi cenușii. Iar între timp, nurlia copilă-demon rămânea de capul ei în mod legal, ceea ce, la urma urmelor, s-ar fi întâmplat și în cazul lui Dolores Haze. În sfârșit, sosea momentul audierii. Câteva întrebări puse de completul de judecată, câteva răspunsuri convingătoare date de avocat, un zâmbet, o înclinare aprobatoare a capului, o ușoară burniță afară și gata minunea. Totuși nu îndrăzneam. Ține-te la distanță ca un șoarece, ghemuiește-te în vizuina ta. Tribunalele deveneau extravagant de active numai când interveneau litigii financiare între doi tutori lacomi, un orfan jefuit și o terță parte încă și mai rapace. Dar aici lucrurile se găseau în perfectă ordine, se întocmise un inventar și mica proprietate a mamei aștepta neatinsă majoratul lui Dolores Haze. Nu voi depune nici o cerere, e cea mai rezonabilă politică. Dar dacă stau *prea* liniștit, nu există riscul ca o persoană oarecare sau o Societate Umanitară să-și bage nasul?

Prietenul Farlow, care era jurisconsult și ar fi putut să-mi dea un sfat ca lumea, se preocupa doar de cancerul lui Jean și, în ce mă privea, respecta strict ceea ce-mi promisese – și anume, avea grijă de averea modestă a Charlottei în perioada în care încercam să-mi revin treptat după șocul produs de moartea ei. Îl convinsesem că Dolores era fiica mea naturală, prin urmare n-avea de ce să-și bată capul cu situația ei. Nu mă pricep la afaceri – cred că cititorul este edificat în această privință –, dar ignoranța sau indolența nu m-ar fi împiedicat să apelez la alte persoane pentru o consultație profesională. Mă bloca însă sentimentul îngrozitor că, dacă m-aș amesteca în treburile destinului încercând să raționalizez darul său fantastic, darul îmi putea fi smuls, luat înapoi, ca palatul de pe vârful muntelui din povestea orientală, care dispărea ori de câte ori un posibil proprietar îl întreba pe intendent de ce în amurg se vedea foarte bine de la distanță o fâșie de cer printre stânca neagră și fundație.

Eram convins că la Beardsley (unde se afla Colegiul Beardsley pentru Fete) voi avea acces la lucrări de referință pe care nu avusesem încă posibilitatea să le studiez, cum ar fi tratatul lui Woerner „Despre legislația americană a tutelei" sau anumite Publicații ale Biroului Federal pentru Copii. Eram de asemenea convins că pentru Lo orice îndeletnicire ar fi fost mai bună decât trândăveala demoralizatoare în care trăia. Aș putea s-o conving să se ocupe de atât de multe lucruri – lista lor l-ar lăsa cu gura căscată pe oricare educator profesionist; dar degeaba pledam sau mă înfuriam, n-am reușit să o determin să citească altceva în afară de așa-numitele cărți umoristice sau povestirile din revistele pentru femelele americane. Literatura o idee mai elevată îi mirosea a școală și, cu toate că teoretic dorea să se delecteze cu *A Girl of the Limberlost* sau cu *O mie și una de nopți*, sau *Micile Doamne*, era foarte decisă să nu-și prăpădească „vacanța" cu asemenea lecturi savante.

Cred acum că am comis o mare greșeală deplasându-mă din nou spre est ca să o dau la școala particulară din Beardsley în loc să mă furișez peste frontiera mexicană cât încă mai era posibil și să stau cuminte și lâncezind câțiva ani în raiul subtropical, până când aș fi putut să mă căsătoresc netulburat cu micuța mea creolă. Sunt nevoit să mărturisesc că, în funcție de condiția glandelor și a ganglionilor mei, săream uneori în cursul aceleiași zile de la un pol al nebuniei la celălalt – de la gândul că în jurul lui 1950 va trebui să mă descotorosesc într-un fel sau altul de o adolescentă dificilă al cărei nimfetism magic se consumase – la gândul că prin răbdare și cu oarecare noroc aș reuși să o determin să producă în cele din urmă o nimfetă cu sângele meu în vinele ei încântătoare, o Lolita a Doua, care ar avea opt sau nouă ani pe la 1960, când eu m-aș afla încă *dans la force de l'âge*; într-adevăr, capacitatea telescopică a creierului sau fără-de-creierului meu se dovedea îndeajuns de mare pentru a distinge în depărtările timpului un *vieillard encore vert* – verde din cauza putrezirii? – bizarul, afectuosul Humbert căruia îi lăsa gura apă, practicând arta de a fi bunic asupra Lolitei a Treia, nepoata nespus de grațioasă.

În zilele călătoriei noastre demente nu m-am îndoit o clipă de faptul că eram o catastrofă ca tată al Lolitei Întâi. M-am străduit din răsputeri; am citit și răscitit o carte cu titlul voit biblic *Cunoaște-ți propria fiică* pe care am cumpărat-o de la același magazin de unde i-am luat lui Lo, când a împlinit treisprezece ani, volumul de lux, cu ilustrații comerciale „frumoase“, al povestirii lui Andersen *Mica Sirenă*. Dar chiar în momentele noastre foarte bune, când stăteam și citeam într-o zi ploioasă (privirea lui Lo sărind de la fereastră la ceasul-brățară și înapoi la fereastră) sau când luam liniștiți o masă bogată într-un salon aglomerat, sau ne distram cu un joc de cărți copilăresc, sau când ne duceam după cumpărături ori ne uitam în tăcere, împreună cu alți automobiliști și copiii lor, la vreo mașină sfărâmată, stropită cu sânge și la pantoful din șanț al unei tinere (Lo, în timp ce conduceam mai departe: „Ai văzut? Era exact tipul de mocasin pe care am încercat să i-l descriu căpcăunului ăluia din magazin“); chiar și în împrejurări absolut întâmplătoare îmi dădeam seama că eu sunt un tată nereușit, iar ea, o fiică nereușită. Să fi contribuit deplasarea vinovată la alterarea forței noastre interpretative? Se va îmbunătăți situația când vom avea un domiciliu stabil și va merge cu regularitate la școală?

Am ales Beardsley deoarece în oraș existau o școală serioasă de fete și un colegiu universitar pentru femei. Nutream dorința de a mă așeza, de a fi *casé*, voiam să mă fixez pe o suprafață cu un desen complementar structurii mele și în acest scop m-am gândit la un profesor cunoscut de la Departamentul de Franceză al Colegiului Beardsley, care era destul de pregătit, astfel încât folosea manualul meu la orele lui. Ar fi fost încântat să țin acolo o prelegere, dar n-aveam intenția să dau curs invitației lui deoarece, așa cum am remarcat o dată în confesiunile acestea, pentru mine nu exista fizic mai detestabil decât cel al colegienei-tip, cu pelvisul căzut, gambe groase și ten jalnic (și carnea vulgară de femelă-criptă în care sunt îngropate de vii nimfetele mele); dar aveam mare nevoie de o „etichetă", de o oarecare notorietate și de niște aparențe înșelătoare. Și, dintr-un anumit motiv, așa cum se va vedea limpede numaidecât, un motiv cam ridicol, compania bătrânului Gaston Godin mi se părea deosebit de sigură.

În sfârșit, se punea problema banilor. Sub presiunea călătoriei noastre de plăcere, venitul meu se năruia. Trăgeam la cele mai ieftine hoteluri, e adevărat, dar bugetul meu suferea amputări teribile când ne instalam la un hotel de lux sau în vreo pretențioasă fermă de agrement; în plus, sume amețitoare se duceau pe excursii, tururi și pe hainele lui Lo, iar bătrâna mașină Haze, deși încă viguroasă și foarte devotată, avea nevoie de numeroase reparații minore și majore. Printre hârtiile pe care autoritățile mi-au permis cu atâta amabilitate să le folosesc ca să-mi scriu relatarea am găsit, într-o hartă salvată ca prin minune de la distrugere, niște însemnări privind cheltuielile noaste curente. Situația ar fi următoarea: în cursul anului extravagant 1947-1948, din august până în august, cazarea și mâncarea ne-au costat în jur de 5.500 de dolari; benzina, uleiul și reparațiile, 1.234, și diversele cheltuieli suplimentare, o sumă asemănătoare; astfel că, în timpul celor aproximativ 150 de zile de deplasare propriu-zisă (am acoperit circa 27.000 de mile!) la care se adaugă aproape 200 de zile de staționări interpolate, modestul *rentier* a scos din buzunar circa 8.000 de dolari sau, mai bine zis, 10.000, întrucât, cum sunt lipsit de simț practic, am scăpat din vedere cu siguranță o mulțime de alte note de plată.

Și astfel rulam spre est. Satisfacerea pasiunii mele nu mă întărise sufletește, ci mai mult mă devastase, pe când ea strălucea de sănătate cu ghirlanda ei biliacă scurtă ca a unui băietan, deși se înălțase cu vreo cinci centimetri și crescuse în greutate cu patru kilograme. Hoinăriserăm pretutindeni, dar de fapt nu văzuserăm nimic. Iar astăzi mă surprind gândindu-mă că lunga noastră călătorie pângărise, pur și simplu, cu o dâră sinuoasă de bale țara frumoasă, enormă, încrezătoare și visătoare, care la momentul acela, așa cum văd acum lucrurile, nu reprezenta pentru noi decât o colecție de hărți mototolite, ghiduri deteriorate, anvelope uzate, plus suspinele ei noaptea – noapte de noapte, noapte de noapte – ce se porneau din momentul când avea impresia că am adormit.

4

Trecând prin ornamentații de lumină și umbră, am ajuns în Thayer Street numărul 14, unde un tinerel solemn ne-a întâmpinat dându-ne cheile și un bilet de la Gaston, care închiriase casa pentru noi. Lo a mea nici măcar n-a binevoit să arunce o privire prin noua sa ambianță. A dat drumul fără s-o văd la radioul reperat imediat din instinct și s-a tolănit pe sofaua din living; și-a luat un teanc de reviste, băgându-și mâna orbește, dar cu precizie în partea de jos a anatomiei unei măsuțe pentru lampă.

La drept vorbind, pe mine prea puțin mă interesa unde locuiesc, esențial fiind să o țin pe Lolita undeva sub cheie; dar în cursul corespondenței mele cu vagul Gaston îmi imaginasem o casă din cărămidă îmbrăcată în iederă. În realitate, locuința semăna deprimant cu vila Haze (care se afla la depărtare de numai 400 de mile): același tip anost și cenușiu de construcție – cu acoperiș din șiță și tende verzi, spălăcite; iar camerele, mai mici și mobilate consecvent în stilul pluș-și-plăci-metalice, erau foarte asemănător distribuite. Cabinetul meu, totuși, s-a dovedit a fi o cameră mult mai spațioasă, cu pereții îmbrăcați din podea până-n tavan cu șirurile celor două mii de volume de chimie, disciplină pe care proprietarul meu (aflat la momentul acela în concediu sabatic) o preda la Colegiul Beardsley.

Școala pentru fete din Beardsley, o școală cu taxe mari în care se includeau masa de prânz și o sală de gimnastică extraordinară, își propunea în principiu să educe tinerele corpuri, dar, speram eu, fără a neglija educația teoretică a minților acestora. Gaston Godin, care avea rareori dreptate în judecățile sale despre habitusul american, mă prevenise că școala din Beardsley s-ar putea să fie una din instituțiile unde fetele nu învață „cum să scrie foarte bine, ci cum să miroasă foarte bine" – cum s-a exprimat el, îndrăgostit ca orice străin de asemenea formulări. Cred că nu se realiza nici măcar atâta. La prima întrevedere, directoarea Pratt s-a arătat mulțumită de „frumoșii ochi albaștri" ai copilului meu (albaștri! Lolita!) și de prietenia mea cu fermecătorul „geniu francez" (geniu! Gaston!) – și apoi, după ce a dat-o pe Dolly pe mâna unei domnișoare Cormorant, și-a încrețit fruntea într-un soi de *requeillement* și a cuvântat:

„Nu insistăm prea mult, domnule Humbird, ca elevele noastre să devină șoareci de bibliotecă sau să ajungă să debiteze dintr-o răsufare capitalele Europei, pe care oricum nu le știe nimeni, sau să învețe pe de rost datele bătăliilor uitate. Ne preocupă însă adaptarea copilului la viața grupului. Iată de ce punem accentul pe cei patru D: Dramatizarea, Dansul, Dezbaterea și Datarea. Ne confruntăm cu anumite fapte. Încântătoarea dumneavoastră Dolly va intra numaidecât într-un grup de vârstă omogen, unde datele, datarea, îmbrăcămintea la zi, cartea la zi, eticheta la zi vor fi la fel de importante pentru ea cum sunt, să zicem, afacerile, relațiile de afaceri, succesul în afaceri pentru dumneavoastă, sau cum e (zâmbind) fericirea fetelor mele pentru mine. Dorothy Humbird este de multă vreme implicată într-un întreg sistem de viață socială care constă, fie că ne place sau nu, din tarabele cu hot-dog, prăvăliile de la colțul străzii, lacto-barurile și coca-cola, cinematografele, dansurile, picnicurile pe țărmul oceanului și chiar ședințele de cosmetică! Firește, noi, aici, la Școala Beardsley, dezaprobăm o parte din activitățile acestea, iar pe altele le canalizăm în direcții mai constructive, dar ne străduim din răsputeri să ne întoarcem cu spatele spre ceață și să privim soarele drept în față. Mai pe scurt, pe noi nu ne interesează atât compoziția, cât comunicarea și adoptăm tehnicile de predare corespunzătoare. Adică, în pofida respectului față de Shakespeare și față de alții, noi nu vrem ca fetele noastre să se cufunde în studiul unor cărți mucezite; dimpotrivă, dorim să *comunice* liber cu lumea vie din jurul lor. Bâjbâim încă, probabil, dar bâjbâim în mod inteligent, asemenea ginecologului care palpează o tumoare. Noi gândim, dr Humburg, în termeni organismali și organizaționali. Am renunțat la numeroase subiecte irelevante prezentate în mod tradițional tinerelor fete și care odinioară nu lăsau loc pentru asimilarea cunoștințelor și deprinderilor și aptitudinilor necesare pentru organizarea existenței lor viitoare și – cum ar putea adăuga un cinic – a existenței soților lor. Domnule Humberson, hai s-o luăm altfel; poziția unei stele este importantă, dar locul cel mai potrivit pentru așezarea frigiderului în bucătărie e și mai important, poate, pentru gospodina-boboc. Sperați ca școala să ofere copilei dumneavoastră o educație temeinică, după cum spuneți. Dar ce înțelegeți dumneavoastră prin educație? Odinioară educația era în primul rând un fenomen verbal; așadar, în cazul când se apucau să învețe pe de rost o enciclopedie bună, fata sau băiatul ajungeau să știe tot atât cât le-ar fi oferit școala, dacă nu mai mult. Dr Hummer, vă dați seama că pentru copilul preadolescent modern datele de istorie medievală sunt valori mai puțin vitale decât cele ale weekend-ului (clipește)? – ca să repet calamburul pe care și l-a permis mai deunăzi psihanalista Colegiului Beardsley. Nu trăim numai într-o lume a gândurilor, ci și într-o lume a lucrurilor. În absența experienței, cuvintele sunt lipsite de sens. Pentru numele lui Dumnezeu! de ce ar interesa-o pe Dorothy Hummerson Grecia și Orientul cu haremurile și cu sclavii lor?".

Programul expus de directoarea Pratt aproape m-a îngrozit, dar am discutat cu două doamne inteligente care aveau legături cu școala și am aflat că lecturile fetelor erau destul de temeinice, iar direcția „comunicare" avea mai mult rol publicitar, fiindcă școala de modă veche din Beardsley își anunța zgomotos adeziunea la orientările pedagogice moderne pentru a-și îmbunătăți situația financiară, deși își păstra nealterat ștaiful.

Școala particulară din Beardsley mi se părea interesantă și din alt motiv, un motiv ce poate vi se va părea caraghios, dar care avea mare importanță pentru mine, fiindcă așa sunt eu făcut. Exista peste drum de casa noastră un maidan plin de buruieni și câteva tufișuri policrome, pe care se mai vedeau o grămadă de cărămizi, câteva scânduri împrăștiate și spuma movului și cromului patinat al florilor de toamnă. Prin acest interval se zărea porțiunea luminiscentă a Drumului Școlii, care era paralel cu strada noastră, Thayer Street, și ceva mai încolo, terenul de sport al școlii. Această dispunere generală ar fi păstrat ziua lui Dolly lângă ziua mea de lucru, ceea ce mi-ar fi adus o mare alinare sufletească. În plus, am intuit imediat plăcerea de care mă voi bucura observând din biroul (și totodată dormitorul) meu, cu ajutorul unui binoclu puternic, nimfetele – prezente întotdeauna într-un procentaj statistic constant – printre celelalte copile care se jucau în jurul lui Dolly în timpul pauzelor; din nefericire, chiar în prima zi de școală au sosit muncitorii și au înălțat undeva pe maidan un gard și, cât ai bate din palme, în spatele gardului a început să crească răutăcioasă o construcție din lemn roșcat, blocând complet perspectiva mea magică; și, după ce au înălțat clădirea atât cât trebuia ca să strice totul, constructorii aceia absurzi și-au suspendat activitatea și n-au mai apărut niciodată.

5

Când locuiești pe o stradă numită Thayer Street în zona rezidențială verde, brun-roșcată, aurie dintr-un suav orășel academic, e imposibil să n-ai câțiva vecini binețari care te întâmpină amabili și zgomotoși. Mă mândream cu temperatura exactă a relațiilor mele cu ei, care nu erau niciodată grosolane, ci întotdeauna distante. Vecinul dinspre vest, om de afaceri ori profesor de colegiu – sau și una, și alta –, mi se adresa câteodată în timp ce tundea niște flori târzii din grădină, când își spăla mașina sau – ceva mai târziu – când dezgheța aleea de la intrare (nu-mi pasă dacă verbele sunt greșite sau nu), dar mormăielile mele scurte, abia articulate, cu sonorități convenționale strict confirmative sau expresiile mele interogative menite să umple pauzele au înlăturat orice risc de apropiere. Două case flancau măidănașul de vizavi. Într-una nu locuia nimeni, în cealaltă stăteau două profesoare de engleză, Miss Lester, tunsă scurt și îmbrăcată în taioare de tweed, și ofilita Miss Fabian. În scurtele conversații de pe trotuar îmi vorbeau (Dumnezeu să le binecuvânteze tactul!) numai de frumusețea fragedă a fiicei mele și de farmecul naiv al lui Gaston Godin. Cu adevărat periculoasă se dovedea vecina dinspre est, o persoană rigidă, cu nas ascuțit, al cărei frate răposat fusese administratorul clădirilor și terenurilor deținute de Colegiu. Mă instalasem la fereastra livingului și vedeam cum o pândește pe Dolly, așteptând înfrigurată întoarcerea iubitei mele de la școală. Odioasa fată bătrână, care încerca să-și ascundă curiozitatea indiscretă, morbidă, sub masca unei dulci bunăvoințe, stătea sprijinită în umbrela subțire (lapovița se oprise și soarele umed și rece se arătase sfios), iar Dolly, deschisă la paltonul maro, deși era timp urât, ținându-și la piept legăturica de cărți și cu genunchii roz ivindu-se peste carâmbul cizmelor înalte „wellington", surâdea timid, temătoare parcă, și zâmbetul îi lumina o clipă chipul cârn care, datorită, probabil, luminii palide de iarnă, părea aproape banal, în stilul *mägdlein* rustic german; Dolly asculta și răspundea la întrebările Domnișoarei de Est: „Și unde spui că e mama ta?"; „Și tatăl tău cu ce se ocupă?"; „Da' unde ați locuit înainte?". Altădată, creatura asta infectă m-a acostat salutându-mă tânguios, dar am fentat-o; și după câteva zile ne-a trimis un plic cu chenar albastru, în care se afla un bilet drăgălaș, amestec de otravă și melasă: o invita pe Dolly să-i facă o vizită într-o duminică, să stea într-un fotoliu și să răsfoiască „teancurile de cărți frumoase primite în copilărie de la mama ei, în loc să dea radioul la maximum, ținându-l deschis până noaptea târziu".

Trebuia, de asemenea, să fiu atent cu doamna Holigan – moștenită, împreună cu aspiratorul, de la chiriașii anteriori –, care venea să deretice casa și să gătească – destul de prost, de altfel. Dolly lua masa de prânz la școală, deci nu exista nici un pericol; și devenisem expert în pregătirea unui mic dejun consistent, iar seara îi încălzeam cina pregătită de doamna Holigan. Femeia era amabilă și inofensivă și avea, slavă Domnului, vederea destul de slabă, încât nu observa detaliile, iar eu ajunsesem să fac patul ca o adevărată gospodină; și totuși mă obseda permanent senzația că a rămas vreo pată fatală cine știe pe unde sau că naiva Lo, cuprinsă deodată de o simpatie irezistibilă, ar fi în stare de unele indiscreții în cursul trăncănelii tihnite din bucătărie. Dar momentele când prezența doamnei Holigan coincidea cu aceea a Lolitei erau rare. Simțeam adesea că locuiesc într-o casă din sticlă și că în orice clipă vreo mutră pergamentoasă, cu buze subțiri, va iscodi cu privirea prin fereastra cu storurile ridicate – groaznică neglijență! – ca să asiste nestingherită la scene... dar ce scene! Chiar și cel mai ticălos *voyeur* ar fi plătit o mică avere ca să le vadă!

6

Un cuvânt despre Gaston Godin. Mă încânta compania lui – sau, cel puțin, nu-mi venea greu să o suport – dintr-un motiv extrem de simplu, și anume vraja siguranței absolute pe care această persoană corpolentă o proiecta asupra tainei mele. Nu o cunoștea, nu aveam nici un motiv să mă încred în el; în plus, fiind prin excelență egocentric și abstract, el nu era în stare să observe sau să bănuiască vreun lucru care să-l determine să-mi pună întrebări directe, obligându-mă astfel să-i dau un răspuns fără echivoc. Mă lăuda față de beardsleyeni, era heraldul meu cel bun. *Mes goûts* și statutul Lolitei l-ar fi interesat, probabil – dacă le-ar fi descoperit –, doar în măsura în care i-ar fi explicat firescul comportării mele față de *el*, o comportare lipsită de orice reținere politicoasă și de aluzii deocheate; fiindcă în pofida minții sale banale și a memoriei sale slabe, Gaston își dădea, cred, seama că știu despre el mai multe lucruri decât cetățenii din Beardsley. Era un burlac lipsit de nerv, molatic, melancolic, care se strâmta în partea de sus a corpului: peste umerii înguști, așezați la înălțimi diferite, trona capul conic ca o pară, cu păr negru, lucios, pe o parte, și câteva meșe lipite pe cealaltă. Jumătatea inferioară a trupului său era enormă, însă Gaston se deplasa printr-o curioasă furișare elefantină pe picioarele sale fenomenal de zdravene. Se îmbrăca întotdeauna în negru, chiar și cravata lui era neagră; se îmbăia rar; vorbea o engleză burlescă. Și totuși, pentru beardsleyeni, Gaston era un tip simpatic, amabil, chiar dacă foarte năzuros; vecinii îl răsfățau; îi știa pe nume pe toți băiețașii din vecinătate (el locuia la câteva blocuri depărtare de mine) și îi punea pe unii să-i curețe trotuarul, să ardă frunze în curtea din spate, să-i aducă lemne din magazie și chiar să facă mici corvezi pe lângă casă; în schimb, îi îndopa cu bomboane de ciocolată umplute cu băuturi *adevărate* – în intimitatea unei vizuini din subsolul casei lui mobilate oriental cu pumnale și pistoale amuzante aranjate în linie de bătaie pe pereții mucegăiți, acoperiți cu covoare, printre conductele camuflate de apă fierbinte. La etaj avea un studio – bătrânul escroc se ocupa puțin și de pictură. Împodobise peretele înclinat al studioului (de fapt, avea dimensiunile unei camere de mansardă) cu fotografiile mari ale unor personalități venerate: meditativul André Gide, Ceaikovski, Norman Douglas, alți doi bine-cunoscuți scriitori englezi, Nijinski (numai coapse și frunze de viță), Harold D. Doublename (un profesor stângist cu ochi înnegurați de la o universitate din Vestul Mijlociu) și Marcel Proust. Bieții oameni stăteau gata să se prăvălească peste tine de pe planul lor înclinat. Avea de asemenea un album cu instantanee – nu lipsea nici un Jacky sau Dicky din vecinătate – și când se întâmpla să-l răsfoiesc și să fac vreo remarcă întâmplătoare, Gaston își pungea buzele groase și le țuguia melancolic și murmura „*Oui, ils sont gentils*". Ochii lui căprui rătăceau peste diferitele vechituri sentimentale și artistice din încăpere și peste propriile *toiles* banale (ochi primitivi, convenționali, chitare secționate, sfârcuri albastre și desenele geometrice ale epocii) și, arătând vag spre un bol de lemn pictat sau spre o vază marmorată, spunea: „*Prenez donc une de ces poirs. La bonne dame d'en face m'en offre plus que je n'en peux savourer*". Sau: „*Mississe Taille Lore vient de me donner ces dahlias, belles fleurs que j'exècre*". (Sumbru, trist, plin de întreg plictisul lumii.)

Din motive lesne de înțeles, preferam să jucăm cele două-trei partide de șah săptămânale la mine acasă. Stătea cu mâinile sale cărnoase și moi în poală și privea tabla de șah ca și cum ar fi avut în față un cadavru. Părea un idol bătrân și prăpădit. Respira greu și se gândea zece minute, apoi făcea o mișcare greșită. Sau, după o perioadă și mai lungă de gândire, omul nostru cumsecade anunța uneori: *Au roi!* cu un hârrr lent de câine bătrân care avea în substrat un sunet ca de gargară ce îi punea fălcile în vibrație; apoi, oftând adânc, își înălța sprâncenele circumflexe când îi atrăgeam atenția că el însuși se găsește în poziție de șah.

Uneori auzeam din cabinetul meu rece cum Lo exersa în picioarele goale tehnici de dans în livingul de la parter; dar simțurile lui Gaston erau suficient de tocite și nu sesizau ritmurile acelea nude – și-unu, și-doi, și-unu, și-doi, greutatea trecea pe piciorul drept bine întins, piciorul în sus și spre în afară, și-unu, și-doi și doar când Lo începea să sară – și desfăcea picioarele în înaltul săriturii, își îndoia un picior, îl întindea pe celălalt și zbura și ateriza pe poante –, de-abia atunci adversarul meu palid, pompos, morocănos își freca scăfârlia sau obrazul ca și cum confunda bufniturile cu loviturile de pumnal ale formidabilei mele Regine.

Uneori Lolita intra pleoștită în cameră, în timp ce noi urmăream concentrați tabla de joc – și de fiecare dată era o adevărată desfătare să vezi cum Gaston, cu ochii săi de elefant pironiți în continuare pe piesele lui, se ridică ceremonios să-i strângă mâna și numaidecât dă drumul degetelor ei moi și, fără să o privească măcar o dată, se lasă din nou pe scaunul lui, rostogolindu-se în capcana pe care i-o pregătisem. Într-o zi din apropierea Crăciunului, după ce nu-l văzusem vreo două săptămâni, m-a întrebat: „*Et toutes vos fillettes elles vont bien?*", de unde mi-am dat seama că o multiplicase pe Lolita mea unică prin cifra stilurilor vestimentare percepute de privirea lui meditativă lăsată în jos în timpul aparițiilor ei; blugi, fustă, pantaloni scurți, halatul matlasat.

Nu vreau să mă ocup atât de mult de bietul om (din nenorocire, un an mai târziu, în timpul unei călătorii în Europa, din care nu s-a mai întors, Gaston a fost implicat într-o *sale histoire*, în Napoli – loc mai bun nu și-a găsit!). Nu aș fi amintit de existența lui la Beardsley dacă nu ar fi fost atât de strâns legată de cazul meu. Am nevoie de el pentru apărarea mea. Nu avea nici un fel de talent. Era un profesor mediocru, cărturar de două parale, un bătrân pervertit sexual, ursuz, respingător, care disprețuia profund stilul de viață american și ignora triumfător limba engleză, trăind acolo, în mărginita și îngâmfata Nouă Anglie, adulat de bătrâni și răsfățat de tineri – oh, dar s-a simțit minunat și i-a prostit pe toți; și iată-mă și pe mine.

7

Sunt confruntat acum cu obligația neplăcută de a consemna prăbușirea definitivă a moralității Lolitei. Se implicase destul de puțin în pasiunea pe care o stârnise, dar dorința ei de a profita pecuniar nu ieșise încă la suprafață. Eram slab, nesăbuit, nimfeta școlăriță mă subjugase. Odată cu degenerarea elementului uman, pasiunea, tandrețea și chinul meu creșteau întruna; și ea le-a speculat.

Suma pe care i-o plăteam săptămânal, condiția fiind ca ea să-și îndeplinească obligațiile ei fundamentale, a fost de douăzeci și unu de cenți la începutul erei Beardsley și s-a ridicat la un dolar și cinci cenți în ultima perioadă. Aranjamentul mi se părea extrem de generos, dacă aveam în vedere că primea în permanență de la mine nenumărate mici daruri și, la cerere, îi cumpăram orice fel de dulciuri și o duceam la toate filmele de sub lună, deși, firește, nu scăpam prilejul și-i ceream un sărut în plus sau chiar o întreagă colecție de mângâieri asortate dacă știam că dorește foarte mult cine știe ce distracție juvenilă. Și totuși, nu mă descurcam prea ușor cu ea. Își câștiga cei trei cenți sau cele trei monede de cinci cenți pe zi cu o indiferență ucigătoare; și se dovedea un negociator nemilos când îi stătea în putere să-mi refuze anumite elixire paradiziace ale dragostei, cu acțiune lentă, ruinătoare, în lipsa cărora aș fi supraviețuit doar câteva zile, or, natura duioasă a dragostei mă împiedica să le obțin prin forță. Cunoscându-și puterea magică a buzelor catifelate, a izbutit – în cursul unui singur an școlar! – să ridice prima pentru o îmbrățișare sofisticată la trei sau chiar patru dolari. Oh, Cititorule! Te rog să nu râzi imaginându-ți cum stau pe cărbunii încinși ai bucuriei și emit monede de zece cenți și un sfert de dolar și dolari din argint masiv zdrăngănind ca un automat ieșit din minți care vomită bogății; și cum, asistând la această epilepsie săltăreață, ea înhăța hotărâtă grămada de monede, o strângea în pumnul ei mic – pe care oricum i-l deschideam după aceea dacă nu izbutea să-mi scape printre degete și să o șteargă ca să-și ascundă prada. Și așa cum, din două în două zile, hoinăream prin jurul școlii și vizitam prăvălioarele, pășind cu picioarele amorțite, și iscodeam aleile cețoase și ascultam, printre bătăile inimii și frunzele care cădeau, râsetele îndepărtate ale fetelor; tot astfel uneori îi jefuiam camera, cercetam hârtiile rupte și aruncate la coșul de gunoi pictat cu trandafiri și căutam pe sub perna patului ei fecio-relnic pe care de-abia îl făcusem cu mâna mea. Odată am găsit opt bancnote de câte un dolar într-una din cărțile ei (*Comoara din Insulă* – nici că se putea mai bine), iar altădată, o tainiță din perete, mascată de „Mama" lui Whistler, a produs douăzeci și patru de dolari și ceva mărunțiș – să zicem douăzeci și patru de dolari și șaizeci de cenți pe care i-am subtilizat liniștit și, ca urmare, a doua zi ea a acuzat-o în fața mea pe bătrâna doamnă Holigan, spunându-i că e o hoață ordinară. Până la urmă, s-a ridicat la înălțimea coeficientului ei de inteligență și a găsit un loc mai sigur pentru comoară, pe care nu am reușit să-l mai descopăr; dar la acel moment scăzusem drastic prețurile, obligând-o să-și câștige cu sudori și dezgustător permi-siunea de a participa la programul teatral al școlii; fiindcă nu mă temeam că o să mă ruineze, mi-era frică să nu adune destui bani ca să fugă. Bietul copil cu priviri aprige își închipuia, cred, că va reuși să ajungă doar cu cincizeci de dolari în pungă pe Broadway sau la Hollywood – sau în bucătăria mizeră a unui birt (Angajăm ajutoare) într-un stat mohorât din fosta prerie, unde bate vântul, stelele sclipesc și mașinile, și barurile, și barmanii, și toate lucrurile sunt întinate, sfâșiate, moarte.

8

Am făcut tot posibilul, onorată Curte, ca să abordez problema băieților. Oh, am urmărit chiar o „Rubrică a Adolescenților" din *Beardsley Star* ca să înțeleg cum să mă port!

Un cuvânt pentru tați. Nu-i înspăimântați și nu-i alungați pe prietenii fiicei voastre. Poate vă e cam greu să admiteți că băieții o găsesc acum atrăgătoare. Pentru voi ea este încă o fetiță. Pentru băieți, e ferme-cătoare și nostimă, frumoasă și veselă. Ei o plac. Astăzi încheiați mari afaceri în biroul vostru direc-torial, dar ieri nu erați decât liceanul Jim care-i ducea cărțile lui Jane. Vă mai amintiți? Nu doriți ca fiica dumneavoastră – acum când a venit vremea ei – să fie fericită și să se simtă înconjurată de admirația băieților pe care îi agreează? Nu vreți să se distreze, firesc, împreună?

Să se distreze firesc? Oh, Doamne Dumnezeule!

De ce nu i-ați considera pe băieți oaspeți în casa voastră? De ce să nu discutați cu ei? De ce să nu-i faceți să vorbească, să râdă, să se simtă în largul lor?

Fii bine-venit, prietene, în acest bordel!

Dacă ea încalcă regulile, nu explodați zgomotos în fața partenerului ei de greșeală. Aveți grijă să primească bruftuluiala între patru ochi. Și nu-i mai faceți pe băieți să simtă că e fiica unui căpcăun bătrân.

Întâi și întâi, bătrânul căpcăun a întocmit o listă cu titlul „Complet interzise" și alta cu „Admise cu neplăcere". Absolut interzise: întâlnirile simple sau duble, sau triple – fiindcă pasul următor ar fi fost, firește, orgia în masă. Avea voie să se ducă la cofetărie cu prietenele ei și acolo să se hlizească, să chicotească și să flecărească cu bărbătuși întâlniți întâmplător, în timp ce eu așteptam în mașina parcată la o distanță convenabilă; și i-am promis că, dacă grupul ei va fi invitat la balul anual dat de Academia Butler pentru Băieți (sub supraveghere strictă, firește) de un grup de tineri socialmente acceptabili, aș fi dispus, eventual, să mă gândesc dacă o fată poate îmbrăca la paisprezece ani prima ei „rochie de gală" (rochie în care adolescentele cu brațe subțiri seamănă cu niște flamingi). În plus, i-am promis să aranjez o petrecere la noi acasă la care îi permiteam să-și invite prietenele cele mai drăguțe și băieții cei mai simpatici pe care i-a cunoscut la balul de la Butler. Dar i-am spus ritos că atâta vreme cât va dura regimul meu nu-i voi permite niciodată, dar niciodată, să meargă la cinematograf cu un tânăr în rut sau să se giugiulească într-o mașină, sau să se ducă la petrecerile cu băieți și fete din casele colegelor de școală, sau să trăncănească la telefon cu un băiat, fără să aud eu ce vorbesc, chiar dacă „discutam numai despre relațiile lui cu o prietenă de-a mea".

Lo turba – îmi spunea că sunt un escroc împuțit și chiar mai rău – și probabil mi-aș fi ieșit din răbdări dacă n-aș fi descoperit destul de curând, răsuflând ușurat și încântat, că furia ei nu se datora, de fapt, interzicerii unor delectări concrete, ci suprimării unui drept de natură generală. Vedeți, eu anulam programul convențional, distracțiile standard, „lucrurile pe care le face toată lumea", activitățile de rutină ale tinerilor; or, nu există ființă mai conservatoare decât copilul, mai ales fetița, chiar dacă e șatenă și bronzată, cea mai mitopoetică nimfetă în ceața de octombrie a livezii.

Să nu mă înțelegeți greșit. Nu sunt deloc sigur că în cursul iernii n-a reușit să aibă, întâmplător, contacte indecente cu tineri necunoscuți. Deși îi controlam foarte strict timpul liber, apăreau în permanență intervale neprevăzute și Lo se pierdea în explicații atât de elaborate, încât nu merită să le consemnez în relatarea mea. Firește, gelozia mea își ținea gheara ascuțită înfiptă permanent în pânzele fine țesute de perfidia nimfetei; dar aveam sentimentul – și acum pot să confirm acuratețea sentimentului meu – că nu existau motive serioase de neliniște. N-am descoperit niciodată, e adevărat, vreun grumaz tânăr, puternic, fascinant, cuceritor printre figuranții masculini care pâlpâiau în fundal, dar siguranța mea avea o altă explicație: era „copleșitor de evident" (expresia favorită a mătușii mele Sybil) pentru mine că toate varietățile de liceeni – de la țâștbâștiul asudat pe care îl înfioară „ținutul de mână" până la siluitorul infatuat, plin de pustule și cu o mașină de mare viteză – o plictiseau în egală măsură pe amanta mea tânără și sofisticată. „Larma asta în jurul băieților e de tot haiul" a mâzgălit ea în interiorul unui manual și, dedesubt, cu scrisul Monei (Mona trebuia să pice din clipă-n clipă), se afla o remarcă vicleană: „Ce zici de Rigger?" (și el urma să vină).

Așadar filfizonii pe care i-am văzut în compania ei nu prezentau nici un interes. De pildă, Flanelă Roșie a condus-o o dată, în ziua primei ninsori; i-am văzut de la fereastra salonului cum discutau în fața verandei. Era îmbrăcată cu primul ei palton de stofă cu guler de blană; avea o mică șapcă maro pe coafura îndrăgită de mine – cu bretonul pe frunte, părul ridicat deasupra urechilor și buclele pe spate – și avea mocasinii negri îmbibați de apă și ciorapii ei albi mai stropiți ca oricând. Își ținea ca de obicei cărțile lipite de piept în timp ce vorbea sau asculta și picioarele ei gesticulau fără încetare; își punea vârful mocasinului drept peste bombeul stângului, îl trăgea înapoi, încrucișa picioarele, se legăna ușor, schița doi-trei pași și relua seria de la început. Mai era și Hanorac. Discuta cu ea în fața unui restaurant într-o duminică după-amiază, în timp ce mama și sora lui încercau să mă îndepărteze ca să nu-i văd – chipurile, voiau să discute cu mine. M-am lăsat târât de ele, dar privirea mea era ațintită spre dragostea mea unică. Își formase mai multe poze convenționale; de pildă, stilul adolescent-politicos de a arăta că „te umflă râsul“ înclinând capul și astfel, când simțea că o chem, mima în continuare o veselie irepresibilă, se întorcea din drum câțiva pași, apoi făcea stânga-mprejur și se îndrepta spre mine cu un zâmbet ofilit. Pe de altă parte, îmi plăcea – fiindcă, probabil, îmi amintea de prima ei mărturisire de neuitat – trucul ei, suspinul „oh, Doamne“, ca o supunere glumeață și melancolică în fața sorții sau emiterea unui lung „Nu-u“ într-o tonalitate profundă, aproape mârâită atunci când soarta o lovea cu adevărat. Mai presus de toate – fiindcă vorbim de mișcare și de tineret –, îmi plăcea s-o văd cum parcurge în sus și în jos Thayer Street pe frumoasa ei bicicletă trei sferturi: se înălța pe pedale, le împingea din răsputeri, apoi se lăsa din nou în șa într-o poză languroasă, în timp ce viteza scădea de la sine; se oprea la cutia noastră poștală și, stând cu picioarele desfăcute, răsfoia zgomotos o revistă găsită acolo, o punea la loc, își lipea limba de un colț al buzei de sus, își făcea vânt cu piciorul, se sălta în șa și sprinta din nou prin umbra debilă și prin soare.

În general aveam senzația că se adaptase la mediu mai bine decât sperasem, ținând cont de răsfățul copilei-sclav și de smucelile de comportament pe care le simulase naiv în iarna precedentă în California. Nu mă pot obișnui deloc cu starea permanentă de neliniște în care trăiesc vinovații, potentații, cei foarte sensibili, dar simțeam că procedez cum se cuvine pentru a salva aparențele. Stăteam întins pe patul meu îngust din cabinet, după ce petrecusem momente de adorație și disperare în dormitorul rece al Lolitei, și treceam, de regulă, în revistă ziua care se terminase verificându-mi propria imagine în timp ce ea bântuia obsedantă prin fața ochiului magic al minții mele. Urmăream cum dr Humbert, brunet și frumos, cu fizionomie oarecum celtică, anglican procatolic, probabil, sau, poate, foarte procatolic, își conduce fiica la școală. Îl văd cum o salută, cu zâmbetul său domol și cu sprâncenele ca de reclamă, stufoase, negre, plăcut arcuite, pe buna doamnă Holigan care duhnește de te trăsnește (și la prima ocazie va ataca ginul stăpânului). L-am văzut pe domnul West, călău pensionar sau scriitor de opuscule religioase – cui ce-i pasă? – , și pe vecinul Cutărică, sunt francezi sau elvețieni probabil, care medita aplecat peste mașina de scris din cabinetul său, în dreptul ferestrei, cu profilul lui uscățiv și cu meșă hitleristă lipită de fruntea palidă. În weekend-uri, profesorul H. poate fi văzut, într-un palton bine croit și cu mănuși maro, cum se duce cu fiica sa la Walton Inn (renumit pentru iepurașii chinezești cu fundă violetă și cutiile de ciocolată printre care te așezi și aștepți un prânz pentru două persoane la o masă care e plină încă de firimiturile predecesorilor). În zilele de lucru, pe la ora 1 p.m., poate fi văzut cum o salută cu demnitate pe Miss Est cea cu ochi de Argus, în timp ce manevrează ca să-și scoată mașina din garaj, să ocolească afurisiții arbuști decorativi și să coboare strada alunecoasă. Iată-l în biblioteca sufocantă a Colegiului Beardsley, așezat printre tinere corpolente, prinse și împietrite în revărsarea cunoașterii umane; își ridică privirea rece de pe carte și se uită la ceas. Traversează campusul împreună cu preotul Colegiului, reverendul Rigger (care preda Biblia și la Școala Beardsley). „Mi s-a spus că mama ei a fost o actriță celebră care a murit într-un accident de avion. Cum? Cred că am înțeles eu greșit. Aaa... așa stau lucrurile. Înțeleg. Foarte trist.“ (Aha, o idealizează pe maică-sa.) Împing ușor căruciorul meu prin labirintul supermarketului în urma profesorului W., care este, ca și mine, un văduv amabil, cu mișcări lente și ochi de țap. Dau zăpada la o parte cu lopata, sunt în cămașă și vestă și cu un șal mare, alb cu negru, în jurul gâtului. O urmez fără să dau semne de grabă rapace (ba chiar mă opresc să-mi șterg picioarele pe preș) pe fiica mea care vine de la școală și intră în casă. O duc pe Dolly la dentist – asistenta drăguță îi zâmbește – reviste vechi – *ne montrez pas vos zhambes*. Când își ia cina în oraș, împreună cu Dolly, domnul Edgar H. Humbert e văzut cum își consumă tacticos cotletul, în stil continental, cu furculița și cuțitul. Audiază încântat, în dublu exemplar, un concert: doi francezi potoliți, cu chipuri încremenite, așezați unul lângă altul, cu fetița melomană a lui *Monsieur* H.H.

de-a dreapta tatălui ei și cu băiețelul meloman al profesorului W. (tatăl își petrecea o seară igienică în Providence) la stânga lui *Monsieur* G.G. Deschide garajul, pătratul de lumină care înghite mașina și apoi se stinge. Într-o pijama elegantă, trage storurile în dormitorul lui Dolly. Sâmbăta dimineață, nevăzut, își cântărește solemn în baie fetișcana cu pielea albită de iarnă. E văzut și auzit cum duminica dimineață – el nu frecventează biserica – îi spune să nu întârzie lui Dolly, care se duce la terenul de tenis acoperit. Și iată-l primind o colegă de-a Lolitei, o fată dotată cu un deosebit simț de observație: „Văd pentru prima oară un bărbat în smoching, domnule, dacă nu-i socotesc pe cei din filme, firește".

9

De-abia așteptam să-i întâlnesc prietenele care, însă, s-au dovedit complet dezamăgitoare. Iată-le: Opal Cutărică și Linda Hall, și Avis Chapman, și Eva Rosen, și Mona Dahl (cu excepția unuia, numele sunt, evident, aproximări). Opal era o ființă timidă, fără forme, cu ochelari, plină de coșuri, îndrăgostită la nebunie de Dolly, care o tiraniza. Cu Linda Hall, campioana de tenis a școlii, Dolly juca cel puțin de două ori pe săptămână: am senzația că Linda era o nimfetă autentică, dar dintr-un motiv necunoscut, ea nu venea – nu i se permitea, probabil, să vină – în casa noastră; de aceea mi-o amintesc doar sub forma unei străfulgerări solare pe terenul acoperit. Dintre celelalte, cu excepția Evei Rosen, nici una n-avea stofă de nimfetă. Avis, o copilă insignifiantă, dolofană, avea picioarele păroase, iar Mona, frumoasă la modul senzual-vulgar și doar cu un an mai mare decât iubita mea care creștea în vârstă, ieșise de mult din starea de nimfetă, dacă, întâmplător, fusese vreodată. Pe de altă parte, Eva Rosen, o mică persoană dislocată din Franța, oferea un bun exemplu de copil frumos, dar nu cine știe ce, care dezvăluia amatorului perspicace câteva dintre elementele de bază ale magiei nimfice, de pildă silueta puberă perfectă, ochii languroși și pomeții înalți ai obrajilor. Avea părul arămiu, lucios, mătăsos ca al Lolitei, iar trăsăturile chipului delicat, alb ca laptele, și buze roz și gene argintii ca solzii de pește erau mai puțin viclene decât ale semenelor ei – marele clan al roșcatelor intrarasiale; de altfel, ea nu purta uniforma lor verde, ci se îmbrăca, după cum îmi amintesc, în negru sau vișiniu închis – un pulover negru foarte elegant, de exemplu, și pantofi negri cu tocuri înalte și-și făcea unghiile cu roșu-granat. Vorbeam cu ea franțuzește (producându-i o mare neplăcere lui Lo). Intonațiile copilului erau încă impresionant de pure, însă cuvintele uzuale la școală și la jocuri le lua din americana curentă, și atunci în vorbirea ei apărea un ușor accent de Brooklyn, amuzant la o mică pariziană care urma o școală selectă din Noua Anglie cu pretenții îndoielnice de britanism. Unchiul micuței franțuzoaice „era milionar", însă, din păcate, Lo s-a descotorosit de Eva dintr-un motiv oarecare, așa că n-am mai avut când să mă bucur, cu modestia mea caracteristică, de prezența ei înmiresmată în casa deschisă a lui Humbert. Cititorul știe ce importanță avea pentru mine stolul de fete-paj, nimfete-premii de consolare din jurul Lolitei mele. Pe moment m-am străduit să-mi orientez simțurile spre Mona Dahl, care a venit destul de des pe la noi, în special în trimestrul de primăvară, când Lo și ea deveniseră pasionate discipole ale artei dramatice. Dolores Haze îmi debita, la cererea mea (imperioasă și bine remunerată), detaliile absolut incredibile ale aventurii pe care o avusese Mona cu un marinar pe litoral și în timp ce o ascultam mă întrebam ce secrete îi împărtășise, la rândul ei, micuța mea perfidă și trădătoare. Mi se părea semnificativ faptul că Lo își alesese ca prietenă intimă pe această tânără femeiușcă elegantă, rece, lascivă, experimentată pe care am auzit-o odată când îi spunea voioasă lui Lo (ai înțeles greșit, se jura Lo), erau în hol și Lo se lăudase că puloverul ei era din lână pură: „E singurul tău lucru virgin... tipo...". Avea o voce ciudat de uscată, păr negru mat, ondulat artificial, cercei, ochi exoftalmici de ambră și buze senzuale. Profesorii o certaseră pe Mona (știam de la Lo) pentru că se împodobea cu atât de multe strasuri. Purta povara unui coeficient de inteligență ridicat, 150. Știam de asemenea că avea, pe spatele ei de femeie, o aluniță formidabilă, șocolatie, pe care o studiasem în seara când Lo și ea se îmbrăcaseră în rochii vaporoase, pastelate, cu decolteul adânc, pentru un bal la Academia Butler.

Anticipez puțin, dar nu-mi pot împiedica memoria să parcurgă în întregime claviatura acelui an școlar.

La încercările mele de a afla ce fel de băieți cunoaște Lo, Miss Dahl îmi răspundea elegant și evaziv. Odată Lo se dusese să joace tenis la clubul de la periferie al Lindei și îmi telefonase de acolo că o să întârzie o jumătate de oră și mă rugase să mă întrețin cu Mona, care venea să repete cu ea o scenă din „Îmblânzirea Scorpiei". Folosindu-și din plin modulațiile și forța de seducție a comportamentului și glasului și privindu-mă drept în ochi cu, probabil – să mă fi înșelat oare? –, o sclipire ironică cristalină, frumoasa Mona mi-a replicat:

— Cum să vă spun, domnule, pe Dolly nu prea o interesează băieții, ăsta-i adevărul. De fapt noi suntem rivale. Suntem îndrăgostite de reverendul Rigger. (Ce glumă! – am amintit mai înainte de acest colos posomorât cu fălci de cal: la un ceai oferit părinților – nu mai reușesc să-l plasez corect în timp – individul mă plictisise aducându-mă în pragul disperării cu impresiile sale despre Elveția.)

Cum a fost balul? Oh, a fost orgie. Cum? Ceva de groază. Într-un cuvânt, mortal. A dansat mult Lo? Oh, în demență, cât au ținut-o picioarele. Ce crede ea, languroasa Mona, despre Lo? Ce spuneți, domnule? Crede ea că Lo se descurcă bine la școală? Ah, Dumnezeule, bineînțeles, e o tipă strașnică. Dar purtarea ei generală era...? Oh, e fată de comitet. Și totuși? „Oh, e o păpușă" a încheiat Mona și, oftând pe neașteptate, a luat o carte ce se afla în apropiere, și-a schimbat expresia, și-a încrețit fruntea și m-a întrebat, prefăcându-se că se concentrează:

— Vreți să-mi vorbiți despre Balzac, domnule? Este chiar atât de mare?

S-a apropiat atât de mult de scaunul meu, încât i-am simțit, printre loțiuni și creme, mirosul neinteresant al pielii. Deodată m-a fulgerat un gând straniu: nu cumva Lo se juca de-a codoașa? Dacă da, își găsise o înlocuitoare nepotrivită. Am evitat privirea rece a Monei și am discutat puțin despre literatură. Apoi a sosit Dolly, care și-a mijit ochii spălăciți la noi. Le-am lăsat pe cele două prietene în salonul lor. Unul dintre ochiurile pătrate ale oberlihtului acoperit cu pânze de păianjen de la curbura scării interioare avea geamul rubiniu, o rană crudă între careurile nepătate, și poziția lui asimetrică – precum mișcarea unui cal pe tabla de șah privită de sus – mă tulbura întotdeauna în mod ciudat.

10

Uneori... haide-haide, spune mai exact, de câte ori, Bert?

Amintește-ți patru-cinci asemenea ocazii sau mai multe, dacă vrei, ce inimă omenească ar fi rezistat la două sau trei încercări atât de dure? Uneori (n-am ce să-ți răspund la întrebarea ta) Lolita își pregătea întâmplător tema pentru acasă tolănită într-un fotoliu, cu picioarele petrecute peste brațul lui, și sugea capătul creionului, și-atunci eu mă lepădam de sobrietatea pedagogică, treceam peste certurile noastre, renunțam la orgoliul masculin și – literalmente – mă târam în genunchi spre fotoliul tău, Lolita mea! Îmi aruncai o privire metalică, tăioasă ca un semn de întrebare:

— Oh, iar începi!

Fiindcă nu voiai niciodată să crezi că aș putea să doresc înnebunit, fără scopuri precise, să-mi îngrop fața în poala ta ecosez, draga mea! Oh, fragilitatea brațelor tale goale! Și cât de tare tânjeam să-ți cuprind mădularele frumoase, străvezii, să te îmbrățișez ca pe un mânz, să-ți prind capul între mâinile mele nevrednice, să-ți întind pielea de la tâmple și să-ți sărut ochii alungiți, de chinezoaică, și „te rog, lasă-mă-n pace, n-auzi?“ zicea, „pentru numele lui Dumnezeu, dă-mi pace“. Mă ridicam de pe podea sub privirile tale și fața ta zvâcnea într-un rictus care imita *mon tic nerveux*. Dar nu contează, nu mai contează. Sunt o brută, deci nu mai contează. Așadar am să-mi continui povestea mea nenorocită.

11

Într-o luni pe la amiază, cred că în decembrie, m-am dus la școală, unde fusesem invitat de Pratt, care voia să discute cu mine. Ultimul calificativ al Lolitei fusese slab, știam asta. Dar, în loc să mă mulțumesc cu o explicație plauzibilă a convocării, mi-am închipuit numai și numai grozăvii și am fost nevoit să mă întăresc cu o halbă din „polobocul“ meu, înainte de a mă prezenta la întrevedere. Am urcat încet scările eșafodului, cu inima strânsă și cu un nod în gât.

O femeie uriașă, căruntă, neîngrijită, cu nas lat și turtit și ochi mici în spatele ochelarilor cu rame negre.

— Luați loc, zise, indicându-mi un taburet neprotocolar, umilitor, în timp ce ea s-a cățărat cu vioiciune greoaie pe brațul unui fotoliu din stejar. M-a privit câteva momente, curioasă și surâzătoare. Ca la prima noastră întâlnire – mi-am adus numaidecât aminte –, dar atunci îmi dădea mâna să-i înfrunt privirea. Ochii ei m-au abandonat, a căzut pe gânduri – premeditase, probabil, gestul. Și-a frecat pliseurile fustei din flanel de culoare verde închis, înlăturând o urmă de cretă. S-a hotărât și mi-a zis, fără să mă privească, continuând să frece:

— Am să vă pun o întrebare directă, domnule Haze. Sunteți un tată continental de modă veche, nu-i așa?

— Ei, nici așa! am zis; conservator poate, dar nu ceea ce numiți dumneavoastră de modă veche.

A oftat, s-a încruntat, și-a împreunat, poc!, palmele pufoase în stilul *și acum să trecem la treabă*, apoi și-a fixat asupra mea mărgelele ochilor ei.

— Dolly Haze, spuse ea, este un copil drăgălaș, dar începutul maturizării sale sexuale îi dă anumite tulburări.

M-am înclinat ușor. Ce puteam să zic?

— Oscilează încă, spuse Miss Pratt, arătând cum, cu ajutorul mâinilor ei pătate din cauza ficatului, oscilează ca o suveică între zonele anale și genitale ale dezvoltării. În esență, ea este o grațioasă.

— Cum, cum – am zis, ce zone?

— Uite cum se dă de gol europeanul demodat din dumneavoastră! a strigat Pratt, pocnindu-mă ușor peste ceasul-brățară și dezvelindu-și brusc dantura. Vreau să spun doar că la Dolly energiile biologice și psihologice – fumați? – nu s-au combinat, cum să vă spun, într-o structură rotundă, închegată. O clipă mâinile ei au ținut un pepene invizibil. Este atrăgătoare, splendidă, deși impudică (respirând greu, fără să-și părăsească stinghia pe care se cocoțase, femeia a mai zăbovit câteva secunde peste foaia de pe biroul din dreapta ei – era calificativul copilei încântătoare). Notele ei sunt din ce în ce mai proaste. Acum stau și mă întreb, domnule Haze – și din nou căderea pe gânduri simulată –, în sfârșit, continuă ea cu însuflețire, în ce mă privește, eu fumez și, așa cum spune dr Pierce: n-am de ce să mă mândresc cu asta, dar îmi place. Și-a aprins țigara și fumul expulzat din nările ei desena o pereche de fildeș. Să vă dau câteva amănunte. Nu ne iau prea mult timp. Ia să vedem (scotocind prin hârtiile ei). E sfidătoare față de Miss Redcock și inadmisibil de grosolană față de Miss Cormorant. A, am aici unul din rapoartele noastre speciale de cercetare: îi place să cânte împreună cu grupul din clasă, deși mintea pare să-i zboare, stă picior peste picior și bate ritmul cu piciorul stâng. Tipul de expresii și epitete utilizate frecvent: o zonă lexicală de 242 de cuvinte din argoul puber cel mai ordinar, împrejmuit de un număr de polisilabice de origine evident europeană. De multe ori oftează în timpul orelor. A-șaa, să vedem mai departe. A, da. Acum vine ultima săptămână din noiembrie. De multe ori oftează în timpul orelor. Mestecă energic gumă. Nu-și roade unghiile, deși dacă ar face-o s-ar înscrie mai bine în parametrii prototipului ei – din punct de vedere științific, firește. Menstruația, potrivit declarației subiectului, bine instalată. În prezent nu ține de nici o organizație bisericească. Apropo, domnule Haze, mama ei era –? Ah, înțeleg. Și dumneavoastră sunteți –? Sigur, sigur, nu-i treaba nimănui, cel puțin așa cred eu. E treaba lui Dumnezeu. Altceva am vrea noi să știm. După câte înțeleg, acasă nu are îndatoriri precise. O creșteți pe Dolly a dumneavoastră ca pe o prințesă, așa-i? Așa, să vedem ce mai găsim aici. Umblă delicat cu cărțile. Voce plăcută. Chicotește destul de des. Cam visătoare. Are glume originale pe care le debitează în particular, permutând, de pildă, primele litere ale numelor unor profesoare. Părul castaniu deschis și închis, lucios – mă rog (râzând), dumneavoastră știți *asta* mai bine, presupun. Nasul neînfundat, laba piciorului bine boltită, ochii – stați să mă uit. Am aici un raport mai recent. Aha, uite-l. Miss Gold zice că Dolly are o formă excelentă spre superbă la tenis, mai bună chiar decât a Lindei Hall, însă concentrarea și acumularea de puncte sunt calificate doar ca „satisfăcătoare spre bune". Miss Cormorant nu-și dă seama dacă Dolly are un control emoțional de excepție sau n-are deloc. Miss Horn raportează că ea – vreau să spun Dolly – nu-și poate exprima emoțiile prin cuvinte, în timp ce, după opinia lui Miss Cole, eficacitatea metabolică a lui Dolly este excepțională. Miss Molar crede că Dolly este mioapă și ar fi necesar să consulte un oftalmolog bun, însă

Miss Redcock susţine că fata simulează efortul de a privi ca să nu i se reproşeze ignoranţa ei de elevă slabă. Şi, ca să încheiem, domnule Haze, cercetătoarele noastre îşi pun întrebări în legătură cu un fapt cu adevărat crucial. Vreau acum să vă întreb ceva, vreau să ştiu dacă sărmana dumneavoastră soţie sau dumneavoastră, sau altcineva din familie, înţeleg că are câteva mătuşi şi un bunic dinspre tată în California? Oh, *a avut*? – îmi pare rău – mă rog, ne întrebăm cu toţii dacă cineva din familie a iniţiat-o pe Dolly în procesul reproducerii mamiferelor. Impresia generală este că fetiţa de cincisprezece ani, Dolly, manifestă un dezinteres morbid faţă de chestiunile sexuale sau, mai precis, îşi reprimă curiozitatea pentru a-şi proteja inocenţa şi respectul de sine. Bine, bine, paisprezece ani. Vă rog să înţelegeţi, domnule Haze, Şcoala Beardsley nu crede în albine şi flori, şi berze, şi păsări ale dragostei şi se consideră obligată să-şi pregătească elevele în vederea căsătoriei, a unirii reciproc mulţumitoare cu un bărbat şi a creşterii cu succes a copiilor. Avem sentimentul că Dolly dispune de resursele necesare pentru a face progrese excelente, numai să-şi pună mintea la contribuţie. Raportul domnişoarei Cormorant mi se pare semnificativ din acest punct de vedere. Dolly manifestă tendinţa de a fi neruşinată, ca să mă exprim cu blândeţe. Cadrele noastre didactice, fără excepţie, *au* sentimentul că, *primo*, dumneavoastră trebuie să-l rugaţi pe doctorul familiei să-i explice faptele vieţii şi, *secundo*, să-i permiteţi să se bucure de compania fraţilor colegelor ei de la Junior Club sau în organizaţia doctorului Rigger, sau în minunatele case ale părinţilor noştri.

— Are posibilitatea să-i întâlnească pe băieţi în casa noastră minunată, am spus.

— Sper să o facă, spuse Pratt plină de energie. Când am întrebat-o dacă are necazuri, Dolly a refuzat să discute despre situaţia de acasă şi noi am vorbit cu câteva dintre prietenele ei şi într-adevăr – mă rog –, de pildă, insistăm să ridicaţi vetoul opus participării ei la echipa de teatru. Trebuie să-i permiteţi neapărat să joace în *Vânătorii Vrăjiţi*. La proba de selecţie a interpretat perfect rolul nimfei mici şi în cursul primăverii autorul piesei vine pentru câteva zile la Beardsley College şi nu este exclus să asiste la o repetiţie sau două în noua noastră sală de spectacole.

Vreau să spun că ăsta e tot hazul tinereții vivace și frumoase. Sper să înțelegeți.

— Întotdeauna m-am considerat, am spus eu, un tată foarte înțelegător.

— Oh, fără îndoială, fără îndoială, dar domnișoara Cormorant crede, și înclin să fiu de acord cu ea, că Dolly este obsedată de preocupări sexuale pentru care nu găsește nici o ieșire și de aceea le șicanează și le martirizează pe celelalte fete sau pe tinerele noastre instructoare, fiindcă *ele* au într-adevăr întâlniri nevinovate cu băieții.

Am ridicat din umeri. Un *émigré* meschin.

— Hai să ne dăm mâna, domnule Haze. Ce naiba se întâmplă cu acest copil?

— Mi se pare foarte normală și fericită, am zis (vine dezastrul în cele din urmă? am fost descoperit? au făcut rost de un hipnotizator?).

— Ce mă deranjează pe mine, spuse Miss Pratt privindu-și ceasul și luând-o de la capăt, este că și profesorii, și colegele ei consideră că Dolly este contradictorie, nemulțumită, evazivă - și se întreabă de ce sunteți atât de categoric împotriva distracțiilor firești ale unui copil normal.

— Vă referiți la hârjonelile sexuale? am întrebat dezinvolt, disperat, ca un șobolan bătrân încolțit.

— Apreciez, bineînțeles, terminologia civilizată, zise Pratt râzând, dar nu la asta mă refeream. Sub auspiciile Școlii Beardsley, arta dramatică, dansurile și alte activități firești nu se înscriu, tehnic vorbind, în sfera jocurilor sexului, deși fetele se întâlnesc într-adevăr cu băieți. Aveți ceva împotrivă?

— Perfect, perfect, am spus și taburetul meu a scos un suspin obosit. Ați câștigat. Ați câștigat. Îi dau voie să joace în această piesă cu o condiție: rolurile masculine să fie interpretate de fete.

— Mă fascinează întotdeauna, spuse Pratt, modul admirabil în care străinii sau cel puțin americanii naturalizați folosesc limba noastră bogată. Sunt sigură că Miss Gold, care conduce grupul dramatic, va fi încântată la culme. Este una dintre puținele profesoare care par să o placă pe Dolly, vreau să spun care par să o considere educabilă. Ea se ocupă de materiile generale, cred; acum vine o chestiune specială.

Pratt a făcut o pauză feroce, apoi și-a frecat arătătorul pe sub nări cu o asemenea vigoare, încât nasul ei a executat un fel de dans al războiului.

— Sunt obișnuită să spun lucrurilor pe nume, zise ea, dar convențiile sunt convenții și îmi vine greu... Să încerc așa... Soții Walker, care locuiesc în Conacul Ducelui, știți, casa aceea mare, cenușie de pe deal (așa o numim noi, cei de aici), își trimit cele două fete la școala noastră și tot la noi învață nepoata Președintelui Moore, o copilă cu adevărat grațioasă, ca să nu mai vorbim de numeroși alți copii din familii de vază. Ei bine, când Dolly, care seamănă cu o mică Lady, folosește cuvinte pe care dumneavoastră, ca străin, probabil că nu le știți sau nu le înțelegeți, se produce aproape un șoc. N-ar fi mai bine... Ce-ați zice să o chemăm aici pe Dolly acum, ca să discutăm? Nu? Știți... Oh, bine, hai s-o lăsăm baltă. Dolly a scris cu rujul de buze pe niște broșuri privind sănătatea distribuite fetelor de Miss Redcock, care se mărită în iunie, un cuvânt foarte obscen, compus din patru litere care, după cum ne-a spus doctorul nostru Cutler, înseamnă „țucal" în spaniola mexicană vulgară și ne-am gândit că ar trebui să mai rămână în școală după program, cel puțin o jumătate de oră. Dar dacă doriți...

— Nu, am zis. Nu vreau să încălcăm regulile dumneavoastră. Am să discut cu ea mai târziu. O să lămuresc chestiunea.

— Chiar vă rog, zise femeia, ridicându-se de pe brațul fotoliului. Și sper să ne întâlnim din nou în curând, iar dacă lucrurile nu se schimbă, l-am putea ruga pe dr Cutler să se ocupe de ea.

Să mă căsătoresc cu Pratt sau s-o strâng de gât?

— ...și probabil că doctorul familiei dumneavoastră ar fi dispus să o consulte din punct de vedere fizic. Așa, un control de rutină. Ea este acum în Ciupercă, ultima sală de clasă de pe coridorul acesta.

Școala Beardsley, îmi îngădui o explicație, imita o renumită școală de fete din Anglia, folosind pentru diferitele săli de clasă porecle „tradiționale": Ciuperca, Sala de Tranzit, Sala B, Sala B.A. și așa mai departe. Ciuperca mirosea neplăcut și avea o stampă sepia, după „Vârsta Inocenței" de Reynolds, agățată deasupra tablei și câteva rânduri de pupitre urâte. Lolita mea citea așezată la unul din pupitre capitolul „Despre dialog" din *Tehnica dramatică* de Baker într-o atmosferă calmă, liniștită; mai era o altă fată cu un gât foarte gol, alb ca porțelanul, cu păr minunat, ca de platină, care stătea în față citind, complet desprinsă de lume și răsucind la nesfârșit o buclă moale în jurul degetului, și eu m-am așezat lângă Dolly, exact în spatele acelui gât și acelui păr, și m-am descheiat la palton și, pentru 65 de cenți plus permisiunea de a juca în piesa școlii, am determinat-o pe Dolly să-și vâre sub pupitru mâna mânjită cu cerneală și cretă și cu încheieturile degetelor roșii. Oh, mă purtam stupid, nechibzuit, fără îndoială, dar după tortura la care fusesem supus simțeam pur și simplu nevoia să profit de o combinație pe care știam că nu o voi mai întâlni nicicând după aceea.

12

Pe la Crăciun a răcit rău și a consultat-o o prietenă a domnișoarei Lester, doctorița Ilse Tristramson (te salut, Ilse, ai fost un suflet minunat, neiscoditor și mi-ai palpat porumbița cu multă delicatețe). A stabilit că e bronșită, a bătut-o pe Lo pe spatele cu pufulețul zbârlit din cauza temperaturii și i-a recomandat să stea cam o săptămână la pat. Mai întâi a făcut temperatură și n-am rezistat tentației calorice a delectărilor neașteptate – Venus febriculosa –, deși în îmbrățișarea mea simțeam o Lolită complet moleșită care gemea, tușea și tremura. Și cum s-a însănătoșit am aranjat un ceai la care să invite și băieți.

Probabil că băusem ceva cam mult pregătindu-mă pentru această încercare. Probabil m-am făcut de râs. Fetele împodobiseră un brăduț, făcându-i și legătura cu priza, obicei german, cu excepția becurilor colorate care înlocuiau lumânările de ceară. Eleganta Dolly purta o frumoasă rochie gri cu un corsaj asortat și fustă amplă. M-am retras fredonând în cabinetul meu de sus și apoi, la fiecare câteva zece-douăzeci de minute, coboram ca un idiot numai pentru câteva secunde; să-mi iau, chipurile, pipa de pe șemineu sau să caut un ziar; și cu fiecare vizită, împlinirea acestor acțiuni simple devenea din ce în ce mai dificilă și atunci mi-am amintit de zilele teribil de îndepărtate când luam întăritoare că să îndrăznesc să intru ca din întâmplare într-o cameră din casa de la Ramsdale, unde se afla Micuța Carmen.

N-a fost o petrecere reușită. Fuseseră invitate trei fete, dar n-au venit decât două, iar unul dintre băieți l-a adus și pe vărul său Roy, așa că erau doi băieți în plus și verișorii cunoșteau toate tipurile de pași, iar ceilalți habar n-aveau să danseze și seara s-a scurs într-un du-te-vino între salon și bucătăria pe care au murdărit-o cum se cuvine și într-o târguială interminabilă ca să decidă ce joc să joace, iar ceva mai târziu, două fete și patru băieți s-au așezat pe podeaua din living, cu toate ferestrele deschise, și au jucat un joc de cuvinte pe care Opal n-a fost chip să-l înțeleagă, în timp ce Mona și Roy, un băiat frumos și subțirel, beau *ginger ale* în bucătărie așezați pe masă și bălăbănindu-și picioarele și discutând aprig despre Predestinare și Legea mediilor aritmetice. După ce au plecat invitații, Lo a mea a spus „Ooh", a închis ochii, s-a prăbușit într-un fotoliu cu mâinile și picioarele desfăcute ca razele unei stele de mare, exprimându-și dezgustul și epuizarea, și s-a jurat că nu mai întâlnise până atunci o șleahtă de băieți atât de revoltători. Pentru această remarcă i-am cumpărat o rachetă de tenis nouă.

Ianuarie a fost umed și cald, iar februarie a înșelat forsitiile. Localnicii spuneau că nu mai văzuseră o asemenea vreme. Au venit rostogolindu-se și alte cadouri. De ziua de naștere i-am cumpărat o bicicletă. Vehiculul acela absolut încântător, ca o căprioară, pe care l-am amintit într-un capitol anterior, și, în plus, o *Istorie a picturii americane moderne*: stilul ei ciclist, adică modul în care aborda bicicleta, mișcarea coapsei când încăleca, grația și altele mi-au oferit plăceri împărătești; dar încercarea mea de a-i șlefui gustul plastic a dat chix; ea voia să afle dacă tipul care dormita la amiază pe fâneața pictată de Doris Lee era tatăl drăcușorului de fată pseudo-voluptuoasă din prim-plan și nu înțelegea nici în ruptul capului de ce afirmam că Grand Wood sau Peter Hurd aveau talent, iar Reginald Marsh sau Frederick Waugh erau penibili.

13

La vremea când primăvara înviorase Thayer Street cu galben și verde, și roz, Lolita era irevocabil prinsă de patima scenei. Pratt, pe care am observat-o din întâmplare într-o duminică în timp ce lua prânzul cu niște cunoscuți la Walton, mi-a surprins de la distanță privirea și m-a aplaudat discret și cu simpatie fără să vadă Lo. Detest teatrul întrucât este o formă de artă primitivă și în descompunere, istoricește vorbind, o formă ce păstrează gustul riturilor epocii de piatră și al inepțiilor colective, în pofida unor injectări cu geniu, cum e, să zicem, poezia elisabetană, pe care cititorul închis în cabinetul lui le extrage automat din text. La momentul acela munca mea literară mă absorbise și de aceea nu mi-am dat osteneala să citesc textul integral al *Vânătorilor Vrăjiți*, pieseta în care lui Dolores Haze i se încredințase rolul unei fiice de fermier – fata își imaginează că e vrăjitoare a ținuturilor acoperite cu păduri sau Diana, sau ceva asemănător și, după ce pune mâna pe o carte de hipnotism, cufundă câțiva vânători rătăciți în diferite transe delectabile, ca după aceea să cadă la rândul ei, să intre sub puterea magică a unui poet vagabond (Mona Dahl). Cam atât am înțeles din fragmentele boțite și prost dactilografiate ale scenariului pe care Lo le presărase prin toată casa. Coincidența titlului cu numele unui hotel mi s-a părut plăcută, dar puțin tristă: m-am gândit dezamăgit că e mai bine să nu-i atrag vrăjitoarei mele atenția, pentru că o acuzație cinică de sentimentalism desuet m-ar fi rănit mai tare decât faptul că nu sesizase ea însăși coincidența. Am presupus că pieseta e vreo versiune practic anonimă a unei legende banale. Se putea presupune, firește, că fondatorul care căuta un nume atrăgător pentru hotelul său suferise influența imediată și exclusivă a fanteziei întâmplătoare a muralistului de mâna a doua pe care îl angajase și că ulterior numele hotelului sugerase titlul piesei. Dar mintea mea credulă, simplă, binevoitoare a întors problema pe toate fețele și, fără să dea prea mare atenție chestiunii, a emis ipoteza că pictura murală, numele și titlul proveneau de la o sursă comună, de la o tradiție locală pe care eu, un străin nefamiliarizat cu folclorul din Noua Anglie, n-aveam de unde să o cunosc. În consecință, mă aflam sub impresia (destul de întâmplătoare, înțelegeți, în afara preocupărilor mele majore) că pieseta blestemată aparținea unor fantezii feerice pentru tineret, aranjate și rearanjate de multe ori, cum sunt *Hansel și Gretel* de Richard Roe sau *Frumoasa adormită* de Dorothy Doe, sau *Veșmintele noi ale împăratului* de Maurice Vermont și Marion Rumpelmeyer – prelucrări dramatice ce se întâlnesc în antologiile *Piese pentru elevi actori* sau *Hai să jucăm teatru!* Nu știam – și chiar dacă aș fi știut, puțin mi-ar fi păsat – că, în realitate, *Vânătorii Vrăjiți* era o operă dramatică foarte recentă și originală din punct de vedere tehnic, care fusese reprezentată pentru prima oară de-abia cu trei sau patru luni mai înainte de un grup teatral de elită din New York. Mie însă mi se părea – dacă îmi e permis să judec din poziția mea de vrăjitor – un gen deprimant de ficțiune cu ecouri din Lenormand și Maeterlinck și din diferiți blânzi visători britanici. Cei șase vânători: un bancher, un instalator, un polițist, un întreprinzător, un agent de asigurări și un ocnaș evadat (înțelegeți posibilitățile!) – cu șepci roșii și îmbrăcați la fel – sufereau o completă schimbare a minții în Poiana lui Dolly și viețile lor adevărate apăreau ca vise sau coșmaruri din care fuseseră smulși și treziți de micuța Diana. Dar apărea un al șaptelea vânător (cu șapcă verde, bufonul!), un Tânăr Poet care susținea, agasând-o pe Diana, că ea și distracția oferită (nimfe dansând, spiriduși și monștri) îi aparțineau, fiind invenția Poetului. În cele din urmă, după cum am înțeles, dezgustată profund de aroganța tânărului, Dolores în picioarele goale urma să o conducă pe Mona îmbrăcată cu pantaloni cadrilați la ferma părintească, dincolo de Pădurea Primejdioasă, ca să-i dovedească fanfaronului că ea nu este rodul fanteziei Poetului, ci o fătucă de la țară, din cap până în picioare – iar în final, un sărut urma să sublinieze mesajul profund al piesei, și anume că în dragoste iluzia și realitatea se confundă. Mi s-a părut corect să nu critic opusul în fața lui Lo: o preocupau foarte serios „problemele de expresie“ și își împreuna cu atâta farmec palmele înguste, florentine, bătându-și genele, și mă ruga să nu vin la repetiții așa cum făceau unii părinți ridicoli, fiindcă voia să mă uimească cu o Premieră Perfectă – și fiindcă oricum eu îmi băgam întotdeauna nasul și spuneam ce nu trebuie în prezența altor oameni și o blocam, o făceam să se crispeze, îi stricam stilul.

A urmat o repetiție foarte importantă... Oh, inima mea, inima mea... într-o zi de mai, marcată printr-o ploaie puternică și veselă – totul a trecut pe lângă mine, dincolo de orizontul meu, fără să fie reținut atunci de memoria mea, și când, după-amiaza târziu, am văzut-o din nou pe Lo cum se legăna pe bicicleta ei, presându-și palmele pe scoarța udă a unui mesteacăn tânăr de la marginea pajiștei noastre, am fost atât de impresionat de duioșia radioasă a zâmbetului ei, încât o clipă am crezut că vremea necazurilor s-a încheiat.

— Ții minte, spuse ea, cum se numea hotelul acela, îl știi (încrețindu-și nasul) ei, hai, hai – cu coloanele albe și lebăda de marmură din hol? Ei, cum să nu-l știi! (respirând zgomotos) – Hotelul în care m-ai violat. Okay, trecem peste asta. Nu se numea (aproape șoptit) Vânătorii Vrăjiți? Oh, așa se numea (pe gânduri)! Și izbucnind într-un râs senzual, primăvăratic, a lovit cu palma trunchiul lucios și s-a năpustit cu bicicleta, urcând dealul până la capătul străzii și apoi s-a întors odihnindu-și picioarele pe pedalele oprite, în poziție relaxată, cu o mână visătoare în poala ei înflorată.

14

Fiindcă avea legătură, probabil, cu interesul ei pentru dans și artă dramatică, i-am permis lui Lo să ia lecții de pian cu o anume Miss Emperor (cum ne-ar plăcea nouă, cărturarilor francezi, să o numim) și Lo se repezea de două ori pe săptămână până la căsuța ei albă cu storuri albastre situată la o milă depărtare de Beardsley. Într-o vineri seară, spre sfârșitul lui mai (la vreo săptămână după repetiția importantă la care Lo ținuse să nu asist), a sunat telefonul din biroul meu chiar în momentul când mă pregăteam să-i curăț flancul regelui lui Gustav – pardon, Gaston. Miss Emperor m-a întrebat dacă Lo va veni la ora de pian de marțea următoare, fiindcă lipsise la lecția de săptămâna trecută și la lecția din acea zi. I-am spus că va veni neapărat și mi-am continuat jocul. Vă dați lesne seama, dumneavoastră, cititorul meu, că facultățile mele mintale se încețoșaseră și după o mișcare sau două, când era la mutare Gaston, am constatat prin negura dezastrului meu general că pierdeam regina; și el a băgat de seamă, dar s-a gândit să nu fie o cursă întinsă de adversarul său viclean; de aceea a ezitat aproape un minut – a pufăit, a respirat șuierat, și-a scuturat fălcile, ba mi-a aruncat și priviri piezișe, a schițat șovăind gestul de împingere cu degetele sale grase strânse mănunchi – înnebunit să ia regina aceea minunată și neîndrăznind – și deodată a tăbărât pe ea (cine știe dacă întâmplarea nu i-a dat sugestia anumitor îndrăzneli de mai târziu?), iar eu am avut nevoie de o oră, o oră îngrozitoare, ca să obțin remiza. Și-a terminat coniacul și a plecat imediat cu pași greoi, foarte încântat de rezultatul obținut (*mon pauvre ami, je ne vous ai jamais revu et quoiqu'il y ait bien peu de chance que vous voyiez mon livre, permettez-moi de vous dire que je vous serre la main bien cordialement, et que toutes mes fillettes vous saluent*). Am găsit-o pe Dolores Haze așezată la masa din bucătărie, devorând o bucată zdravănă de plăcintă, cu ochii ațintiți la manuscrisul ei. Și i-a ridicat întâmpinându-mi privirile cu un soi de plictis celest. A rămas ciudat de senină în fața descoperirii mele și a spus, *d'un petit air faussement contrit*, că este un copil foarte păcătos, știe asta, dar pur și simplu n-a fost în stare să reziste vrăjii și folosise orele de muzică – Oh, Cititorule, Cititorul meu! – repetând scena pădurii cu Mona, într-o grădină publică din apropiere. Am zis „perfect" – m-am îndreptat bățos spre telefon. A răspuns mama Monei: „Da, da, e acasă" și s-a retras râzând neutru, ca orice mamă care își exteriorizează mulțumirea politicoasă și a strigat în culise „Mona, Roy la telefon!" și în momentul următor s-a auzit foșnind și imediat Mona, cu voce joasă, monotonă, dar tandră, a început să-l ia la refec pe Roy pentru un lucru pe care îl spusese sau îl făcuse, însă eu am întrerupt-o și numaidecât Mona mi-a spus, cu nuanța cea mai umilă și ațâțătoare a vocii ei de mezzosoprană, „da, domnule", „desigur, domnule". „Eu sunt de vină, domnule, numai și numai eu, în această nefericită chestiune" (câtă elocință! câtă stăpânire de sine!), „pe bune, mă simt îngrozitor din cauza asta" – și așa mai departe, cum spun aceste mici cocote.

Am coborât scările, dregându-mi glasul și stăpânindu-mi bătăile inimii. Lo se afla acum în living cufundată în pernele fotoliului preferat. Se lăfăia tolănită, rozându-și pielița de la o unghie și înfruntându-mă cu ochii ei vaporoși și nemiloși; și legăna întruna cu călcâiul un scaun pe care își întinsese piciorul descălțat. Și dintr-odată am observat, tulburat și îngrețoșat, cât de mult se schimbase de când o întâlnisem pentru prima oară. Sau metamorfoza se petrecuse în ultimele două săptămâni? *Tandresse*? Mitul se spulberase. Se afla în colimatorul furiei mele incandescente. Ceața patimii copleșitoare se împrăștiase și nu mai rămăsese decât luciditatea înfricoșătoare. Oh, se schimbase! Avea acum tenul ca al oricărei liceene vulgare și neglijente care își întinde cu degetele murdare cremele împrumutate pe obrazul nespălat și fără să-i pese că pielea ei vine în contact cu cine știe ce țesuturi infectate, cu cine știe ce epidermă plină de pustule. Ce frumos, cât de gingaș și catifelat fusese obrazul ei odinioară, când, jucându-mă, îi legănam pe genunchii mei capul ciufulit. Fluorescența neprihănită era înlocuită acum de o rumeneală ordinară. „Răceala iepurelui", cum se numea în localitate, îi pictase cu roz intens aripile nărilor disprețuitoare. Stupefiat, mi-am coborât privirea, care a alunecat mașinal de-a lungul părții interioare a coapsei ei goale și bine întinse – cât de netede și musculoase îi deveniseră picioarele! Mă fixa cu ochii ei depărtați, cenușii, înnegurați, ușor congestionați și am citit cum se furișa în ei gândul că Mona avea la urma urmelor dreptate și ea, orfana Lo, putea să mă denunțe fără să riște vreo pedeapsă. Vai, cât am greșit! Vai, ce nebun am fost! Nu, nu se schimbase, rămăsese exasperant de impenetrabilă, ca întotdeauna – și ce forță aveau picioarele ei minunate, talpa murdară a șosetei albe, puloverul gros pe care-l purta, deși în cameră era foarte cald, mirosul ei de fată și îndeosebi acel chip fascinant cu îmbujorarea lui stranie și buzele proaspăt rujate. Roșul lăsase câteva pete pe dinții din față și m-a cutremurat o amintire înfiorătoare – nu-mi apăruse imaginea lui Monique, ci a altei prostituate tinere întâlnite demult, demult, într-o casă de toleranță, care-mi fusese smulsă de altcineva până când să hotărăsc dacă tinerețea ei mă îndreptățea să risc vreo boală îngrozitoare, o fată cu pomeți proeminenți și îmbujorați ca ai Lolitei și o *maman* moartă și dinții din față mari și o panglică roșie, soioasă în părul castaniu de țărancă.

— Hai, dă-i drumul, zise Lo. Te-a mulțumit verificarea?

— Da, cum să nu, am zis, pe deplin, da. Sunt convins că v-ați vorbit dinainte. Apropo, sunt convins că i-ai mărturisit totul despre noi.

— Zău? Nu mai spune!

Mi-am controlat respirația și:

— Dolores, chestiunea asta s-a încheiat. Îi pui punct imediat. Dacă nu, te scot rapid din Beardsley și te încui, știi tu unde, dar chestia asta trebuie să înceteze. Altminteri te iau de aici cât ai clipi din ochi. Trebuie să pui punct, altminteri se poate întâmpla orice.

— Se poate întâmpla orice, zici?

I-am tras scaunul pe care îl legăna cu călcâiul și piciorul i-a căzut bufnind pe podea.

— Alo, domnu', strigă ea, ia-o mai încet.

— Mai întâi urcă la etaj, am strigat la rândul meu și concomitent am înșfăcat-o și am smuls-o din fotoliu. Din acel moment nu mi-am mai stăpânit nici eu glasul și am continuat să zbierăm unul la altul, iar ea mi-a spus lucruri ce nu se pot tipări. A spus că îi e silă de mine. S-a strâmbat monstruos la mine, umflându-și obrajii și scoțând un sunet exploziv diabolic. Mi-a spus că încercasem să o violez de mai multe ori pe vremea când eram chiriașul mamei sale. Mi-a spus că e sigură că i-am ucis mama. Că se va culca cu primul tip ce i se va ivi în cale, iar eu n-am cum s-o împiedic. I-am spus să urce scările și să-mi arate locurile unde își ascunde banii. Stridentă, dezgustătoare scenă! O prinsesem de încheietura cu protuberanțe a mâinii și ea se sucea și răsucea încercând pe furiș să găsească un punct slab, astfel încât să se smulgă din mâinile mele într-un moment favorabil, dar o țineam zdravăn și, de fapt, am învinețit-o bine – drept pedeapsă, sper că sufletul meu va putrezi – și o dată sau de două ori și-a smucit brațul cu atâta violență, încât m-am temut să nu i se desfacă mâna din încheietură și tot timpul m-a fixat cu privirile acelea de neuitat în care se înfruntau mânia rece și lacrimile fierbinți, și vocile noastre acopereau telefonul și când, în sfârșit, mi-am dat seama că sună, ea a șters-o numaidecât.

Se pare că, asemenea persoanelor din filme, beneficiez de serviciile *machinei telephonica* și ale zeului ei năprasnic. Acum era o vecină furibundă. Fereastra dinspre est a livingului rămăsese deschisă, dar, din fericire, cu storul lăsat; și în spatele lui noaptea neagră și umedă a primăverii ursuze din Noua Anglie ne asculta cu respirația tăiată. Am fost întotdeauna convins că tipul de celibatară scorpie cu minte obscenă e fructul frecventării exclusiviste a romanului modern; dar acum sunt convins că puritana și libidinoasa Miss Est – sau, ca să-i spulber incognito-ul, Miss Finton Lebone – ieșise probabil pe trei sferturi din fereastra dormitorului ei în timp ce se străduia, lată de curiozitate, să prindă motivul scandalului nostru.

— ...tămbălăul ăsta... e lipsit de orice simț al... a măcăit receptorul, nu trăim aici într-un cămin de azilanți. Vă atrag atenția insistent...

M-am scuzat pentru prietenii fiicei mele care sunt așa de zgomotoși. Știți cum sunt tinerii – și am legănat receptorul încă un măcăit și jumătate.

Jos, ușa cu jaluzele s-a trântit. Lo? A evadat?

Prin oberlihtul scării, am văzut cum alunecă printre arbuști o stafie mică și năprasnică; un punct argintat în beznă; butucul roții de la bicicletă – care s-a mișcat, s-a mișcat, a pâlpâit și s-a stins.

Din întâmplare, automobilul își petrecea noaptea în oraș într-un atelier de reparații. Singura soluție era să urmăresc pe jos fugara înaripată. Chiar și acum, după ce au venit și s-au dus mai bine de trei ani, nu pot să rememorez strada în noaptea de primăvară, aleea atât de înfrunzită, fără să mă simt cuprins de panică. Miss Lester scosese la plimbare tekelul hidropic al lui Miss Fabian prin fața verandei lor luminate. Dl Hyde cât pe ce să-l dea peste cap. Mergeam trei pași, alergam trei pași. O ploaie călduță a început să bată darabana pe frunzele castanilor. La colțul următor, un tânăr estompat o înghesuia pe Lolita într-un gard de fier, o îmbrățișa, o săruta – nu, nu pe ea, greșeală. Îmi ardeau călcâiele și am alergat mai departe.

Cam la o jumătate de milă depărtare de numărul paisprezece, Thayer Street se întâlnește cu o alee particulară și cu o altă stradă care duce în orașul propriu-zis. În fața primei prăvălii am văzut – oh, ce melodie a alinării! – bicicleta frumoasă a Lolitei, care își aștepta stăpâna. Am împins în loc să trag, am tras, am împins, am tras și am intrat. Atenție! La vreo zece pași distanță, Lolita, prin geamul cabinei telefonice (zeul cu membrană se afla încă alături de noi), acoperind cu palma microfonul, aplecată confidențial peste el, și-a micșorat ochii privindu-mă, s-a răsucit cu tezaurul ei, a pus receptorul în furcă și a ieșit triumfală.

— Încercam să te prind acasă, a spus ea volubilă. Am luat o hotărâre mare, tată, dar mai întâi ia-mi ceva de băut.

Urmărea cum fata palidă, apatică, de la bar pune în pahar gheața, toarnă coca-cola, adaugă siropul de cireșe – și inima îmi plesnea de durerile dragostei. Încheietura mâinii de copil. Frumoasa mea copilă. Aveți o copilă frumoasă, domnule Humbert. O privim cu admirație când trece. Domnul Pim o privea pe Pippa, care își sorbea combinația.

J'ai toujours admiré l'œuvre ormonde du sublim Dublinois și între timp ploaia se transformase într-o aversă senzuală.

— Uite, spuse ea mergând pe bicicletă alături de mine, cu un picior răzuind trotuarul strălucitor și negru, uite, am hotărât ceva. Vreau să abandonez școala. O detest! Detest piesa. Da, da... e adevărul-adevărat! Nu mă mai întorc. Niciodată. Găsim alta. Plecăm numaidecât. Pornim din nou într-o călătorie lungă. Dar de data *asta* ne ducem unde vreau eu, ce zici?

Am dat din cap aprobator. Lolita mea!

— Eu aleg!? *C'est entendu*, întrebă ea clătinându-se puțin lângă mine. Folosea franceza numai când era o fetiță foarte bună.

— Okay. *Entendu*. Și-acum hopa-hopa-hopa-hop Lenore, sau te udă până la piele (o furtună de suspine îmi umplea pieptul).

Și-a dezgolit dinții și, în maniera ei adorabilă de școlăriță, s-a aplecat în față și s-a îndepărtat în viteză, porumbița mea. Mâna delicată și îngrijită a lui Miss Lester ținea deschisă ușa de la o verandă pentru un câine bătrân și amețit *qui prenait son temps*.

Lo mă aștepta lângă mesteacănul fantomatic.

— M-a udat până la piele, a declarat ea cu voce ascuțită. Te bucuri? S-o ia dracu' de piesă! Înțelegi ce vreau să spun?

Ghearele unei cotoroanțe au închis cu zgomot o fereastră de la etaj.

În holul nostru cu toate luminile aprinse ca să o întâmpine, Lolita mea și-a scos puloverul trăgându-l peste cap, și-a scuturat părul cu nestemate, a întins spre mine două brațe goale, a ridicat un genunchi:

— Du-mă sus, te rog. În seara asta mă simt romantică.

Cred că n-ar fi lipsit de interes să le spun fiziologilor că am capacitatea – sunt un caz într-adevăr aparte, presupun – de a vărsa torente de lacrimi în timpul altei furtuni.

15

Papa Humbert nu se prea pricepea la mecanică, însă, prudent, a dat mașina la reparat – frânele au fost reglate, conductele desfundate, valvele curățate și s-au adus și alte îmbunătățiri –, astfel încât automobilul răposatei doamne Humbert se prezenta onorabil și se pregătea să se lanseze într-o nouă călătorie.

Promisesem Școlii Beardsley, buna și vechea Școală Beardsley, că ne întoarcem de îndată ce vor înceta obligațiile mele la Hollywood (inventivul Humbert urma să fie, după cum am lăsat să se înțeleagă, consultant principal în realizarea unui film despre „existențialism", un subiect de mare interes la acea dată). În realitate, cochetam cu ideea să mă strecor binișor peste frontiera mexicană – acum mă simțeam mai viteaz decât anul precedent – și să hotărăsc acolo cum să mă descurc cu mica mea concubină care avea acum un metru cincizeci și doi înălțime și cântărea patruzeci și două de kilograme. Am căutat și am scos la lumină ghidurile turistice și hărțile noastre. Ea a stabilit ruta cu imensă însuflețire. Renunțase la ifosele juvenile și la aerul sastisit și se arăta dornică să exploreze realitatea bogată. Să se explice schimbarea prin activitatea ei dramatică? În acea duminică dimineață anostă, dar caldă, când am părăsit casa nedumerită a profesorului Chem și am pornit în viteză pe Main Street îndreptându-ne spre autostrada cu patru benzi, aveam senzația de plutire caracteristică viselor. Rochia de bumbac cu dungi albe și negre a Iubitei nu se asorta cu acvamarinul tăiat cu artă și agățat de lănțișorul de argint care-i împodobea gâtul: darul meu dintr-o zi ploioasă de primăvară. Am trecut de Noul Hotel și a râs.

— Un sfanț pentru ce gândeai, am zis, și a și întins palma imediat, dar în acel moment am fost nevoit să apăs tare pedala frânei la lumina roșie a semaforului. În timp ce staționam, o altă mașină a alunecat pe lângă noi și a oprit alături, și o femeie tânără, frapantă, uscățivă, dar atletică (unde o mai văzusem!), cu ten roșcat și plete arămii, strălucitoare, care-i cădeau peste umeri a salutat-o pe Lo cu un „Bună!" sonor și apoi mi s-a adresat efuziv și concluziv (fără drept de apel) și, subliniind anumite cuvinte, mi-a spus:

— Ce *rușine să o smulgeți pe Dolly* din piesă! Ar fi trebuit *să auziți* după acea repetiție cât de *încântat* s-a arătat autorul de felul în care ea și-a interpretat rolul.

— E pe verde, fraiere, șopti Lo și, concomitent, agitându-și mâna plină de brățări într-un adio spectaculos, Ioana D'Arc (dintr-o reprezentație pe care o văzusem la teatrul local) s-a îndepărtat vijelioasă și a cotit în Campus Avenue.

— Cine a fost? Spune-mi exact cine a fost! Vermont sau Rumpelmeyer?

— Nu - Edusa Gold, fata care ne instruiește.

— Nu mă refeream la ea. Spune-mi exact cine a compus piesa.

— Oh! da, desigur. O bătrână oarecare, Clare Ixulică, cred. Se strânseseră o grămadă acolo.

— Și, zi, ea ți-a făcut complimente... te-a lăudat?

— A făcut complimente ochilor mei și m-a sărutat pe fruntea mea neprihănită și - probabil influențată de pozele ei scenice - iubita mea a scos strigătul de voioșie pe care și-l inventase de puțină vreme.

— Ești o ființă nostimă, Lolita, am zis (sau ceva de genul acesta). Sunt încântat la culme că ai renunțat la pasiunea ta absurdă pentru scenă. E curios însă că ai abandonat doar cu o lună înainte de punctul culminant. Oh, Lolita, e recomandabil să fii mai atentă la renunțările tale bruște. Îmi amintesc că ai părăsit Ramsdale pentru o tabără și tabăra pentru o călătorie de plăcere și aș putea să enumăr și alte schimbări subite în starea ta de spirit. E bine să fii mai chibzuită. Sunt lucruri la care nu trebuie să renunți niciodată. Trebuie să perseverezi. Și să încerci să te porți un pic mai frumos cu mine, Lolita. De asemenea, să fii atentă cu dieta. Grosimea coapsei, știi, nu trebuie să depășească patruzeci și patru de centimetri. Dacă se-ntâmplă așa ceva, e nenorocire (o tachinam, firește). Pornim acum într-o călătorie lungă și fericită. Îmi aduc aminte că...

16

Copil fiind, în Europa, priveam cu nesaț harta Americii de Nord pe care Munții Apalași se întindeau îndrăzneți din Alabama până la New Brunswick astfel încât întreaga regiune pe care o străbăteau – Tennessee, cele două Virginii, Pennsylvania, New York, Vermont, New Hampshire și Maine – se proiecta în imaginația mea ca o Elveție gigantescă sau chiar ca Tibetul, munte după munte, piscuri și iar piscuri, mărețe, diamantine, conifere uriașe, *le montagnard émigré* înfășurat într-o splendidă piele de urs și *Felis tigris goldsmithi* și Pieile Roșii așezați sub un arbore catalpa. Iluziile copilăriei s-au dezumflat reducându-se la o peluză suburbană meschină și la un crematoriu de gunoi fumegând. Îngrozitor! Adio, Apalașia! Părăsind-o, am traversat Ohio, cele trei state care încep cu „J" și Nebraska – prima adiere a Vestului! Am călătorit relaxați, fără grabă, fiindcă aveam la dispoziție mai mult de o săptămână pentru a ajunge la Wace, Continental Divide, cumpăna apelor, unde ținea să asiste neapărat la Dansurile Rituale care marchează deschiderea sezonului la Peștera Magică, și cel puțin trei săptămâni pentru a sosi la Elphinstone, nestemata unui stat vestic unde voia să escaladeze Stânca Roșie de pe care se aruncase cu puțin timp înainte, găsindu-și moartea, o vedetă de film mai coaptă, după ce se certase, la beție, cu gigoloul ei.

Și din nou motelurile prudente ne-au întâmpinat cu inscripții care sunau cam așa:

„Sperăm să vă simțiți ca acasă. *Toate* instalațiile au fost verificate atent la sosirea dumneavoastră. Am înregistrat numărul permisului dumneavoastră de conducere. Folosiți economicos apa fierbinte. Ne rezervăm dreptul de a evacua fără anunț prealabil orice persoană îndoielnică. Nu aruncați *nici un* fel de gunoaie în vasul toaletei. Vă mulțumim. Mai veniți pe la noi. Direcțiunea. P.S. Pentru noi, oaspeții noștri sunt Oamenii cei Mai Remarcabili din Lume".

Plăteam zece dolari pentru o cameră dublă în aceste moteluri mizerabile. Muștele făceau coadă la ușa fără plasă și reușeau abile să se strecoare înăuntru, scrumul predecesorilor noștri lâncezea încă în scrumiere, firul de păr al unei femei se odihnea pe pernă, se auzea cum vecinul își agață haina în dulapul lui, umerașele erau fixate ingenios cu sârmă pe barele lor, pentru a preîntâmpina furtul și, ca o supremă insultă, deasupra paturilor pereche stăteau atârnate două tablouri identice. Am mai observat că moda comercială trecea printr-o perioadă de tranziție. Constatam tendința de a lega între ele căsuțele și de a forma treptat caravanseraiul și, atenție! (poate pe cititor îl interesează, pe Lo în nici un caz), se adăuga un etaj, se crea un hol și mașinile erau trimise la garajul comun și motelul redevenea vechiul și bunul hotel.

Îl avertizez pe cititor să nu râdă de mine și de zăpăceala mea mintală. Ne vine ușor *acum* și mie, și lui să descifrăm un destin trecut; dar un destin în plină desfășurare nu este, credeți-mă, o poveste polițistă cinstită unde esențialul e să nu pierzi din vedere indiciile. În tinerețe am citit o poveste polițistă franțuzească în care indiciile apăreau în text cu caractere italice; dar nu așa procedează destinul McFate – chiar dacă ești deprins să descifrezi anumite vagi semne.

De pildă: n-aș putea să jur că n-a existat cel puțin un prilej la începutul etapei din Vestul Mijlociu a călătoriei noastre sau chiar înaintea acesteia, când Lo a izbutit să transmită informații cuiva sau să contacteze în alt mod o persoană sau persoane necunoscute. Ne opriserăm la o benzinărie cu emblema lui Pegas. Ea s-a strecurat binișor de pe bancheta ei și a șters-o spre clădirile din spate în momentul când capota ridicată sub care mă aplecasem să urmăresc ce lucrează mecanicul a ascuns-o vederii mele. Îmi propusesem să fiu îngăduitor, așa că am dat blajin din cap, deși, la drept vorbind, asemenea vizite erau tabu, deoarece toaletele, ca și telefoanele, îmi păreau, din motive insondabile, punctele în care destinul meu risca să se înfunde. Toți avem asemenea obiecte fatidice – un peisaj ce revine obsesiv, un număr – alese cu grijă de zei pentru a atrage evenimente cu semnificație deosebită pentru noi: John se va poticni întotdeauna aici; iar acolo Jane va avea un eșec sentimental.

Verificarea motorului se încheiase și am tras mașina de la pompe ca să las locul unei furgonete – și stând acolo în deșertul de cenușă bătut de vânturi am simțit cum intervalul mare al absenței ei începe să mă apese. Nu era nici prima, nici ultima oară când mă uitam așa, profund tulburat, la banalitățile statice care, asemenea țăranilor descumpăniți, păreau aproape surprinse că se află în câmpul vizual al unui călător eșuat: tomberonul verde pentru gunoi, anvelopele de vânzare, foarte negre și cu părțile laterale foarte albe, bidoanele strălucitoare cu ulei pentru motor, lada frigorifică roșie, cu băuturi asortate, patru, cinci, șapte sticle golite, băgate în careurile incomplete ca de cuvinte încrucișate ale lăcașurilor de lemn, gândacul urcând liniștit pe partea interioară a ferestrei oficiului. Prin ușa lui deschisă se auzea muzica de la un radio și ritmul ei nu se sincroniza cu legănarea și fluturarea și cu gesticulația vegetației însuflețite de vânt; aveam impresia că văd un vechi film mut care-și trăiește propria viață în timp ce pianul sau vioara urmărește o linie muzicală destul de îndepărtată de floarea fremătătoare, de ramura ce se legăna. Sunetul ultimului suspin al Charlottei vibra absurd prin mine, când, cu rochia fâlfâind în discordanță cu ritmul, Lolita a virat dintr-o direcție absolut neașteptată. Toaleta fusese ocupată și ea traversase până la firma Conche din cvartalul vecin. Se mândreau cu grupurile lor sanitare curate ca acasă. Cărțile poștale plătite cu anticipație, spuneau ei, sunt pentru comentariile dumneavoastră. Nici o carte poștală. Nici un săpun. Nimic. Nici un comentariu.

În ziua aceea sau în următoarea, după o cursă plicticoasă printr-o zonă de culturi agricole, am intrat într-un orășel plăcut și am tras la Motelul Castanilor – cabane frumoase, peluze verzi, umede, meri, un leagăn vechi – și un apus de soare copleșitor pe care copila obosită nu l-a băgat în seamă. Dorise să trecem prin Kasbeam, care era situat treizeci de mile mai la nord de orașul ei de baștină, însă în dimineața următoare s-a arătat destul de apatică. Nu mai avea dorința să vadă din nou trotuarul pe care jucase șotron cu vreo cinci ani înainte. Din motive ușor de înțeles mă cam temusem de această excursie colaterală, deși convenisem să nu atragem în nici un fel atenția asupra noastră – să rămânem în mașină și să nu trecem pe la vechii prieteni. M-am simțit ușurat văzând că își abandonase proiectul, dar și oarecum frustrat gândindu-mă că n-ar fi renunțat atât de ușor la el dacă ar fi sesizat că, de fapt, în sinea mea mă opuneam – ca și în călătoria din anul precedent – vizitării orașului Piski, fiindcă mă temeam de sugestiile nostalgice pe care putea să i le transmită. I-am amintit, oftând, de vizită, a oftat și ea și s-a plâns că nu se află în apele ei. Dorea să rămână în pat cel puțin până la vremea ceaiului, cu teancurile de reviste și, dacă se va simți mai bine, o să ne continuăm drumul spre vest. Trebuie să vă spun că era foarte dulce și moleșită și poftea să mănânce fructe proaspete. M-am hotărât să mă duc în Kasbeam să-i aduc un prânz gustos. Căsuța noastră se înălța pe coasta împădurită a unui deal și de la fereastră se vedea cum drumul coboară șerpuit și apoi se întinde drept printre două rânduri de castani, asemenea cărării care desparte părul, îndreptându-se spre orășelul frumos care se profila deosebit de clar și părea o jucărie în depărtarea pură a dimineții. Se distingeau o fată-spiriduș pe o bicicletă-insectă și un câine cam voluminos prin comparație, se vedeau la fel de limpede ca pelerinii și catârii care șerpuiau urcând drumurile galbene ca de ceară din vechile picturi cu dealurile albastre și mici oameni roșii. Mi-am păstrat năravul europeanului de a-mi folosi picioarele atunci când am posibilitatea să mă dispensez de mașină, așa că am luat-o la vale domol, am întâlnit în cele din urmă biciclista – o fată umflățică și banală, cu codițe, urmată de un uriaș St. Bernard cu orbitele ca panselele. În Kasbeam, un frizer foarte bătrân m-a tuns foarte prost: sporovăia întruna despre un fiu baschetbalist și la fiecare consoană explozivă mă scuipa pe ceafă și din când în când își ștergea ochelarii pe șervetul înfășurat la gâtul meu sau își întrerupea activitatea tremurată a foarfecilor ca să-mi prezinte tăieturi din ziare, iar eu am fost atât de neatent încât am fost șocat când mi-am dat seama – în timp ce el îmi arăta cu mâna o fotografie sprijinită printre loțiunile cenușii și vechi – că tânărul jucător cu mustață murise cu treizeci de ani în urmă.

Am băut o ceașcă de cafea fierbinte și sălcie, am cumpărat un mănunchi de banane pentru maimuța mea și am mai petrecut vreo zece minute într-un magazin de delicatese. Se scursese cel puțin o oră și jumătate până la momentul când, pe drumul șerpuit care ducea la Castelul Castanilor, s-a ivit micul pelerin care se întorcea acasă încărcat cu bunătăți.

Fata întâlnită în drumul spre oraș era acum cu brațele pline de rufărie și se căznea să-l ajute pe un bărbat infirm, cu trăsături vulgare și cap enorm care mi-l aminteau pe „Bertoldo" din comedia populară italiană. Cei doi făceau curățenie în cele vreo douăsprezece cabane de pe Culmea Castanilor, presărate cu gust în mijlocul vegetației abundente. Amiază. Cele mai multe căsuțe erau acum goale, scăpaseră de oaspeții lor, care plecaseră izbind pentru ultima oară ușile cu pânză împotriva țânțarilor. O femeie și un bărbat foarte bătrâni, o pereche de mumii, instalați într-un automobil ultimul răcnet, se pregăteau să iasă dintr-un garaj învecinat; dintr-un altul se ivea o capotă roșie, care semăna cu un prohab; foarte aproape de căsuța noastră, un tip tânăr și frumos, cu ochi albaștri și o claie de păr negru, așeza într-un microbuz un frigider portabil. Nu știu din ce motiv a rânjit spre mine prostește. Vizavi, pe iarbă, în umbra cu numeroase membre a copacilor luxurianți, cunoscutul St. Bernard păzea bicicleta stăpânei și alături o tânără în stare de graviditate avansată își așezase unul dintre copii pe un leagăn căruia îi făcea vânt ușor și bebelușul părea extaziat; și, în acest timp, un băiat de doi sau trei ani, ros de gelozie, se amesteca în treabă încercând să împingă și să tragă de scaunul leagănului; în cele din urmă, a făcut ce-a făcut și leagănul l-a lovit și a început să zbiere cât îl ținea gura trântit pe spate în iarbă, iar mama lui a continuat să zâmbească duios, poate unui gând, oricum nu copiilor prezenți. Îmi amintesc, probabil, cu atâta limpezime nimicurile relatate mai înainte pentru că doar la câteva minute după aceea aveam să-mi verific amănunțit impresiile; de altminteri, starea de alarmă se instalase în mine din noaptea aceea groaznică petrecută în Beardsley. Iată de ce refuzam să mă las păcălit de senzația reconfortantă produsă de plimbarea mea, de adierea începutului de vară ce mi se înfășura în jurul gâtului, de scârțâitul pietrișului umed, de resturile gustoase, savuroase, supte – în cele din urmă – dintr-un dinte cariat și chiar de greutatea delectabilă a proviziilor mele pe care starea generală a inimii mi-ar fi îngăduit să o car; dar chiar și pompa asta mizerabilă părea să lucreze uns și, astfel, când am ajuns la cabana unde o lăsasem pe Dolores a mea, m-am simțit *adolori d'amoureuse langueur*, ca să-l citez pe dragul și bătrânul Ronsard.

Spre surprinderea mea, am găsit-o îmbrăcată. Stătea pe marginea patului în blugi și tricoul cu mâneci și mă privea ca și cum nu-și dădea prea bine seama cine sunt. Tricoul subțire nu ascundea, ci scotea în relief forma delicată și candidă a sânilor mici – și candoarea lor m-a iritat. Nu se spălase; și totuși, își rujase neglijent buzele, iar dinții ei mari străluceau ca ivoriul pătat cu orice roșu sau asemenea cartofilor pai parcă pirogravați și rozalii. Și iat-o stând acolo cu mâinile împreunate în poală, visătoare, învăluită într-un nimb diabolic, care nu avea nici o legătură cu mine.

Am trântit pe masă punga grea de hârtie și i-am privit insistent gleznele goale și picioarele încălțate cu sandale și chipul ei imbecil și din nou picioarele păcătoase.

— Ai fost afară, am zis (sandalele erau pline de pietriș).

— De-abia m-am dat jos din pat, replică ea, și, după ce mi-a surprins privirea îndreptată în jos, a adăugat: am ieșit doar o clipă să văd dacă vii.

A observat bananele și s-a descolăcit înspre masă. Bănuiam ceva deosebit? Nu, într-adevăr, nu – dar ochii aceia înnegurați, selenari, căldura aceea neobișnuită pe care o degaja! N-am zis nimic, am privit drumul care se răsucea atât de limpede în cadrul ferestrei... ce punct de observație minunat pentru cel care ar fi vrut să-mi înșele încrederea. Lo s-a apucat să mănânce fructele cu multă poftă. Mi-am amintit pe dată surâsul îndatoritor al lui Johnny, vecinul de alături. Am ieșit repede afară. Afară se vedea numai microbuzul lui, celelalte automobile dispăruseră. Tânăra lui soție se urca în mașină cu bebelușul și cu celălalt copil pe care îl potolise într-o oarecare măsură.

— Ce se-ntâmplă, unde te duci? a strigat Lo de pe verandă.

N-am zis nimic. I-am îmbrâncit trupul gingaș înapoi în cameră și am intrat după ea. I-am sfâșiat tricoul. I-am desfăcut fermoarele. Pe toate. I-am smuls sandalele. Urmăream fantasma infidelității ei, dar mirosul pe care îl adulmecam era atât de slab încât practic nu se putea deosebi de plăsmuirea unui nebun.

17

Burtosul Gaston avea o mare plăcere să ofere, în stilul său pedant, cadouri – cadouri ieșite cu oleacă de pedanterie din comun sau pe care gândirea lui pedantă le considera așa. Într-o seară a observat cât de jerpelită era cutia în care țineam piesele de șah și în dimineața următoare mi-a trimis prin unul dintre băieții lui o casetă de aramă: pe capac se vedea un desen oriental complicat. Încuietoarea ei funcționa perfect. I-am aruncat o privire și mi-am dat seama că am în față una dintre acele casete ieftine pentru bani numite dintr-o cauză neștiută de mine „Luizettas", pe care le cumperi din Alger sau din altă parte și apoi te întrebi la ce sunt bune. S-a dovedit prea plată pentru piesele mele voluminoase de șah, dar am păstrat-o, dându-i o întrebuințare diferită.

Voiam să sparg o anumită configurație a destinului în ale cărui mreje aveam senzația difuză că sunt prins și am hotărât – în ciuda iritării vizibile a lui Lo – să mai petrec o noapte la Motelul Castanilor; m-am trezit la ora patru dimineața, m-am convins mai întâi că Lo dormea tun (cu gura deschisă, într-un fel de uimire discretă față de viața ciudat de stupidă pe care noi ne străduiserăm să i-o aranjăm) și m-am asigurat că prețiosul conținut al „Luizettei" era în siguranță. Acolo, înfășurat cu grijă într-o eșarfă de lână albă, se afla un pistolet de buzunar: calibrul 32, magazia de opt cartușe, nu prea lung, cam a noua parte din înălțimea Lolitei, plăselele din lemn de nuc caroiat și partea metalică brumată. Îl moștenisem de la răposatul Harold Haze împreună cu un catalog din 1938 care într-un loc afirma vesel: „deosebit de bine adaptat pentru folosirea în casă și în mașină, precum și împotriva persoanelor". Stătea acolo pregătit pentru folosire grabnică împotriva persoanei sau a persoanelor, încărcat și armat în bună regulă, cu piedica pusă pentru a preîntâmpina o descărcare accidentală. Să ne amintim că pistolul reprezintă simbolul freudist al mădularului din față, central, al Tatălui Ur.

Mă bucuram acum că-l am cu mine – mă bucuram și mai mult că învățasem să-l mânuiesc cu doi ani înainte în pădurea de pini care înconjura Iazul Oglinzii, iazul meu și al Charlottei. Cutreierasem pădurile acelea îndepărtate împreună cu Farlow, un țintaș admirabil, care izbutise să ochească și un colibri cu pistolul lui calibru 38, deși nu prea rămânea mult din vietate ca probă – doar câte un pufuleț irizat. Un polițist mătăhălos numit Krestovski, care prin anii douăzeci împușcase mortal doi evadați, ne însoțise și doborâse o ciocănitoare micuță – deși întâmplător ne aflam în afara sezonului de vânătoare. Eram desigur un novice în comparație cu acești doi sportivi și ratam permanent, însă, cu altă ocazie, când m-am dus singur, am rănit, într-adevăr, o veveriță.

— Șezi frumos aici, i-am șoptit micului prieten solid, dar ușor și apoi, în cinstea lui, am tras o dușcă de gin.

18

Cititorul e invitat acum să uite Castanii și Colturile și să ne însoțească mai departe spre Vest. În zilele următoare s-au dezlănțuit câteva furtuni violente – sau, mai știi, o fi fost o singură furtună ce se deplasa peste întreg ținutul cu salturi greoaie ca o broască, încât nu mai scăpam de ea așa cum nu izbuteam să ne descotorosim de detectivul Trapp: pentru că atunci mi s-a pus pentru prima dată problema Decapotabilului Roșu Aztec care a împins aproape integral în umbră tema iubiților lui Lo.

Ciudat! Eu – care eram gelos pe fiecare mascul întâlnit – am interpretat greșit semnele destinului. Ciudat! Comportamentul rezonabil al lui Lo din timpul iernii îmi adormise, probabil, vigilența și chiar pentru un nebun de legat ipoteza că un al doilea Humbert îi urmărea împătimit pe Humbert întâiul și pe nimfeta lui Humbert peste câmpiile imense și urâte, cu fulgerele și tunetele lui Zeus, ar fi părut sminteală curată. Am presupus, *donc*, că în yacul roșu care se ținea după noi la o distanță prudentă, milă după milă, se afla un detectiv angajat de vreun băgăcios ca să descopere ce anume făcea Humbert Humbert cu fiica lui vitregă minoră. Perioadele de perturbări electrice și fulgere trăsnitoare îmi produc întotdeauna halucinații. La fel și acum. Dar dacă nu erau simple halucinații? Nu știu ce mi-au pus în băutură, ea sau el sau amândoi, dar într-o noapte am fost sigur că a bătut cineva la ușa cabanei noastre, m-am ridicat și am deschis-o larg și am observat două lucruri – că eram gol-pușcă și că, strălucind alb în bezna brăzdată de picăturile de ploaie, stătea un bărbat care-și ascundea chipul după masca Fălcosului, un detectiv grotesc din benzile desenate. Tipul și-a înăbușit râsul și a zbughit-o, iar eu am revenit clătinându-mă în cameră și am adormit din nou și nici până în ziua de azi nu sunt sigur dacă vizita a fost aievea sau doar delirul generat de drog. Studiasem în detaliu modalitățile de manifestare ale umorului lui Trapp și întâmplarea relatată putea fi o mostră plauzibilă. Oh, grosolană și absolut nemiloasă! Cineva, mi-am închipuit eu, făcea bani cu măștile monștrilor și imbecililor populari. Am văzut oare, în realitate, în dimineața următoare cum doi puști scormoneau prin gunoi și încercau masca Fălcosului? Mă întreb și acum. Să fi fost o coincidență datorată condițiilor atmosferice? Posibil!

Sunt un asasin înzestrat cu o memorie senzațională, dar incompletă și neortodoxă, și de aceea, doamnelor și domnilor, nu vă pot spune cu precizie când, în ce zi, am avut pentru prima oară certitudinea deplină că decapotabilul roșu ne urmărea. Îmi amintesc totuși când i-am văzut foarte clar, de aproape, șoferul. Într-o după-amiază rulam încet prin pânzele ploii torențiale și vedeam întruna cum fantoma roșie înoată și freamătă de pofte în oglinda mea retrovizoare. Deodată potopul a început să slăbească în intensitate, răpăitul picăturilor s-a rărit și apoi a încetat. Soarele s-a ivit din nori și a zvântat foșnind șoseaua, iar eu am oprit la o stație de benzină fiindcă aveam nevoie de ochelari de soare noi. Ceea ce se întâmpla semăna cu o boală, un cancer, ceva fără speranță, așa că pur și simplu am făcut abstracție de faptul că urmăritorul nostru tăcut în ipostaza decapotabilă se oprise ceva mai în spate la o cafenea sau un bar cu firma idioată: „La Forfota Mare mai găsești un loc". După ce m-am ocupat de nevoile mașinii, am intrat în birou ca să cumpăr ochelarii și să plătesc benzina. Semnam cecul de călătorie și mă întrebam cam pe unde mă aflu, când am privit întâmplător printr-o fereastră laterală și am văzut ceva îngrozitor. Un bărbat lat în spate, cu început de chelie, cu o haină de culoarea făinii de ovăz și pantaloni maro închis o asculta pe Lo, care stătea sprijinită de mașină și vorbea cu el foarte repede. Lo își agita mâna în sus și în jos, cu degetele răschirate, gesticulația obișnuită când voia să fie foarte serioasă și convingătoare. Familiaritatea și volubilitatea cu care discuta m-au șocat – cum să vă spun? – m-au dat gata, cei doi păreau să se cunoască, oh, de multe și multe săptămâni. L-am văzut cum se scarpină pe obraz, dă din cap aprobator și se întoarce la decapotabilul lui. Un bărbat lat în umeri, destul de masiv, cam de vârsta mea, care semăna oarecum cu Gustav Trapp, un văr de-al tatei din Elveția – aceeași față cu pielea întinsă, arsă de vânt și de soare, mai plină decât a mea, cu o mustață mică și neagră și o gură degenerată, trandafirie. Când m-am urcat în mașină, Lolita studia o hartă rutieră.

— Ce te-a întrebat bărbatul acela, Lo?

— Care bărbat? Oh, bărbatul ăla, oh, da. Oh, nu știu. M-a întrebat dacă am o hartă. Se rătăcise, cred.

Am pornit și la un moment dat i-am spus:

— Lo, ascultă-mă cu atenție. Nu știu dacă minți și nu știu dacă mai ești întreagă la minte și deocamdată nici nu mă interesează; dar persoana aceea ne-a urmărit toată ziua, mașina a fost ieri la motel și cred că el e polițai. Știi foarte bine ce se întâmplă și unde te duci dacă poliția află cum stau lucrurile. Vreau să știu exact ce ți-a spus și ce i-ai răspuns tu.

A râs.

— Dacă e cu adevărat polițai, zise ea strident, dar cu o oarecare logică, cel mai rău este să-i arătăm că ne temem de el. Fă-te că nu-l vezi, Tăticule.

— A întrebat unde ne ducem?

— Oh, *asta* o știe (în batjocură).

— Oricum, am zis renunțând, acum l-am văzut de aproape. Nu e arătos. Seamănă foarte bine cu o rudă de-a mea numită Trapp.

— Mai știi, poate e Trapp. În locul tău – oh, uită-te, toți nouarii au dispărut și în locul lor au apărut zerourile din mia următoare. Când eram mică, a continuat ea pe neașteptate, credeam că or să se oprească și or să redevină nouari, era nevoie doar ca mama să fie de acord și să întoarcă mașina invers.

Vorbea pentru prima oară spontan despre copilăria ei pre-Humbertiană; probabil învățase trucul în grupa de teatru. Ne-am continuat călătoria fără să ne mai urmărească nimeni. Dar a doua zi, asemenea durerii care revine într-o boală fatală de îndată ce efectul medicamentului și speranța s-au stins, a reapărut în spatele nostru platoșa roșie lucioasă. Pe șosea se circula liniștit; nimeni nu depășea pe nimeni; și nimeni nu încerca să se intercaleze între umila noastră mașină albastră și tiranica ei umbră roșie – ca și cum intervalul fusese vrăjit, devenind o zonă de veselie nefastă și de magie neagră, o zonă precisă și stabilă, parcă ar fi fost tăiată artistic în sticlă. Șoferul din spatele meu, cu umeri puternici și mustața stil Trapp, semăna cu un manechin dintr-o expoziție, iar decapotabila lui părea că se deplasează datorită unei funii invizibile, silențioase, de mătase, care o lega de vehiculul nostru prăpădit. Sedanul albastru avea mult mai puțini cai-putere decât mașina lui splendidă, lăcuită, așa că nici măcar n-am încercat să iau distanță. *O lente currite noctis equi!* O, cât de încet se desfășurau coșmarurile nopții! Am urcat pante lungi și am rulat din nou la vale, am respectat limitele de viteză și am ocolit copiii neatenți, am reprodus la scară mare șerpuirile negre ale curbelor de pe indicatoarele galbene, dar, indiferent cum și prin ce zone conduceam, intervalul vrăjit continua să alunece intact, matematic asemenea mirajului, proiecția pe șosea a unui covor magic. Și permanent am simțit în dreapta mea o vâlvătaie tainică: privirea ei veselă, obrazul ei îmbujorat.

Un polițist de la circulație, postat în mijlocul păienjenișului coșmaresc al străzilor – la 4,30 p.m. într-un oraș industrial – a fost mâna sorții care a rupt vraja. Mi-a făcut semn să trec și apoi aceeași mână m-a despărțit de umbra roșie. Între noi s-au intercalat vreo douăzeci de mașini, iar eu am accelerat și am virat ca un maestru într-o alee îngustă. O vrabie și-a luat zborul cu o bucată enormă de pâine, a fost atacată de alta și a scăpat bucata din cioc.

Câteva opriri bruște, hoinăreala prelungită, fără țintă, pe diferite străzi și, în sfârșit, am revenit la șosea: umbra noastră dispăruse.

Lola a ricanat și mi-a spus:

— Dacă într-adevăr crezi că tipul este ceea ce crezi, ai făcut o mare prostie încercând să-l fentezi.

— Acum am alte idei, i-am spus.

— Trebuia – ah – să ți le ții în frâu – ah – rămânând în contact cu el, tahtă drahgă, replică Lo, zbătându-se în spiralele propriului sarcasm. Ei, fir-ar să fie, *ești* meschin, adăugă cu vocea ei obișnuită.

Am petrecut o noapte posomorâtă într-o cabană infectă, sub măreția sonoră a ploii și deasupra noastră s-a rostogolit continuu un fel de tunet preistoric și puternic.

— Nu sunt o doamnă și nu-mi plac fulgerele, spuse Lo, a cărei spaimă de furtunile cu descărcări electrice îmi aducea un fel de consolare patetică.

Am luat micul dejun în orașul-reședință departamentală Soda cu o populație de o mie și unu de locuitori.

— Judecând după cariatida aceea, am remarcat, Bucălatul s-a și prezentat.

— Umorul tău, draghă tathă, e debordant.

Între timp ajunsesem în ținutul salviei hoinare. Au urmat vreo două zile destinse, încântătoare (cât de nebun fusesem, nu se întâmplase nimic; crampa venea de la un vânt care nu reușea să iasă), și numaidecât podișurile înalte au făcut loc munților adevărați și am intrat în Wace la timp.

Oh, dezastru. Se produsese o confuzie, Lo citise greșit data în Ghidul Turistic și ceremoniile de la Peștera Magică se încheiaseră! Trebuie să admit că a suportat eroic necazul. Am descoperit că în orașul Wace - de tip Kurort - exista un teatru de vară în plină activitate și într-o seară frumoasă de la mijlocul lui iunie ne-am îndreptat, firește, spre el. N-aș putea să vă povestesc intriga piesei văzute. O aventură banală, fără îndoială, cu efecte luminoase modeste și o protagonistă mediocră. Mi-a plăcut cu adevărat doar ghirlanda de șapte grații mici, mai mult sau mai puțin nemișcate, machiate frumos, cu membrele goale - șapte pubere buimăcite, înfășurate în voal colorat, recrutate din localitate (judecând după freamătul partizan ce se producea ici și colo în auditoriu) - personificare a unui curcubeu viu, care a strălucit în ultimul act și s-a stins oarecum plictisit în spatele unei serii de voaluri multiplicate. M-am gândit, după cum îmi amintesc, că ideea copiilor-culori fusese preluată de autorii Clare Quilty și Vivian Darkbloom dintr-un pasaj din James Joyce și că două dintre culori erau exasperant de atrăgătoare - oranjul și smaraldul. Oranjul s-a frichinit tot timpul, iar smaraldul, după ce ochii i s-au obișnuit cu întunericul din sala unde stăteam înfipți în scaune, i-a zâmbit deodată mamei sau tutorelui său.

De îndată ce povestea s-a încheiat și aplauzele - un sunet pe care nervii mei nu-l suportă - s-au pornit să bubuie în jurul meu, am început s-o trag și s-o împing spre ieșire pe Lo, determinat de nerăbdarea erotică firească de a o conduce înapoi spre cabana noastră cu neon albastru, prin noaptea înstelată și uluită: spun întotdeauna că natura este uluită de ceea ce vede. Dolly-Lo rămânea totuși în urmă, într-o stare de uimire trandafirie, ochii încântați i se îngustaseră, văzul copleșise în așa măsură celelalte simțuri încât ea continua să aplaude mașinal, însă mâinile ei moi de abia se mai atingeau. E o reacție frecventă la copii, o cunoșteam, dar, pentru numele lui Dumnezeu, Lo era o fetiță deosebită, și totuși zâmbea ca o mioapă spre scena care se afla acum departe. Reușisem să văd câte ceva din cei doi coautori – un smoching și umerii goi ai unei femei surprinzător de înalte, cu părul negru și care semăna cu un șoim.

— Mi-ai învinețit din nou încheietura mâinii, brută, spuse Lolita cu voce scăzută și se strecură pe bancheta ei.

— Îmi pare foarte rău, îngrozitor de rău, iubita mea, iubita mea ultravioletă, am zis, încercând zadarnic să o prind de cot, și am adăugat, ca să schimb subiectul – ca să schimb direcția sorții, oh, Doamne Dumnezeule: Strașnică femeie Vivian. Sunt sigur că am văzut-o ieri pe afișul din restaurantul acela din Soda.

— Uneori ești revoltător de tâmpit. Mai întâi, Vivian este autorul, autoarea e Clare; în al doilea rând, are patruzeci de ani, e măritată și în vinele ei curge sânge de negru.

— Credeam, am zis tachinând-o, că acest Quilty e marea ta pasiune de pe vremea când mă iubeai în dulcele și bătrânul Ramsdale.

— Ce zici? a contrat Lo cu fața schimonosită. Dentistul ăla gras? Cred că mă confunzi cu vreuna dintre fâșnețele după care te dădeai în vânt.

Iar eu m-am gândit că aceste fâșnețe uită totul, în vreme ce noi, bărbații îndrăgostiți, păstrăm cu sfințenie fiecare fărâmă din nimfetismul lor.

19

I-am dat dirigintelui de la poșta din Beardsley – cu știința și încuviințarea lui Lo – două adrese unde să ne trimită eventuala corespondență: PO Wace și PO Elphinstone. În dimineața următoare am trecut pe la primul oficiu și am fost nevoiți să așteptăm la o coadă scurtă, dar care se deplasa lent. Senină, Lo s-a apucat să studieze galeria infractorilor. Frumosul Bryan Bryanski, alias Anthony Bryan, alias Tony Brown, ochii căprui, tenul frumos, căutat pentru răpire de copii. *Le faux pas* al unui gentleman bătrân, cu ochii triști, consta în escrocherie poștală și, ca și cum n-ar fi fost de-ajuns, fusese blestemat de la natură cu arcade deformate. Sullen Sullivan era prezentat cu un avertisment: se crede că e înarmat și trebuie considerat ca extrem de periculos. Dacă doriți să turnați un film după cartea mea, faceți în așa fel ca unul dintre chipurile acestea să se transforme în timp ce le privesc în figura mea. În plus, se afla fotografia la minut, murdară, a unei Fete Dispărute, vârsta : paisprezece ani, avea pantofi maro și geantă când a fost văzută pentru ultima dată, rimează. Rugăm, anunțați-l pe Șeriful Buller.

Am uitat de scrisorile mele. Dolly primise raportul de la școală și un plic cu aspect deosebit. L-am deschis pe îndelete și i-am citit atent conținutul. Am conchis că procedasem conform înțelegerii, întrucât Lo nici măcar nu s-a sinchisit și a plutit în derivă spre standul cu ziare de lângă ieșire.

„Dolly-Lo: Să știi că piesa s-a bucurat de mare succes. Cei trei copoi au stat cuminți, fiindcă fuseseră, bănuiesc, ușor drogați de Cutler, iar Linda a învățat la perfecție rolul tău. A jucat foarte bine, cu vivacitate și stăpânire perfectă, însă i-a lipsit ceva din *sensibilitatea*, din *vitalitatea relaxată*, din farmecul Dianei *mele* – și al autorului; dar autorul n-a fost de față, să ne aplaude, cum s-a întâmplat la repetiția aceea specială, iar furtuna teribilă cu descărcări electrice de afară ne-a bruiat tunetele noastre produse în culise. Oh, draga mea, viața zboară. Acum, când s-au încheiat toate, școala, piesa, aiureala cu Roy, lăuzia mamei (bebelușul nostru, vai, n-a avut zile), am impresia că lucrurile s-au petrecut demult, demult, deși, de fapt, mai am încă urme de machiaj pe față.

Poimâine plecăm la New York și cred că nu voi avea încotro și-mi voi însoți părinții în Europa. Din păcate, am vești destul de proaste pentru tine. Dolly-Lo! Când te vei întoarce s-ar putea să nu mă găsești în Beardsley. Dintr-un motiv sau altul, unul știi tu cine e, celălalt nu e cel pe care crezi că-l știi, Tata vrea să mă dea la o școală din Paris pentru un an, câtă vreme va fi și el pe-aproape cu bursa lui Fulbright.

După cum ne așteptam, sărmanul Poet s-a poticnit în Scena III când a ajuns la flecuștețul acela fără noimă în franțuzește. Ți-l amintești? *Ne manque pas de dire à ton amant Chimène, comme le lac est beau car il faut qu'il t'y mène.* Băftos cavaler! *Qu'il t'y* – Ți se-ncurcă limba-n gură! Așaaa, să fii cuminte, Lollikins. Toată dragostea de la Poetul tău și complimente babacăi tale. A ta, Mona. P.S. Din cauza primului motiv sau a celuilalt corespondența mea se află sub control strict. Așa că ar fi bine să aștepți până îți scriu din Europa."

(După câte știu n-a scris. Scrisoarea cuprindea un element de ticăloșie misterioasă, dar sunt prea obosit astăzi și nu îl mai analizez. Am găsit-o mai târziu băgată într-unul dintre Ghidurile Turistice și am reprodus-o aici *à titre documentaire*. Am citit-o de două ori.)

Mi-am ridicat privirile de pe scrisoare și mă pregăteam să... Nici urmă de Lo. În timp ce mă adâncisem în vraja Monei, Lo ridicase din umeri și se topise.

— N-ați văzut întâmplător... l-am întrebat pe cocoșatul care mătura dușumeaua lângă intrare. Da, o văzuse, bătrânul libidinos. Bănuia că fata zărise o prietenă și se grăbise să iasă. Am ieșit și eu în mare grabă. M-am oprit – ea nu se oprise. Am pornit în grabă mai departe. M-am oprit din nou. Așadar, se întâmplase în cele din urmă. Plecase pentru totdeauna.

În anii care au urmat m-am întrebat adesea de ce n-a plecat atunci. Pentru totdeauna. Să o fi reținut calitatea noilor ei rochii de vară încuiate în mașina mea? Să o fi oprit oare faptul că mai aveau de pus la punct unele detalii din planul lor general? Sau, pur și simplu, dacă mă gândesc bine, s-au folosit de mine, care o duceam oricum la Elphinstone – punctul terminus al stratagemei lor secrete? Aveam doar certitudinea că mă părăsise pentru totdeauna. Munții mov și indiferenți înconjurau pe jumătate orașul și pe versanții lor păreau să mișune Lolite care gâfâiau, cățărându-se cu mâinile și cu picioarele, și râdeau și se dizolvau în pâcla ce îi învăluia. Un mare V format din stânci albe pe o pantă abruptă, vizibil în perspectiva îndepărtată a unei răspântii, mi s-a părut însăși inițiala premonitorie a lui Vai-Vai.

Noul și frumosul oficiu poștal din care de-abia ieșiserăm se afla între un cinematograf somnolent și o conjurație de plopi. Era ora 9 a.m. la munte. Strada se numea Main Street. M-am plimbat pe trotuarul ei albastru privind spre trotuarul celălalt: căruia îi dăruia frumuseți magice una dintre acele fragile dimineți de început de vară cu fulgerări sporadice de geamuri și o atmosferă generală de șovăială și parcă de neputință în perspectiva unei amieze intolerabil de fierbinți. Am traversat și am hoinărit și hălăduit, cum s-ar zice, de-a lungul unui imens cvartal: Medicamente, Proprietăți Imobiliare, Arta Modei, Piese Auto, Cafenea, Materiale Sportive, Mobilă, Utilaj Agricol, Western Union, Aspiratoare, Băcănie. Ofițer, ofițer, fiica mea a fugit. În cârdășie cu un detectiv; îndrăgostită de un șantajist. A profitat de neputința mea. M-am uitat prin toate magazinele. M-am întrebat dacă este cazul să mă adresez vreunuia dintre trecătorii răzleți. M-am abținut. Am rămas câteva clipe în mașina parcată. Apoi am cercetat partea de est a grădinii publice. M-am întors la Arta Modei și Piese Auto. Am avut o izbucnire de sarcasm furibund și mi-am spus – *un ricanement* – că sunt smintit de-a binelea să o suspectez, că se va întoarce din clipă în clipă.

Așa s-a și întâmplat.

M-am răsucit în loc și i-am dat la o parte mâna pe care și-o așezase pe mâneca mea, zâmbind imbecil și timid.

— Treci în mașină, i-am spus.

M-a ascultat, iar eu am continuat să circul în sus și-n jos, luptându-mă cu gânduri tulburi și încercând să pun la cale o metodă pentru a-i demasca și a-i anihila duplicitatea.

A ieșit din mașină rapid și a venit din nou lângă mine. Auzul meu a reintrat treptat pe lungimea de undă a stației de emisie Lo și am înțeles că îmi spunea ceva despre întâlnirea ei cu o fostă prietenă.

— Zău? Care?

— O fată din Beardsley.

— Bine. Le știu pe cele din grupul tău. Alice Adams?

— Fata asta nu era din grupul meu.

— Bine. Am lista completă a elevelor. Numele ei, te rog.

— Nu învăța la școala mea. E o fată din Beardsley, și-atât.

— Bine, am cartea cu adrese din Beardsley. O să-i trecem în revistă pe cei care se numesc Brown.

— Nu-i știu decât numele de botez.

— Mary sau Jane?

— Nu - tot Dolly.

— Deci am ajuns într-o fundătură (oglinda de care-ți turtești nasul). Bine, să o luăm altfel. Ai lipsit douăzeci și opt de minute. Cu ce s-au îndeletnicit cele două Dolly?

— Ne-am dus la o prăvălie cu răcoritoare.

— Și acolo ați comandat...

— Două sticle de coke, atât.

— Atenție, Dolly. Putem verifica, știi asta.

— Ea, cel puțin, a comandat. Eu am cerut un pahar cu apă.

— Bine. Localul acela era acolo?

— Precis.

— Bine, hai s-o întrebăm pe fata de la bar.

— Mai stai olecuță. Da' poate, dacă mă gândesc mai bine, a fost undeva mai departe, mai spre centru - imediat după colț.

N-are importanță, hai intră, te rog. O să vedem. (Am deschis o carte de telefon legată cu lănțișor.) Servicii Funebre Deosebite. Nu, încă nu. Aha, iată-le: Druggists-Retail. Hill Drug Store. Farmacia Larkin. Și încă vreo două. Cam astea sunt magazinele din Wace care au baruri cu răcoritoare - cel puțin în secțiunea lor comercială. Perfect, o să le verificăm pe toate.

— Du-te dracului, spuse ea.

— Lo, grosolănia nu-ți servește la nimic.

— Okay, zise. Dar să-ți iasă din cap că ai mă prinzi în cursă. Okay, deci n-am stat într-un magazin. Am discutat și ne-am uitat la rochiile din vitrine.

— Care vitrine? Asta, de pildă?

— Da-da, aia de-acolo, de pildă.

— Oh, Lo! Hai s-o privim mai de aproape.

Imaginea era, într-adevăr, încântătoare. Un tânăr spilcuit curăța cu aspiratorul covorul ordinar pe care stăteau două statuete ce păreau scăpate dintr-o explozie. Una era goală-pușcă, fără perucă și fără brațe. Statura ei relativ mică și poza afectată sugerau că îmbrăcată reprezentase și va reprezenta, după ce o vor înveșmânta din nou, o fetiță de dimensiunile Lolitei. Dar acum era asexuată. Lângă ea stătea o mireasă cu voal, mult mai înaltă, aproape perfectă și *intactă*, atât că îi lipsea un braț. La picioarele celor două domnișoare, pe podiumul pe care tânărul se mișca harnic încolo și-ncoace cu aspiratorul, se formase o grămăjoară din trei brațe subțiri și o perucă blondă. Două brațe se răsuciseră întâmplător într-un gest ce sugera groaza sau implorarea.

— Uite ce e Lo, am spus calm. Uită-te bine. Nu ți se pare că simbolizează ceva? Totuși – am continuat după ce ne-am urcat în mașină –, mi-am luat anumite precauții. Aici (deschizând delicat boxa din bordul mașinii) pe bloc-notesul acesta, am trecut numărul mașinii prietenului tău.

Mare măgar am fost să nu-l memorez. În mintea mea se păstrau doar litera inițială și ultima cifră, ca și cum întregul amfiteatru al celor șase semne se retrăgea concav în spatele unui geam colorat care era prea opac și nu-mi permitea să descifrez seria centrală, dar suficient de translucid încât distingeam semnele extreme – un P mare și un 6. Mă văd obligat să intru în asemenea detalii (care, în sine, prezintă interes doar pentru psihologul profesionist) pentru că altminteri cititorul (ah, de-aș izbuti să mi-l reprezint clar sub forma unui cărturar cu barba blondă și buze trandafirii sugând *la pomme de sa canne* în timp ce îmi soarbe manuscrisul!) s-ar putea să nu înțeleagă intensitatea șocului pe care l-am trăit când am constatat că P-ul căpătase turnura lui B și că 6 fusese pur și simplu radiat. Restul, mâzgălit prin frecarea agitată, grăbită, a gumei din capul creionului, avea porțiuni cu numere șterse sau reconstruite cu un scris de copil și prezenta o încâlceală terifiantă, ca un gard din sârmă ghimpată menit să zădărnicească orice tentativă de interpretare logică. Reținusem doar statul – se învecina cu acela din care făcea parte Beardsley.

N-am spus nimic. Am pus bloc-notesul la loc, am închis boxa și am ieșit din Wace. Lo înhățase niște reviste umoristice de pe bancheta din spate și, nestatornica-bluză-albă, cu un cot scos pe geamul portierei, se lăsase furată de aventura în desfășurare a vreunui prostănac sau clovn. La trei sau patru mile depărtare de Wace am virat în umbra unui teren pentru picnic unde dimineața își așternuse crâmpeiele de lumină pe o masă goală; surprinsă, Lo și-a înălțat privirea schițând un zâmbet vag și, fără să scot un cuvânt, i-am tras un dos de palmă groaznic care s-a lipit de pometul dur și fierbinte al obrazului ei.

Și apoi remușcările, dulceața sfâșietoare a ispășirii plină de suspine, iubirea ce se târăște în genunchi, deznădejdea împăcării senzuale. În noaptea de catifea, la Motelul Mirana (Mirana!) i-am sărutat tălpile gălbui ale picioarelor ei cu degete lungi, m-am jertfit... Fără nici un folos. Amândoi eram condamnați. Și curând urma să fiu prins într-un nou ciclu de persecuții.

Pe o stradă din Wace, la periferie... Oh, sunt foarte sigur că n-a fost o amăgire. Pe o stradă din Wace am zărit decapotabilul Roșu Aztec sau geamănul lui. În locul lui Trapp, în mașină se aflau patru sau cinci tineri zgomotoși de diferite sexe – dar n-am spus nimic. După ce am trecut de Wace, s-a ivit o situație complet nouă. O zi sau două m-am bucurat de o forță mintală remarcabilă care îmi spunea că noi nu eram și n-am fost urmăriți niciodată; apoi, îngrețoșat, am înțeles că Trapp își schimbase tactica și continua să rămână lângă noi, însoțindu-ne în mașini închiriate.

Un adevărat Proteu al autostrăzii, care trecea cu o ușurință uluitoare dintr-un vehicul în altul. Tehnica lui presupunea existența unor garaje specializate în operațiunile „mașini-de-poștă", dar n-am reușit să descopăr localurile pe care le folosea. La început a părut să prefere specia Chevrolet; a început cu o decapotabilă Crem Campus, apoi s-a transbordat într-un Sedan Albastru ca Zarea și de aici înainte s-a decolorat în Gri Surf și Griul Trunchiurilor Plutitoare. Apoi tipul s-a orientat spre alte mărci și a parcurs curcubeul șters al unor nuanțe de vopseluri și într-o zi m-am trezit că nu sunt în stare să stabilesc diferența coloristică subtilă dintre Melmothul nostru Albastru de Vis și Oldsmobilul Creasta Albastră pe care îl închiriase; griurile, totuși, rămâneau criptocronismul său preferat și, în coșmarurile mele agonice, am încercat zadarnic să deosebesc în mod adecvat fantoma Cryslerului Gri ca Scoica de aceea a Chevroletului Gri ca Ciulinul și de a Dodgelui Gri Galic...

Fiind nevoit să-i pândesc mereu mustața mică și cămașa deschisă – sau devla chelboasă și umerii larg –, am ajuns să studiez aprofundat toate mașinile de pe șosea – din spate, din față, de alături, cele ce veneau, cele ce se îndepărtau, fiecare vehicul de sub soarele dansant: automobilul vilegiaturistului liniștit având în fereastra din spate cutia cu șervețele Extra-Fine; rabla gonind temerară plină de copii palizi, cu botul unui câine flocos ieșind pe geam și cu o aripă șifonată; Sedanul burlacului, încărcat ochi cu costume pe umerașe; uriașul și umflatul treiler transportând case ce se strecoară în față ; mașina cu tânăra pasageră cocoțată politicos în mijlocul banchetei din față ca să fie mai aproape de tânărul șofer; mașina care poartă pe acoperiș o barcă roșie cu fundul în sus... Mașina gri care încetinește în fața noastră, mașina gri prinzându-ne din urmă.

Ne găseam în ținutul muntos, undeva între Snow și Champion, și rulam la vale pe o pantă aproape imperceptibilă, când am avut ocazia pentru a doua oară să-l văd clar pe Detectivul Amant Trapp. Ceața cenușie din spatele nostru se îndesise și se concentrase în masivitatea unui Sedan Albastru Dominion. Deodată, ca și cum reacționa la spasmele sărmanei mele inimi, mașina pe care o condusesem s-a pornit să lunece dintr-o parte în cealaltă în timp ce de sub noi se auzea un flap-flap-flap neputincios.

— Ai pană de caucic, musiu, spuse veselă Lo.

Am oprit lângă o prăpastie. Și-a încrucișat brațele și și-a pus piciorul pe tabloul de bord. Am coborât și am examinat roata din spate dreapta. Anvelopa se turtise îngrozitor, ca o proastă. Trapp se oprise la vreo cincizeci de yarzi în spatele nostru. De la distanță, fața sa forma o pată unsuroasă de voioșie. Asta era șansa mea. M-am îndreptat spre el – cu ideea strălucită de a-i cere un cric, deși eu aveam unul. S-a retras puțin. M-am împiedicat de o piatră – prilej de amuzament general. Apoi un camion colosal s-a ivit din spatele lui Trapp și a trecut ca fulgerul pe lângă mine – și imediat după aceea l-am auzit cum claxonează convulsiv. M-am uitat instinctiv, înapoi – și am văzut cum mașina mea o lua ușurel din loc. Mi-am dat seama că la volan se afla, ca o caraghioasă, Lo și că motorul era cu certitudine pornit – deși, după cum îmi aminteam, îl oprisem, dar nu trăsesem frâna de mână; și într-o fracțiune infinitezimală de timp – intervalul dintre două bătăi de inimă – am ajuns la mașina care cârcâia, dar s-a oprit în cele din urmă; ei bine, în cele câteva clipe mi-a venit în minte ideea că în ultimii doi ani micuța Lo avusese timp berechet să fure elementele esențiale ale șofatului. Am deschis violent portiera. Eram al naibii de sigur că ea pornise mașina ca să mă împiedice să mă apropii de Trapp. Trucul ei s-a dovedit inutil totuși, deoarece exact în momentul când o urmăream el luase un viraj energic în U și se volatilizase. M-am odihnit câteva secunde. Lo m-a întrebat dacă n-am de gând să-i mulțumesc – mașina o luase din loc singură și... Cum n-a primit nici un răspuns, s-a adâncit numaidecât în studiul unei hărți. Am ieșit din nou din mașină și a început „chinul de pe lume", cum îi spunea Charlotte. Îmi pierdeam mințile, probabil.

Ne-am continuat călătoria grotescă. După o coborâre solitară și inutilă, am urcat și am tot urcat. Pe o pantă abruptă m-am trezit în spatele unui camion gigantic care ne depășise. Acum gemea cățărându-se pe serpentine și nu ne permitea să trecem. Din cabina lui a ieșit un dreptunghi mic de argint șlefuit – ambalajul interior al gumei de mestecat – și a zburat înapoi, lipindu-se de parbrizul nostru. Mi s-a năzărit că, dacă într-adevăr îmi pierdeam mințile, aș putea-o sfârși ucigând pe cineva. De fapt – îi spuse Humbert cel părăsit lui Humbert care se poticnea –, ar fi mai inteligent să pregătești lucrurile – să transferi arma din cutie în buzunar – ca să fii gata să exploatezi momentul de nebunie care va veni fără doar și poate.

20

Permițându-i Lolitei să studieze arta actorului, i-am oferit posibilitatea, ca un nătărău îndrăgostit ce eram, să-și dezvolte capacitatea de a înșela. Se vedea acum că răspunsurile la teme de felul: „Care este conflictul principal în *Hedda Gabler*?" sau „Care sunt punctele culminante în *Dragostea de sub tei*?" sau „Analizați atmosfera dominantă din *Livada cu vișini*" o învățau, de fapt, cum să mă trădeze. Oh, cât de mult regretam acum exercițiile de simulare senzuală pe care le făcuse în salonul nostru din Beardsley unde o urmărisem de multe ori dintr-un punct strategic bine ales în timp ce ea, ca aflată sub hipnoză sau asemenea participantei la un ritual mistic, producea versiuni sofisticate de fantezii infantile mimând diferite acțiuni – asculta un geamăt venind din beznă, se întâlnea pentru prima dată cu tânăra mamă vitregă, gusta ceva cu gust oribil, mirosea iarba strivită într-o livadă luxuriantă sau atingea obiecte fantomatice cu mâinile ei subțiri, agile de fetiță. Păstrez încă printre hârtiile mele o foaie trasă la mimeograf cu indicații de felul:

> „Exercițiu tactil. Imaginează-ți că ridici de jos și ții în mână o minge de ping-pong, un măr, o curmală lipicioasă, o minge de tenis nouă și flocoasă, un cartof fierbinte, un cub de gheață, o pisicuță, un cățeluș, o potcoavă, o pană, o făclie.
>
> Frecați sau frământați cu degetele următoarele obiecte imaginare: o bucată de pâine, o gumă de șters, tâmpla dureroasă a unui prieten, o bucată de catifea, petala unui trandafir.
>
> Ești o fetiță oarbă. Pipăie fața unui tânăr grec, a lui Cyrano, a lui Moș Crăciun, a unui bebeluș, a unui faun care râde, a unui străin, a tatălui tău".

Și cât de fermecătoare era în timp ce urzea acele vrăji delicate, în timpul reprezentației de vis a vrăjilor și exercițiilor ei impuse! Iar în anumite seri aventuroase din Beardsley, o rugam să danseze pentru mine, promițându-i bineînțeles o tratație sau un dar și ritmurile membrelor ei nu tocmai nubile îmi produceau o deosebită plăcere, deși salturile ei cu picioarele desfăcute semănau mai curând cu acelea ale unui șef de galerie la fotbal decât cu mișcările sacadate ale unui *petit rat* parizian. Dar nimic, absolut nimic nu se compara cu furnicăturile extazului provocat de modul în care juca tenis – sentimentul delirant și chinuitor că mă balansam chiar pe marginea unei ordini și splendori supranaturale.

În ciuda vârstei avansate, Lo continua să rămână o nimfetă extraordinară, parcă niciodată nu fusese atât de fascinantă, cu mădularele ei de culoarea caisei, în echipamentul de tenis pentru copii! Înaripați gentlemani! Ce haz ar mai avea lumea cealaltă dacă n-ar prezenta-o așa cum se înfățișa ea – fără să schimbe nimic – în acea stațiune din Colorado, dintre Snow și Elphinstone: pantalonii scurți și largi de băiețel, talia subțire, pântecele de caisă, sutienul cu bretelele care-i înconjurau gâtul și se legau în spate printr-un nod ce se bălăbănea și omoplații ei de caisă, goi adorabili și ucigător de tineri cu pufulețul acela și oasele frumoase și delicate, precum și spatele neted care se îngusta spre talie. Șapca ei avea cozoroc alb. Racheta ei mă costase o mică avere. Idiot, de trei ori idiot! De ce n-oi fi filmat-o? Ar fi fost acum împreună cu mine, în fața ochilor mei, în camera de proiecție a durerii și disperării mele.

De obicei, înainte de a servi, Lo aștepta și se relaxa cât secundarul trecea peste una sau două din liniile albe ale timpului și adesea bătea mingea o dată sau de două ori sau juca puțin pe loc, întotdeauna dezinvoltă, întotdeauna destul de indiferentă față de scor, întotdeauna veselă, cum nu i se întâmpla decât rareori în viața întunecată pe care o ducea acasă. Tenisul ei reprezenta punctul cel mai înalt pe care îl putea atinge o tânără făptură în arta simulării; totuși, nu îndrăznesc să cred că tenisul reprezenta pentru ea însăși geometria realității fundamentale.

Limpiditatea miraculoasă a mișcărilor ei își avea replica auditivă în sunetul pur și clar al fiecărei lovituri. Când pătrundea în câmpul de tensiune generat de Lo, mingea devenea parcă mai albă, mai reactivă, iar instrumentul de precizie pe care i-l aplica părea excesiv de rapace și ager în momentul contactului cu corzile. Forma Lolitei era, într-adevăr, expresia absolut perfectă a tenisului de primă calitate, a tenisului absolut – care nu urmărește neapărat rezultatul practic. Într-o zi, când stăteam pe o bancă tare și vibratilă și urmăream cum Dolores Haze se juca, pur și simplu, cu Linda Hall (care a bătut-o însă), Electra Gold – sora Edusei – o uimitoare tânără antrenoare, mi-a spus:

— Dolly are un magnet în centrul corzilor rachetei, dar de ce naiba este atât de politicoasă?

Ah, Electra dragă, ce importanță mai avea când jocul ei degaja atâta grație! Țin minte că, atunci când am asistat pentru prima oară la unul dintre meciurile ei, m-am pomenit înmuiat de convulsiile aproape dureroase ale asimilării frumosului. La începutul amplu și elastic al executării serviciului, Lolita mea avea un fel cu totul personal de a-și ridica genunchiul stâng îndoit și-atunci se țesea sub soare pentru o clipă doar pânza de păianjen vitală a echilibrului între piciorul înălțat în vârful degetelor, subțioara pură, brațul brunet și racheta aruncată mult în spate, în timp ce ea zâmbea cu dinții strălucitori cosmosului puternic și grațios pe care îl crease cu scopul expres de a se năpusti asupra lui cu pocnetul răsunător și limpede al biciului ei de aur.

Serva ei avea frumusețe, naturalețe, tinerețe, o puritate clasică a traiectoriei, dar, în ciuda vitezei, mingile expediate de Lo puteau fi returnate destul de lesne, fiindcă zborul lor lung și elegant nu avea nici o răsucire sau incisivitate.

Acum gem zadarnic când îmi dau seama că aș fi putut imortaliza pe celuloid toate loviturile și toată magia ei. Ar fi însemnat mult mai mult decât instantaneele pe care le-am ars! Voleul pe deasupra capului era față de servă aidoma strofei finale față de baladă; fiindcă fusese antrenată, scumpa de ea, să vină rapid la fileu, alergând cu picioarele ei sprintene, viguroase, în pantofi albi. Imposibil să alegi între loviturile ei pe dreapta sau pe rever: primele erau imaginea în oglindă a celorlalte – viscerele mele resimt încă arsura produsă de zgomotele ca de pistol repetate de ecouri perlate și de strigătele Electrei. Semivoleul scurt pe care-l învățase de la Ned Litam în California era unul dintre giuvaierurile jocului lui Lo.

Prefera actoria înotului și înotul tenisului; totuși, eu susțin că, dacă nu i-aș fi sfărâmat ceva în adâncul sufletului – din păcate, nu mi-am dat seama atunci! –, Lolita ar fi atins forma maximă și ar fi dobândit voința de a învinge și ar fi devenit o adevărată campioană. Dolores, cu două rachete sub braț, la Wimbledon. Dolores confirmând la Dromedary. Dolores trecând la profesionism. Dolores interpretând rolul de campioană într-un film. Dolores și soțul și antrenorul ei, bătrânul Humbert, cărunt, umil, redus la tăcere.

Spiritul jocului ei nu trăda falsitate sau perfidie – dacă nu considerăm indiferența ei față de rezultat ca o viclenie specifică nimfetei. În viața de fiecare zi, Lo era șireată și crudă, însă modul ei de a plasa mingea dezvăluia o inocență, o franchețe și o amabilitate care permiteau chiar și unui jucător de mâna a doua, dar hotărât, oricât de neîndemânatic și incompetent ar fi fost, să-și croiască drumul spre victorie. Deși de statură mică, Lo acoperea cele o mie și cincizeci și trei de picioare pătrate ale jumătății ei de teren cu o ușurință surprinzătoare, de îndată ce intra în ritmul unui concurs și atâta vreme cât controlul ritmului îi aparținea; dar devenea complet neajutorată când adversara declanșa un atac abrupt sau schimba brusc tactica. La punctul decisiv, al doilea servici, care – oarecum firesc – era la ea mai puternic și mai elegant decât primul (fiindcă nu suferea de inhibițiile pe care le au câștigătorii prudenți), izbea, de regulă, banda fileului – și mingea ricoșa afară din teren. Bijuteria șlefuită a mingilor puse era plesnită și trimisă departe de un adversar care părea să aibă patru picioare și să mânuiască o lopată cioturoasă. Loviturile ei impresionante și voleurile frumoase picau candide la picioarele acestuia. De nenumărate ori returna în fileu o lovitură ușoară – și-atunci mima cu voioșie consternarea aplecându-se copleșită într-o figură de balet, cu părul căzându-i peste ochi. Grația și corzile ei erau atât de neproductive încât nu putea să câștige nici măcar în fața gâfâiturilor și a loviturilor mele liftate după moda veche.

Sunt deosebit de sensibil, așa am impresia, la magia jocurilor. În întâlnirile mele cu Gaston priveam tabla de șah așa cum te uiți într-un bazin pătrat cu apă limpede și câteva scoici și stratageme trandafirii pe mozaicul neted al fundului, care pentru adversarul meu năuc părea acoperit în întregime de mâl și nori de cerneală de sepie. În chip asemănător, antrenamentul de tenis pe care i-l aplicasem inițial Lolitei – anterior revelațiilor avute de ea în urma lecțiilor cu marele californian – mi-a rămas în minte ca o amintire apăsătoare și penibilă – din cauză că orice sugestie o irita, iritându-mă și dezarmându-mă și pe mine – dar și pentru că datorită stângăciei și oboselii pline de resentimente a copilei, resentimente provocate de lipsa mea de tact pedagogic, simetria prețioasă a terenului era pe de-a-ntregul răvășită și nu mai reflecta, cum ar fi fost normal, armoniile ei latente. Acum lucrurile se schimbaseră și în acea zi deosebită, în aerul pur de la Champion, Colorado, pe terenul admirabil de la baza scărilor abrupte de piatră care urcau la Hotelul Champion unde ne petrecuserăm noaptea, am simțit că mă pot odihni după coșmarul trădărilor necunoscute, delectându-mă cu inocența stilului, a sufletului, a grației ei esențiale.

Lovea tare și monoton cu obișnuita ei dezinvoltură, alimentându-mă cu mingi ușoare pe fundul terenului – distribuite atât de ritmic și de clar încât îmi reducea, practic, mișcarea picioarelor la o plimbare legănată – jucătorii împătimiți vor înțelege ce vreau să spun. Serva mea extrem de tăioasă, învățată de la tata, care o învățase de la marii campioni Decugis sau Borman, vechii săi prieteni, ar fi pus-o în mare dificultate pe Lo, dacă mi-aș fi propus, într-adevăr, să-i dau bătaie de cap. Dar cine și-ar fi permis să necăjească o făptură atât de drăguță și de lucidă? V-am pomenit vreodată că pe brațul ei gol se vedea 8-ul vaccinului? Că o iubeam fără speranță? Că avea doar paisprezece ani?

Un fluture iscoditor și băgăcios a trecut printre noi.

Un individ cu părul roșu și cam cu opt ani mai tânăr decât mine, cu gambele roz-strălucitoare arse de soare, și o brunetă lenevoasă, cu botic agresiv și privire dură, cu vreo doi ani mai mare decât Lolita, amândoi în echipament de tenis, au apărut ca din senin. Cum se întâmpla, de regulă, cu novicii conștiincioși, cei doi își purtau rachetele protejate de cadre din lemn și băgate în huse și le cărau ca și când ar fi fost ciocane sau espingole sau sfredele sau chiar păcatele mele negre și grele, în loc să le țină ca pe niște extensii comode ale anumitor mușchi specializați. S-au așezat fără jenă pe o bancă de lângă teren și s-au pornit să admire în gura mare o serie de vreo cincizeci de schimburi rapide pe care Lo m-a ajutat cu inocență să le alimentez și să le mențin – până când în mijlocul suitei s-a produs o sincopă și smeciul ei a ieșit din teren și scumpa mea de aur a rămas mai întâi ca la dentist și apoi a izbucnit într-un râs cuceritor.

Mi se făcuse sete și m-am dus la o țâșnitoare; acolo Roșcatul s-a apropiat de mine cu toată modestia, propunându-mi un dublu-mixt.

— Sunt Bill Mead, spuse. Și ea e Fay Page, actrița. *Maffy On Say* – adăugă el (arătând cu racheta lui ridicolă – cu capișon – spre sclivisita Fay, care începuse să discute cu Dolly).

Mă pregăteam să-i răspund „Îmi pare rău, dar..." (pentru că îmi displace să-mi dau mânza pe mâna unor jucători de două parale, care parcă taie lemne sau împung cu baioneta), când deodată atenția mi-a fost abătută de un strigăt surprinzător de melodios: un groom cobora în fugă scările de la hotel la terenul nostru și-mi făcea întruna semne. Eram chemat, dacă sunteți amabil, la telefon, o convorbire interurbană – persoana așteaptă la capătul firului. Numaidecât. Mi-am pus costumul (buzunarul interior atârna greu din cauza pistolului) și i-am spus lui Lo că mă-ntorc într-o clipită. Ea culegea de jos o minge – în stilul continental, cu piciorul și racheta, unul dintre puținele lucruri frumoase învățate de la mine – și zâmbea – îmi zâmbea!

Un calm teribil îmi ținea inima pe linia de plutire în timp ce mă îndreptam spre hotel urmându-l pe băiatul care mă anunțase. Folosind un termen, în care se condensează respingător și bizar descoperirea, pedepsirea, tortura, moartea și veșnicia – eram pe dric. Am lăsat-o pe mâini mediocre, dar nu mai conta acum. Voi lupta, desigur. Oh, voi lupta. Mai bine distrug totul decât să renunț la ea. Da, greu urcuș, nu glumă.

La recepție, un bărbat impunător, cu nas de roman, cu – aș sugera eu – un trecut foarte obscur, care ar merita să fie cercetat, mi-a înmânat un mesaj scris chiar cu mâna lui. Legătura telefonică se întrerupsese. Nota spunea:

> „Domnul Humbert. A telefonat directoarea Școlii Birdsley – sic! Reședința de vară – Birdsley 2-8282. Rugăm sunați imediat. Extrem de important".

M-am băgat într-o cabină, am înghițit o mică pilulă și timp de aproximativ douăzeci de minute m-am luptat cu spiridușii spațiului. Treptat a devenit audibil un cvartet de propoziții: soprana, nu există numărul acesta în Beardsley; altista, Miss Pratt e în drum spre Anglia; tenorul, Școala Beardsley nu a telefonat; basul, nu aveau cum să sune fiindcă nimeni nu știa că mă aflam în acea zi la Champion, Colorado. Îmboldit de mine, Romanul și-a dat osteneala să afle dacă s-a înregistrat vreun apel interurban. Nu! Nu era exclusă o farsă, cineva a sunat de la un telefon din localitate. I-am mulțumit. Mi-a spus: vă cred. După o vizită la WC-ul șopotitor și o tărie dată pe gât la bar am pornit în marșul meu de întoarcere. Am văzut chiar de pe prima terasă cum – departe jos pe terenul de tenis care părea de dimensiunea unei tăblițe de școlar prost șterse – Lolita juca într-o partidă de dublu. Se mișca asemenea unui înger frumos printre trei boșimani oribili și ologi. Unul dintre aceștia, partenerul ei, o bătea în glumă la fund cu racheta în momentul când își schimbau locurile. Avea capul uimitor de rotund și purta pantaloni maro inadecvați. S-a produs un moment de agitație – m-a văzut și, azvârlind racheta – racheta mea! –, a luat-o la fugă în sus pe pantă. Își mișca din încheieturi mâinile și dădea din coate într-un fel de imitație a unor aripi rudimentare, în timp ce urca, crăcănat, spre stradă, unde îl aștepta mașina lui gri. În clipa următoare, el și pata gri au dispărut. Când am ajuns jos, trioul care rămăsese aduna și alegea mingile.

— Domnule Mead, cine era persoana?

Bill și Fay au dat din cap foarte solemni în semn că nu știu.

Intrusul absurd s-a băgat peste ei, voia neapărat să joace un dublu, nu-i așa Dolly?

Dolly. Mânerul rachetei mele era încă dezgustător de cald. Înainte de a ne întoarce la hotel am împins-o într-o mică alee ascunsă pe jumătate de arbuști înmiresmați, cu flori ca fumul, și era cât pe ce să izbucnesc în suspine adevărate și să mă amestec în visul ei netulburat în modul cel mai abject, pentru a-i cere să-mi explice, chiar de-ar fi fost să mintă, în legătură cu oroarea lentă ce mă învăluia, când ne-am pomenit în spatele cuplului Mead hohotind, cât pe ce să leșine de râs – ca în vechile comedii, vedeți când două perechi bine alese se întâlneau într-un decor idilic. Bill și Fay se prăpădeau de râs – ajunsesem la sfârșitul jocului lor intim. De fapt, n-avea nici o importanță.

Vorbind ca și cum într-adevăr nu avea nici o importanță și presupunând, chipurile, că în aparență viața continua să se desfășoare de la sine cu toate plăcerile ei obișnuite, Lolita mi-a spus că ar vrea să-și pună costumul de baie și să-și petreacă restul după--amiezei la bazinul de înot. Era o zi splendidă. Lolita!

21

„Hei Lo! Lola! Lolita!“ – parcă mă și aud strigând-o sub soare, iar acustica timpului, a cupolei timpului, imprima stridenței denunțătoare a chemării mele o asemenea neliniște devastatoare, pasiune și suferință încât ar fi fost în stare să forțeze fermoarul lințoliului ei de nylon dacă ar fi fost moartă. Lolita! Am descoperit-o în cele din urmă în mijlocul terasei cu gazonul tuns – fugise afară fără să mă aștepte și pe mine. Oh, Lolita! Uitați-vă la ea – cu mine nu se juca, dar cu un câine afurisit, da. Animalul, un terrier oarecare, scăpa o minge mică, roșie și udă, o înhăța iarăși cu colții și și-o potrivea între fălci; executa cu labele din față câteva țopăieli rapide pe gazonul elastic și apoi se năpustea năuc, îndepărtându-se. Voisem doar să văd unde se afla, mă supăra inima și nu puteam să înot, dar cui să-i pese – și iat-o și iată-mă și pe mine, în halatul meu, așa că am încetat să o mai strig; însă m-a surprins deodată felul ei de a se mișca în chiloții de baie și brasiera de culoare Roșu Aztec... se simțea un soi de exaltare, de nebunie în zburdălnicia ei care trăda o bucurie excesivă. Până și câinele părea nedumerit de extravaganța reacțiilor Lolitei. Mi-am dus discret mâna la piept în timp ce examinam situația. Bazinul de înot albastru turcoaz care se afla dincolo de pajiște nu mai era acum în spatele pajiștii, ci în toracele meu, iar organele mele înotau în el asemenea excrementelor în apa albastră a mării la Nisa. Un tip ieșise din apă și pe jumătate ascuns de umbra cu ochi ca o coadă de păun a copacilor stătea nemișcat, ca împietrit, cu prosopul petrecut pe după gât și ochii lui de chihlimbar o urmăreau pe Lolita. Stătea acolo camuflat de soare și de umbră, desfigurat de ele și mascat de propria goliciune, cu părul negru și ud sau ce mai rămăsese din el, lipit de capul rotund, mustața subțire ca o mâzgălitură umedă, lâna de pe piept aranjată ca un trofeu simetric și buricul îi pulsa, stropi mărunți șiroiau pe coapsele lui păroase, slipul negru ud și fest se umfla mai-mai să plesnească de vigoare în locul unde burdihanul lui mare și gras se trăgea și se lăsa asemenea unui scut căptușit peste animalitatea lui întoarsă. Îi priveam fața ovală și oacheșă și deodată am înțeles că l-am reperat după replica reflectată pe figura fiicei mele – aceeași fericire supremă, aceeași grimasă, dar sluțită de masculinitatea lui. Mi-am dat de asemenea seama că fata, fata mea, se simțea privită, savura lascivitatea plivirii lui și de aceea făcea show-ul de zburdălnicie și voioșie, scârba netrebnică și dragă. S-a repezit să prindă mingea, a scăpat-o și a căzut pe spate cu picioarele tinere și obscene pedalând în aer; din locul în care stăteam, simțeam moscul excitației sale și apoi am văzut (împietrit de un fel de dezgust sacru) cum bărbatul și-a închis ochii, și-a dezvelit dinții dezgustători, mici și egali, și a rămas rezemat de un copac în care fremătau o mulțime de priapi bălțați. Imediat după aceea s-a petrecut o transformare miraculoasă. Tipul nu mai era satirul, ci vărul meu elvețian blând și trăsnit, acel Gustav Trapp pomenit de mai multe ori până acum, care-și neutraliza „sprees"-ul lui (bea bere cu lapte, porcul cumsecade) prin isprăvi halterofile – mergea clătinându-se și grohăind pe plaja unui lac și costumul de baie de altfel complet îi atârna cu dezinvoltură pe un umăr. *Acest* Trapp m-a observat de la distanță și, frecându-și ceafa cu prosopul, s-a înapoiat la bazin mimând degajarea. Soarele ieșise parcă din joc și Lo s-a mai domolit și n-a mai dat nici o atenție mingii pe care terrierul o așezase în fața ei. Cine poate ști ce dureri cumplite resimte un câine stopat brusc din hârjoneală ! Am încercat să spun ceva, apoi am simțit în piept un junghi cumplit și m-am așezat pe iarbă și am vomitat lostopane cafenii și verzi, deși nu-mi aminteam să fi mâncat ceva colorat astfel.

I-am văzut privirea Lolitei – nu părea înspăimântată, ci mai degrabă dădea impresia că își face anumite calcule. Am auzit-o cum îi spunea unei doamne amabile că tatăl ei are o criză. După aceea am zăcut într-un șezlong și am băut gin, pahar după pahar. Iar în dimineața următoare m-am simțit destul de întremat ca să mă așez din nou la volan (după câțiva ani am povestit întâmplarea unor doctori, care însă nu mi-au dat crezare).

22

Cabana cu două camere reținută la Motelul Pintenul de Argint din Elphinstone era construită din bușteni de pin dați cu lac maroniu – tipul de cabană care îi plăcuse atât de mult Lolitei în prima noastră călătorie ce se desfășurase fără necazuri; oh, cât se schimbaseră acum lucrurile! Nu mă refer la Trapp sau la diverșii Trappi. În definitiv – mă rog, într-adevăr... În definitiv, domnilor, devenea din ce în ce mai clar faptul că detectivii din automobilele care-și schimbau culoarea ca lumina trecută prin prismă nu erau decât născociri produse de mania persecuției, imagini recurente întemeiate pe coincidențe și asemănări întâmplătoare. Partea galică și fudulă a creierului meu și-a cântat cucurigul *Soyons logiques* – și s-a apucat să izgonească ideea comis-voiajorului nebun după Lolita sau a gangsterului de comedie cu secondanți care mă persecutau și-mi jucau farse și profitau copios, în fel și chip, de legăturile mele mai ciudate cu legea. Îmi amintesc că am alungat viespea panicii. Îmi amintesc că am elaborat chiar o explicație pentru convorbirea telefonică „Birdsley"... Am reușit deci să-l elimin pe Trapp, așa cum izbutisem să scap de convulsii pe pajiștea de la Champion, însă nu vedeam cum m-aș putea salva din ghearele neliniștii provocate de comportarea atât de înșelătoare a Lolitei, care devenise îngrozitor de inaccesibilă și de scumpă inimii mele tocmai acum, în ajunul unei ere noi, când ea va înceta să fie nimfetă, va înceta să mă mai chinuie, cel puțin așa îmi spuneau alambicurile mele.

În Elphinstone mi se pregătea frumușel o nouă supărare, odioasă și absolut gratuită. În cursul ultimei etape – două sute de mile în zona montană necontaminată de caralii cenușii ca fumul sau de zănatici care circulau în zigzag – Lo stătuse morocănoasă și tăcută. N-a aruncat nici măcar o privire spre stânca faimoasă, cu formă bizară, ce se înălța splendidă și roșie deasupra munților, stânca de pe care își luase zborul în nirvana o starletă temperamentală. Orașul proaspăt construit sau reconstruit pe fundul plat al unei văi situate la circa două mii două sute de metri altitudine o s-o plictisească repede pe Lo, speram eu, și vom vira îndreptându-ne spre California, spre granița mexicană, spre golfuri mitice, deșerturi cu Fata Morgana și cactuși saguaro. După cum vă amintiți, probabil, Jose Lizzarrabengoa plănuise s-o ducă în *Etats Unis* pe Carmen a sa. Am invocat o competiție de tenis central-americană cu participarea senzațională a lui Dolores Haze și a diferitelor campioane școlare californiene. Excursiile suporterilor la nivelul acesta surâzător desființează deosebirea dintre pașaport și sport. De ce nădăjduiam că în străinătate vom fi fericiți? Schimbarea de mediu constituie erezia tradițională pe care se întemeiază iubirile și plămânii condamnați.

Doamna Hays, văduva plăcută, cu ochi albaștri și fardul cărămiziu, care administra motelul, m-a întrebat dacă nu sunt cumva elvețian, fiindcă sora ei se căsătorise cu un instructor de schi elvețian. Da, sunt, însă fiica mea e, întâmplător, pe jumătate irlandeză. M-am înscris în registru, Hays mi-a dat cheia și mi-a zâmbit clipind și, continuând să clipească șăgalnic, mi-a arătat unde să parchez mașina; Lo a ieșit cu greu din Sedan, scuturată de un frison: aerul luminos al serii era, categoric, cam rece. Cum am intrat în cabană, s-a așezat pe scaunul de lângă masa pentru jocul de cărți, și-a îngropat fața în încheietura cotului și mi-a spus că se simte îngrozitor. Se preface, credeam, se preface, fără îndoială, vrea să scape de mângâierile mele; dar când am încercat să o dezmierd a început să scâncească într-un mod neobișnuit, deznădăjduită. Lolita e bolnavă! Lolita e pe moarte! Pielea ei frigea ca și cum sângele dăduse în clocot. I-am luat temperatura pe cale bucală, apoi am consultat formula mâzgălită cândva în grabă într-un bloc-notes și, după ce m-am chinuit să reduc gradele Fahrenheit, care nu-mi spuneau nimic, la centigradele familiare ale copilăriei mele, am constatat, în sfârșit, că avea 40,4, ceea ce însemna ceva. Micuțele nimfe isterice pot, știam asta, să febriciteze atingând sau chiar depășind pragul fatal. I-aș fi dat o cană de vin fiert și condimentat și două aspirine, aș fi sărutat-o și aș fi gonit astfel febra, dar i-am examinat omușorul minunat, unul dintre giuvaierurile trupului ei, și am constatat că era roșu ca focul. Am dezbrăcat-o. Respirația îi era dulce-amăruie. Rozul-arămiu al obrajilor devenise acum sângeriu. Tremura din cap până în picioare. Se plângea de dureri în zona vertebrelor superioare, simțea că înțepenește – și m-am gândit la poliomielită, ca orice părinte american. Am pierdut speranța că vom face amor, am înfofolit-o într-un pled și am cărat-o la mașină. Între timp, amabila doamnă Hays îl anunțase pe doctorul din localitate.

— Am dat de el, s-a întâmplat să fie aici, aveți noroc, spuse ea; fiindcă Blue era cel mai bun medic din district și spitalul din Elphinstone era cât se poate de modern, deși avea o capacitate limitată.

Am pornit urmat de un heterosexual Erlkönig, m-am îndreptat spre spital aproape orbit de soarele care apunea măreț în partea depresionară a văii, îndrumat de o bătrânică, o vrăjitoare portabilă, fiica lui, probabil, împrumutată de doamna Hays și pe care nu aveam să o mai văd niciodată. Dr Blue, a cărui știință era net inferioară reputației sale, m-a asigurat că e o infecție virotică și, când i-am relatat că fata a avut gripă relativ recent, mi-a spus scurt că acesta era un alt virus, i-au trecut patruzeci de cazuri asemănătoare prin mâini; și toate aduceau cu „frigurile palustre" ale anticilor. M-am întrebat dacă nu ar fi cazul să amintesc, așa, chicotind degajat, că fiica mea de cincisprezece ani avusese un accident minor când se cățărase pe un gard mai dificil împreună cu prietenul ei, dar știindu-mă beat m-am hotărât să las informația pe mai târziu, de va mai fi nevoie. O scârbă de secretară blondă și imposocată m-a întrebat câți ani are fiica mea și i-am spus „aproape șaisprezece". Într-un moment când mă uitam în altă parte, mi-au luat copilul! Am insistat zadarnic să mi se permită să-mi petrec noaptea pe o saltea „binevenită" într-un cotlon al spitalului lor blestemat. Am urcat în fuga mare scările în stil constructivist și am încercat să iau urma iubitei mele – voiam să-i spun că ar fi mai bine să-și țină gura, mai ales dacă simțea că era buimacă, așa cum, de altfel, eram cu toții. Într-un anumit moment am fost îngrozitor de grosolan cu o soră foarte tânără și foarte obraznică, cu fesele supradimensionate și ochi negri strălucitori – de origine bască, după cum am aflat. Tatăl ei – un pastor importat, era instructor al câinilor ciobănești. În cele din urmă, m-am întors la mașină și am rămas în ea nu mai știu câte ore, gheboșit în întuneric, buimăcit de noua mea singurătate, privind cu gura căscată când spre clădirea foarte pătrată și foarte scundă a spitalului – acum slab luminată, ciucită în mijlocul cvartalului său de gazon –, când către zoaiele de stele și meterezele argintii colțuroase de *haute montagne* unde în acele momente tatăl lui Mary, singuraticul Joseph Lore, visa la Oloron, Lagore, Rolas – *que sais-je!* – sau că seduce o nevestică. Asemenea gânduri hoinare mi-au adus întotdeauna alinare în vremuri de stres neobișnuit și m-am gândit să mă reîntorc la motel numai când m-am simțit – în ciuda libațiilor – toropit de-a binelea de noaptea fără sfârșit. Bătrâna dispăruse și nu prea mai știam pe unde s-o iau. Drumuri pietruite și largi decupau umbre dreptunghiulare adormite. Am deslușit ceva ce semăna cu silueta unei spânzurători care se înălța pe ceea ce era probabil terenul de sport al unei școli; și într-un alt cvartal parcă pustiu se deslușea vag în tăcerea boltită templul unei secte locale. În cele din urmă, am găsit autostrada și apoi motelul, unde milioane de „morari", un soi de insecte, roiau în jurul contururilor de neon ale lui

„Nu mai avem locuri"; și când la 3 a.m., după unul dintre acele dușuri fierbinți inoportune care asemenea unui mordant nu fac altceva decât să fixeze disperarea și dezgustul, m-am lungit pe patul ei care mirosea a castane și trandafiri și izmă și a parfum, un parfum franțuzesc foarte delicat, foarte deosebit, pe care îi permisesem în ultima vreme să-l folosească, mi-am dat seama că sunt incapabil să accept faptul simplu că pentru prima dată în doi ani eram despărțit de Lolita mea. Dintr-odată mi s-a năzărit că boala ei se înscrie într-o temă – că are același gust și ton ca și suita de impresii ce se legau și care mă lăsaseră perplex și mă torturaseră în timpul călătoriei noastre; îmi imaginam cum acel agent secret sau amant tainic sau tip pus pe farse sau halucinație sau ce naiba o fi fost dă târcoale spitalului – și când Aurora încă nu-și „încălzise mâinile", cum spun culegătorii de levănțică din țara mea de baștină, m-am pomenit că încerc să pătrund din nou în acea temniță, bătând disperat la ușile ei verzi, fără să-mi luat micul dejun, fără să fi avut scaun.

Acestea se întâmplau marți, iar miercuri și joi, reacționând splendid, scumpa de ea, la un anumit „ser" (spermă de vrabie sau balegă de dugong), se simțea mult mai bine și doctorul mi-a spus că în câteva zile o să „zburde din nou".

Am fost la ea de opt ori, dar numai ultima vizită îmi rămâne gravată adânc în minte. Am făcut un adevărat act de vitejie ducându-mă, fiindcă mă simțeam complet sleit de viroza care mă atacase și pe mine. Nu va ști nimeni cu ce efort am cărat buchetul, încărcătura dragostei și cărțile pentru care călătorisem șaizeci de mile ca să le găsesc: *Opera Dramatică* a lui Browning, *Istoria Dansului, a Clovnilor și a Colombinelor*, *Baletul Rus*, *Florile de pe Munții Stâncoși*, *Antologia Teatrului Guild*, *Tenisul* de Helen Wills, campioana națională a junioarelor la simplu când avea numai cincisprezece ani. Mă îndreptam clătinându-mă spre ușa rezervei de treisprezece dolari pe zi a iubitei mele, când Mary Lore, tânăra și bestiala soră cu program redus, a ieșit din cameră cu tava pe care fusese micul dejun, a trântit-o rapid pe un scaun de pe coridor și, săltându-și tuhăsul, s-a repezit ca fulgerul înapoi în cameră – ca s-o prevină, probabil, pe sărmana ei Dolores că bătrânul și tiranicul ei tată se târa apropiindu-se pe tălpi de crep, cu un teanc de cărți și cu flori: buchetul îl alcătuisem din flori sălbatice și frunze frumoase culese chiar de mine cu mâinile înmănușate dintr-o trecătoare la răsăritul soarelui (practic, n-am dormit deloc în acea săptămână fatidică).

O hrănesc bine pe Carmencita mea? M-am uitat într-o doară la tavă. Pe o farfurie pătată cu gălbenuș de ou se afla un plic boțit. Conținuse ceva, fiindcă una dintre margini era ruptă, dar nu se vedea nici o adresă – absolut nimic, în afară de un blazon suspect – „Ponderosa Lodge", scris cu litere verzi; după care am jucat o *chassé-croisé* cu Mary, care tocmai se năpustea afară din nou – e uimitor cât de repede se mișcă și cât de puțină treabă fac aceste tinere surori cu târtița mare. S-a încruntat la plicul pe care îl pusesem la loc, neșifonat.

— Ați face bine să nu-l atingeți, zise ea arătând cu capul în direcția tăvii. Să nu vă frigeți degetele.

Nu era de demnitatea mea să-i răspund. I-am spus numai:

— *Je croyais que c'était la note pas un billet doux.*

Apoi, am intrat în camera însorită și i-am spus Lolitei:

— *Bonjour, mon petit.*

— Dolores, spuse Mary Lore, intrând odată cu mine, pe lângă mine, prin mine, târfa umflată, și clipind s-a apucat să împăturească un pled alb din flanel și în timp ce clipea întruna: Dolores, tăticul tău crede că primești scrisori de la prietenul meu. Eu (bătându-se cu îngâmfare peste cruciulița aurită de la gât), eu le primesc, domnule! Și tăticul meu o dă pe franțuzește la fel de bine ca al tău.

A ieșit din cameră. Dolores, așa de trandafirie și de roșcată, cu buzele proaspăt rujate, părul lucios pieptănat splendid, cu brațele goale întinse peste cuvertura elegantă, stătea lungită pe spate și se uita la mine sau în gol. Pe noptieră, lângă un șervețel de hârtie și un creion, ardea în soare inelul cu topaz.

— Ce flori înfiorătoare, funebre, spuse. Oricum, îți mulțumesc. Te superi rău dacă te rog să încetezi cu franceza? Îi irită pe toți.

Obrăznicătura tânără și coaptă s-a întors val-vârtej cum îi era obiceiul, trăsnind a urină și usturoi, și i-a adus *Desert News*, pe care superba ei pacientă a acceptat-o cu mare grabă și n-a mai dat nici o atenție volumelor ilustrate dăruite de mine.

— Ann, sora mea, spuse Mary (încununând informația cu o idee care îi venise cu întârziere) lucrează la motelul Ponderosa.

Sărmanul Barbă Albastră. Frații aceia brutali. *Est-que tu ne m'aimes plus, ma Carmen?* Nu mă iubise niciodată. Mi-am dat seama numaidecât că dragostea mea rămăsese fără speranță, așa fusese întotdeauna – și am mai înțeles că fetele complotau în limba bască sau zemfirică împotriva iubirii mele deznădăjduite. Merg mai departe și afirm că Lo făcea un joc dublu, fiindcă o înșela și pe sentimentala Mary căreia îi spusese, presupun, că dorește să locuiască împreună cu tânărul ei unchi, om plin de umor, și să scape de mine, un individ melancolic și chinuitor. Din conspirație mai făceau parte și o altă soră pe care n-am izbutit s-o identific și prostul satului, cel care transporta în cotiga lui paturi de campanie și sicrie până la lift, și papagalii verzi, iubăreți și idioți din colivia agățată în sala de așteptare – toți erau implicați în complotul acesta sordid. Mary credea, probabil, că tatăl de comedie, profesorul Humbertoldi, se amesteca în aventura sentimentală dintre Dolores și tatăl-substitut, dolofanul Romeo (fiindcă aveai destulă șunculiță pe tine, Rom, în ciuda acelei „zăpezi de cocaină" și a „sucului bucuriei").

Mă durea în gât când înghițeam și am rămas în picioare la fereastră privind munții și coaja romantică a stejarului ce se înălța spre cerul care conspira zâmbind.

— Carmencita mea, am zis (îi spuneam uneori așa), vom pleca din acest oraș nefast și friguros imediat ce vei ieși din spital...

— Apropo, să-mi aduci hainele, spuse gitanilla, ridicându-și genunchii și dând o altă pagină.

— ...fiindcă, într-adevăr, n-are nici un rost să rămânem aici.

— N-are nici un rost să rămân nicăieri, spuse Lolita.

M-am așezat pe un scaun tapisat cu creton, am deschis atrăgătoarea lucrare de botanică și am încercat în liniștea zumzăind febril a camerei să identific florile mele. Mi-a fost imposibil. Curând, o sonerie muzicală a sunat plăcut undeva pe coridor.

Nu cred că aveau mai mult de o duzină de pacienți (trei sau patru erau nebuni, după cum mă informase voioasă Lo mai înainte) în acest spital de paradă și personalul avea prea mult timp liber. În ciuda acestui fapt – și tot ostentativ –, regulamentul se aplica rigid. Nu-i mai puțin adevărat că eu venisem mereu la ore nepotrivite. Vizionara Mary (data viitoare va fi *une belle dame toute en bleu* plutind prin Trecătoarea „La Urlătoare") m-a apucat de mânecă, sub impulsul unui flux tainic și feeric de *malice*, voia să mă conducă afară. M-am uitat la mâna ei; și-a retras-o imediat. În timp ce plecam, plecam de bunăvoie, Dolores Haze mi-a amintit să-i aduc în dimineața următoare... Nu mai ținea minte unde se găseau diferitele lucruri de care avea nevoie...

— Să-mi aduci, a strigat ea (nu mă mai vedea, ușa se pusese în mișcare, se închidea, s-a închis) geamantanul gri, ăla nou, și valiza mamei; dar în dimineața următoare dârdâiam și o țineam într-o beție și mă perpeleam în patul de la motel de care ea se folosise doar câteva minute și în împrejurările acelea circulare și dilatatorii am fost nevoit să-i trimit cele două bagaje prin amorezul văduvei, un camionagiu vânjos și tare amabil. O și vedeam pe Lo cum îi arăta comoara ei lui Mary... Nu încape îndoială, deliram – și în ziua următoare mă simțeam mai mult în stare vibratilă decât solidă și, când m-am uitat afară pe fereastra băii la pajiștea alăturată, am văzut bicicleta trei sferturi a lui Dolly sprijinită în suportul ei și grațioasa roată din față își întorcea privirile de la mine, cum făcuse întotdeauna, și o vrabie se cocoțase pe șa – dar nu, era bicicleta proprietăresei și, zâmbind puțin și clătinând din cap în fața fanteziilor scumpe mie, m-am dus bălăbănindu-mă spre pat și am zăcut nemișcat ca un sfânt...

> *Saint*, cum de nu! Când bronzata Dolores,
> Pe un petic de iarbă însorit
> Cu Sanchica povești au citit
> Într-un cine-magazin...

— care era reprezentat de nenumărate exemplare în orice loc ar fi aterizat Lolita și în oraș se desfășura o festivitate națională judecând după petardele, adevărate bombe, ce explodau încontinuu și la 1,55 p.m. am auzit cum se apropia de ușa întredeschisă a cabanei mele sunetul unor buze care fluierau și apoi cineva a ciocănit puternic.

Era marele Frank. A rămas în cadrul ușii deschise, puțin aplecat în față, cu o mână proptită în tocul ei.

Uite care-i baiul. A sunat sora Lore, așteaptă la telefon. Voia să știe dacă mă simțeam mai bine și dacă aveam de gând să vin azi la spital.

Privit de la douăzeci de pași, Frank părea un munte de sănătate; de la cinci pași însă, cum îl vedeam acum, se prezenta ca un mozaic de cicatrice roșcate – o explozie îl proiectase printr-un zid când se afla în străinătate; dar, în ciuda leziunilor îngrozitoare, conducea un camion colosal, pescuia, vâna, bea și flirta plin de viață cu doamnele culese de pe marginea șoselei. În ziua aceea, își scosese mănușa pe care o purta de obicei pe mâna stângă (cea sprijinită de tocul ușii) – pentru că era o sărbătoare atât de mare ori pentru că, pur și simplu, voia să înveselească un om bolnav – arătându-i suferindului fascinat lipsa completă a degetelor patru și cinci, dar și o fată goală, cu sfârcurile de chinovar și delta indigo, tatuată minunat pe dosul mâinii mutilate, al cărei arătător și mijlociu îi formau picioarele în timp ce pe încheietura mâinii se odihnea capul ei încununat cu flori. Oh, încântătoare... înclinată pe ușorul din lemn, ca o zână glumeață.

L-am rugat să-i spună lui Mary Lore că stau în pat toată ziua și o să iau legătura cu fiica mea la un moment dat în ziua următoare dacă din întâmplare mă voi simți polinezian.

Frank a observat în ce direcție priveam și a făcut-o să zvâcnească senzual dintr-un șold.

— S-a marcat, s-a *fé*, a intonat marele Frank, a lovit cu palma ușorul și fluierând a plecat să ducă mesajul meu, iar eu am continuat să beau și până dimineață febra scăzuse și, deși eram moale ca o broască-râioasă, mi-am pus halatul purpuriu peste pijamaua galbenă ca bobul de porumb și m-am dus la telefonul de la recepție. Totul mergea bine. O voce plăcută m-a informat că da, totul merge bine, fiica mea plecase în ziua precedentă, pe la ora două, venise s-o ia unchiul ei, domnul Gustav, cu un pui de cocker spaniol, și un zâmbet pentru toată lumea și un Caddy Lack negru și achitase nota de plată a lui Lo cu bani peșin și le-a spus să-mi spună să nu am nici o grijă și să stau la căldură, îi găsesc la ferma Bunicului, așa cum ne-am înțeles.

Elphinstone era și sper să fie și acum un orășel foarte atrăgător. Se întindea ca o machetă, după cum știți, cu arborii săi bine îngrijiți, verzi și lânoși și casele cu acoperișuri roșii; pe fundul văii și cred că v-am pomenit mai înainte de școala și templul său model și de cvartalurile dreptunghiulare și spațioase, dintre care unele, destul de curios, erau pășuni adevărate cu un catâr sau un unicorn păscând în pâcla proaspătă a dimineții de iulie. Ceva foarte amuzant: la o curbă strânsă pe care am luat-o în scrâșnet de pietriș am șters puțin o mașină parcată, dar mi-am spus telestic – și i-am transmis telepatic (am sperat) proprietarului ei care gesticula – că mă întorc mai târziu, adresa fiind Școala Păsărilor, Pasăre, Noua Pasăre, ginul îmi ținea vie inima, dar îmi rătutea creierul și după câteva zăpăceli și zăticneli caracteristice desfășurării viselor m-am pomenit în camera de gardă încercând să-l snopesc în bătaie pe doctor și răcnind la oamenii de sub scaune și urlând să vină Mary, dar din fericire ea nu se afla acolo; și mâini grosolane m-au tras de halat, i-au sfâșiat un buzunar și nu știu cum am ajuns călare pe un pacient chel cu tigva cafenie (îl luasem drept dr Blue), care s-a ridicat în cele din urmă remarcând cu un accent absurd:

— Acu' spune și dumneata cine-i nebun, te întreb?

Și după aceea o soră posomorâtă și sfrijită mi-a dăruit șapte cărți frumoase, frumoase și pledul din tartan împăturit minunat și mi-a cerut o chitanță de primire; și în tăcerea care s-a așternut brusc am observat în hol un polițai și pe automobilistul meu care arăta spre mine și am semnat ca un mielușel chitanța deosebit de simbolică, predând-o astfel pe Lolita în mâinile acelor maimuțe. N-aveam încotro, ce puteam să fac? S-a conturat rapid un gând de o simplitate dezarmantă: „Pentru moment, libertatea înseamnă totul". O singură mișcare greșită și m-aș fi văzut nevoit, poate, să justific o viață presărată cu crime. Așa că am simulat ieșirea din delir. Automobilistului i-am plătit cât mi-a cerut. Doctorul Blue mă bătea acum ușurel, prietenește, peste mână și eu i-am mărturisit înlăcrimat că am băut cam mult ca să-mi întăresc inima care dă rateuri, deși nu este neapărat bolnavă. Mi-am cerut scuze față de cei din spital cu un patos epuizant, adăugând totuși că nu sunt în relații prea bune cu membrii clanului Humbert. Iar mie mi-am șoptit că aveam încă arma și eram încă liber – liber să iau urma fugarei, liber să-mi distrug fratele.

23

O mie de mile de șosea netedă ca-n palmă separa Kasbeam, unde, după câte știam, demonul roșu apăruse pentru prima oară, conform înțelegerii, probabil, de fatidicul Elphinstone, unde ajunseserăm cu vreo săptămână înainte de Ziua Independenței. Drumul ne luase cea mai mare parte a lunii iunie, fiindcă rareori parcurgeam mai mult de o sută cincizeci de mile per zi de călătorie, restul timpului ni-l petreceam la diferite locuri de popas – odată am zăbovit chiar cinci zile – care fuseseră stabilite, neîndoios, dinainte. Așadar, urma demonului trebuia căutată de-a lungul intervalului de o mie de mile; și după câteva zile de vânzoleală indescriptibilă și zadarnică pe drumurile din jurul orașului Elphinstone mi-am consacrat în întregime eforturile explorării intervalului amintit.

Acum, rogu-te cititorule, imaginează-ți cum eu – îmi cunoști doar timiditatea, aversiunea față de orice ostentație și simțul exact al lui *comme il faut* –, imaginează-ți, spun, cum îmi disimulam violența durerii zâmbind șovăielnic și prevenitor în timp ce născoceam un pretext plauzibil ca să obțin permisiunea de a răsfoi registrul unui hotel: „Oh, spuneam eu, sunt absolut sigur că am stat cândva aici – vă rog îngăduiți-mi să văd înregistrările de la mijlocul lui iunie – nu, nu, cred că m-am înșelat –, dar ce nume pitoresc are acest oraș natal Kawtagain. Vă mulțumesc din suflet". Sau: „Unul dintre clienții mei a stat aici – din păcate, i-am pierdut adresa – mi-ați da voie să...?". Și câteodată nimeream un recepționer ursuz, tipul de mascul nesuferit care nu accepta să verific personal registrele.

Am aici o notă: între 5 iulie și 18 noiembrie, când am revenit pentru câteva zile la Beardsley, m-am trecut în registrele de la 342 de hoteluri, moteluri și căminuri turistice, chiar dacă, în realitate, n-am stat acolo. Cifra citată include și câteva înregistrări între Chestnut și Beardsley, iar la unul dintre hotelurile din zonă am găsit o consemnare care părea să fie umbra demonului („N. Petit, Larousse, Illinois."); mi-am programat cu grijă timpul și locurile cercetărilor ca să nu atrag inoportun atenția; și în cel puțin cincizeci de locuri l-am rugat pe funcționarul de la recepție să-mi dea informațiile dorite – dar investigațiile de acest tip erau inutile și, de aceea, preferam cel mai adesea să-mi construiesc o platformă de verosimilitate și bunăvoință și, de obicei, plăteam mai întâi pentru o cameră de care nu aveam nevoie. Expertiza mi-a arătat că, din cele aproximativ 300 de registre verificate, cel puțin douăzeci îmi ofereau câte un indiciu: diavolul, sceleratul vagabond făcuse popasuri mai dese decât noi sau – tipul era în stare de orice – se trecuse de mai multe ori în unele registre doar pentru a-mi furniza cu generozitate cât mai multe aluzii batjocoritoare. Doar o singură dată a tras la același motel ca și noi, dormind la câțiva pași depărtare de perna Lolitei. În unele cazuri se cazase în același cvartal sau în cel vecin; și destul de des stătuse în așteptare într-un loc situat între două puncte pe care noi le fixaserăm dinainte. Îmi aminteam cu extremă claritate cum, cu puțin înainte de plecarea noastră din Beardsley, Lolita stătea întinsă pe carpeta din salon, studiind ghidurile și hărțile și marcând traseele și popasurile cu rujul de buze!

Am descoperit repede că tipul prevăzuse investigațiile mele și plantase înadins pentru mine pseudonime insultătoare. Chiar la primul motel vizitat, Ponderosa Lodge, înregistrarea lui, printre alte vreo douăsprezece înscrieri evident omenești, normale, suna astfel: dr Gratiano Forbeson, Mirandola, New York. Conotațiile de comedie italiană ale consemnării lui m-au afectat, firește. Proprietăreasa a binevoit să-mi dea unele informații suplimentare; domnul acela zăcuse la pat cinci zile din cauza unei răceli, își dăduse mașina la reparat la un garaj oarecare și plecase pe 4 iulie. Da, fata numită Ann Lore lucrase mai înainte la Motel, însă se măritase cu un băcan din Cedar City. Într-o noapte cu lună, pe o stradă izolată, i-am ținut calea lui Mary cea cu pantofi albi; gata-gata să înceapă să țipe ca un automat, însă am izbutit să o umanizez când am căzut în genunchi și am implorat-o scheunând pios să mă ajute. S-a jurat că nu știe nimic. Cine e Gratiano Forbeson? Părea să șovăie. Am scos fulgerător o bancnotă de o sută de dolari. A înălțat-o în lumina lunii. „E fratele dumneavoastră", a șoptit ea în cele din urmă. I-am smuls bancnota din mâna rece ca luna, i-am tras o înjurătură în franceză și am șters-o. Am învățat astfel să mă bizui numai pe mine. Nici un detectiv n-ar fi fost în stare să descopere indicațiile concepute de Trapp astfel încât să fie în consonanță cu modul meu de gândire și de comportament. Nici o speranță, desigur, să-și dea numele și adresa adevărate; speram, totuși, că o să derapeze pe luciul propriei subtilități sumețindu-se, să zicem, să introducă o tușă de culoare prea bogată sau prea personală sau dezvăluind prea mult prin suma calitativă a părților cantitative care dezvăluiau prea puțin. A reușit într-o singură privință: eu și zvârcolirile mele interioare agonice am fost prinși în mrejele jocului său diabolic. S-a balansat, s-a clătinat, a șovăit și s-a redresat, redobândindu-și cu infinită măiestrie un echilibru imposibil, amăgindu-mă mereu cu speranța sportivă – acesta-i termenul! dar ce bizar sună când vorbesc, de fapt, de trădare, furie, disperare, groază și de ură – că n-ar fi exclus să se dea de gol data următoare. Nu s-a dat, deși a jonglat pe muchie de cuțit. Acrobatul împodobit cu paiete merge meticulos, pășind cu grație clasică pe sârma bine întinsă în lumina de talc și noi îi urmărim evoluția muți de admirație; dar arta maestrului îmbrăcat în veșminte de sperietoare care parcurge o sârmă slab întinsă și interpretează rolul grotesc al bețivului e infinit mai rafinată! Aveam să o aflu și eu.

Indiciile lăsate nu permiteau să i se stabilească identitatea, dar îi reflectau personalitatea sau, cel puțin, o anumită personalitate omogenă și șocantă; genul său, tipul său de umor – în momentele cele mai bune –, totalitatea creierului său aveau afinități cu ale mele. El mă pastișa și-și bătea joc de mine. Aluziile sale erau incontestabil pedante. Citise mult. Știa franțuzește. Se pricepea la logolabirintism și logomanție. Era sexolog amator. Avea un scris feminin. Își schimba el numele, dar se trăda prin felul aparte în care caligrafia literele *t*, *w* și *l*, în ciuda eforturilor de a le schimba alura și înclinarea. Una dintre reședințele sale preferate era Insula Quelquepart. Nu folosea stiloul, prin urmare pacientul era un ondinist refulat, dacă vreți să vă convingeți întrebați orice psihanalist. Să sperăm plini de îngăduință că în Styx există ondine.

Îi plăcea la nebunie să mă chinuie plimbându-mi prin fața ochilor urme amăgitoare. DoamneDumnezeule, cât de agasant era sărmanul! Îmi întărâta erudiția. Mă mândresc cu ceea ce știu, dar tocmai de aceea sunt plin de modestie, întrucât n-am ajuns la o cunoaștere absolută; și îndrăznesc să afirm că n-am înțeles unele elemente din criptogramele pe care le vânam. Dar ce fior de victorie și silă îmi străbătea structura fragilă când, printre numele banale, inocente, din registrul hotelului, șarada lui diavolească îmi sărea deodată în ochi! Am observat că ori de câte ori simțea că enigmele lui riscau să devină prea obscure chiar pentru un dezlegător de talia mea, mă ademenea numaidecât cu o șaradă mai simplă. De pildă, „Arsène Lupin" era un fleac pentru orice francez care-și amintea povestirile polițiste ale tinereții; și nu trebuia să fii neapărat un coleridgean versat pentru a sesiza poanta banală din „A. Person, Porlock, England". Însă nume asumate ca, de exemplu, „Arthur Rainbow", autorul într-un travesti transparent al poemului *Le Bateau Bleu* – dați-mi voie, domnilor, să mă amuz și eu puțin! – sau „Morris Schmetterling" al renumitei piese *L'Oiseau Ivre* (*touché*, cititorule!) erau de un gust îndoielnic, oribil, dar sugerau că nu aveam de-a face cu un polițist ori cu un caraghios oarecare sau cu un comis-voiajor dezmățat, nu, dimpotrivă, cel care le scria părea un om cultivat. Stupidul, însă nostimul „D. Orgon, Elmira, New York" venea de la Molière, bineînțeles, și pentru că încercasem recent să trezesc interesul Lolitei față de o renumită piesă din secolul al optsprezecelea, l-am întâmpinat ca pe un prieten pe „Harry Bumper, Sheridan, Wyoming". O enciclopedie obișnuită m-a informat la cine se referea însemnarea cu aspect ciudat „Phineas Quimby, Lebanon, New Hampshire"; și orice freudist priceput, cu nume german și oarecare interes pentru prostituția rituală, ar fi recunoscut dintr-o ochire ce vrea să spună „Dr Kitzler, Eryx, Mississippi". Până aici, toate bune și frumoase. Un gen de umor destul de ieftin, dar impersonal și, prin urmare, inofensiv. Multe înregistrări mi s-au părut indubitabile indicii *per se*, dar rafinamentul aproape insesizabil al poantelor m-a descumpănit și nu mă încumet să le citez, întrucât simt că bâjbâi prin ceața unei zone de frontieră unde mișună fantome verbale, care se transformă, probabil, în vilegiaturiști în carne și oase. Cine să fi fost oare „Johny Randell, Ramble, Ohio"? Dar cel care s-a trecut în registru imediat după „N.S. Aristoff, Catagela, New York" – scrisul lor se asemăna foarte mult – o fi fost o ființă aievea? Și care era poanta acidă din

„Catagela"? Și cum să-l interpretez pe „James Manor Morell, Hoaxton, England"? „Aristophanes" și „hoax (farsă)" – da, le înțelegeam, și totuși ceva îmi scăpa. Ce anume?

Jocul pseudonimelor avea o tensiune intrinsecă specială, care mi-a provocat palpitații deosebit de dureroase. Notații precum „G. Trapp, Geneva, New York" dezvăluiau trădarea Lolitei. „Aubrey Beardsley, Quelquepart Island" îmi sugera mai lămurit decât acel mesaj telefonic trunchiat că punctul de plecare al aventurii trebuia căutat în Est. Iar „Lucas Picador, Merrymay, Pennsylvania" insinua că iubita mea Carmen îi povestise impostorului despre dezmierdările mele patetice, trădătoarea! Nota „Will Brown, Dolores, Colo." era, într-adevăr, de o cruzime insuportabilă. Consemnarea lugubră „Harold Haze, Tombstone (Piatra funerară), Arizona" (care în alte împrejurări mi-ar fi smuls, probabil, un zâmbet, mi-a sugerat într-o manieră de coșmar că vânatul meu era un vechi prieten de familie sau, poate, o veche pasiune de-a Charlottei sau, mai știi, vreun cavaler al dreptății („Donald Quix, Sierra, Nevada"). Iar consemnarea anagramată „Ted Hunter (vânătorul), Cane, NH" și-a răsucit adânc pumnalul în mine.

Numerele de înmatriculare trunchiate, deformate, trecute de Persoane și Orgoni și Morelli și Trappi în registre mi-au arătat numai că proprietarii motelurilor nu verificau dacă oaspeții își consemnau corect numerele mașinilor lor. Referințele – incomplete sau incorecte – la mașinile pe care sceleratul le închiriase pe distanțe scurte între Wace și Elphinstone erau, desigur, inutile: numărul de înmatriculare al Aztecului inițial se prezenta ca o pâlpâire de cifre nestatornice, unora li se schimbase ordinea, altele fuseseră modificate sau omise, dar alcătuiau felurite combinații ce se corelau (ca, de pildă: „WS 1564" și „SH 1616" și „Q 32888" sau „CU 88322") și erau concepute cu abilitate, astfel încât să nu li se descopere vreodată un numitor comun.

Renunțase la decapotabilă și o lăsase la Wace pe mâna complicilor săi și trecuse la sistemul mașinilor de schimb, asta era sigur; și-atunci mi-a trăsnit prin minte că succesorii lui mai puțin prudenți ar fi putut să înscrie în registrul vreunui hotel arhetipul acelor cifre corelate. Dar căutarea sceleratului de-a lungul drumului pe care știam sigur că o apucase se dovedise o afacere complicată, vagă și neprofitabilă, prin urmare n-avea nici un rost și nici o șansă de reușită încercarea de a lua urma unor automobiliști care călătoreau pe rute necunoscute.

24

Când am ajuns la Beardsley, în cursul recapitulării chinuitoare asupra căreia am insistat îndeajuns, în mintea mea se formase o imagine completă și, prin metoda eliminărilor succesive – întotdeauna riscantă –, redusesem imaginea la o singură sursă concretă, aceea oferită de activitatea cerebrală morbidă și de memoria mea cuprinsă de torpoare.

Școala Beardsley nu avea profesori (bărbați) permanenți, în afară de Reverendul Rigor Mortis (cum îl numeau fetele) și de un domn bătrân care preda lecții facultative de germană și latină. Venise însă în două rânduri un asistent de la Beardsley College și făcuse în fața elevelor proiecții cu lanterna magică, prezentându-le fotografii ale castelelor franceze și ale unor picturi din secolul al nouăsprezecelea. Aș fi vrut să asist la proiecții și la discuții, dar Dolly, după cum obișnuia în acea perioadă, mi-a cerut să mă abțin. Gaston îl lăudase pe conferențiar, un *garçon* strălucit; cam atât țineam minte; memoria refuza să-mi furnizeze numele admiratorului de castele.

În ziua stabilită pentru execuție am străbătut prin zloată campusul și m-am dus la biroul de informații din Maker Hall, Beardsley College. Individul se numea Riggs (aproape la fel ca preotul), era burlac și în zece minute urma să-și termine ora pe care o ținea în „Museum". M-am așezat pe banca banală de marmură donată de Cecilia Dalrymple Ramble – de pe coridorul care ducea la amfiteatru. Așteptam acolo, mă jena prostata, eram beat, mort de somn, îmi vârâsem mâna în buzunarul impermeabilului unde strângea cu fervoare revolverul și, deodată, am avut o revelație: sunt dement, mă pregătesc să comit o stupizenie. Nu exista nici măcar o șansă la un milion ca Albert Riggs, asistentul, să o ascundă pe Lolita mea în casa lui din Beardsley, Pritchard Road, nr. 24. Imposibil să fie el ticălosul. Absolut nerezonabil. Îmi pierdeam timpul și mințile. El și ea se aflau în California, n-aveau ce căuta aici.

Curând am sesizat o vagă agitație între câteva statui albe; s-a deschis energic o ușă – nu aceea spre care priveam – și în mijlocul unui pâlc de studente s-au ivit și au început să înainteze o chelie și doi ochi căprui și strălucitori.

Îmi era complet necunoscut, dar el a susținut că ne mai întâlniserăm la o petrecere pe pajiște dată de Școala Beardsley. Ce mai face fiica mea încântătoare, jucătoare de tenis? Intra imediat la clasă, avea o altă oră. Ne mai vedem după aceea.

O altă tentativă de identificare s-a consumat mult mai lent: datorită unui anunț dintr-o revistă a lui Lo mi-am luat inima-n dinți și am apelat la un detectiv particular (fost boxer) și, ca să-i dau o idee despre metoda adoptată de scelerat, l-am pus în temă cu tipurile de nume și de adrese pe care le adunasem. A cerut un considerabil avans bănesc și, timp de doi ani, cititorule!, imbecilul s-a chinuit să verifice aceste date fără noimă. Întrerupsesem de mult orice relații financiare cu el când, într-o bună zi, și-a făcut apariția victorios; deținea informația de care aveam nevoie: indianul de optzeci de ani numit Bill Brown locuia în apropiere de Dolores, Colo.

25

Cartea mea o prezintă pe Lolita; iar acum când am ajuns la partea ce s-ar fi putut intitula (dacă nu m-ar fi împiedicat un alt martir al combustiei interioare) *„Dolorès Disparue“* n-ar avea nici un sens să analizez cei trei ani pustii care au urmat. Există câteva momente semnificative ce merită să fie consemnate, însă eu doresc să transmit o anumită impresie generală, aceea a unei uși laterale deschise cu violență în plin zbor al vieții de iureșul zgomotos al timpului negru care a înăbușit sub vijelia sa șfichiuitoare strigătul nenorocirii însingurate.

Mi se pare bizar că nu am visat-o pe Lolita niciodată, dacă nu mă înșel, așa cum mi-o aminteam – cum o vedeam permanent și obsesiv în mintea mea conștientă în timpul coșmarurilor diurne și al insomniilor. Mai exact, ea m-a bântuit în timpul somnului, dar deghizată ciudat și grotesc sub înfățișarea Valeriei sau a Charlottei, sau a unui hibrid între cele două. Fantoma complexă venea la mine, înfățișările ei diferite se succedau cu viteză amețitoare într-o atmosferă de mare melancolie și dezgust, stafia se întindea pe spate, ispitindu-mă mohorâtă, pe o scândură îngustă sau pe o banchetă incomodă, cărnurile i se întredeschideau ca valva de cauciuc a camerei unei mingi de fotbal. Deodată mă pomeneam cu dantura spartă sau pierdut fără speranță în înspăimântătoare *chambres garnies* unde eram delectat cu partide de vivisecție plictisitoare ce se încheiau, de regulă, cu Charlotte sau Valeria care plângeau în brațele mele însângerate în timp ce primeau sărutări blânde de la buzele mele frățești într-o dezordine onirică de *bric-à-brac* vienez câștigat la licitație, de milă, neputință și perucile castanii ale doamnelor bătrâne și tragice recent gazate...

Într-o zi am scos din mașină și am distrus o grămadă de reviste pentru adolescenți. Cunoașteți marfa. Epoca de piatră, în fond; la zi sau cel puțin miceniene în ce privește igiena. O actriță frumoasă și foarte coaptă, cu gene uriașe și buza inferioară roșie și cărnoasă, prezentând un șampon. Modă și mofturi. Tinerii cărturari se înnebunesc după o mulțime de fuste – *que c'était loin, tout cela!* Gazda are obligația să ofere halate. Conversația dumneavoastră își pierde strălucirea dacă vă încurcați în divagații nesemnificative. Îi cunoaștem pe „culegători" – cei care culeg scame invizibile de pe pielea ei la petrecerea de la birou. Bărbatul – dacă nu e foarte în vârstă sau o persoană foarte importantă – trebuie să-și scoată mănușile când dă mâna cu o femeie. Ispitiți dragostea purtând excitanta Noua Burtieră. Netezește burțile, rașchetează șoldurile. Tristan într-un film de dragoste. Da dom'le! Enigma conjugală Joe-Roe îi face pe flecari să latre. Înfrumusețați-vă repede și ieftin. Reviste umoristice. Fata rea, brunetă și trabucul tatălui gras; fata bună, cu părul roșu, și tăticul frumos, cu mustața potrivită. Oh, banda asta desenată, respingătoare, cu marele gogoman și soția lui spiridușulied. *Et moi qui t'offrais mon génie...* Mi-am amintit versurile fără noimă, șarmante pe care i le scriam când era copil: „Fără noimă", spunea ea de obicei în batjocură, „este termenul corect".

The Squire and his Squirrel, the Rabs and their Rabbits
Have certain obscure and peculiar habits.

Male humming birds make the most exquisite
rockets.
The snake when he walks holds his hands in his
pockets...

// Scutierul și veverița lui, Jepii și Iepurii lor/ Au anumite obiceiuri ascunse și aparte/ Colibrii bărbătuși zboară ca niște rachete perfecte./ Șarpele când se plimbă își ține mâinile-n buzunare...//

A fost mai greu să renunț la alte lucruri de-ale ei. Până la sfârșitul lui 1949 am păstrat cu sfințenie o pereche de pantofi vechi de tenis, o cămașă băiețească purtată de ea, niște blugi imemoriali găsiți în portbagaj, o șapcă de școală, boțită, tot soiul de comori absurde și le-am adorat și le-am pătat cu săruturile și lacrimile mele de triton. Apoi, când am înțeles că mintea mea începuse s-o ia razna, am adunat diversele ei efecte personale, le-am adăugat ceea ce fusese depozitat în Beardsley – o cutie cu cărți, bicicleta, paltoane vechi, șoșoni – și, în ziua când împlinea cincisprezece ani, le-am expediat prin poștă ca dar anonim la un cămin pentru fete orfane, situat pe un loc bântuit de vânturi de la frontiera canadiană.

Un hipnotizator puternic, dacă l-aș fi solicitat, ar fi putut eventual să extragă din mine anumite amintiri întâmplătoare și să le structureze oarecum logic; așa însă, eu le-am înșiruit în cartea mea, imprimându-le un relief mult mai puternic decât cel pe care îl au, în realitate, în mintea mea, chiar și acum când știu ce să caut în trecut.

La momentul acela simțeam pur și simplu că pierd contactul cu realitatea; și după ce am petrecut restul iernii și cea mai mare parte din primăvara următoare într-un sanatoriu din Quebec, unde mai stătusem și altă dată, m-am hotărât mai întâi să-mi rezolv niște afaceri personale în New York și apoi să purced spre California, pentru a întreprinde acolo o cercetare amănunțită.

Iată o piesă compusă de mine în perioada de recluziune:

Wanted, wanted; Dolores Haze.
Hair: brown. Lips: scarlet.
Age: five thousand three hundred days.
Profession: none, or „starlet".

Where are you hiding, Dolores Haze?
Why are you hiding, darling?
(I talk in a daze, I walk in a maze,
I cannot get out, said the starling.)

Where are you riding, Dolores Haze?
What make is the magic carpet?
Is a Cream Cougar the present craze?
And where are you parked, my car pet?

Who is your hero, Dolores Haze?
Still one of those blue-caped star-men?
Oh the balmy days and the palmy days,
And the cars, and the bars, my Carmen!

Oh, Dolores, that juke-box hurts!
Are you still dancin', darlin'?
(Both in worn levis, both in torn T-shirts,
And I, in my corner, snarlin'.)

Happy, happy is gnarled McFate
Touring the States with a child wife,
Ploughing his Molly in Every State
Among the protected wild life.
My Dolly, my folly! Her eyes were *vair*,
And never closed when I kissed her.
Know an old perfume called *Soleil Vert*?
Are you from Paris, mister?

L 'autre soir un air froid d'opéra m'alita:
Son fêlé – bien fol est qui s'y fie!
Il neige, le décor s'écroule, Lolita!
Lolita, qu'ai-je fait de ta vie?
Dying, dying, Lolita Haze,
Of hate and remorse, I'm dying.
And again my hairy fist I raise,
And again I hear you crying.

Officer, officer, there they go...
In the rain, where that lighted store is!
And her socks are white, and I love her so,
And her name is Haze, Dolores.

Officer, officer, there they are...
Dolores Haze and her lover!
Whip out your gun and follow that car.
Now tumble out, and take cover.

Wanted, wanted: Dolores Haze,
Her dream-grey gaze never flinches.
Ninety pounds is all she weighs
With a height of sixty inches.

My car is limping, Dolores Haze,
And the last long lap is the hardest,
And I shall be dumped where the weed decays,
And the rest is rust and stardust.

//E căutată, căutată Dolores Haze./ Păr: castaniu. Buzele: stacojii./ Vârsta: cinci mii trei sute zile./ Profesia: nici una sau „starletă".//

//Un'te ascunzi, Dolores Haze?/ De ce te-ascunzi, iubita mea?/ (Vorbesc uluit, umblu-n labirint,/ Și nu pot ieși, spuse graurul.)//

//Unde te duci, Dolores Haze?/ Ce marcă are covorul fermecat?/ Este o Puma Crem pasiunea ta de-acum?/ Și und'ești parcată, mascota mașinii mele?//

//Cine-i eroul tău, Dolores Haze?/ Tot o vedetă cu pelerină albastră?/ Oh, zilele înmiresmate și zilele fericite,/ Și mașinile, și barurile, Carmen a mea!//

//Oh, Dolores, tonomatul acela mă rănește!/ Mai dansezi încă, draga mea?/ (Amândoi în levиși uzați, în tricouri rupte,/ Iar eu, în colțul meu, îmi arăt colții.)//

//Fericit, fericit este asprul destin McFate/ Vizitând Statele cu o nevastă copil,/ Arând-o pe Molly în fiecare Stat/ În mijlocul rezervațiilor naturale.//

//Dolly a mea, nebunia mea! Ochii ei erau cenușii,/ Și nu se închideau niciodată când o sărutam./ Ați cunoscut un vechi parfum numit *Soleil Vert*?//Sunteți din Paris, domnule?//

//Aseară un aer rece de operă m-a pus la pat/ Sminteala ei – nebun cin' se-ncrede!/ Ninge, decorul se prăbușește, Lolita!/ Lolita, ce-am făcut din viața ta?//

//Mor, eu mor, Lolita Haze,/ De ură și de remușcare, mor./ Și din nou îmi ridic pumnul păros,/ Și din nou te aud plângând.//

//Ofițer, ofițer, iată-i se duc acolo.../ În ploaie, spre magazinul luminat!/ Șosetele ei sunt albe, și o iubesc atât de mult,/ Și numele ei este Haze, Dolores.//

//Ofițer, ofițer, iată-i, iată-i acolo.../ Dolores Haze și iubitul ei!/ Scoate-ți pistolul și urmărește mașina aceea./ Acum rostogolește-te și adăpostește-te.//

//Căutată, e căutată: Dolores Haze./ Privirea ei cenușie-de-vis niciodată nu se pleacă./ Cântărește doar nouăzeci de livre/ Și are o înălțime de șaizeci de inci.//

//Mașina mea șchioapătă, Dolores Haze,/ Și ultima călătorie este cea mai grea,/ Și voi fi doborât acolo unde dispar bălăriile,/ Iar restul e rugină și pulbere de stele.//

Psihanaliza îmi demonstrează că poemul este capodopera unui maniac. Rimele viguroase, rigide, sumbre corespund unor peisaje și figuri lipsite de perspectivă, teribile și unor porțiuni dilatate ale peisajelor și figurilor, în genul celor desenate de psihopați în textele concepute de instructorii lor iscusiți. Am scris mai multe poeme, m-am cufundat în poezia altora, însă nici o clipă n-am uitat povara răzbunării.

Aș fi un ticălos dacă v-aș spune, și cititorul ar fi prost să creadă, că șocul provocat de pierderea Lolitei m-a vindecat de pederoză. Firea mea blestemată n-are cum să se schimbe, chiar dacă dragostea pentru Lo suferise o transmutație. Împotriva voinței mele privirea mea rezervată și furișă căuta încă, pe terenurile de joc și pe plaje, carnea membrelor de nimfetă, semnele viclene ale slujitoarelor Lolitei și ale fetelor-trandafiri. Se veștejise în mine, totuși, o himeră esențială: niciodată nu am mai insistat asupra posibilității de a fi fericit cu o mică fecioară concretă sau sintetică, în vreun loc izolat de lume; și niciodată fantezia mea nu și-a mai înfipt colții în surorile Lolitei, departe, departe, în golfulețele insulelor evocate. *Lucrurile acestea* se încheiaseră, cel puțin pentru moment. Pe de altă parte, vai, doi ani de delectări deșănțate îmi creaseră anumite deprinderi ale poftelor trupești: mă temeam că s-ar putea ca vidul în care trăiam să mă scufunde în libertatea unei nebunii năprasnice, într-un moment când m-aș fi confruntat cu o ispită întâmplătoare pe una dintre aleile dintre școală și cină. Singurătatea mă măcina. Aveam nevoie de o parteneră și de îngrijire. Inima mea era un organ isteric și nu-mi inspira încredere. Iată cum intră în scenă Rita.

26

Avea de două ori vârsta Lolitei și trei sferturi din a mea: o adultă foarte zveltă, care cântărea patruzeci și opt de kilograme, cu părul negru, pielea smeadă, cu ochi încântători și asimetrici și profil ascuțit, schițat din fuga penelului și o foarte atrăgătoare *ensellure* a spatelui suplu – cred că în vinele ei curgea ceva sânge spaniol sau babilonian. O pescuisem într-o seară depravată de mai, undeva între Montreal și New York sau, mai exact, între Toylestown și Blake, la un bar cu luminile arzând mocnit sub firma „La Fluturele Tigru", unde ea vegeta beată, dar agreabilă: susținea că am fost colegi de școală și își așezase mâna mică peste laba mea de maimuță. Mi-a ispitit foarte puțin simțurile, dar m-am gândit să o pun totuși la încercare; așa am procedat și am adoptat-o, mi-a devenit parteneră permanentă. Era atât de prietenoasă, de blajină și de cumsecade – asta era Rita! – încât îndrăznesc să afirm că s-ar fi dăruit oricărei creaturi patetice și smintite, unui copac bătrân și frânt sau unui porc țepos îndoliat, din pură sociabilitate sau compasiune.

În momentul când am întâlnit-o, Rita divorțase de puțin timp de cel de-al treilea soț și fusese părăsită foarte recent de cel de-al șaptelea *cavalier servant* – ceilalți, figuri pasagere, fuseseră prea numeroși și nestatornici, încât nu le mai ținea socoteala. Fratele ei era – și fără îndoială este și acum – un politician de vază, tipul gălbejit, cu bretele și cravată, primarul și mentorul orașului natal unde se juca fotbal, se citea Biblia și se manipulau grâne. De opt ani îi plătea micuței sale surori mai mari câteva sute de dolari pe lună sub condiția severă ca ea să nu mai calce niciodată, dar niciodată în marele orășel Grainball City. Ea mi-a mărturisit gemând de uimire, că nu'ș cum se făcea că fiecare nou prieten de-al ei o ducea în primul rând spre Grainball: era o atracție fatală; și, înainte de a-și da seama ce se întâmplă, se pomenea sorbită în orbita lunară a orașului și gonea pe linia de centură luminată de reflectoare – „dând și iarăși dând ocol bezmetică", după expresia ei, „ca un fluture roșu de noapte".

Avea o mașină mică și elegantă; și cu ea am călătorit spre California, ca să-i dau venerabilului meu vehicul posibilitatea de a se odihni. Viteza ei normală era nouăzeci de mile la oră. Draga de Rita! Am cutreierat împreună timp de doi ani mohorâți, din vara lui 1950 până în vara lui 1952, iar ea a fost cea mai dulce, mai firească, mai delicată și mai tăcută Rită imaginabilă. În comparație cu ea, Valechka părea un Schlegel, iar Charlotte, un Hegel. Nimic nu mă îndreptățește să-mi pierd timpul cu ea în marginea memoriilor mele sinistre, dar dați-mi voie să vă spun (te salut, Rita – oriunde te-ai afla, beată sau mahmură, Rita, te salut) că a fost cea mai liniștitoare și mai înțelegătoare parteneră pe care am avut-o vreodată și, absolut sigur, m-a salvat de internarea la casa de nebuni. I-am mărturisit că încerc să dau de urma unei fete și să-i împușc amantul. Rita mi-a aprobat solemnă planul – și în cursul unei investigații pe cont propriu (deși nu știa, de fapt, mai nimic), în jurul lui San Humbertino, s-a încurcat ea însăși cu un escroc destul de hidos; și m-au trecut toate nădușelile ca să o regăsesc – epuizată și învinețită, dar țanțoșă ca-ntotdeauna. Apoi, într-o zi mi-a propus să jucăm ruleta cu pistolul meu sacru; i-am spus că nu se poate, nu era un simplu revolver și m-am luptat să i-l iau, până când, în cele din urmă, arma s-a descărcat, făcând să țâșnească un jet foarte subțire și foarte comic de apă fierbinte din gaura produsă în peretele camerei din cabană; îmi amintesc hohotele ei de râs.

Curbura de prepuberă, ciudată a spatelui ei, pielea ca orezul, sărutările ei apăsate, languroase, de porumbiță, m-au împiedicat să comit vreo prostie. Nu-i adevărat că aptitudinile artistice sunt caracteristici sexuale secundare, așa cum au afirmat anumiți șarlatani și șamani; lucrurile stau invers: sexul este servul artei. Vreau să mai consemnez o comèdie destul de misterioasă, cu repercusiuni interesante. Abandonasem cercetările; demonul se afla fie în Tartar sau arsese complet în cerebelul meu (datorită flăcărilor ațâțate de fantezia și de mâhnirea mea), dar, în mod cert, nu o dusese pe Dolores Haze pe coasta Pacificului și n-o ajutase să devină campioană. Într-o după-amiază când ne întorceam spre Est, într-un hotel, de tipul celor unde se respectă convențiile și unde oameni cu obrajii trandafirii, grași și cu ecusoane, se-agită încolo și-ncoace bălăbănindu-se, strigându-se cu numele de botez și tratează afaceri și o țin într-un chef – draga de Rita și eu ne-am trezit și am constatat că în camera noastră se afla o a treia persoană, un tip tânăr, blond, aproape un albinos, cu gene albe și urechi mari și transparente, pe care nici Rita, nici eu nu ne aminteam să-l fi văzut vreodată în viețile noastre triste. Transpirând în izmenele groase și murdare, încălțat cu cizme militare vechi, tipul zăcea și sforăia pe patul dublu, dincolo de Rita mea cea castă. Îi lipsea un dinte din față, fruntea îi era plină de pustule ca ambra. Ritochka și-a învelit goliciunea sinuoasă în balonzaidul meu – primul lucru care-i căzuse în mână; mi-am tras repede pe mine o pereche de chiloți dungați ca dropsurile; am evaluat situația. Fuseseră folosite cinci pahare, ceea ce în spiritul interpretării indiciilor dovedea că bogătanii se cam turtiseră. Ușa nu era închisă bine. Pe podea se vedeau un jerseu și o pereche de pantaloni bărbătești cafenii șifonați. L-am zgâlțâit pe proprietarul lor aducându-l la o stare jalnică de conștiință. Era complet amnezic. Cu un accent pe care Rita l-a identificat ca pur brooklynez, el a insistat țâfnos că într-un fel sau altul noi îi furasem identitatea (care nu făcea două parale). L-am vârât rapid în hainele lui și l-am lăsat la spitalul cel mai apropiat, dându-ne seama pe drum că, nu se știe cum, după mai multe sensuri giratorii a căror ordine o uitasem, ne aflam în Grainball. După o jumătate de an, Rita i-a scris doctorului ca să afle noutăți despre individ. Jack Humbertson, cum i se spusese cu o desăvârșită lipsă de gust, rămânea încă izolat de propriul trecut. Oh, Mnemosina, cea mai dulce și mai periculoasă dintre muze!

N-aș fi amintit incidentul dacă nu mi-ar fi declanșat un lanț de idei și nu m-ar fi determinat să scriu eseul despre „Mimică și Memorie" publicat în *Cantrip Review* în care sugeram, printre alte lucruri ce li s-au părut originale și importante cititorilor binevoitori ai acestei reviste splendide, o teorie a timpului perceptual întemeiată pe circulația sângelui și depinzând conceptual (pentru a umple această coajă de nucă) de capacitatea minții de a fi conștientă nu numai de chestiunea aflată în cercetare, dar și de ea însăși. Se crea astfel o legătură continuă între două puncte (viitorul stocabil și trecutul stocat). În urma publicării eseului – și ca un punct culminant al impresiei produse de *mes travaux* anterioare – am fost invitat pentru un an la Cantrip College, care era la patru sute de mile depărtare de New York, unde Rita și eu locuiam într-un mic apartament cu vedere spre Central Park, astfel că vedeam cum se scăldau într-o fântână arteziană de sub umbra copacilor copiii strălucitori. Am locuit la Cantrip în apartamentele rezervate pentru poeți și filozofi, din septembrie 1951 până în iunie 1952, în vreme ce Rita a vegetat – în condiții nu tocmai decente, mă tem – într-un motel de pe șosea unde o vizitam de două ori pe săptămână. Apoi a dispărut – într-un mod mai uman decât predecesoarea ei: o lună mai târziu am găsit-o în închisoarea din localitate. Era *très digne*, i se scosese apendicul și m-a convins că frumoasa blană albăstruie pe care fusese acuzată că a furat-o de la domnul Roland MacCrum fusese, în realitate, un dar făcut spontan, deși oarecum sub influența alcoolului, chiar de Roland. Am reușit s-o scot din arest fără să apelez la fratele ei iritabil și curând după aceea ne-am urcat în mașină și ne-am întors în Central Park West trecând prin Briceland, unde poposiserăm câteva ore în anul precedent.

Mă cuprinsese o nevoie curioasă de a retrăi șederea mea împreună cu Lolita. Intram într-o fază a existenței când renunțasem la orice speranță de a da de urma ei și a răpitorului. Încercam acum să revăd vechile locuri pentru a salva ceea ce se mai putea salva sub formă de *souvenir, souvenir que me veux-tu?* Toamna se simțea în aer. Am cerut printr-o carte poștală să se rețină paturi gemene pentru profesorul Hamburg însă mi s-a răspuns prompt, cu mare părere de rău, că nu mai aveau locuri. Le mai rămăsese o singură cameră liberă, cu patru paturi, la subsol, însă erau convinși că nu ne va conveni. Hârtia avea antetul:

VÂNĂTORII VRĂJIȚI

În apropiere de biserici Nu sunt admiși câini
Se găsesc toate băuturile legale

Mă întrebam dacă ultima afirmație era adevărată. Chiar toate? Aveau, de pildă, lichior de rodii sălbatice? Mă întrebam, de asemenea, dacă un vânător vrăjit sau nevrăjit nu ar avea nevoie mai degrabă de un prepelicar decât de o strană și cu un spasm dureros mi-am reamintit o scenă demnă de un mare artist: *petite nymphe accroupie*; dar fusese un cocker spaniol botezat, sunt sigur. Nu – am simțit că nu sunt în stare să vizitez holul hotelului, durerea ar fi fost insuportabilă. O posibilitate mult mai acceptabilă de regăsire a timpului trecut se afla altundeva, în Briceland, orașul molcom, bogat în culori acum, toamna. Am lăsat-o pe Rita într-un bar și m-am dus la biblioteca orașului. O domnișoară bătrână și agitată m-a ajutat bucuroasă să dezgrop numerele de la mijlocul lui august 1947 din volumele colecției cotidianului *Briceland Gazette* și, imediat, într-un ungher retras, sub o lampă fără abajur, m-am apucat să răsfoiesc paginile enorme și friabile ale unui volum negru ca un sicriu și cam de mărimea Lolitei.

Cititorule! *Bruder*! Ce smintit Hamburg era acest Hamburg! Întrucât sistemul său hipersensibil refuza să se confrunte cu scena reală a acțiunii, el s-a gândit că ar putea cel puțin să se bucure de o parte ascunsă a ei – ceea ce ne reamintește de al zecelea sau douăzecelea soldat dintr-un șir de siluitori care aruncă șalul negru al fetei peste fața ei albă ca să nu-i vadă privirile insuportabile în timp ce-și satisface plăcerea militară în satul trist și prădat. Doream să văd neapărat fotografia tipărită care se întâmplase să-mi absoarbă imaginea păcătoasă în timp ce fotograful de la *Gazette* se concentra asupra doctorului Bradock și a grupului său. Nădăjduiam din tot sufletul să găsesc portretul păstrat al artistului ca brută mai tânără. Un aparat de fotografiat inocent surprinzându-mă în drumul meu întunecat spre patul Lolitei – ce magnet pentru Mnemosina! Nu pot să explic mai bine adevărata natură a acestui impuls din mine. Se înrudea, presupun, cu acea curiozitate bolnavă care-l împinge pe un individ să examineze cu lupa siluetele deprimate – natură moartă, din punct de vedere practic și fiecare gata să vomite – la o execuție în zori de zi, și expresia imposibil de distins a pacientului în poza publicată. Oricum, literalmente eu de-abia îmi mai trăgeam sufletul și un colț al cărții destinului mă împungea în stomac în timp ce foiletam și răsfoiam... *Brute Force* și *Possessed* se reprezentau duminică 24, la ambele teatre. Domnul Purdom, licitator independent la bursa tutunului, a declarat că fumează Omen Faustum încă din anul 1925. Husky Hank și mica sa logodnică vor fi oaspeții doamnei și domnului Reginald G. Gore, 58 Inchkeith Avenue. Anumiți paraziți măsoară cam o șesime din înălțim. al zecelea. Șosete pentru domnișoare, 39 cenți, botine înalte, 3,98. Vinul, vinul, vinul, spunea cu sarcasm autorul Epocii Negre care refuzase să se lase fotografiat, poate să convină păsării persane, dar eu zic de fiecare dată dați-mi ploaie, ploaie, ploaie pe acoperișul de șindrilă pentru trandafiri și inspirație. Gropițele sunt provocate de aderența pielii la țesuturi mai profunde. Grecii resping un asalt puternic al gherilelor – și, ah, în cele din urmă, o mică siluetă în alb și dr Bradock în negru, și câte un umăr spectral ce se atingea de forma lui masivă, atât – n-am izbutit să deslușesc nimic din mine.

M-am dus să o iau pe Rita, care m-a prezentat cu zâmbetul ei *vin triste* unui bătrân-format-de-buzunar feroce de vânjos, uscat, zbârcit, spunându-mi că era – cum naiba se numea, fiule? – unul dintre foștii săi colegi de școală. El a încercat să o rețină și în mica încăierare care a urmat mi-am scrântit degetul mare de capul său tare. În parcul tihnit și policrom unde am condus-o ca să ia puțin aer ea a plâns cu suspine și a spus că în curând, foarte curând o voi părăsi, așa cum au făcut și ceilalți, iar eu i-am cântat o baladă franceză plină de melancolie și am încropit câteva rime efemere ca să o distrez:

The place was called Enchanted Hunters. Query:
What Indian dyes, Diana, did thy dell
endorse to make of Picture Lake a very
blood bath of trees before the blue hotel?

//Locul se numea *Vânătorii Vrăjiți*. Întrebare: Ce coloranți indieni a folosit, Diana, vâlceaua ta/ De a făcut din Lacul Pictat/ baia de sânge a copacilor din fața hotelului albastru?//

Spuse:

— De ce albastru când este alb, pentru numele lui Dumnezeu, de ce albastru? – și a început să plângă din nou și am dus-o la mașină și am pornit spre New York și destul de curând a devenit din nou rezonabil de fericită sus, în abureala minții, pe mica terasă a apartamentului nostru. Observ că am cam amestecat oarecum două evenimente, vizita făcută împreună cu Rita la Briceland în drum spre Cantrip și trecerea noastră prin Briceland când ne înapoiam la New York, dar artistul nu disprețuiește scurgerea culorilor umede în aducerile aminte.

27

Cutia mea de scrisori din holul blocului aparținea acelui tip care-ți permite să vezi dacă se află sau nu ceva înăuntru printr-o ferestruică protejată de geam. Mi se întâmplase de mai multe ori ca un truc al luminii poznașe care cădea trecând prin sticlă pe un scris necunoscut și-l deforma făcându-l să semene cu scriitura Lolitei să mă aducă în pragul leșinului, obligându-mă să mă sprijin de o urnă învecinată, urna mea parcă. Și de câte ori o pățeam – de câte ori mâzgăliturile ei copilărești, încârligate, încântătoare se transformau în caligrafia searbădă a unuia dintre puținii mei corespondenți – îmi reaminteam, amuzându-mă amar, de perioadele din trecutul meu demn de încredere, pre-dolorian, când mă inducea în eroare o fereastră de vizavi, strălucitoare ca un giuvaier, în cadrul căreia ochiul meu ascuns, periscopul întotdeauna vigilent al viciului scandalos, deslușea de la distanță o nimfetă pe jumătate dezbrăcată încremenită în operația de pieptănare a părului ei de Alice în Țara Minunilor. Fantasma învăpăiată degaja o perfecțiune care făcea ca delectarea mea primitivă să devină la rândul ei perfectă, tocmai pentru că viziunea era inaccesibilă și nu exista nici o posibilitate de a o atinge și de a o altera prin conștiința existenței unui tabu legat de ea; într-adevăr, s-ar putea ca însăși atracția pe care imaturitatea o exercita asupra mea să-și aibă sursa nu atât în limpiditatea frumuseții pure, de zână, de o prospețime indicibilă, dar interzisă, a copilelor, cât în garanția unei situații unde perfecțiuni infinite umplu golul dintre puținul ce ți se dă și măreția promisă – marele roz-cenușiu imposibil de dobândit. *Mes fenêtres!* Atârnând deasupra apusului de soare pătat și a nopții care izvora, scrâșnind din dinți, îmi înghesuiam toți demonii dorinței de balustrada unui balcon pulsatil: pregătit să decoleze în caisa serii neagră, umed; și chiar își lua zborul – și după aceea imaginea luminată se mișca și Eva se transforma din nou în coastă, iar în cadrul ferestrei nu rămânea decât un bărbat obez îmbrăcat sumar și citindu-și ziarul.

Întrucât uneori câștigam competiția dintre fantezia mea și realitatea naturii, decepția era suportabilă. Durerea insuportabilă începea când se amesteca în treabă întâmplarea și mă priva de zâmbetul ce mi se adresa. *Saves-vous qu'à dix ans ma petite était folle de vous?* mi-a spus o doamnă într-o discuție la un ceai în Paris și *la petite* se căsătorise recent la depărtare de multe mile, iar eu nu reușeam nici măcar să-mi amintesc dacă o observasem vreodată, cu vreo doisprezece ani în urmă, în grădina din vecinătatea terenurilor de tenis. Și acum, la fel, anticiparea vizuală strălucitoare, promisiunea realității, o promisiune ce nu era doar ispititor simulată, dar mai trebuia să fie și respectată cu noblețe – ei, bine, întâmplarea mi-a refuzat-o – întâmplarea, dar și o schimbare petrecută în interiorul scriitorului îndrăgit și palid, orientarea lui spre personaje mai neînsemnate. Imaginația mea era proustianizată și totodată procustianizată; fiindcă în acea dimineață deosebită de la începutul lui septembrie 1952, în timp ce coborâsem să văd dacă nu a sosit vreo scrisoare, administratorul spilcuit și veninos – între noi relațiile erau cât se poate de proaste – a început să mi se plângă insinuant că un bărbat care o condusese recent pe Rita acasă fusese beat criță și borâse pe treptele de la intrare. În timp ce îl ascultam și-i dădeam bacșișul, iar el îmi prezenta o versiune revizuită și mai politicoasă a incidentului, am avut impresia că una dintre cele două scrisori aduse de poșta binecuvântată era trimisă de mama Ritei, o femeiușcă zărghită pe care o vizitasem cândva la Cape Cod și femeia continua să-mi scrie la diferite adrese spunându-mi cât de potriviți eram, eu și fata ei, și ce minunat ar fi dacă ne-am căsători; cealaltă scrisoare venea de la John Farlow și am deschis-o în lift, parcurgând-o în fugă.

Am observat adesea că suntem înclinați să ne înzestrăm prietenii cu stabilitatea tipologică pe care o dobândesc în mintea cititorului personajele literare. Putem să citim de nenumărate ori *Regele Lear*, dar n-o să-l găsim niciodată pe bunul rege trântind cupa bine-dispus pe masă și uitând de nenorocirile sale la un banchet delectabil la care sunt prezente cele trei fiice ale sale și ogarii lor. Emma nu va fi readusă niciodată la viață, nu-și va reveni în simțiri datorită sărurilor pline de compasiune din lacrima țâșnită la momentul oportun din ochiul tatălui creat de Flaubert. Personajele care se bucură de popularitate au o anumită evoluție între copertile cărții și soarta lor rămâne fixată o dată pentru totdeauna în mințile noastre; or, în mod asemănător, ne așteptăm ca prietenii noștri să se conformeze unei anumite scheme logice, o schemă convențională, se-nțelege, pe care am stabilit-o noi. Astfel, X nu va compune niciodată o muzică nemuritoare, căci ar trebui să intre în dezacord cu simfoniile de mâna a doua cu care ne obișnuise. Y nu va comite niciodată o crimă. Z nu ne va trăda niciodată. Lucrurile acestea sunt stabilite, fixate în mințile noastre, și cu cât ne întâlnim mai rar cu o anumită persoană cu atât satisfacția noastră este mai mare când constatăm că acționează în conformitate cu felul în care o percepem de fiecare dată când aflăm câte ceva despre ea. Orice deviație în destinele stabilite de noi ne va șoca, ni se va părea nu numai anormală, dar în contradicție cu etica. Am fi preferat să nu ne cunoaștem deloc vecinul, vânzătorul de hot-dogs pensionat, dacă se dovedește că individul a produs recent cea mai mare carte de poezie a epocii.

V-am spus toate acestea pentru a vă explica uimirea pe care mi-a produs-o scrisoarea isterică primită de la Farlow. Știam că soția lui murise, dar mă așteptam ca el să rămână într-o văduvie serioasă, devotată, să rămână aceeași persoană puțin obtuză, așezată și demnă de încredere, așa cum îl știusem dintodeauna. Acum îmi scria că, după o scurtă vizită în SUA, se reîntorsese în Africa de Sud și hotărâse ca toate afacerile de care se ocupase la Ramsdale să le transfere lui Jack Windmuller, un avocat din același oraș pe care-l cunoșteam amândoi. Părea în mod deosebit ușurat că se descotorosea de „complicațiile Haze". Se căsătorise cu o spaniolă. Se lăsase de fumat și câștigase în greutate cincisprezece kilograme. Ea era foarte tânără și campioană de schi. Se duceau în India să-și petreacă luna de miere. Întrucât își „întemeia o familie", după cum se exprima el, nu mai avea timp de aici înainte să se ocupe de problemele mele, pe care le califica drept „foarte ciudate și foarte agravante". Băgăcioșii – se constituise un întreg comitet, după cum reieșea din scrisoare – îl informaseră că nu se mai știe nimic de micuța Dolly Haze și că eu trăiesc cu o femeie divorțată, bine-cunoscută în California. Socrul lui era conte și extraordinar de bogat. Cei care închiriaseră de câțiva ani casa Haze doreau acum s-o cumpere. Îmi sugera că ar fi mai bine să o scot la vedere cât mai rapid pe Dolly. Își rupsese piciorul. Băgase în plic o fotografie în care el și o brunetă îmbrăcată în costum de lână albă își zâmbeau printre zăpezile din Chile.

Îmi aduc aminte că am intrat în apartament și am început să spun: foarte bine, cel puțin acum o să le pot lua urma – când, cealaltă scrisoare a început să-mi vorbească domol, cu o voce mică și prozaică:

> Dragă tată,
>
> Cum mai merg lucrurile? Eu m-am căsătorit. O să am un copil. Cred că o să fie un bebeluș mare. Cred că o să apară în ajunul Crăciunului. Îmi vine foarte greu să-ți scriu. Sunt pe drojdie fiindcă n-am bani de ajuns să-mi plătesc datoriile și să plec de aici. Lui Dick i s-a promis un post important în Alaska în sectorul lui foarte specializat din domeniul mecanicii, cam asta e tot ce știu, dar perspectiva e cu adevărat grozavă. Iartă-mă că nu-ți dau adresa noastră, dar s-ar putea să fii încă nebun după mine și Dick nu trebuie să știe nimic. Orașul acesta este minunat. Nu-i poți vedea pe imbecili din cauza smogului. Te rog trimite-mi un cec, Tată. Ne-am putea descurca cu trei sau patru sute de dolari sau chiar mai puțin, orice sumă e binevenită, ai putea să-mi vinzi lucrurile mele vechi, fiindcă de îndată ce ajungem acolo gologanii or să înceapă să curgă. Te rog, scrie-mi. Am trecut prin multe momente de tristețe și prin multe necazuri.
>
> Aștept vești de la tine,
> Dolly (Dna Richard F. Schiller)

28

Din nou pe drum, din nou la volanul bătrânului Sedan albastru, din nou singur. Din momentul când citisem scrisoarea și mă luptasem cu munții de neliniște și disperare pe care îi înălțase în mine, Rita încetase să mai existe. O privisem, zâmbea în somn, o sărutasem pe fruntea umedă și o părăsisem pentru totdeauna, lăsându-i un bilet tandru de adio pe care i-l lipisem de buric – altminteri ar fi fost posibil să nu-l descopere.

„Singur" am zis? *Pas tout à fait.* Îl aveam cu mine pe amicul cel mic și negru și, cum am ajuns într-un loc retras, am făcut repetiția generală a morții violente a domnului Richard F. Schiller. Am găsit în portbagaj puloverul meu gri, foarte vechi și foarte jegos, l-am agățat de o cracă, în luminișul amuțit unde ajunsesem urmând un drum forestier ce se desprindea din autostrada care acum se afla departe. Aducerea la îndeplinire a sentinței s-a poticnit într-o oarecare măsură de funcționarea cam greoaie a trăgaciului, cel puțin așa mi s-a părut, și mi-am pus întrebarea dacă n-ar trebui să procur niște ulei pentru a înlătura dificultatea aceea misterioasă, dar mi-am zis că nu-i timp de pierdut. Vechiul jerseu mort a ajuns la loc în mașină, dar cu perforații suplimentare acum și, după ce mi-am reîncărcat Amicul cald încă, mi-am continuat călătoria.

Scrisoarea purta data de 18 septembrie 1952 (acum eram în 22 septembrie) și dădea adresa „Post-Restant, Coalmont" (nici „Virginia", nici „Pennsylvania", nici „Tennessee" – și, oricum, nici Coalmont – a camuflat totul iubita mea). Investigațiile mi-au arătat că era o comunitate industrială mică, situată la circa opt sute de mile depărtare de New York City. Mai întâi, mi-am propus să conduc toată ziua și toată noaptea, apoi m-am gândit mai bine și m-am oprit cu câteva mile înainte de a ajunge în oraș și m-am odihnit până la ivirea zorilor într-o cameră de motel. Stabilisem în mintea mea că demonul, sceleratul, acest Schiller era un comis-voiajor care o cunoscuse, probabil, pe Lolita mea aducând-o în Beardsley cu mașina lui – în ziua când îi explodase un cauciuc de la bicicletă în drum spre Miss Emperor – și că după aceea intrase în cine știe ce bucluc. Cadavrul puloverului executat stătea pe bancheta din spate a mașinii și oricum i-aș fi schimbat poziția îmi dezvăluia neîncetat diferitele contururi aparținând lui Trapp-Schiller – vulgaritatea și bonomia obscenă a trupului său și pentru a contracara gustul lui corupt și ordinar m-am hotărât – în timp ce apăsam pe butonul ceasului meu deșteptător înainte ca el să explodeze la 6 a.m., așa cum îl potrivisem – să mă fac deosebit de frumos și de elegant. Apoi, cu grija sumbră și romantică a gentlemanului în ajunul unui duel, mi-am pus ordine în hârtii, mi-am îmbăiat și parfumat trupul delicat, m-am bărbierit, mi-am ras și părul de pe piept, am ales o cămașă de mătase și chiloți curați, mi-am tras șosete transparente gri-maronii și m-am felicitat pentru că aveam în geamantan câteva haine deosebite – o vestă cu nasturi de sidef, de pildă, o cravată de cașmir în culori pastel și așa mai departe.

N-am fost în stare, vai, să-mi înghit micul dejun, însă am renunțat la această nevoie trupească pe care am considerat-o inoportună, un fel de obstacol, în fond, m-am șters la gură cu o batistă extrafină scoasă din mânecă și cu un bloc albastru de gheață în loc de inimă, o pilulă pe limbă și moartea solidă în buzunarul de la spate, am pășit cu eleganță într-o cabină telefonică din Coalmont (Ah-ah-ah, a zis ușa ei mică) și l-am sunat pe unicul Schiller – Paul, Mobilă – găsit în cartea de telefon paradită. Răgușitul Paul mi-a spus că da, cunoștea un Richard, era fiul unuia dintre verii săi și mi-a dat adresa lui, stați o clipă să mă uit, așa, Killer Street, nr. 10 (nu fac eforturi prea mari ca să-mi aleg pseudonimele). Ah-ah-ah, zise ușa mică.

La numărul 10 de pe Killer Street, un bloc mohorât cu apartamente mizere, am întrebat câțiva bătrâni deprimați și două nimfete incredibil de murdare, cu tenul roz și părul lung și blond roșcat (destul de abstract, dar uite-așa de-a naibii, vechea bestie din mine se holba în toate direcțiile căutând o copilă îmbrăcată subțire pe care să o pot ține, eventual, la pieptul meu un minut după consumarea crimei, când nimic nu mai avea să conteze și îmi puteam permite orice). Da, Dick Schiller locuise acolo, dar se mutase după căsătorie. Nu-i cunoștea nimeni adresa. „Întrebați-i pe cei de la magazin“, spuse o voce de bas ieșită din gârliciul în apropierea căruia stăteam întâmplător împreună cu două fetițe desculțe, cu brațe subțiri și cu bunicele lor ursuze. Am intrat într-o prăvălie unde un negru bătrân și prudent a dat negativ din cap înainte ca eu să-l întreb ceva. Greșisem prăvălia. Am traversat și am intrat într-o băcănie mizeră, iar acolo, chemată de o clientă la rugămintea mea, o voce de femeie venind din cine știe ce abis de lemn căscat în podea, pandantul gârliciului, a strigat: Hunter Road, ultima casă.

Hunter Road (Calea Vânătorului) se afla la câteva mile depărtare, într-un district și mai deprimant, presărat cu grămezi de gunoi, hârtoape, grădini de zarzavaturi viermănoase și cocioabe și burniță cenușie și glod roșu și câteva hornuri ce fumegau în fundal. Am oprit în dreptul ultimei „case“ – o cocioabă acoperită cu șiță, care se învecina cu două sau trei colibe asemănătoare ce se înălțau ceva mai departe de drum și era înconjurată de un maidan întins năpădit de bălării. Din spatele casei se auzeau sunete de ciocan și câteva minute am rămas aproape nemișcat în bătrâna mea mașină, bătrână și fragilă, ajuns la capătul călătoriei mele, al țintei mele sumbre, *finis*, Sedanul meu, *finis*, demonii mei. Era aproape ora două. Pulsul meu avea 40 de bătăi într-un minut și 100 în cel următor. Burnița răpăia pe capota automobilului. Pistolul migrase în buzunarul drept de la pantaloni. O cotarlă greu de descris a ieșit din spatele casei, s-a oprit surprinsă și a început să hămăie binevoitoare spre mine, cu ochii îngustați și burta flocoasă complet împotmolită, apoi s-a mai plimbat puțin și a hămăit încă o dată.

29

Am coborât din mașină și am trântit portiera. Zgomotul produs a răsunat banal, compact în vidul zilei neînsorite. *Hau-hau*, a comentat într-o doară câinele. Am apăsat pe butonul soneriei și vibrațiile ei mi s-au transmis prin tot sistemul nervos. *Personne. Je resonne. Repersonne.* Din ce adâncuri venea re-absurditatea? *Hau-hau* spuse câinele. Pași grăbiți, târșiți și hârș-hârști-hau ușa s-a deschis.

Mai înaltă cu câțiva centimetri. Ochelari cu rame roz. Coafură nouă, înaltă, urechi noi. Cât de simplu! Momentul revederii, moartea pe care o conjurasem întruna vreme de trei ani se prezenta simplu ca un vreasc. Era gravidă, se vedea limpede. Pântecul enorm. Parcă i se micșorase capul (se scurseseră de-abia două secunde, cărora vreau să le confer trăinicia existențială a lemnului) și obrajii palizi, pistruiați erau scofâlciți și gambele goale, brațele își pierduseră bronzul, astfel că i se vedeau bine perișorii. Era într-o rochie de bumbac maro, fără mâneci și purta papuci de pâslă pătați.

Câteva secunde a rămas tăcută, apoi:

— Ia te uită! a rostit, exprimându-și uimirea și urarea de bun-venit.

— Soțul e acasă? am croncănit eu, ținând în buzunar pumnul strâns.

Evident, n-aș fi putut s-o ucid, așa cum au crezut unii. Înțelegeți, o iubeam! Dragoste la prima vedere, la ultima vedere, la fiecare revedere.

— Poftim înăuntru, zise, pe un ton voios, imperativ. Dolly Schiller s-a lipit de tăblia crăpată a ușii, și-a supt burta (săltându-se puțin în vârful picioarelor) și mi-a făcut loc să trec, rămânând o clipă crucificată, cu brațele ude și albe ca laptele desfăcute și întinse pe lemn. Privea pragul de jos, zâmbitoare și trasă la față, cu *pommettes* rotunzi. Am trecut fără să-i ating bebelușul care ieșea în relief. Dolly! mirosul ei caracteristic și o nuanță slabă de prăjanie. Îmi clănțăneau dinții ca ai unui idiot.

— Nu, tu rămâi afară (câinelui).

A închis ușa și a intrat în urma mea și a pântecului ei în salonul casei de păpuși.

— Dick e acolo, afară, spuse, arătându-mi direcția cu o rachetă de tenis invizibilă și invitându-mi privirea să parcurgă salonul-dormitor în care ne aflam, să traverseze bucătăria și să iasă prin ușa din spate larg deschisă. Acolo i se oferea o imagine destul de primitivă: un tânăr necunoscut, brunet, îmbrăcat în salopetă, pe care l-am grațiat numaidecât, stătea cățărat pe o scară, cu spatele la mine și repara ceva lângă sau pe cocioaba vecinului, un tip mai trupeș care avea doar o mână și se uita în sus.

Ea a comentat scena, parcă scuzându-se („Așa-s bărbații"); să-l cheme înăuntru?

Nu.

Stătea în picioare în mijlocul încăperii cu tavanul în pantă, emitea interjecții interogative și gesticula mișcându-și grațios, din încheieturi, mâinile într-un stil javanez, îmbiindu-mă printr-o scurtă manifestare de politețe nostimă să aleg între balansoar și divan (patul lor după ora 10 p.m.). Am spus „familiar", fiindcă mă întâmpinase cu același dans al mâinilor la petrecerea dată de ea cândva la Bearsdley. Ne-am așezat amândoi pe divan. Ce straniu! Trăsăturile ei se ofiliseră și totuși, mi-am dat seama, prea târziu, dar fără nici un dubiu, că semăna mult – semănase întotdeauna – cu roșcata Venus a lui Botticelli – același nas fin, aceeași frumusețe adumbrită. În buzunar, degetele mele s-au descleștat discret de pe revolverul nefolosit și i-au acoperit din nou gura țevii cu batista în care îl înfofolisem.

— Nu-i tipul pe care îl caut, am spus.

Expresia difuză de bun-venit i s-a șters din priviri. S-a încruntat ca în zilele aprige de altădată:

— Cine nu-i?

— Unde e? Spune-mi repede!

— Ascultă, replică, înclinându-și într-o parte capul și clătinându-l în poziția aceea. Ascultă, cred că n-ai de gând acum să dezgropi morții.

— Ba da, i-am răspuns și câteva clipe – singurele bune și suportabile – cât de ciudat! – din toată întrevederea – ne-am zbârlit unul la altul, ca și cum ea ar fi fost încă a mea.

S-a stăpânit. Înțeleaptă fată.

Dick nu știa nimic despre încurcăturile noastre. Credea că sunt tatăl ei. Credea că e o fată de familie bună care a fugit de acasă și a ajuns să spele vase prin restaurante. Lua de bun ceea ce i se spunea. De ce voiam să-i fac viața și mai amară, scormonind în gunoi?

Dar, i-am spus, trebuie să fie rațională, să fie o fată rațională (cu protuberanța ei goală sub materialul acela maro, subțire) și să-și dea seama că, dacă așteaptă ajutorul pe care am venit să i-l dau, e datoare să-mi ofere datele necesare pentru a înțelege clar situația.

— Așadar, spune-mi numele lui!

Avusese impresia că l-am ghicit de mult. Era (și a zâmbit parșiv și melancolic) un nume atât de senzațional încât n-o să-mi vină să cred. Parcă și ei i se părea de necrezut.

Numele lui, nimfa mea căzută.

Ce importanță mai avea? Mi-a propus să trec peste asta. Vreau o țigară?

Nu. Numele lui.

A dat din cap foarte hotărâtă. Presupunea că e prea târziu și n-are nici un rost să mai fac scandal și oricum n-aveam cum să cred incredibilul incredibil...

Atunci mai bine plec, i-am spus: complimentele mele, mi-a părut bine că am văzut-o.

Mi-a spus că într-adevăr n-avea nici un rost, n-o să-mi spună niciodată, dar, pe de altă parte, în definitiv...

— Chiar ții neapărat să știi cine e? Mă rog, e...

Și domol, confidențial, arcuindu-și sprâncenele subțiri și încrețindu-și buzele arse, a emis, ușor batjocoritor, oarecum disprețuitoare, dar cu o nuanță de duioșie, cu un fel de șuierat în surdină, numele pe care cititorul perspicace l-a ghicit, probabil, de multă vreme.

Era etanș. De ce oare mi-a brăzdat conștiința o străfulgerare de la Clepsidra Iazului? De fapt, îl știusem și eu tot timpul, deși nu-l știam. Nici un șoc, nici o surpriză. Legăturile s-au stabilit în liniște, lucrurile s-au ordonat conform schemei cu încrengături pe care am brodat de-a lungul întregii relatări cu scopul precis de a scutura fructul copt la momentul potrivit: ei, da, cu scopul expres și pervers de a reda – ea vorbea, iar eu stăteam dizolvându-mă în pacea mea de aur – de a reda monstruoasa mea pace de aur prin intermediul satisfacției produse de recunoașterea locurilor, pe care chiar și cel mai ostil cititor o va trăi cu siguranță acum.

Ea vorbea, cum v-am spus. Cuvintele se înșirau fluent, relaxat. Singurul bărbat pe care l-a iubit la nebunie. Dar Dick? Oh, Dick era un mielușel, se simțeau fericiți împreună, dar în alt fel, ceva complet deosebit. Și să înțeleg că eu, eu nici măcar nu intrasem la socoteală?!

M-a cercetat ca și cum ar fi înțeles dintr-odată faptul incredibil – și oarecum jenant, deconcertant și superfluu – că bărbatul de patruzeci de ani, șubred, distant, elegant, în costum de catifea, care stătea lângă ea îi cunoscuse și adorase cândva fiecare por și folicul al trupului ei de puberă. Sărmana noastră poveste de dragoste s-a reflectat o clipă în ochii ei cenușii, spălăciți, stranii din cauza ochelarilor, a fost evaluată și repudiată, așa cum se întâmplă cu o petrecere anostă, cu un picnic pe timp de ploaie la care au venit doar cei mai nesărați pisălogi, cu un exercițiu plicticos sau cu o fărâmă de noroi uscat care i-a acoperit cu o crustă copilăria.

În sfârșit, am reușit să-mi scot piciorul din raza de acțiune a mâinii sale – căpătase obiceiul să-și lovească ușor, interlocutorul, cu palma peste genunchi – un gest pe care nu i-l știusem.

M-a rugat să nu fiu căpățânos. Trecutul e trecut. Fusesem un tată bun, a admis ea – a binevoit să recunoască *lucrul acesta*. Continuă, te rog, Dolly Schiller.

— Așa! Știusem că el o cunoscuse pe mama ei? Că era, de fapt, un vechi prieten? Că își vizita unchiul din Ramsdale? – oh, cu ani în urmă –, că vorbise la Clubul Mamelor și că o târâse, o trăsese de brațul gol așezând-o pe genunchii lui în văzul lumii și o sărutase pe obraz, când ea avea zece ani și Dolly se supărase pe el? Știam că ne văzuse pe amândoi la hanul unde-și scria piesa în care ar fi trebuit să joace și ea doi ani mai târziu la Beardsley ? Știam că era cât pe ce să o prind cu mâța-n sac când *Wace Journal* îi publicase fotografia – e adevărat, fusese urât din partea ei să încerce să mă amăgească spunându-mi că numele Clare era, de fapt, al unei femei bătrâne, poate o rudă de-a lui sau o fostă parteneră de viață!

Briceland Gazette nu o publicase însă. Da, foarte amuzant!

Da, spuse ea, lumea e o succesiune de gaguri; dacă cineva s-ar apuca să scrie povestea vieții ei, nimeni n-ar crede o iotă.

Când am ajuns aici, s-au auzit sunete domestice, sprintene, care veneau din bucătărie, unde Dick și Bill cotrobăiau ca să găsească berea. Prin ușa deschisă au văzut musafirul și Dick a intrat în salon.

— Dick, el e Tata! strigă Dolly cu voce înaltă, sonoră, care mi s-a părut complet străină și nouă, veselă și veche și tristă, fiindcă tânărul – veteran al unui război dus la mari depărtări – era tare de urechi.

Ochi albaștri nordici, păr negru, obraji rumeni, bărbia nebărbierită. Ne-am strâns mâinile. Plin de tact, Bill a adus cutiile de bere pe care le desfăcuse cu singura lui mână – se vedea clar că se mândrește cu performanțele sale. A vrut să se retragă. Politețea aleasă a oamenilor simpli. A fost invitat să rămână. La drept vorbind, ideea mi s-a părut excelentă și soții Schiller gândeau, probabil la fel. M-am mutat în balansoarul nevricos. Mestecând lacom, Dolly m-a îndopat cu cartofi pai și cu pateuri umplute cu nalbă-mare. Cei doi bărbați îl priveau pe tatăl ei, un om fragil, *frileux*, subțirel, tinerel, dar suferind, îmbrăcat în costum de catifea și vestă *beige*, un viconte, probabil.

Au avut impresia că venisem cu intenția să rămân câteva zile la ei și Dick și-a încrețit sprâncenele, ceea ce arăta că se gândește intens, și a propus ca el și Dolly să doarmă în bucătărie, fiindcă mai aveau o saltea. Am agitat ușor mâna și i-am spus lui Dolly – iar ea i-a transmis lui Dick strigând într-un anumit fel – că nu rămân, sunt doar în trecere și mă duc la Readsburg unde mă așteaptă prietenii și admiratorii. În acel moment am observat că unul dintre puținele degete care îi mai rămăseseră lui Bill sângera (așadar performanțele sale nu erau chiar atât de grozave). Și cât de femeiască mi s-a părut linia de despărțire imaginară dintre sânii ei palizi când s-a aplecat deasupra mâinii rănite a bărbatului! Odinioară nu i-o văzusem, nu existase! L-a luat în bucătărie să-l oblojească. Am rămas singur cu Dick. Câteva minute doar, trei sau patru mici veșnicii, scăldate desigur în căldură artificială. Stătea pe un scaun tare și-și frământa mâinile și se încrunta, iar mie parcă îmi venea să-i storc cu agatele ghearelor mele lungi punctele negre de pe aripile nasului său care transpira. Avea ochi frumoși și triști cu gene grațioase și dinți foarte albi. Mărul lui Adam, proeminent și păros. De ce nu s-or bărbieri mai bine tinerii ăștia vânjoși? Pe canapeaua aceea, el și Dolly avuseseră, fără nici un fel de rețineri, relații intime de cel puțin o sută și optzeci de ori, probabil, mult mai multe; și înainte de asta – oare de când îl cunoștea? Nici o ranchiună. Nostim – nu simțeam nici un fel de ranchiună, nimic, doar mâhnire și greață. Acum își freca nasul. Când își va deschide, în cele din urmă gura, va spune, fără îndoială (dând ușor din cap): „Ehei, e un copil pe cinste, domnule Haze. Pe legea mea. Și o să fie o mamă pe cinste". Și-a deschis gura – și a tras un gât de bere. Asta l-a liniștit – și a continuat să soarbă până când a făcut spume la gură. Era un mielușel. Îi prinsese în căușul mâinilor sale sânii ei florentini. Avea unghiile negre și sparte, dar falangele, încheietura puternică, bine proporționată a mâinii erau mult, mult mai frumoase decât ale mele: am rănit prea tare prea multe trupuri cu mâinile mele strâmbe și amărâte încât nu mai puteam să mă mândresc cu ele. Epitetele franțuzești, articulațiile de țărănoi din Dorset și vârfurile lățite ale degetelor, ca ale unui croitor austriac – iată-l pe Humbert Humbert!

Bun. Dacă stătea tăcut, atunci puteam să tac și eu. Într-adevăr, nu-mi prindea rău un pic de odihnă în balansoarul docil și mort de frică, înainte de a porni cu mașina în căutarea bârlogului unde se vârâse bestia – și de a trage înapoi prepuțul pistolului pentru ca apoi să jubilez în orgasmul apăsării pe trăgaci: am fost dintotdeauna un discipol modest, dar devotat al medicului vienez. Curând însă a început să-mi pară rău de bietul Dick pe care, printr-un fel de acțiune hipnotică, îl blocasem, astfel că nu mai era în stare să emită singura remarcă pe care o putea concepe („E un copil pe cinste...").

— Și așa, am zis, vă duceți în Canada?

În bucătărie, Dolly râdea de ceea ce spusese sau făcuse Bill.

— Și așa, am răcnit, vă duceți în Canada? Nu Canada – am răcnit din nou –, vreau să spun Alaska, bineînțeles.

Și-a mângâiat paharul și, dând din cap plin de înțelepciune, a replicat:

— Păi, cred că s-a tăiat în tabla cutiei de bere. Și-a pierdut brațul în Italia.

Migdali minunați, mov, înfloriți. Un braț suprarealist a zburat și stătea agățat acolo în movul poantilist. O florăreasă tatuată pe mână. Au reapărut Dolly și Bill cu degetul bandajat. Mi-a trecut prin minte ideea că frumusețea ei ambiguă, castanie și palidă îl excita pe schilod. Dick s-a ridicat zâmbind ușurat. El și Bill se duc să termine de reparat firele alea. Crede că domnul Haze și Dolly au să-și spună o grămadă de lucruri. Crede că o să ne mai vedem înainte de plecare. De ce cred oamenii aceștia atât de multe lucruri și se bărbieresc atât de puțin și disprețuiesc aparatele acustice?

— Ia loc, spuse ea, bătându-se încetinel, dar sonor cu palmele peste coapse. M-am reașezat în balansoarul negru.

— Deci m-ai trădat? Unde te-ai dus? Unde-i el acum?

A luat de pe șemineu o fotografie făcută la minut, lucioasă și concavă. O bătrână robustă, radioasă, cu picioare arcuite, îmbrăcată într-o rochie albă, foarte scurtă; un bătrân în cămașă cu mâneci scurte, mustață pe oală, lanțul ceasului la vedere. Socrii ei. Locuiesc în Juneau cu familia fratelui lui Dick.

— Chiar nu vrei să fumezi?

Fuma. O vedeam pentru prima oară. *Streng verboten* sub Humbert cel Groaznic. Charlotte Haze s-a ridicat din mormânt cu grație, învăluită într-o pâclă albastră.

Dacă ea refuza să vorbească, îl găsesc cu ajutorul Unchiului Ivory.

— Te-am trădat, spui? Nici vorbă! Și-a îndreptat săgeata țigării spre șemineu, lovind-o ușor cu arătătorul, în stilul mamei sale, și apoi a râcâit și a îndepărtat cu unghia o bucățică de hârtie de țigară de pe buza inferioară. Oh, Doamne, la fel ca mama ei. Nu, nu mă trădase. Mă aflam între prieteni. Edusa o prevenise că lui Cue îi plac fetițele, că odată a scăpat ca prin urechile acului de pușcărie (frumoasă treabă!), iar el știa că ea știe. Da. Asta e... Cotul sprijinit în palmă, rotocoalele, surâsul, expirarea fumului, gestul de scuturare a scrumului. Memento înnebunitor. El vedea – zâmbind – prin toți și prin toate ca prin sticlă, fiindcă nu era ca mine sau ca ea, ci un geniu. Un tip mare. Plin de umor. Se prăpădise de râs când îi făcuse mărturisirile despre mine și despre ea și îi spusese că bănuise el ceva. În acele împrejurări i s-a părut că-i poate spune în deplină siguranță...

Așadar, Cue – toată lumea îi spunea Cue.

Tabăra ei, cu cinci ani în urmă. Ce coincidență stranie!... a dus-o la o fermă de agrement, cam la o zi de mers cu mașina departe de Elephant (Elphinstone). Cum se numea? Oh, un nume tâmpit – Ferma Duk Duk – înțelegi, absolut stupid –, dar acum nu mai are, oricum, nici o importanță, întrucât clădirea a dispărut, s-a dezintegrat. E imposibil – pe bune, spuse ea – să-mi imaginez cât de somptuoasă era ferma aceea, adică, sugera ea, nu-i lipsea absolut nimic, dar absolut nimic, avea chiar și o cascadă interioară. Îmi mai aminteam de tipul cu părul roșu cu care jucasem „noi doi“ – ea și eu! (asta mi-a plăcut) cândva tenis? Ei, proprietarul fermei era fratele Roșcatului, care i-o cedase lui Cue pe timpul verii. Când au sosit ea și Cue, ceilalți i-au trecut printr-o ceremonie de încoronare și apoi – printr-o îmbăiere nemaipomenită, cum se întâmplă când treci Ecuatorul. Tu știi.

Și-a dat ochii peste cap cu falsă resemnare.

— Continuă, te rog.

Bun. Ideea era să o ia cu el în septembrie la Hollywood și să aranjeze să dea acolo o probă pentru un rol mărunt în scena meciului de tenis dintr-un film inspirat de una dintre piesele lui – *Golden Guts* – și chiar, dacă ar fi fost posibil, să devină dublura uneia dintre starletele formidabile de pe terenurile luminate de reflectoarele Klieg. Dar, vai, s-a ales praful.

— Și unde-i acum porcul?

Nu e un porc. E un tip colosal, în multe privințe. Îmbibat cu băutură și droguri, din păcate. Și bineînțeles, e un adevărat monstru în chestiunile sexuale, iar prietenii sunt sclavii lui. Efectiv, nu-mi puteam închipui (Eu, Humbert, nu-mi puteam închipui!) cu ce își petreceau timpul la Ferma Duk Duk. Ea a refuzat să ia parte la distracțiile lor, fiindcă îl iubea pe Cue – și el a gonit-o.

— Dar cum se distrau, ce făceau?

— Oh, se dedau la lucruri ciudate, obscene, extravagante. Adică, avea acolo două fete și doi băieți și trei sau patru bărbați și ideea era ca noi toți să ne încârligăm goi în timp ce o femeie în vârstă ne filma. (Justine a lui Sade avea doisprezece ani când a început.)

— Și ce anume făceau?

— Oh, diferite chestii... Oh, eu – într-adevăr, eu – și „eu" a răsunat ca un strigăt înăbușit în timp ce se concentra ascultând sursa durerii și a suplinit restul cuvintelor răschirându-și cele cinci degete ale mâinii care se mișca zvâcnit în sus și-n jos. Nu, a renunțat, n-a mai vrut să continue. Simțea cum se mișcă în interiorul ei copilul.

Era de înțeles.

— Ce mai contează acum? zise, umflând cu pumnii o pernă cenușie și întinzându-se apoi pe divan cu pântecul în sus. Chestii smintite, lucruri scârboase. Am spus nu, n-am de gând să mă dau (a folosit, cu deplină dezinvoltură, un dezgustător termen argotic care, în traducere franceză, însemna *souffler*) băieților tăi bestiali, pentru că te vreau numai pe tine. Ei, și atunci mi-a dat papucii.

Nu mai erau multe de povestit. În iarna aceea a lui 1949, Fay și ea și-au găsit niște slujbe. Vreme de aproape doi ani, ea s-a – oh, s-a lăsat în voia sorții, oh, muncind în localuri mici și apoi l-a întâlnit pe Dick. Nu, nu știa unde se afla celălalt, în New York, probabil. Dar, bineînțeles, tipul era atât de renumit încât l-ar fi găsit imediat dacă ar fi vrut. Fay încercase să se întoarcă la Fermă, dar n-o mai găsise, arsese până-n temelii, nu mai rămăsese *nimic*, doar un morman de moloz. Era atât de *straniu*, atât de *straniu*

Și-a închis ochii și a deschis gura, lăsându-se din nou pe pernă, cu piciorul încălțat în pâslar, lăsat pe podea. Dușumeaua de lemn era înclinată, o biluță de oțel s-ar fi rostogolit până în bucătărie. Aflasem ce doream să știu. Nu voiam să-mi torturez iubita. Undeva, dincolo de cocioaba lui Bill, un radio începuse să cânte despre nesăbuință și soartă și ea stătea aici cu trăsăturile ruinate și cu mâinile de adultă, înguste, cu vinele ca niște sfori și brațele albe cu pielea ca de găină și urechile mici, lipite de cap și subțiorile neîngrijite, stătea aici (Lolita mea!) iremediabil uzată la șaptesprezece ani, cu plodul acela al ei, care visa acolo, înlăuntrul ei, cum o să devină un mare succes și o să se retragă pe la anul 2020... – și eu priveam, o priveam și am înțeles clar, așa cum știu că o să mor, că o iubeam cum nu iubisem nimic din ceea ce văzusem sau imaginasem pe pământ sau sperasem să întâlnesc altundeva. Nu mai era decât adierea slabă a violetei și ecoul de frunză moartă al nimfetei peste care mă rostogolisem cu asemenea strigăte în trecut; ecoul pe marginea unei râpături roșcate, cu o pădure îndepărtată sub cerul alb și frunze cafenii acoperind pârâul și un ultim greiere în buruienile proaspete, viguroase... dar, Mulțumescu-Ți Ție Doamne, eu nu mă închinam numai în fața acestui ecou. Ceea ce cultivasem cu insistență printre vițele încâlcite ale inimii mele, *mon grand péché radieux*, se redusese la adevărata sa esență: viciul steril și egoist, pe care acum îl suprimasem și îl blestemam. N-aveți decât să ricanați și să mă amenințați că părăsiți sala tribunalului, câtă vreme sunt legat la gură și aproape sufocat, dar după aceea îmi voi striga în gura mare sărmanul meu adevăr. Doresc enorm ca lumea să afle cât de mult am iubit-o pe Lolita mea, pe *această* Lolita, palidă și profanată, purtând în pântec rodul altuia, dar având încă ochii cenușii migdalați, genele ca funinginea, părul castaniu; care încă mai era Carmencita mea; *Changeons de vie, ma Carmen, allons vivre quelque part où nous ne serons jamais séparés*; în Ohio? În zonele sălbatice din Massachusetts? Ce dacă ochii ei se vor stinge, ce dacă sfârcurile i se vor umfla și vor crăpa, ce dacă delta ei tânără, delicată și catifelată se va păta și se va sfâșia – chiar și atunci voi înnebuni de tandrețe doar văzându-ți chipul tău drag și slăbit și auzindu-ți vocea tânără și aspră, Lolita mea.

— Lolita, i-am zis, poate nu-i momentul potrivit, dar trebuie să-ți spun neapărat ceva. Viața este foarte scurtă. De aici până la mașina aceea veche pe care o cunoști atât de bine e o porțiune de douăzecidouăzeci și cinci de pași. O plimbare foarte scurtă. Fă acești douăzeci și cinci de pași. Acum. Chiar acum. Vino așa cum ești. Și vom trăi împreună fericiți de azi înainte.

Carmen, voulez-vous venir avec moi?

— Vrei să spui, replică ea, deschizând ochii și săltându-se puțin, șarpele care se pregătește să atace, vrei să spui că ne vei da (nouă) banii aceia doar dacă merg cu tine la un motel, asta vrei să spui?

— Nu, am zis, ai înțeles complet greșit. Vreau să-l părăsești pe Dick al tău, bărbatul adus de întâmplare, și vizuina asta îngrozitoare și să vii să trăiești cu mine și să mori cu mine și toate celelalte, cu mine (cuvintele adecvate).

— Nu ești zdravăn, spuse, și fața i s-a schimonosit.

— Mai gândește-te, Lolita. Ce te leagă de el? În afară de, probabil – mă rog, nu contează. (O grațiere, am vrut să spun, dar n-am spus-o.) Oricum, îți vei primi... *trusoul* chiar dacă mă refuzi.

— Nu mă minți? întrebă Dolly.

I-am înmânat un plic în care se aflau patru sute de dolari și un cec pentru alți trei mii șase sute.

Prudentă, nesigură, a primit *mon petit cadeau*; și imediat fruntea ei s-a colorat – un roz încântător.

— Adică, spuse gâtuită de emoție, ne dai patru mii de dolari?

Mi-am acoperit fața cu mâna și m-au podidit lacrimile, cele mai fierbinți lacrimi din viața mea. Le simțeam cum șerpuiesc printre degete și se scurg pe bărbie și mă ard și nasul mi s-a înfundat și nu mă puteam opri și atunci ea mi-a atins cu degetele încheietura mâinii.

— Nu mă atinge, simt că mor, am zis. Ești sigură că nu vrei să vii cu mine? Nu-mi lași nici o speranță că ai să vii? Spune-mi măcar atât.

— Nu, spuse ea. Nu, dragule, nu.

Nu-mi spusese niciodată dragule.

— Nu, zise, nici nu se pune problema. Mai degrabă mă întorc la Cue. Vreau să zic... Își căuta cuvintele. I le-am suplinit mintal („El mi-a frânt inima. Tu mi-ai distrus, pur și simplu, viața").

— Cred, a continuat ea - plicul a alunecat pe podea - l-a ridicat - cred că, oh, oh, e foarte frumos din partea ta să ne dai atâția gologani. Se rezolvă toate necazurile, putem pleca săptămâna viitoare. Nu mai plânge, te rog. Trebuie să înțelegi. Să-ți mai aduc niște bere. Oh, nu mai plânge, îmi pare atât de rău că am trișat atât de mult, dar așa-i pe lumea asta. Mi-am șters fața și degetele. Ea zâmbea - *le cadeau!* Exulta. Voia să-l cheme pe Dick. I-am spus că plec imediat, nu vreau să-l văd, să-l mai văd. Deloc. Ne-am căznit să găsim un subiect de discuție. Dintr-un motiv oarecare, mi s-a arătat - imaginea tremura și strălucea diafană pe retina mea umedă - o copilă radioasă de doisprezece ani, așezată pe un prag, aruncând („ping, ping, ping") pietricele la țintă într-o cutie de bere goală. Cât pe ce să spun - încercând să găsesc o remarcă oarecare - „Știi, mă întreb uneori ce s-o fi întâmplat cu micuța McCoo, s-o fi făcut mai bine?" -, dar m-am oprit la timp de teamă să nu o aud pe Dolly replicând: „Știi, mă întreb uneori ce s-o mai fi întâmplat cu micuța Haze...". În consecință, am revenit la chestiunile bănești. Suma aceasta reprezenta mai mult sau mai puțin chiria netă obținută de la casa mamei sale; ea zise:

— Cum, nu s-a vândut cu mulți ani în urmă?

Nu (*I-am spus* chestiunea asta ca să-mi retez orice legături cu R.); un avocat îi va trimite mai târziu bilanțul complet al situației financiare; era promițătoare; modestele bonuri și acțiuni pe care le deținuse mama ei își sporiseră continuu valoarea. Da, eram absolut sigur că trebuia să plec. Trebuia să plec, să-l găsesc și să-l distrug.

Nu mă simțeam în stare să suport atingerea buzelor ei, n-aș fi supraviețuit și, de aceea, m-am retras dansând aferat la fiecare pas pe care-l făceau spre mine ea și pântecul ei.

M-au condus ea și câinele. M-a surprins (e o figură retorică, nu m-a surprins) că a rămas atât de indiferentă când a văzut mașina veche în care călătorise ca fetiță și ca nimfetă. A remarcat doar că radiatorul a cam ruginit. I-am spus că mașina îi aparține; puteam să plec cu autobuzul. Mi-a zis : nu fi prost, se vor duce cu avionul la Jupiter și își vor cumpăra acolo o mașină și i-am spus că îi plătesc pe mașină cinci sute de dolari.

— Dacă o ținem în ritmul ăsta, ajungem în curând milionari, i-a spus câinelui care o privea în extaz.

Carmencita, lui demandais-je...

— O vorbă numai, am spus în engleza mea oribil de îngrijită, ești foarte, foarte sigură că – mă rog, nu mâine, firește, și nici poimâine, dar – mă rog – într-o bună zi, oricare zi, n-ai să vii să stai cu mine? Voi crea un Dumnezeu nou-nouț și mă voi închina lui, mulțumindu-i cu strigăte sfâșietoare, dacă-mi dai măcar speranța aceasta microscopică (în acest scop).

— Nu, a spus zâmbind. Nu.

— Ar fi schimbat complet lucrurile, spuse Humbert Humbert.

Atunci am scos revolverul – vreau să spun că un cititor ar putea presupune că am făcut lucrul acesta nebunesc. Nu mi-a trecut niciodată așa ceva prin minte.

— Umblă sănătos! a intonat dragostea mea americană moartă, dulce și nemuritoare; fiindcă înseamnă că a murit și a devenit nemuritoare din moment ce voi citiți memoriile mele. Vreau să spun că acesta a fost aranjamentul formal cu așa-numitele autorități.

Apoi, în timp ce mă îndepărtam, am auzit-o cum îl striga pe Dick cu o voce vibrantă; și câinele a început să alerge făcând salturi în paralel cu mașina ca un delfin gras, dar era prea greoi și prea bătrân, așa că s-a lăsat păgubaș repede.

Și curând m-am pomenit rulând prin burnița zilei care se stingea, cu ștergătoarele de parbriz în plină activitate, dar incapabil să-mi stăvilesc șuvoiul lacrimilor.

30

Am ieșit din Coalmont pe la patru după-amiaza (luând-o pe Drumul X – nu-i mai țin minte numărul) și aș fi sosit, probabil, la Ramsdale cam pe la vremea asfințitului dacă nu mi-ar fi venit ideea să o iau pe scurtătură. Trebuia să intru pe Autostrada Y. Harta îmi arăta destul de imprecis că imediat după Woodbine, unde am ajuns la căderea nopții, aș putea părăsi asfaltul lui X ca să ajung la asfaltul lui Y parcurgând un drum de țară transversal, care avea o lungime de circa patruzeci de mile. Altminteri aș fi fost nevoit să merg încă o sută de mile pe X, să o iau pe serpentinele largi ale lui Z ca să ajung la Y și apoi la destinație. Totuși, scurtătura se prezenta într-o stare jalnică, era plină de hârtoape și de glod, încât după ce am înaintat bâjbâind, trăgând cu disperare de volan în dreapta și-n stânga, mergând cu viteza unei broaște-țestoase – m-am hotărât să mă întorc, însă bătrânul și șubredul meu Melmoth s-a înțepenit în noroiul adânc. Jur-împrejur beznă, aerul jilav. Întuneric, umezeală, lipsă de speranță. Farurile atârnau deasupra unui șanț lat și plin cu apă. Ținutul înconjurător, dacă exista cumva, era o pustietate neagră. Am căutat să mă smulg din nămol, dar roțile din spate s-au rotit în loc văicărindu-se speriate. Blestemând buclucul în care intrasem mi-am scos costumul de gală, mi-am pus blugii, am tras pe mine puloverul ciuruit de gloanțe și înotând prin băltoace m-am întors patru mile până la o fermă de pe marginea drumului. M-a prins ploaia, dar n-am mai avut putere să mă întorc să-mi iau balonzaidul. Dificultățile prin care treceam m-au convins că stau bine cu inima, deși un diagnostic recent spunea altceva. Pe la miezul nopții un tractor m-a remorcat și mi-a scos mașina din nămol. Am navigat înapoi spre Autostrada X și mi-am continuat călătoria. După o oră de mers, când mă aflam într-un orășel anonim, m-a doborât oboseala. Am oprit înaintea unei curbe și am băut în întuneric, cu nădejde, dintr-o sticlă prietenoasă.

Ploaia se oprise când mă aflam la câteva mile depărtare de orășel. Noapte neagră, caldă, undeva în zona Apalașilor. Din când în când pe lângă mine treceau automobile, luminile de poziție roșii se îndepărtau, faruri albe se apropiau, dar orașul părea mort. Pe trotuare, nimeni. Ei, în dulcea, matura, degenerata Europă, ele ar fi mișunat de oameni și ar fi răsunat de râsete. Doar eu mă bucuram de noaptea inocentă și-mi rumegam gândurile groaznice. Un recipient din sârmă împletită așezat în curbă avea preferințe speciale în privința conținutului: Gunoaie mărunte. Hârtii. Nu aruncați gunoi menajer. Litere luminoase de culoarea vinului de Xeres anunțau Magazinul de Aparate Foto-electrice. Un termometru mare cu numele unui laxativ se lăfăia pe fațada unui magazin universal. Compania de Bijuterii Rubinov expunea diamante false ce se reflectau într-o oglindă roșie. Un ceas luminos, cu limbile și cifrele verzi, înota în profunzimile rufăriei de la Spălătoria Jiffy

Jeff. Pe partea cealaltă a străzii, un garaj anunța în somn – lubricitatea genuflexă; apoi se corecta – Lubricație Gulflex. Un aeroplan, dotat de asemenea cu diamante Rubinov, a brăzdat zumzăind cerurile de catifea. Văzusem atât de multe orășele care par moarte noaptea! Totuși, acesta nu era ultimul.

Dar să mai zăbovim puțin prin el, pentru că oricum e ca și dispărut. Ceva mai încolo, dar pe partea cealaltă a străzii, luminile de neon pâlpâiau de două ori mai rar decât inima mea; conturul firmei unui restaurant, un imens ibric de cafea căpăta la interval de circa o secundă viața strălucitoare a smaraldului și, când se stingea, literele roz anunțând Mâncăruri Alese preluau ștafeta și totuși ibricul rămânea vag vizibil, ca o umbră discretă care sâcâia ochiul înainte de învierea smaraldină. Am făcut radiografii. Burgul ascuns se afla aproape de Vânătorii Vrăjiți. Și-am plâns din nou, beat, din cauza trecutului insuportabil.

31

La popasul izolat dintre Coalmont și Ramsdale (dintre neprihănita Dolly Schiller și jovialul Unchi Ivor) unde m-am oprit să îmbuc ceva, mi-am reexaminat situația. M-am văzut pe mine și dragostea mea cu o simplitate și claritate extreme. Prin comparație, încercările similare anterioare mi s-au părut alăturea cu drumul. Cu câțiva ani înainte cunoscusem un duhovnic inteligent, bun vorbitor de limbă franceză, și într-un moment de curiozitate metafizică renunțasem la ateismul protestant posac și mă supusesem unei cure papistașe de modă veche, sperând că sub îndrumarea prelatului voi izbuti să deduc din sentimentul acut al păcatelor mele existența Ființei Supreme. În diminețile acelea geroase din Quebecul dantelat cu promoroacă, bunul preot a lucrat asupra mea cu extraordinară gingășie și înțelegere. Îi sunt infinit îndatorat lui și Instituției Sublime pe care o reprezenta. Vai-vai, eram incapabil să depășesc faptul uman simplu că oricâtă alinare spirituală aș găsi, nimic nu o va face pe Lolita mea să uite dezmățul trupesc dezgustător la care am supus-o. Ar trebui să mi se dovedească – mie, celui de acum, cu inima, barba și putreziciunea mea – că, până la urma cea de pe urmă, faptul că o fetiță nord-americană a fost lipsită de copilărie din cauza unui maniac nu contează nici cât o ceapă degerată – și dacă s-ar putea produce o asemenea dovadă atunci viața n-ar mai fi decât o glumă; oricum, așa ceva e imposibil, singurul tratament pentru suferința mea rămâne paliativul melancolic și foarte limitat al artei cuvântului. Cum spune un vechi poet:

> The moral sense in mortals is the duty
> We have to pay on mortal sense of beauty.

//Simțul moral al muritorilor este datoria/ Ce trebuie plătită față de sentimentul muritor al frumosului.//

32

A existat o zi în timpul primei noastre călătorii – primul nostru cerc din paradis – când, pentru a mă delecta în liniște cu fantasmele mele, am luat hotărârea categorică să ignor ceea ce observam vrând-nevrând – și anume faptul că pentru Lo eu nu eram prietenul tânăr, bărbatul fascinant sau măcar o persoană aievea, ci doar doi ochi și piciorul cu musculatura încordată – ca să citez numai părțile citabile. A existat o zi când, după ce revenisem asupra unei promisiuni funcționale pe care i-o făcusem în ajun (ceva ce-și dorise cu ardoare sufletul ei nostim – ringul pentru patinaj cu rotile, cu podeaua dintr-un material plastic special, sau matineul la un cinematograf unde dorea să se ducă singură), mi-am aruncat întâmplător o privire din baie, ajutat de o combinație întâmplătoare dintre oglinda pusă câș și ușa întredeschisă, și i-am văzut fața... ce mină avea! N-am cum s-o descriu exact... o expresie de neputință atât de perfectă încât părea să se transforme treptat în aerul de stupizenie mult mai acceptabil pentru mine, datorită faptului că reprezenta însăși limita nedreptății și frustrării – și orice limită presupune implicit ceva dincolo de ea – așadar iluminarea neutră, cenușie. Vă rog să nu uitați că sprâncenele înălțate și gura întredeschisă aparțineau unui copil, pentru că astfel veți înțelege mai bine abisul carnalității calculate și disperarea reflectată ce m-au împiedicat să mă arunc la picioarele ei dragi, să mă topesc în lacrimi omenești și să-mi sacrific gelozia pentru plăcerea, oricare ar fi fost, jinduită de Lolita, și anume aceea de a se amesteca printre copiii murdari și primejdioși din lumea exterioară, dar reală pentru ea.

Există și alte amintiri refulate, dar care acum ies la iveală sub forma monștrilor mutilați ai durerii. Odată, la capătul dinspre apus al unei străzi din Beardsley, Lo s-a întors spre micuța Eva Rosen (mergeam cu amândouă nimfetele la un concert și pășeam în spatele lor atât de aproape că le atingeam cu trupul meu), Lo s-a întors spre Eva care-i spusese că mai bine moare decât să-l asculte pe Milton Pinski, o cunoștință de-a ei, elev în Beardsley, vorbind despre muzică și i-a răspuns observând că:

— Știi, partea groaznică este că în fața morții rămâi complet singur - și în timp ce genunchii mei de robot se ridicau și coborau, mi-am dat seama șocat că nu știam, pur și simplu, nimic din ceea ce se petrecea în mintea iubitei mele, or, în spatele îngrozitoarelor ei clișee juvenile se ascundeau, probabil, o grădină și un amurg, și poarta unui palat – regiuni difuze și adorabile în care, cu bulendrele mele spurcate și convulsiile mele nenorocite, nu aveam cum să pătrund – fiindcă accesul îmi era interzis categoric și cu luciditate: or, observam adesea că trăind așa cum trăiam, într-un univers al răului absolut, deveneam amândoi ciudat de stingheri când încercam să discut cu ea despre ceva – despre o idee abstractă, o pictură, despre poezia ca o gravură a lui Hopkins sau despre versurile șlefuite ale lui Baudelaire, despre Dumnezeu sau Shakespeare sau ceva asemănător – așa cum ar fi discutat ea cu un prieten mai vechi, ea și un părinte, ea și un iubit autentic și sănătos, eu și Annabel, Lolita și sublimul Harold Haze, purificat, analizat, zeificat. Bunăvoința! Simpatia! Își închidea vulnerabilitatea în carapacea impertinenței și a plictisului, în vreme ce eu foloseam în comentariile mele aparent detașate, dar subminate de deznădejde un ton atât de artificial încât simțeam cum mi se strepezesc și ultimii dinți care-mi mai rămăseseră și incitam auditoriul meu la asemenea explozii de grosolănie încât continuarea devenea imposibilă, oh, sărmana mea copilă cu încheietura învinețită a mâinii. Te iubeam. Am fost un monstru pentapod, dar te iubeam. Am fost demn de dispreț, brutal și mișel și cum vrei să-mi mai spui, *mais je t'aimais, je t'amais*! Da, în anumite momente știam ce simțeai. Și era un adevărat iad să o știu, micuța mea, fetița Lolita și neînfricata Dolly Schiller.

Îmi amintesc de anumite momente, să le spunem aisberguri în paradis, când, îndestulat de ființa ei – după eforturi fabuloase și demente care mă storceau într-atât de vlagă, încât nu mai percepeam prin jaluzelele lăsate decât azurul vârstat, o adunam în brațele mele cu un geamăt final de tandrețe umană (pielea ei strălucea în lumina de neon ce venea din curtea pavată prin fantele storului, genele încurcate și negre ca funinginea, ochii cenușii și gravi mai pustii ca niciodată – o mică pacientă buimăcită încă din cauza anesteziei după o operație grea) – și tandrețea se intensifica, devenită rușine și disperare, iar eu atunci o alinam pe Lolita mea cea singură și ușoară ca un fulg și o legănam în brațele mele de marmură și gemeam în părul ei cald și o mângâiam la întâmplare și îi imploram în tăcere binecuvântarea și în culmea revărsării agonice de gingășie umană, lipsită de egoism (sufletul meu atârna acum în jurul trupului ei gol și era gata de căință), deodată, ca o ironie oribilă, reapăreau poftele carnale – și „oh, nu", spunea Lolita și suspinele ei se înălțau până la ceruri și în momentul următor tandrețea și azurul se spulberau.

Ideile de la mijlocul secolului al douăzecilea despre relațiile dintre copii și părinți au fost corupte de flecăreala pedantă și de simbolurile standardizate ale vacarmului psihanalitic, însă cititorii mei sunt, cel puțin așa sper, oameni fără prejudecăți. Odată, tatăl lui Avis claxonase în stradă anunțând că a venit tăticul să-și ia acasă odrasla mult iubită și eu m-am simțit obligat să-l invit în salon, unde a stat câteva minute și în timp ce noi doi discutam, Avis, o fetiță greoaie, lipsită de farmec, dar afectuoasă, s-a apropiat de el și până la urmă s-a cocoțat, grăsuță cum era, pe genunchii lui. În fine, nu-mi amintesc dacă v-am vorbit de zâmbetul Lolitei în fața persoanelor străine, un zâmbet absolut încântător, cu o îngustare delicată ca o blăniță a ochilor și o strălucire dulce, ireală a trăsăturilor – care desigur nu voia să spună nimic, dar era atât de frumoasă, atât de seducătoare încât îți venea greu să admiți că un asemenea farmec și iluminarea cuceritoare a fetiței erau creația inconștientă a unei gene vrăjite, fiind semnul atavic al vreunui vechi ritual de bun-venit – prostituție ospitalieră, ar spune cititorul vulgar. Așadar, iat-o cum stătea în timp ce domnul Byrd își răsucea pălăria și discuta și – oh, da, ce stupid sunt, am omis caracteristica principală a faimosului zâmbet al Lolitei, și anume: surâsul ei strălucitor, gingaș, cu gropițele cu nectar, nu se adresa niciodată străinului din cameră, ci rămânea suspendat în vidul ei îndepărtat și înflorat, ca să zicem așa, sau rătăcea cu simplitate miopică peste obiecte întâmplătoare – și exact așa se întâmpla acum: în timp ce grăsuna Avis se apropia discret de tăticul ei, Lolita se sprijinise de marginea mesei, la multe mile depărtare de mine, și-și făcea de lucru cu un cuțit pentru fructe căruia îi zâmbea în neștire. Deodată, în timp ce Avis își cuprinsese tatăl pe după gât și se lipise de urechea lui, iar bărbatul își trecuse degajat brațul în jurul progeniturii voluminoase și numai duluri-duluri, am văzut cum zâmbetul Lolitei și-a stins lumina și a devenit propria-i umbră, palidă și înghețată, și cuțitul pentru fructe a alunecat de pe masă și a lovit-o ușor cu mânerul de argint peste gleznă, iar ea, cu respirația tăiată, și-a aplecat mult capul și apoi a sărit într-un picior, și fața îi era schimonosită de obișnuita grimasă a copiilor înainte de țâșnirea lacrimilor; după aceea a ieșit din cameră – și a fost imediat urmată și consolată în bucătărie de Avis, care avea un asemenea tătic minunat, roz și gras și un frățior dolofan și o soră nou-născută și un cămin și doi câini care-și rânjeau dinții, și ea, Lolita, nu avea nimic. Am și pandantul clar al scenei descrise mai înainte – de asemenea în decorul din Beardsley. Lolita citea lângă foc, când, deodată, s-a întins și m-a întrebat, cu cotul ridicat, mârâind.

— Și unde zici că e înmormântată?

— Cine?

— Ei, știi bine. Mămica mea ucisă.

— Dar *tu* știi bine unde este mormântul ei, i-am spus stăpânindu-mă, apoi am numit cimitirul – chiar la marginea orașului Ramsdale, între linia ferată și Lakeview Hill. În plus, am adăugat eu, epitetul pe care ai considerat potrivit să i-l aplici bagatelizează nepermis tragedia unui asemenea accident. Dacă într-adevăr dorești să birui în mintea ta ideea morții...

— 'ra, 'ra și la gară, zise Lo, în loc de „ura, ura și la gară", și a ieșit agale din cameră și o vreme am privit fix, cu ochii îndurerați, focul. Apoi m-am uitat prin cartea ei. Maculatură pentru tineret. O fată posomorâtă, Marion, și mama ei vitregă, care s-a dovedit, împotriva tuturor așteptărilor, o roșcovană tânără, veselă, plină de înțelegere, care i-a explicat lui Marion că mama ei moartă fusese într-adevăr o femeie eroică întrucât își ascunsese intenționat marea ei dragoste pentru Marion fiindcă știa că o să piară și nu voia ca fetița ei să-i simtă lipsa. Nu m-am năpustit în camera ei plângând. Am preferat întotdeauna igiena mintală a lui „n-aude, n-a vede". Acum când mă frământ cu întâmplările trecutului, încercând să-mi pledez cauza, îmi aduc aminte că în împrejurările de felul celei povestite mai înainte adoptam întotdeauna metoda de a nu lua în seamă stările de spirit ale Lolitei, însă încercam în același timp să-mi liniștesc eul meu josnic. Eram foarte mic atunci când mama mea, într-o rochie gri udă, alergase înnebunită prin ceața care se lăsa (așa mi-o închipuiam și scena era extrem de vie) spre culmea ce domina Moulinetul și acolo fusese lovită de trăsnet, astfel că n-am putut să grefez retrospectiv, în ultimele mele perioade de depresiune, nici un fel de doruri de tipul general acceptat pe vreunul dintre momentele tinereții mele, deși terapeuții au depus eforturi considerabile în acest sens. Admit însă că un om cu puterea mea de imaginație nu are dreptul să invoce ignorarea emoțiilor universale. De asemenea, nu este exclus să mă fi bizuit prea mult pe relațiile anormal de reci dintre Charlotte și fiica ei. Dar iată punctul îngrozitor al întregului raționament. În timpul coabitării noastre stranii și bestiale, pentru Lolita mea convențională a devenit treptat limpede că cea mai nenorocită familie e preferabilă parodiei de incest, singurul lucru pe care am fost în stare să i-l ofer copilului de pripas.

33

Vizitam din nou Ramsdale. Am intrat în oraș pe drumul dinspre iaz. Amiază însorită. Pretutindeni ochi, ochi, ochi. În goana mașinii mele stropite de noroi deslușeam scânteieri de apă diamantină printre pinii îndepărtați. Am intrat în cimitir și am pășit printre mormintele de piatră mai lungi sau mai scurte. *Bonzhur* Charlotte. Pe unele monumente se vedeau steaguri naționale mici, transparente, decolorate, pleoștite în atmosfera fără vânt, sub cetinile veșnic verzi. Vai, Ed, ce ghinion ai avut! – mă refer la G. Edward Grammar, directorul unui birou din New York, un tip de treizeci și cinci de ani care fusese acuzat recent de uciderea soției sale, Dorothy, în vârstă de treizeci și trei de ani. Convins de posibilitatea crimei perfecte, Ed își omorâse în bătaie soția și apoi o pusese în mașină. Cazul a ieșit la lumină când doi polițiști districtuali care patrulau au văzut cum Chryslerul nou, mare și albastru al doamnei Grammar, cadoul primit cu ocazia zilei de naștere de la soțul ei, gonea nebunește la vale prin zona lor de competență (Dumnezeu să-i binecuvânteze pe polițaii noștri cei buni!). Mașina a șters un stâlp, s-a năpustit asupra taluzului presărat cu brusturi, fagi și mâna-Maicii-Domnului și s-a răsturnat. Roțile se mai învârteau încă ușor în lumina domoală a soarelui când ofițerii au scos din automobil trupul doamnei G. La început părea să fie un accident rutier obișnuit. Dar, vai, mașina era destul de puțin avariată, iar trupul femeii fusese pur și simplu zdrobit. Ei! eu am fost mai norocos.

Mi-am continuat drumul. Vedeam din nou biserica zveltă și albă și ulmii enormi. Ce nostim! Am uitat că pe o stradă de suburbie americană trecătorul singuratic atrage mai mult atenția decât automobilistul solitar și mi-am lăsat mașina pe alee în ideea de a trece discret pe lângă numărul 342 de pe Lawn Street. Înainte de marea vărsare de sânge aveam și eu dreptul la o clipă de relaxare, la un spasm catarctic de regurgitare mintală. Obloanele albe ale conacului domnului Vechitură erau închise și cineva legase de plăcuța DE VÂNZARE albă, orientată spre trotuar, o bentiță din catifea neagră, găsită pe stradă. N-a lătrat nici un câine. N-a telefonat nici un grădinar. Domnișoara Devizavi nu se afla pe veranda îmbrăcată în viță unde, spre nemulțumirea trecătorului singuratic, două tinere cu părul ridicat în coadă de cal și cu șorturi identice, cu buline, s-au oprit din treabă ca să se holbeze la el; bătrâna murise, fără îndoială demult, și fetele trebuie să fi fost nepoatele ei gemene din Philadelphia.

Să intru în vechea mea casă? Ca într-o povestire de Turgheniev, un torent de muzică italiană se revărsa prin fereastra deschisă – cea de la living: oare ce suflet romantic cânta la pian acolo unde nu răsunase nici un sunet în acea duminică vrăjită cu soarele care-i dezmierda picioarele iubite? Deodată am observat pe peluza cosită cândva de mine o nimfetă de nouă sau zece ani cu piele aurie și păr castaniu, în șort alb, care mă privea și în ochii ei albaștri, aproape negri, se citea o putere de seducție primejdioasă. I-am spus ceva plăcut, fără nici o intenție rea, complimentul e vechi de când lumea, ce ochi frumoși ai, dar ea s-a retras în grabă și muzica s-a întrerupt brusc și un bărbat întunecat, încruntat, a ieșit lucind de transpirație și m-a privit furios. Eram gata să-i spun cine sunt când, cu o strângere de inimă, încurcat, ca într-un vis, mi-am dat seama că am un aer suspect – ginșii pătați de noroi uscat, pulovărul jegos și sfâșiat, bărbia țepoasă și ochii injectați ca de vagabond. N-am scos nici un cuvânt, m-am întors și am parcurs greoi, în sens invers, drumul pe care venisem. O floare plăpândă creștea în crăpătura cunoscută a trotuarului. Inviată fără ceremonie, domnișoara Devizavi era scoasă de nepoatele ei pe terasa care părea o scenă, iar eu, protagonistul principal. Rugându-mă lui Dumnezeu să nu cumva să mă strige, m-am grăbit spre mașină. Ce străduță abruptă! Ce alee adâncă ! Un aviz roșu apăruse între ștergător și parbriz; l-am rupt meticulos în două, în patru, în opt bucăți.

Simțeam că îmi pierd timpul, așa că am mânat energic spre hotelul din centru unde, cu mai bine de cinci ani în urmă, sosisem cu un geamantan nou-nouț. Am luat o cameră, mi-am aranjat două întâlniri prin telefon, m-am bărbierit, mi-am făcut baie, m-am îmbrăcat în haine negre și am coborât la bar să beau ceva. Nu se schimbase nimic. Camera barului era saturată de aceeași lumină întunecată, imposibilă, roșie ca granatul, care în Europa, cu mulți ani înainte, părea semnul distinctiv al cuiburilor de borfași, dar aici voia să creeze o atmosferă intimă într-un hotel familial. M-am așezat la măsuță unde, la începutul mutării mele, imediat după ce devenisem chiriașul Charlottei, mă gândisem că ar fi potrivit să sărbătoresc prilejul și băusem curtenitor, împreună cu ea, o jumătate de sticlă de șampanie, ceea ce i-a cucerit în mod fatal sărmana ei inimă care era doldora de așteptări. Ca și atunci, un chelner cu fața ca o lună plină aranja extrem de preocupat cincizeci de pahare cu vin de Xeres pe o tavă rotundă pentru un banchet nupțial. Murphy-Fantasia, de data aceasta. Era trei fără opt minute. În timp ce traversam holul, m-am văzut silit să ocolesc un grup de doamne care își luau interminabil rămas-bun cu *mille graces* după un prânz oficial. Una dintre ele m-a recunoscut, a scos un strigăt ascuțit și s-a repezit spre mine. Era o femeie zdravănă, scundă, îmbrăcată în gris-perle, cu o pană lungă, cenușie și îngustă la pălăria ei mică. Doamna Chatfield! M-a atacat cu un zâmbet ipocrit, îmbujorată de curiozitatea ei răutăcioasă. (Îi făcusem lui Dolly, probabil, ceea ce Frank Laselle, un mecanic de cincizeci de ani, îi făcuse lui Sally Horner, copila de unsprezece ani, în 1948?) Foarte curând am pus sub control voioșia ei avidă. Crezuse că sunt în California. Ce mai face – ? Am informat-o cu plăcere exagerată că fiica mea vitregă se măritase de curând cu un tânăr și strălucit inginer minier, care avea un serviciu secret în nord-vest. Mi-a spus că nu e de acord cu asemenea căsătorii timpurii, n-o va lăsa niciodată pe Phyllis a ei, care acum avea optsprezece ani, să...

— A, da, desigur, i-am răspuns liniștit. Îmi amintesc de Phyllis și Tabăra Q. Da, desigur. Apropo, v-a spus vreodată cum le pervertea Charlie Holmes pe fetițele lăsate acolo în grija mamei lui?

Zâmbetul doamnei Chatfield, care oricum se cam ofilise, s-a dezintegrat complet.

— Să-ți fie rușine, a strigat ea, să-ți fie rușine, domnule Humbert! Sărmanul băiat tocmai a fost ucis în Coreea.

Nu crede oare, i-am replicat calm, că „vient de" cu infinitivul exprima evenimentele recente mult mai exact, i-am zis, decât „tocmai" cu perfectul compus? Dar trebuie s-o iau la trap, i-am spus, mă grăbesc!

Biroul lui Windmuller se afla destul de aproape. M-a salutat cu o strângere de mână puternică, scrutătoare, învăluitoare. Crezuse că sunt în California. N-am locuit o vreme în Beardsley? Fata lui tocmai se înscrisese la Colegiul Beardsley. Și ce mai face –? I-am dat informațiile necesare despre doamna Schiller. A urmat o plăcută discuție despre afaceri. Am ieșit în strălucirea blândă a soarelui de septembrie, pauper, dar mulțumit.

Acum, după ce înlăturasem obstacolele, puteam să mă consacru nestingherit scopului principal al vizitei mele la Ramsdale. În stilul meu metodic, mândria mea dintotdeauna, păstrasem figura lui Clare Quilty ascunsă în temnița mea întunecată, unde el aștepta să apar cu bărbierul și cu preotul: *„Réveillez-vous, Laqueue, il est temps de mourir!"*. Acum nu am timp să discut mnemotehnica fizionomizării – mă grăbesc să ajung la unchiul lui –, dar permiteți-mi să notez că: în alcoolul memoriei mele înnegurate, conservasem o figură ca de broască. Îl zărisem de câteva ori și observasem că semăna oarecum la înfățișare cu un negustor de vinuri vesel și destul de neplăcut, o rudă de-a mea din Elveția. Cu tricoul lui împuțit și idiot, brațele păroase și grase, peticul de chelie și concubina-servitoare cu mutră de purcică, tipul era, la drept vorbind, un ticălos bătrân și inofensiv. Prea inofensiv de fapt ca să-l confund cu prada mea. În starea de spirit în care mă găseam acum, pierdusem contactul cu imaginea lui Trapp care fusese complet ștearsă de figura lui Clare Quilty – așa cum se vedea, cu precizie artistică, în fotografia înrămată de pe biroul unchiului său.

În Beardsley, minunatul dr Molnar îmi făcuse o operație dentară destul de serioasă și-mi păstrase doar câtiva dinți (de sus și de jos) din față. Dinții falși fuseseră fixați printr-un sistem de proteze și un dispozitiv din sârmă invizibil petrecut peste gingiile de sus. Un aranjament extraordinar de comod, o capodoperă. Caninii mei erau perfect sănătoși. Totuși, mi-am împodobit scopul secret cu un pretext plauzibil și i-am spus doctorului Quilty că mă hotărâsem să-mi scot toți dinții fiindcă speram să-mi atenuez astfel nevralgia facială. Cât m-ar costa setul complet de dinți? Cât timp ar lua operațiunea dacă ne-am fixa prima ședință prin noiembrie? Pe unde se mai află acum nepotul lui celebru? Ar fi posibil să mi-i scoată pe toți într-o singură ședință dramatică?

Dr Quilty, un bărbat cărunt, în halat alb, cu părul tuns perie și obraji mari, lăsați, de politician, s-a cocoțat pe colțul biroului său legănându-și visător și seducător piciorul în timp ce se lansa într-un plan măreț pe termen lung. Mai întâi o să mă înzestreze cu proteze provizorii până când se vor bătuci gingiile. Apoi o să-mi lucreze un set permanent. Ar dori să examineze cavitatea mea bucală. Purta pantofi perforați și bălțați. Nu se mai văzuse cu ticălosul din 1946, dar presupunea că poate fi găsit la casa lui strămoșească, Grimm Road, nu departe de Parkington. Ce vis nobil! Piciorul se legăna, privirea îi era inspirată. O să coste în jur de șase sute de dolari. Ce-ar fi să-mi ia măsurile imediat și să-mi facă primul set înainte de începerea operațiilor? Gura mea se transformase pentru el într-o peșteră splendidă, plină de comori neprețuite – dar nu i-am permis să intre.

— Nu, am zis. M-am gândit mai bine și o să apelez la doctorul Molnar. Pretinde un onorariu mai ridicat, dar este, evident, un dentist mult mai bun decât dumneata.

Nu știu dacă vreunul dintre cititorii mei va avea vreodată șansa să spună așa ceva. Te încearcă o senzație delicioasă, de vis. Unchiul lui Clare a rămas pe birou păstrându-și încă expresia visătoare, dar piciorul său nu mai clătina leagănul anticipării trandafirii. Pe de altă parte, asistenta lui, o fată veștejită, scheletică, cu privirile tragice ale blondelor nefericite, s-a năpustit după mine ca să nu piardă ocazia de a trânti ușa în urma mea.

Împinge magazia în patul pistolului. Împinge-o în lăcaș până când se aude sau se simte clicul de fixare. Fantastic de comod. Capacitatea: opt cartușe. Brunat complet. Abia așteaptă să fie descărcat.

34

Tipul de la benzinăria din Parkington mi-a explicat foarte clar cum se ajunge la Grimm Road. Am încercat să-l sun pe Quilty – voiam să mă asigur că e acasă –, dar am aflat că linia lui telefonică fusese deconectată. Ce să însemne asta? Să fie cumva plecat? M-am suit în mașină și am luat-o spre Grimm Road, care se afla la douăsprezece mile depărtare de oraș. Noaptea eliminase cea mai mare parte a peisajului. Rulam pe banda îngustă, șerpuită a șoselei, iar o suită de stâlpi scunzi, fantome albe, cu indicatoare reflectorizante, îmi semnalizau curbele, împrumutând lumina farurilor mele. De-o parte a șoselei se distingea o vale întunecată, de cealaltă, povârnișuri împădurite și în față fluturii de noapte ca niște fulgi de zăpadă spulberați țâșneau din beznă surprinși de fasciculele mele scormonitoare. La mila douăsprezece, după cum mi se spusese, un pod ciudat, acoperit, m-a înghițit două-trei clipe și dincolo de el s-a ivit, pe dreapta, o rocă parcă dată cu var și, la câteva lungimi de mașină mai încolo, pe aceeași parte, am virat părăsind șoseaua principală și am început să urc drumul pietruit Grimm Road. Pădure, beznă, umezeală rece. Apoi a apărut Conacul Pavor, o construcție din lemn, cu foișor, ce se înălța în mijlocul unui luminiș circular. Ferestrele străluceau galbene și roșii; pe aleea de acces, la intrare, stăteau îngrămădite șase sau șapte mașini. Am oprit, am stins farurile și, la adăpostul arborilor, am început să gândesc mișcarea următoare. În jurul lui mișunau, probabil, țuțerii și târfele. Îmi imaginam castelul vesel și dărăpănat în termenii „Adolescenților neliniștiți", istorioara întâlnită în una dintre revistele ei – „orgii" încețoșate, un adult sinistru cu havana în colțul gurii, droguri, bodigarzi. Însă el se afla acolo. Acum eram sigur. Voi reveni în timpul toropelii matinale.

Rulam domol întorcându-mă în oraș și mașina credincioasă muncea pentru mine senină, aproape voioasă. Lolita mea! În bordul Sedanului se afla una dintre agrafele ei de păr – stătea acolo de trei ani. În față farurile mele proiectau jeturi de fluturi decolorați pe care îi scoteau din noapte. Ici și colo, de o parte și de alta a șoselei se înălțau hambare negre. Oamenii se duceau încă la cinema. Căutând o cameră pentru noapte am trecut pe lângă un cinematograf auto-moto în aer liber. Într-o lumină selenară – mistică datorită contrastului cu noaptea compactă, fără lună, o stafie subțiratică înălța pistolul pe ecranul gigantic instalat pieziș pe câmpurile adormite și negre, iar el și arma lui păreau zoaie tremurânde datorită unghiului din ce în ce mai ascuțit dintre mașină și lumea aceea care se îndepărta – și în clipa următoare un pâlc de copaci a tăiat gesticulația.

35

În dimineața următoare, pe la opt, am părăsit cuibul insomniei, însă am mai zăbovit prin Parkington. Mă obseda ideea că voi rata execuția. Încărcasem pistolul cu o săptămână în urmă, însă mă temeam să nu se fi învechit cartușele din cauza inactivității și, de aceea, le-am scos și le-am înlocuit cu altele proaspete. I-am tras o unsoare atât de zdravănă Amicului, încât nu mai știam cum să îndepărtez uleiul. L-am bandajat cu o cârpă ca pe un mădular vătămat și am înfășurat într-o altă bucată de pânză cartușele de rezervă.

Furtuna m-a însoțit până aproape de Grimm Road, însă când am ajuns la Conacul Pavor soarele a apărut din nou, arzând ca un om; păsările ciripeau în copacii fumegând, scăldați de ploaie. Casa înzorzonată și dărăpănată se înălța oarecum uluită, reflectând, cum s-ar spune, starea mea de spirit, fiindcă de cum am pus piciorul pe solul elastic și nesigur m-am văzut nevoit să constat că depășisem doza de stimulare alcoolică.

Am sunat. Mi-a răspuns o tăcere ironică, prudentă. Totuși, mașina lui, o decapotabilă neagră, se afla în acel moment în garaj. Am folosit ciocănelul prins de ușă. Din nou, nimeni. Mârâind arțăgos, am împins ușa și – minune! – ușa s-a deschis ca în basmele medievale. Am închis-o cu grijă și am pătruns în holul spațios și foarte urât; am cercetat cu privirea salonul învecinat și am observat câteva pahare care răsăreau din covor – deci stăpânul dormea încă în iatacul lui.

Așa încât am urcat greoi scările. Mâna dreaptă, băgată în buzunar, stătea încleștată pe Amicul înfofolit, iar cu dreapta mă sprijineam ușor de balustrada lipicioasă. Am cercetat trei dormitoare; în unul dormise cineva. Biblioteca plină de flori. Altă încăpere, aproape goală, cu oglinzi imense cu ape adânci și o blană de urs polar pe podeaua alunecoasă. Alte și alte camere. Mi-a venit o idee strălucită. Stăpânul casei urma să se întoarcă după plimbarea prin pădure sau să iasă dintr-un bârlog tainic, și pistolarul nesigur, care avea de îndeplinit o misiune grea, s-a gândit, prudent, să nu-i lase partenerului său posibilitatea de a se încuia în vreo cameră. În consecință, am bântuit câteva minute prin casă – nebunul lucid, calmul dement, vânătorul vrăjit și foarte cherchelit – încuind ușile, scoțând cheile din broaște și băgându-le în buzunar cu mâna stângă. Casa, ca orice clădire veche, avea mai multe încăperi retrase, izolate, intime decât cutiile magice moderne, unde baia, singurul loc ce se încuie, folosește pentru satisfacerea nevoilor furișe ale îndatoririlor conjugale.

Fiindcă veni vorba despre băi – tocmai mă pregăteam să intru în a treia când stăpânul – maestrul – a ieșit de acolo și în urma lui s-a auzit o scurtă cădere de apă. Colțul coridorului nu mă ascundea prea bine. Stăpânul era foarte palid, avea ochii pungiți și părul în dezordine, vâlvoi, cu un vag început de chelie. L-am recunoscut numaidecât. Era omul meu. A trecut maiestuos pe lângă mine, atingându-mă ușor cu halatul de baie purpuriu, care semăna foarte bine cu al meu. Ori nu m-a văzut, ori m-a considerat o nălucire inofensivă și familiară și nu m-a luat în seamă – și, arătându-și gambele păroase, a început să coboare ca un somnambul scările. Am băgat în buzunar ultima cheie și l-am urmat în vestibul. A întredeschis gura și ușa de la intrare și s-a uitat prin deschizătura însorită, așa cum procedează cineva când are impresia că a auzit soneria și bănuiește că e, probabil, vreun vizitator timid care nu îndrăznește să mai insiste. Continuând să ignore fantasma în impermeabil ce se oprise la mijlocul scărilor, maestrul a intrat într-un budoar cochet, situat de partea cealaltă a holului, vizavi de salonul pe care l-am străbătut – fără să mă grăbesc, întrucât acum stăpânul se afla în mâna mea – și am intrat într-o bucătărie-bar, unde l-am desfășat atent pe Amicul murdar, având grijă să nu las pete pe crom... După cum se părea, cumpărasem o unsoare infectă, fiindcă pânza se înnegrise și se îngălase îngrozitor. Meticulos ca de obicei, l-am transferat pe Amicul gol într-o batistă curată și l-am băgat în buzunar, apoi m-am îndreptat spre micul budoar. Pașii mei, cum v-am spus, erau elastici – prea elastici, probabil, și mă temeam că nu voi izbuti. Dar inima îmi bătea puternic, mă bucuram ca un tigru. Am sfărâmat sub talpă un pahar de cristal.

Maestrul m-a întâmpinat în Salonul Oriental.

— Hai, dă-i drumul, spune-mi cine ești, a strigat el cu voce stridentă și răgușită, ținând mâinile înfundate în buzunarele halatului și fixând cu privirea un punct situat la nord-est de capul meu. Ești cumva Brewster?

Se vede clar că plutea în ceață și se afla la cheremul meu. M-am amuzat copios.

— Exact, i-am răspuns suav. *Je suis Monsieur Brustère*. Ce-ar fi să stăm puțin la taifas până să ne apucăm de treabă?

Părea încântat. Mustața îngălbenită de fumat i-a tresărit. Mi-am scos impermeabilul. Eram în costum negru, cămașă neagră și fără cravată. Ne-am așezat pe două fotolii.

— Știi, a spus, scărpinându-și obrajii cărnoși și palizi ca nisipul și a zâmbit parșiv dezvelindu-și perlele mici ale dinților, nu *prea* semeni cu Jack Brewster. Adică asemănarea nu e deosebit de frapantă. După cum am aflat, el ar avea un frate asociat la aceeași societate de telefoane.

Îl prinsesem, în sfârșit, în cursă după ani de căință feroce și de furie... Îi priveam firele negre de păr de pe dosul palmelor grăsuțe... Îi cercetam cu o sută de ochi mătăsurile purpurii și pieptul păros, întrezărind cu anticipație străpungerile și mizeria, și muzica durerii... Îl aveam în mână acum pe pișicherul semiînsuflețit, subuman, care îmi sodomizase iubita - oh, iubita mea, ce fericire insuportabilă!

— Mă tem că nu sunt unul dintre frații Brewster.

Și-a înălțat semeț capul, în culmea încântării.

— Las' că ghicesc eu, Țăndărică.

— Ah, zise Țăndărică, prin urmare nu-mi porți pică pentru acele convorbiri interurbane?

— Telefonezi uneori, nu-i așa?

— N-am înțeles.

I-am spus că zisesem că am avut impresia că el niciodată...

— Oamenii, răspunse el, oamenii în general, nu mă refer la tine Brewster... dar te rog să mă crezi, e inadmisibil, absurd - oamenii dau buzna în casa asta blestemată și nici măcar nu bat la ușă. Se folosesc de *vaterre*, folosesc bucătăria, folosesc telefonul. Phil vorbește cu Philadelphia. Pat vorbește cu Patagonia. Iar eu nu vreau să mai plătesc. Da' nostim accent ai, Căpitane.

— Quilty, i-am spus, îți amintești de o fetiță numită Dolores Haze, Dolly Haze? Dolly, numită Dolores, Colo?

— Cum să nu? Probabil ea a dat telefoanele, da, sigur, ea – cu toate localitățile. Paradise, Washington, Hell Canyon, dar cui ce-i pasă?

— Mie îmi pasă, Quilty. Știi, sunt tatăl ei.

— Pe dracu' zise el. Nu ești. Ești vreun agent literar străin. Un francez mi-a tradus cândva piesa *Proud Flesh*, sub titlul *La Fierté de la chair*. E absurd!

— Era copila mea, Quilty.

Datorită stării în care se afla, nu-l mai lua nimic prin surprindere, însă stilul său fanfaron nu părea prea convingător. O umbră de bănuială prudentă i-a fulgerat în priviri și ochii lui au prins, parcă, viață. Apoi s-au stins din nou.

— Și mie îmi sunt foarte dragi copiii, zise el, iar tații sunt prietenii mei cei mai buni.

Și-a întors capul căutând ceva. S-a bătut ușor cu palmele peste buzunare. A dat să se ridice din fotoliu.

— Stai jos! i-am spus, dar, după cum se părea, mult mai tare decât voisem.

— Nu-i nevoie să urli la mine, s-a văicărit el în stilul său ciudat, feminin. Voiam doar să fumez. Dacă nu trag un fum, mor.

— Oricum o să mori.

— Ete trosc, zise. Devii agasant. Ce naiba vrei? Ești franțuz, dom'le? Ești Bau-Bau-Mu-Mu? Hai la băruleț să tragem o tărie...

A văzut arma întunecată și mică pe care o țineam pe palmă ca și cum i-aș fi oferit-o.

— Hai spune! a rostit tărăgănat (îl imita acum pe tipul idiot din filme), ai acolo un pistolaș șucar. Cât vrei pe el?

L-am plesnit peste mâna întinsă, care a lovit și a răsturnat în cădere o cutie așezată pe măsuța scundă de lângă el. Din ea s-au vărsat câteva țigări.

— Ia te uită unde erau! zise el bucuros. Ții minte cum spune Kipling: *une femme est un femme, mais un Caporal este une cigarette*? Acum ne trebuie chibrituri.

— Quilty, i-am spus, vreau să te concentrezi. Peste câteva clipe o să mori. Viața de apoi este, după cum știm, doar o stare veșnică de nebunie chinuitoare. Ultima țigară ți-ai fumat-o ieri. Concentrează-te. Încearcă să înțelegi ce ți se întâmplă.

A rămas cu țigareta Drome între degete – o mirosea, o mușca și mesteca firele de tutun.

— Încerc, încerc, spuse. Ești fie australian, fie neamț refugiat. Vrei neapărat să-mi vorbești? Asta-i o casă de creștin, nu de păgân. N-ar fi mai bine să te cari, ce zici? Și termină bâlciul cu pistolul ăla. Și eu am un Stern-Luger în sala de muzică.

Am îndreptat Amicul spre papucul lui și am apăsat pe trăgaci. S-a auzit un țăcănit. Quilty s-a uitat la picior, apoi la pistol, și din nou la picior. Am făcut un efort îngrozitor și, pac, a detonat, cu un sunet ridicol de slab și de juvenil. Glonțul a pătruns în carpeta groasă de culoare roz, iar eu am trăit senzația că el doar se strecurase acolo pe moment și avea să iasă dintr-o clipă în alta.

— Înțelegi ce vreau să spun? întrebă Quilty. E bine să fii mai atent. Ei, hai, dă-mi chestia aia, pentru numele lui Dumnezeu.

S-a întins spre pistol. L-am îmbrâncit și l-am pus la loc în fotoliu. Veselia mea copioasă se destrăma, se stingea. Venise momentul să-l distrug, dar voiam să-l fac să înțeleagă de ce. Starea lui mă contamina, arma îmi atârna moale și grea în mână.

— Concentrează-te, i-am spus, și gândește-te la Dolly Haze pe care ai răpit-o...

— Ba nu-i adevărat! strigă el. Greșești cumplit. Am scăpat-o de o brută. Mai bine arată-mi insigna și nu mai trage la picioare, n-auzi, băi, gorilă. Un' ți-e insigna? Nu sunt răspunzător pentru violurile altora. E absurd! Călătoria aceea de plăcere n-a fost, te asigur, decât o vâjâială prostească. Dar s-a întors la tine, ai primit-o, așa-i? Hai să bem ceva.

L-am întrebat cum prefera să fie executat – șezând sau în picioare.

— Stai oleacă să mă gândesc. Nu-i o treabă ușoară. Am comis întâmplător o greșeală. Pe care o regret sincer. Înțelege, omule, că nu m-am distrat deloc cu Dolly a ta. Și am să-ți mărturisesc un adevăr trist, eu sunt, de fapt, impotent. Dar ce vacanță minunată i-am oferit! A cunoscut câteva personalități importante. Îi știi cumva pe...

S-a înclinat rapid în față și s-a prăvălit peste mine și pistolul mi-a zburat din mână și a ajuns sub un scrin. Din fericire, era el iute, dar nu și voinic, așa că nu mi-a fost greu să-l împing la loc în fotoliu.

A gâfâit și și-a încrucișat brațele.

— Acu', gata, s-a terminat. *Vous voilà dans des beaux draps, mon vieux.*

Franceza lui părea acum mai bună.

Am privit în jur. Poate dacă... aș putea probabil... luând-o de-a bușilea? Să risc?

— *Alors, que fait-on*? m-a întrebat fără să mă scape din ochi.

M-am aplecat. Nu s-a clintit. M-am aplecat și mai tare.

— Scumpul meu domn, zise, nu te mai juca de-a viața și de-a moartea. Sunt dramaturg. Am scris tragedii, comedii, fantezii. Am făcut filme de autor inspirându-mă din *Justine* și din alte escapade ale secolului al optsprezecelea. Sunt autorul a cincizeci și două de scenarii de succes. Cunosc întreaga sforărie. Lasă-mă să rezolv eu chestia asta. E pe undeva un vătrai. Ce zici, să mă duc să-l aduc și să scoatem de-acolo obiectul tău?

Agitându-se, aferat și viclean, se ridicase din nou în timp ce discuta. Bâjbâiam pe sub scrin, încercând totodată să stau cu ochii pe el. Deodată am observat că observase că nu păream să fi observat cum Amicul se ițea de sub celălalt colț al scrinului. Lupta corp la corp a început din nou. Ne-am rostogolit pe dușumea, ținându-ne cu brațele unul de altul ca doi copii uriași și neputincioși. Pe sub halat era gol ca un țap și am simțit că mă sufoc când s-a rostogolit peste mine. M-am rostogolit peste el. S-au rostogolit peste ei. Ne-am rostogolit peste noi.

Relatarea mea va fi citită sub formă de carte în primii ani ai mileniului trei, presupun (1935 + optzeci sau nouăzeci de ani; să-ți dea Domnul viață lungă, dragostea mea); iar cititorii mai vârstnici își vor aminti, desigur, în acest punct, scena obligatorie din westernurile copilăriei lor. Din încăierarea noastră lipseau, totuși, bătaia cu pumnii și folosirea mobilierului ca armă. Eram ca două paiațe voluminoase, umplute cu bumbac și zdrențe murdare. Era o încăierare tăcută, moláie, între doi *literați*, unul profund răvășit de droguri, iar celălalt, handicapat de starea inimii și de prea mult gin. Când arma prețioasă a ajuns, în cele din urmă, din nou în posesia mea, iar scenaristul a fost reinstalat în fotoliul lui, abia ne mai trăgeam sufletul. Văcarul și ciobanul nu gâfâie niciodată în așa hal după ce se bat.

M-am hotărât să controlez pistolul – să nu se fi stricat din cauza transpirației noastre – și să-mi recapăt suflul înainte de a trece la primul punct din program. Ca să umplu pauza, i-am propus să-și citească singur sentința – în forma poetică pe care i-o dădusem. Din acest punct de vedere, termenul „justiție poetică" este cât se poate de nimerit. I-am înmânat un text dactilografiat cu mare grijă.

— Da, spuse el, splendidă idee! Mă duc să-mi aduc ochelarii (a încercat să se ridice).

— Șezi bine!

— Mă rog, cum spui tu. Să citesc cu glas tare?

— Da!
— Să începem. Văd că e în versuri.

Pentru că ai înșelat un păcătos
Pentru că ai înșelat...
Pentru că ai...
Pentru că te-ai folosit de situația mea delicată

— Bine spus, al naibii de bine.

...când m-am înfățișat gol ca Adam
în fața legii federale și a stelelor sale înțepătoare

— Oh, e colosal!
...Pentru că ai profitat de un păcat

când stam neputincios năpârlind transpirat și slăbit
nădăjduind în mai bine
visând o căsătorie într-un stat montan
da, cu o ciurdă de Lolite

— N-am prea înțeles asta.

pentru că ai profitat de inocența mea
interioară esențială
pentru că m-ai păcălit.

— N-ai impresia că te repeți? Bine-bine, și eu unde apar?

Pentru că mi-ai răpit posibilitatea de a mă mântui
pentru că ai răpit-o
la vârsta când flăcăii
se joacă cu chestii care se ridică

— Aha, devii obscen.

O fetiță cu puf de piersică și maci în
păr
care mânca încă floricele în amurgul colorat
unde pieile roșii angajau secerători
pentru că ai furat-o
de la protectorul ei cu fruntea ca de ceară
și plin de demnitate.
scuipându-l în ochii cu pleoape grele
despicându-i toga flaviană și în zori
lăsând porcul să se rostogolească peste noul său
necaz
grozăvia dragostei și a violetelor
disperarea remușcării în timp ce tu
ai sfărâmat păpușa neroadă

și i-ai azvârlit departe capul
pentru tot ce ai săvârșit
pentru tot ce n-am săvârșit
trebuie să mori

— Da, domnule, poemul e excelent. După mine, e cel mai bun pe care l-ai scris.

L-a împăturit și mi l-a înapoiat.

L-am întrebat dacă mai are ceva de spus înainte de a muri. Revolverul se îndreptase din nou spre el. L-am privit și a oftat adânc.

— Ascultă-mă o clipă, Mac, spuse el; tu ești beat, iar eu sunt bolnav. Hai să amânăm daravera. Am nevoie de liniște. Ca să-mi tratez impotența. După masă vin niște prieteni să mă ia la o partidă de cărți. Farsa ta cu împachetarea pistolului e teribil de iritantă. Suntem oameni de lume, ne asemănăm în multe privințe, ce naiba! - sex, versuri libere, tir. Dacă te-am supărat cu ceva, sunt dispus să-ți ofer reparații ieșite din comun. Nu exclud nici posibilitatea unei *rencontre* de modă veche, cu spada sau cu pistolul, în Rio sau aiurea. Nu stau prea bine cu memoria și elocința astăzi, dar hai să spunem lucrurilor pe nume; dragă domnule Humbert, n-ai fost un tată vitreg ideal, iar eu n-am silit-o pe micuța dumitale să vină cu mine. Ea m-a convins s-o duc într-o casă mai fericită. Conacul acesta nu e la fel de modern ca ranchul unde am locuit cu bunii mei prieteni. Dar e spațios, răcoros vara și iarna, într-un cuvânt, e confortabil și, cum am intenția să mă retrag definitiv în Anglia sau la Florența, îți propun să te muți în el. E al dumitale, gratis. Cu o singură condiție - să nu mai îndrepți spre mine pistolul acela (și a înjurat îngrozitor). Apropo, te interesează bizareriile? Dacă da, îți pot oferi, tot gratis, deliciul casei, un mic monstru captivant, o tânără doamnă cu trei sâni, unul e o splendoare - o fermecătoare și rarissimă minune. Ei hai, *soyons raisonnables*. O să mă rănești îngrozitor și-atât, apoi o să putrezești în pușcărie în timp ce eu o să mă refac într-un decor tropical. Brewster, aici o să te simți ca-n rai, îți garantez, ai o pivniță magnifică - e garnisită cu vinuri; vei primi drepturile mele de autor pentru viitoarea mea piesă - acum n-am cine știe ce în bancă, dar îmi propun să împrumut - știi, așa cum s-a exprimat Bardul, exasperat de guturai, să împrumut, să împrumut și iar să împrumut. Mai sunt și alte avantaje. E aici o doamnă Vibrissa – ciudat nume –, o femeie de mare încredere și foarte sensibilă la mită, care vine din sat de două ori pe săptămână pentru curățenie, dar, vai, azi a lipsit, asta e, ce să-i faci, are fiice, nepoate; apoi am aflat unele lucruri despre șeful poliției și acum este sclavul meu. Sunt dramaturg. Am fost numit Maeterlinckul american, Maeterlinck-Schmetterling, cum spun eu. Hai, fii băiat de treabă! Ce se întâmplă acum este foarte umilitor și nu-s deloc sigur că procedez cum se cuvine. Să nu iei niciodată herculanită când bei rom. Și-acum, hai, fii băiat de comitet și lasă dracu' pistolul. Garderoba mea îți stă la dispoziție. Aha, uitasem ceva – sunt sigur că o să-ți placă. La etaj am o colecție absolut unică de artă erotică. Să-ți citez doar un singur exemplar: *Bagration Island*, un in-folio de lux, lucrarea remarcabilă scrisă de o doamnă remarcabilă, exploratoarea și psihanalista Melanie Weiss – aruncă pistolul –, care include fotografiile a peste opt sute de organe bărbătești studiate și măsurate de ea pe Bagration, în Marea Barda, cu grafice și diagrame edificatoare întocmite cu dragoste sub ceruri primitoare – aruncă, rogu-te, pistolul – și, în plus, am să aranjez să asiști la execuții, fiindcă puțini știu că scaunul electric e galben...

Feu. De data aceasta am lovit ceva dur. Am nimerit speteaza unui balansoar negru, asemănător celui de la Dolly Schiller – glonțul meu s-a izbit de suprafața interioară a spătarului și fotoliul s-a pornit să se legene, atât de repede și cu asemenea avânt încât cine ar fi intrat în cameră s-ar fi crucit văzând dublul miracol: balansoarul legănându-se singur de spaimă și jilțul gol, fără conținut viu, în care stătuse cu o clipă mai înainte ținta mea purpurie. Agitându-și degetele în aer, și-a săltat fundul și a țâșnit fulgerător în salonul de muzică. În secunda următoare ne opinteam și gâfâiam de o parte și de cealaltă a ușii de la care neglijasem să iau cheia. Am câștigat din nou și, cu o mișcare rapidă, Clare Imprevizibilul s-a așezat la pian și a apăsat energic clapele, punând în vibrație câteva coarde tânguitoare, fundamental isterice și înfiorător de viguroase. Fălcile îi tremurau, mâinile întinse își înfundau încordate degetele în claviatură și nările lui emiteau zgomote curioase la trecerea aerului, zgomote care nu se produseseră în timpul luptei noastre. Continuând să emită sonoritățile acelea imposibile, Clare a făcut o tentativă zadarnică de a deschide cu piciorul un fel de cufăr marinăresc de lângă pian. Glonțul următor s-a înfipt în trupul lui undeva lateral, și Clare a sărit de pe scaun înălțându-se din ce în ce mai sus, ca bătrânul, căruntul, nebunul Nijinski, ca Bătrânul Calif, așa cum se întâmpla în unul dintre vechile mele coșmaruri, a atins o înălțime fenomenală sau așa aveam eu impresia – în timp ce el despica aerul –, cutremurat încă de muzica sumbră și pătrunzătoare – cu capul dat pe spate într-un urlet cumplit, cu o mână își strângea fruntea, cu cealaltă își prinsese subțioara ca și cum l-ar fi înțepat o viespe, apoi a coborât, a atins podeaua cu călcâiele și, redevenind bărbatul normal, îmbrăcat în halat, a zbughit-o pe ușă.

Mă văd cum îl urmăresc prin hol cu salturi duble, triple, ca de cangur, rămânând foarte drept pe picioarele bine întinse și sar apoi de două ori în urma sa și țâșnesc ca din arc, așezându-mă între el și ușa de la intrare cu o voltă dificilă, ca într-un balet, pentru a-i tăia drumul, fiindcă ușa nu fusese bine închisă.

Deodată a redevenit maiestuos și oarecum posomorât și a început să urce scările late, iar eu, fără să-l urmăresc pe trepte, mi-am schimbat poziția și am tras în succesiune rapidă trei sau patru focuri, care și-au atins ținta; și de fiecare dată când se întâmpla lucrul acesta oribil, fața i se contracta într-un stil absurd, caraghios, ca a unui clovn care își mimează excesiv durerea; apoi și-a încetinit mersul, dându-și peste cap ochii pe jumătate închiși, și a scos un „ah" feminin și de fiecare dată când îl nimerea glonțul, Quilty se zvârcolea de parcă l-aș fi gâdilat și de fiecare dată când îl atingeam cu gloanțele mele leneșe, stângace, bete, el spunea, ca pentru sine, cu un accent britanic suspect – și în același timp se crispa îngrozitor, tremura, surâdea scremut, rostind cuvintele cu o intonație stranie, detașată, ba chiar binevoitoare, blândă:

— Ah, domnul meu, mă doare, ajunge! Doare cumplit, scumpul meu confrate. Renunță te rog, oprește-te. Aah! – e penibil, într-adevăr, foarte penibil... Doamne! Ah! E dezgustător, tu n-ar trebui, de fapt...

A ajuns pe palier și vocea nu i s-a mai auzit și el a continuat să meargă în ciuda plumbilor înfipți în trupul lui umflat – și extenuat, consternat, am înțeles că nu-l ucisesem, ci, dimpotrivă, îi injectasem, după cum se părea, bietului om fluizi energizanți, capsulele gloanțelor ascunzând, probabil, în interiorul lor elixirul îmbătător al vieții.

Am încărcat din nou lucrul acela cu mâinile negre și însângerate – mă atinsesem de ceva mânjit cu sângele lui vâscos. Am urcat scările și l-am ajuns; cheile zornăiau ca aurul în buzunarele mele.

Se târa din cameră în cameră, sângerând grandios, căuta o fereastră deschisă, clătina din cap și încerca întruna să mă convingă să nu-l ucid. I-am țintit capul și Clare s-a retras în dormitorul stăpânului și din locul unde fusese urechea țâșnea un șuvoi de purpură imperială.

— Ieși, ieși afară de aici, zise, tușind și scuipând; și – într-un coșmar al uimirii – am văzut cum ființa lui scăldată în sânge, dar plină încă de vitalitate se bagă în pat și se învelește cu așternuturile învălmășite haotic. Am tras de la foarte mică distanță, prin cuvertură – el a rămas întins, nemișcat, și pe buze i s-a ivit o bulă roz, cu sugestii juvenile, care s-a mărit, transformându-se într-un balon, și apoi s-a spart.

Am pierdut, cred, contactul cu realitatea doar o secundă sau două, nu-i vorba de acel *am văzut negru în fața ochilor* invocat de criminalul de rând; dimpotrivă, vreau să subliniez faptul că mă simțeam răspunzător pentru fiecare picătură ce se vărsa din sângele lui bolborosind și, printr-o transmutație de o clipă, am trăit sentimentul că mă aflu în dormitorul conjugal, iar Charlotte zace bolnavă în pat. Quilty era un om foarte bolnav. În locul pistolului țineam în mână unul dintre papucii lui și stăteam pe pistol. M-am așezat ceva mai confortabil pe scaunul de lângă pat și mi-am răsucit puțin mâna ca să mă uit la ceas. Îi sărise geamul, dar continua să ticăie. Trista afacere durase mai mult de o oră. În sfârșit, Clare se liniștise. Mă simțeam oare împăcat, ușurat? Nicidecum. Mă apăsa, mă copleșea, mă strivea o povară mai crâncenă decât cea de care voisem să scap. Nu îndrăzneam să-l ating, deși aș fi vrut să mă asigur că murise. Însă părea mort: o parte a feței îi zburase și două muște se plimbau pe ceea ce mai rămăsese, minunându-se de norocul care dăduse peste ele.

Mâinile mele arătau la fel ca ale lui. M-am spălat îndelung în baia de alături. Acum puteam să plec. Când am ieșit pe palier, mi-am dat seama că zumzetul vivace care mi se păruse o pură halucinație auditivă era, în realitate, un amestec de voci și de muzică difuzată prin radio și venea din salonul de la parter.

Se aflau acolo câțiva oameni care sosiseră, după cum se părea, de curând și se cinsteau veseli cu băuturile lui Quilty. Un bărbat gras trona într-un fotoliu. Două brunete frumoase, palide și tinere – surori, fără îndoială, cea mică era aproape o copilă – stăteau timide, stinghere, lipite una de alta, pe o canapea. Un tip roșu la față, cu ochi albaștri ca safirul, aducea două pahare venind din bucătăria-bar unde se aflau două sau trei femei care agitau zgomotos cuburile de gheață și flecăreau întruna. M-am oprit în cadrul ușii și i-am anunțat:

— Adineauri l-am ucis pe Quilty.

— Bravo! spuse tipul roșu la față și îi oferi fetei mai mari unul dintre pahare.

— Ar fi trebuit omorât mai de mult, remarcă grasul.

— Hei, Tony, ce zice ăsta? întrebă din bar o blondă fanată.

— Zice că l-a omorât pe Cue, răspunse tipul rumen în obraji.

— Zău!? spuse un bărbat neidentificat, ridicându-se din ungherul unde stătuse pe vine ca să se uite la niște discuri. Într-o zi o să-i facem și noi chestia asta.

— Oricum, spuse Tony, ar fi cazul să coboare. Nu-l mai putem aștepta multă vreme dacă vrem să prindem începutul jocului.

— Dați-i ceva de băut omului ăstuia, zise grăsunul.

— Vrei o bere? întrebă o femeie în blugi, arătându-mi de la distanță cutia.

Cele două fete îmbrăcate în negru de pe canapea – cea mai tânără își mângâia cu degetele lănțișorul strălucitor de la gât – au rămas închise în tăcere și au continuat să zâmbească. Erau atât de tinere, atât de senzuale. Muzica s-a întrerupt câteva momente și atunci s-a auzit un zgomot pe scări. Eu și Tony am ieșit în hol. Quilty, nimeni altul!, izbutise să se târască până pe palier și se arătase dând greoi din aripi – apoi s-a prăbușit transformându-se pe vecie într-un morman purpuriu.

— Hei, Cue, grăbește-te, zise Tony râzând. Cred că încă nu s-a...

S-a întors în salon și muzica a acoperit restul frazei.

Iată finalul piesei ingenioase, mi-am spus, pe care Quilty a pus-o în scenă pentru mine. Am părăsit casa cu inima grea și prin strălucirea pătată a soarelui m-am îndreptat spre mașină. De-o parte și de alta parcaseră alte două automobile. După câteva manevre, am reușit cu oarecare dificultate să-mi scot Sedanul dintre ele.

36

Ce s-a întâmplat după aceea a fost plat și lipsit de culoare. Am coborât dealul încetinel și am continuat să rulez în același ritm leneș în direcția opusă orașului Parkingotn. Îmi lăsasem impermeabilul în budoar, iar pe Amic îl abandonasem în camera de baie. Nu, categoric, nu mi-ar fi plăcut să locuiesc în casa aceea. Dar dacă vreun doctor genial ar reuși să-l readucă la viață pe Quilty ciuruitul, pe Clare Obscurul, schimbând astfel dramatic cursul carierei sale medicale și poate destinul omenirii? La drept vorbind, prea puțin îmi păsa și nu doream, în general, decât să uit întreaga porcărie - și când am aflat cu certitudine că murise, am fost mulțumit că nu voi fi nevoit să-l asist mintal în lunile de convalescență chinuitoare și dezgustătoare, cu întreruperile provocate de tot felul de operații și recidive detestabile, ca să nu mai spun că nu era exclus să mă viziteze, ceea ce m-ar fi pus în situația ingrată de a încerca să-l readuc la rațiune, convingându-l că nu este o stafie. Am simțit, așadar, o stranie ușurare. Știa el, Thomas, ceva. Vederea este simțul cel mai prețios al omului și, totuși, ciudat, pipăitul devine în momente critice principalul, dacă nu chiar singurul mijloc de contact cu realitatea. Mă învăluisem cu Quilty - cu senzația rostogolirii și încleștării care precedase sângerarea.

Șoseaua străbătea o câmpie deschisă și atunci mi s-a năzărit că aș putea să sfidez regulile circulației, dacă tot încălcasem legile fundamentale ale umanității. Nu era un gest simbolic sau de protest, ci pur și simplu o experiență inedită. Am virat, așadar, trecând pe partea stângă a șoselei, mi-am verificat starea de spirit și am constatat că era bună. Aveam senzația plăcută a unei dizolvări interioare, cu elemente de tactilitate difuză, amplificată de gândul că, rulând pe contrasens, mă apropiasem fantastic de eliminarea legilor de bază ale fizicii. Într-un fel, era un neastâmpăr metafizic. Mânam pe fața excentrică a oglinzii, domol, visător, fără să depășesc douăzeci de mile la oră. Circulația era redusă. Mașinile ce mă depășeau din când în când pe banda pe care le-o cedasem mă claxonau brutal. Automobilele care veneau spre mine ezitau, virau brusc și se văicăreau îngrozite. Am constatat curând că mă apropiam de zone populate. Am trecut pe roșu, ce senzație!, ca în copilărie când sorbeam pe furiș o înghițitură de vin roșu de Burgundia. Între timp, au început să apară complicațiile. Eram urmărit și escortat. Am văzut apoi cum două mașini se postau în așa fel încât să-mi blocheze complet trecerea. Cu o mișcare grațioasă, am ieșit de pe șosea și, după două sau trei hurducături puternice, am început să mă cațăr pe o pajiște în pantă trecând printre vacile uimite și mașina s-a oprit apoi, legănându-se ușor. Un fel de sinteză hegeliană care înlănțuia două femei moarte.

În curând, urma să fiu scos din mașină (Salut, bătrâne Melmoth, mii de mulțumiri) și, într-adevăr, așteptam să mă predau, să fiu înșfăcat de nenumărate mâini, iar eu să stau inert, să nu cooperez, și ei să se agite și să mă ducă și eu, relaxat, comod, să capitulez alene, ca un bolnav, delectându-mă morocănos cu moliciunea mea și bucurându-mă de sprijinul sigur pe care mi-l dădeau polițiștii și cei veniți cu ambulanța. Și cum stăteam așteptându-i să se cațere vijelios spre mine pe pajiștea povârnită, am evocat un ultim miraj al uimirii și neputinței. Într-o zi, la puțin timp după dispariția ei, m-au apucat niște grețuri atât de fioroase încât m-am văzut silit să mă opresc pe drumeagul fantomatic al unui munte străvechi, drum care uneori însoțea, alteori traversa o șosea, nou-nouță, cu puzderiile sale de stelișoare ce își scăldau florile în căldura indiferentă a unei după-amieze pal-azurii de toamnă târzie. Am tușit de mai-mai să-mi vărs mațele, m-am odihnit puțin pe un bolovan, apoi m-am gândit că aerul pur o să-mi facă bine și m-am îndreptat spre un parapet scund din piatră construit pe partea dinspre prăpastie a autostrăzii. Lăcuste verzi țâșneau din buruienile veștejite de pe marginea drumului. Un nor diafan își deschidea larg brațele, îndreptându-se spre altul, o idee mai închegat, care ținea de un alt sistem, mai indolent, pe care se sprijinea cerul. Când m-am apropiat de genune, m-a învăluit unitatea melodică a sunetelor ce se înălțau ca un abur dintr-un oraș minier ce se întindea la picioarele mele în faldul văii. Se distingea geometria străzilor dintre blocurile cu acoperișuri roșii și cenușii și pămătufurile verzi ale copacilor și un pârâiaș șerpuit și scânteierea minerală a depozitelor de cărbuni ale orașului și, dincolo de acestea, drumurile care străbăteau în curciș și-n curmeziș pătura matlasată și excentrică a câmpurilor posomorâte și îngălbenite, iar departe-departe, munții semeți îmbrăcați în păduri. Însă vibrația vaporoasă a sunetelor acumulate care nu încetau nici o clipă înălțându-se spre buza de granit unde ședeam, ștergându-mă la gura mea murdară, încânta urechea cu tonurile lor visătoare, producând o emoție mai puternică decât culorile acelea ce se bucurau și se bucurau – fiindcă există culori și nuanțe care par să se veselească atunci când se află în companie bună. Mi-am dat seama numaidecât că toate sunetele acestea erau ale unei naturi unice și că din străzile orașului transparent, cu femeile acasă și bărbații plecați aiurea, se înălțau doar sunetele acestea, și numai ele. Da, auzeam ariile copiilor care se jucau, Cititorule! – dar numai pe ele –, și văzduhul era atât de limpede încât în boarea maiestuoasă și delicată, depărtată și uluitor de apropiată, delicată, candidă și dumnezeiește de enigmatică, se auzea din când în când, parcă descătușate, o izbucnire aproape cristalină de râsete voioase sau trosnetul unei rachete de base-ball sau uruitul unor minitrenuri, se aflau însă în realitate la o asemenea distanță încât ochiul nu distingea nici o mișcare pe străzile delicat gravate. De pe înălțimea semeață, ascultam vibrația muzicală suavă, fulgerele țipetelor distincte pe un fundal de murmure sobre, și-atunci am înțeles că dureroasă și lipsită de speranță nu era atât absența Lolitei, cât absența vocii ei din această armonie.

Așadar, asta-i povestea mea. Am recitit-o. Are în ea crâmpeie de suflet, șuvițe de sânge și gângănii verzi, strălucitoare. În momentele cruciale ale istorisirii, simt cum eul meu alunecos fuge de mine cufundându-se în ape mai întunecate, mai sumbre, pe care nu mă încumet să le sondez. N-am vrut să rănesc pe nimeni și, de aceea, multe lucruri și persoane rămân învăluite în mister. În ce mă privește, am cochetat cu multe pseudonime până să nimeresc unul deosebit de sugestiv. Există în notele mele „Otto Otto" și „Mesmer Mesmer" și „Lamber Lamber", dar, din anumite motive, alegerea făcută de mine exprimă cel mai bine nemernicia.

Când am început să scriu *Lolita*, acum cincizeci și șase de zile, mai întâi în salonul pentru psihopați unde eram supus la o expertiză, apoi în această izolare bine încălzită, deși asemănătoare unui cavou, m-am gândit să utilizez consemnările *in toto* la procesul meu, dar nu pentru a-mi salva capul, firește, ci sufletul. Totuși, când am ajuns pe la mijlocul relatării, mi-am dat seama că nu o puteam expune pe Lolita, care trăia. Voi folosi memoriile mele în ședințele secrete ale tribunalului, dar publicarea lor trebuie amânată. Mă opun pedepsei capitale, dar din motive care deși par evidente nu sunt deloc cele pe care le presupuneți; această atitudine va fi, cred, împărtășită de completul de judecată. Dacă aș fi compărut în fața mea, i-aș fi dat lui Humbert cel puțin treizeci și cinci de ani de temniță pentru viol și aș fi respins celelalte capete de acuzare. Dar, chiar și așa, Dolly Schiller va trăi mulți ani după dispariția mea. În consecință, am luat hotărârea, având legalitatea și fundamentarea unui testament semnat: vreau ca memoriile mele să fie publicate numai după ce Lolita nu va mai exista. Așadar, când cititorul va deschide cartea, nici unul dintre protagoniști nu va mai fi în viață. Sângele îmi pulsează prin mâna care scrie și tu ești la fel de implicată în chestiunea aceasta blestemată – și de aici mă adresez ție, care ești departe, în Alaska. Să-i fii credincioasă lui Dick. Nu-i lăsa pe alți bărbați să te atingă. Nu intra în vorbă cu oameni necunoscuți. Sper să îți iubești copilul. Sper să fie băiat. Soțul tău se va purta bine cu tine, așa nădăjduiesc, altminteri stafia mea se va năpusti asupra lui ca fumul cel negru, ca un uriaș scos din minți și-l va sfâșia nerv cu nerv. Să nu-ți fie milă de C.Q. Cineva a ales între el și H.H. și a vrut ca eu să mai exist câteva luni în plus pentru a-l face pe Clare să trăiască în mințile altor generații. Mă gândesc la zimbri și la îngeri, la taina coloranților rezistenți, la sonetele profetice, la refugiul oferit de artă. Este singurul fel de nemurire de care ne vom bucura și tu, și eu, Lolita mea.

Vladimir Nabokov

Despre o carte intitulată *Lolita*

După ce l-am interpretat pe suavul John Ray, personajul din *Lolita* care a redactat Cuvântul înainte, orice alte comentarii venite din partea mea ar putea să șocheze – de fapt, m-ar șoca chiar și pe mine –, întrucât ar însemna să-l interpretez pe Vladimir Nabokov vorbind despre propria carte. Totuși, câteva lucruri trebuie discutate; și procedeul autobiografic poate duce la o fuziune între mim și model.

Profesorii de literatură sunt în stare să-și pună probleme de felul „Care este intenția autorului?" sau, și mai rău, „Ce vrea să spună tipul?". Ei bine, eu fac parte din categoria autorilor care se apucă să scrie o carte doar cu scopul de a scăpa de acea carte și care, dacă li se cere să explice originile și geneza operei respective, se văd nevoiți să recurgă la termeni vechi ca Interacțiune și Combinație – ceea ce, sunt obligat să admit, creează impresia că un scamator își explică un truc recurgând la altul.

Am simțit prima pulsație firavă a *Lolitei* spre sfârșitul lui 1939 sau începutul lui 1940 în Paris, într-o perioadă când eram țintuit la pat de un atac sever de nevralgie intercostală. După câte îmi amintesc, pulsația originară a inspirației a fost produsă oarecum de un foileton despre o maimuță de la Jardin des Plantes care, după câteva luni de insistențe depuse de un om de știință, a produs primul desen realizat vreodată de un animal: sărmana creatură a schițat gratiile cuștii unde stătea închisă. Impulsul inițial n-a avut nici o legătură contextuală cu șirul ulterior de gânduri care a generat, totuși, prototipul romanului meu, o nuvelă de vreo treizeci de pagini. Am scris-o în rusește, limba în care scrisesem romane începând din 1924 (cele mai bune nu sunt traduse în limba engleză și toate sunt interzise în Rusia din motive politice). Bărbatul era din Europa Centrală, nimfeta anonimă era franțuzoaică, iar locurile de desfășurare a acțiunii erau Parisul și Provence. Personajul masculin se căsătorea cu mama fetei, dar femeia era bolnavă și murea curând după cununie, iar după încercarea ratată de a profita de orfană într-o cameră de hotel, Arthur (așa se numea) se arunca sub roțile unui camion. Într-o noapte de război cu ferestrele camuflate cu hârtie albastră, am citit nuvela unui grup de prieteni – Mark Aldanov, doi revoluționari sociali și o doctoriță; dar nu mi-a plăcut cum a ieșit și am distrus-o în 1940, la puțin timp după ce m-am mutat în America.

Prin 1949, în Ithaca, în nordul statului New York, pulsația, care nu încetase complet niciodată, a început să mă sâcâie din nou. Combinația și inspirația s-au asociat cu un elan proaspăt și m-au implicat într-o tratare nouă a temei, dar de data aceasta în engleză – limba primei mele guvernante din Sankt-Petersburg, *circa* 1903, o anume Miss Rachel Home. Acum nimfeta avea ceva sânge irlandez, dar în esență rămânea aceeași fetișcană și ideea fundamentală a căsătoriei cu mama ei se păstra; altminteri „fătul" era nou și-i dăduseră în taină gheare și aripi de roman.

Cartea s-a dezvoltat lent, cu multe întreruperi și devieri. Îmi trebuiseră vreo patruzeci de ani ca să inventez Rusia și Europa Occidentală, iar acum mă vedeam confruntat cu sarcina de a inventa America. Obținerea ingredientelor locale care să-mi permită să injectez o doză medie de „realitate" (unul dintre puținele cuvinte care nu are nici un sens fără ghilimele) în infuzia de fantezie individuală s-a dovedit la cincizeci de ani un proces mult mai dificil decât fusese în Europa tinereților mele, când receptivitatea și capacitatea de reținere funcționau din plin și de la sine. Între timp am scris alte cărți. O dată sau de două ori am fost pe punctul de a arde versiunea neterminată: am dus-o pe Juanita Dark până lângă umbra crematoriului de pe pajiștea inocentă, dar m-a oprit gândul că stafia cărții distruse îmi va bântui fișierul toată viața.

În fiecare vară soția mea și eu plecăm la vânătoare de fluturi. Exemplarele sunt depuse la instituții științifice ca, de pildă, Muzeul de Zoologie Comparată de la Harvard sau în Colecția de la Cornell University. Etichetele fixate sub fluturi vor fi un adevărat dar pentru cercetătorul din secolul douăzeci și un pasionat de biografiile ascunse. Și astfel, la taberele noastre – Telluride, Colorado; Afton, Wyoming; Portal, Arizona; Ashland, Oregon – am reluat energic *Lolita*, lucrând seara sau în zilele norocoase.

Am terminat manuscrisul în primăvara lui 1954 și imediat am început să caut un editor.

La început, sfătuit de un prieten vechi și prudent, am fost suficient de docil și am hotărât să o public anonim. Nu voi regreta însă niciodată faptul că, nu mult după aceea, m-am hotărât să semnez *Lolita*, deoarece mi-am dat seama că masca mi-ar fi compromis foarte probabil propria cauză. Cei patru editori americani, W, X, Y, Z, cărora le-am oferit pe rând dactilograma și-au consultat lectorii și consilierii literari și s-au arătat extrem de șocați de *Lolita*; nici măcar vechiul și prudentul meu prieten F.P. nu se așteptase la o asemenea reacție.

Este adevărat că în bătrâna Europă și cu osebire în secolul al optsprezecelea (exemplele cele mai clare vin din Franța), licențiozitatea deliberată nu era incompatibilă cu sclipirile de comedie ori cu satira viguroasă, sau chiar cu verva unui poet rafinat aflat într-o stare de spirit poznașă, dar este la fel de adevărat că în timpurile moderne termenul „pornografie" implică mediocritate, comercialism și anume reguli stricte de narațiune. Obscenitatea trebuie cuplată cu banalitatea, fiindcă e obligatoriu ca orice fel de delectare estetică să fie înlocuită complet cu o simplă stimulare sexuală care cere cuvântul tradițional pentru a acționa direct asupra pacientului. Producătorul de pornografie e obligat să respecte reguli vechi și rigide pentru a-i oferi pacientului său certitudinea satisfacției așa cum li se întâmplă, de exemplu, celor pasionați de romanele polițiste – romane unde, dacă nu ești atent, adevăratul asasin s-ar putea dovedi, spre dezgustul fanului, originalitatea artistică (cine, de exemplu, ar dori o povestire polițistă lipsită de dialog?). Astfel, în romanele pornografice, acțiunea trebuie să se limiteze la copulația clișeelor. Stilul, structura, imagistica nu trebuie să-l distragă pe cititor de la lubricitatea călduță. Romanul se va alcătui printr-o alternare de scene sexuale. Pasajele intermediare se vor reduce la înșăilări de sensuri, punți logice extrem de simple, expuneri și explicații succinte, pe care cititorul le va sări probabil, însă vrea să le știe acolo ca să nu aibă senzația că este păcălit (o mentalitate ce se trage din basmele „adevărate" ale copilăriei). Mai mult, scenele sexuale din carte trebuie să urmeze o linie ascendentă, cu noi variațiuni, combinații inedite, noi erotisme și o creștere constantă a numărului participanților (într-o piesă a lui Sade e chemat și grădinarul) și, astfel, sfârșitul cărții va fi apoteotic – adică suprasaturat cu erotism.

Anumite procedee tehnice de la începutul *Lolitei* (jurnalul lui Humbert, de exemplu) i-au indus în eroare pe lectorii mei de la editurile solicitate, făcându-i să creadă că au în față o carte licențioasă. Se așteptau la o succesiune ascendentă de scene erotice; când acestea s-au oprit, lectorii s-au oprit și ei, i-a cuprins plictisul și au abandonat cartea. Iată motivul, cred eu, unul dintre motivele pentru care cele patru edituri nu au citit până la capăt dactilograma. Nu mă interesează dacă ele au considerat că romanul este sau nu este pornografic. Refuzul lor de a cumpăra cartea nu se întemeia pe felul în care am tratat tema, ci se datora temei înseși, întrucât pentru majoritatea editorilor americani există cel puțin trei teme tabu. Celelalte două sunt: căsătoria foarte reușită și binecuvântată cu mulți copii și nepoți dintre un partener alb și unul negru; și ateul desăvârșit care trăiește o viață fericită și folositoare și moare în timpul somnului la vârsta de 106 ani.

Câteva reacții au fost foarte amuzante: un lector mi-a sugerat că firma sa ar fi dispusă să mă publice dacă aș transforma-o pe Lolita într-un băiat de doisprezece ani pe care să-l las sedus de Humbert, un fermier, într-un hambar, într-o ambianță sordidă și aridă, totul expus în fraze scurte, puternice, „realiste" („El se poartă nebunește. Cred că noi ne purtăm cu toții nebunește. Cred că Dumnezeu însuși se poartă nebunește" etc.). Deși lumea ar trebui să știe că detest simbolurile și alegoriile (ceea ce se datorează în parte vechii mele repulsii față de magia freudiană și în parte faptului că nu pot suferi generalizările născocite de mitologii și sociologii literari), un lector, altminteri inteligent, care a frunzărit prima parte a cărții a văzut în *Lolita* „Bătrâna Europă pervertind tânăra Americă", în timp ce alt frunzăritor a înțeles că romanul prezintă „Tânăra Americă pervertind bătrâna Europă". Editorul X, ai cărui consilieri au fost atât de plictisiți de Humbert încât n-au izbutit să treacă de pagina 188, a avut naivitatea să-mi scrie că partea a doua e prea lungă. Pe de altă parte, editorul Y și-a exprimat regretul că în carte nu se află și oameni buni. Editorul Z mi-a scris că, dacă ar publica *Lolita*, și el, și eu am înfunda pușcăria.

Într-o țară liberă nu este de presupus că un scriitor o să-și bată capul cu demarcația exactă dintre senzualitate și senzitivitate; n-ar avea nici un rost; pot să-i admir, dar nu sunt capabil să rivalizez cu cei care expun tinere și frumoase mamifere fotografiate în reviste unde decolteul general este coborât atât cât trebuie pentru a provoca chicotitul unui fost director de școală, dar destul de ridicat pentru a nu atrage încruntarea directorului de poștă. Presupun că există cititori pentru care este excitantă desfășurarea cuvintelor murale în acele romane enorme și iremediabil banale, dactilografiate cu degetele mari ale mediocrităților cu ștaif, lucrări numite „puternice" și „viguroase" de cronicarii de duzină. Anumite suflete nobile vor considera că romanul *Lolita* este lipsit de sens fiindcă nu îi învață nimic. Eu nu sunt cititor sau scriitor de romane didactice și, în ciuda afirmațiilor lui John Ray, *Lolita* nu urmărește un scop moral. Pentru mine, opera de ficțiune există în măsura în care îmi produce ceea ce aș numi *grosso modo* bucurie estetică, adică sentimentul de a fi oarecum conectat undeva cu alte stări existențiale unde norma este arta (curiozitate, tandrețe, bunăvoință, extaz). Nu sunt multe cărți de acest fel. Celelalte reprezintă fie maculatură de actualitate, fie așa-numita literatură de idei, care este foarte adesea maculatură de actualitate, livrată în uriașe ambalaje de ipsos ce se transmit de la epocă la epocă, până când vine cineva cu un ciocan și le trage lui Balzac, Gorki sau Mann o lovitură zdravănă și-i sparge.

Unii scriitori m-au acuzat că *Lolita* este antiamericană. Acuza aceasta mă îndurerează mult mai tare decât învinuirea idioată de imoralitate. Considerațiuni de profunzime și de perspectivă (o peluză de suburbie, o pajiște montană) m-au obligat să construiesc un număr de ambianțe americane. Aveam nevoie de un anumit mediu care bine-dispune. Or, nimic nu este mai înveselitor ca vulgaritatea filistină. Însă, în ceea ce privește vulgaritatea filistină, nu există o deosebire intrinsecă între manierele palearctice și cele nearctice. Un proletar din Chicago poate fi la fel de burghez (în sens flaubertian) ca și un duce. Am ales motelurile americane în locul hotelurilor elvețiene sau al hanurilor engleze doar pentru că mă străduiesc să fiu un scriitor american și revendic numai drepturile de care se bucură alți scriitori americani. Pe de altă parte, Humbert, creația mea, este străin și anarhist și există multe lucruri în care mă aflu în dezacord cu el (inclusiv, evident, chestiunea nimfetelor). Și toți cititorii mei ruși știu că vechile mele lumi – rusească, britanică, germană, franceză – sunt la fel de fantastice și personale ca și aceasta nouă.

N-aș vrea ca afirmațiile mele să pară rezultatul ranchiunei și, de aceea, mă grăbesc să adaug că, pe lângă mielușeii care au citit dactilograma *Lolitei* sau ediția scoasă de Olympia Press întrebându-se tot timpul „De ce a fost nevoie să scrie așa ceva?" sau „De ce trebuie să citesc despre maniaci?", au existat și o serie de oameni înțelepți, sensibili și serioși care mi-au înțeles cartea foarte bine, oricum, mai bine decât o pot explica eu aici.

Pentru orice scriitor care se respectă, cărțile publicate se constituie în prezențe constante și consolatoare. Luminile lor de control ard permanent undeva în subsol și o ușoară atingere a termostatului personal produce instantaneu o mică și potolită explozie de căldură familiară. Această prezență, această văpaie a cărții situată la o depărtare permanent accesibilă creează un sentiment foarte agreabil și, cu cât cartea s-a conformat mai bine la conturul și la culoarea prefigurate, cu atât lumina ei strălucește mai intens și mai liniștit. Dar chiar și așa, există anumite puncte, drumuri lăturalnice, depresiuni care sunt evocate de autor cu mai multă înflăcărare și degustate cu mai multă încântare decât alte părți ale cărții. După ce am corectat șpalturile în iarna anului 1954, nu am mai recitit *Lolita*, dar constat că este o prezență încântătoare acum când bântuie discret pe lângă casă, așa cum o zi de vară despre care știi că va fi strălucitoare stă dincolo de pâclă. Și întotdeauna când mă gândesc la *Lolita* îmi aleg, pentru a mă delecta, anumite imagini : aceea a domnului Taximovici sau lista clasei de la Școala din Ramsdale, sau imaginea Charlottei spunând „etanș", sau pe cea a Lolitei înaintând lent spre darurile lui Humbert, sau picturile ce decorează mansarda stilizată a lui Gaston Godin, sau chipul bărbierului de la Kasbeam (care m-a costat o lună de lucru), sau Lolita jucând tenis, sau spitalul din Elphinstone, sau palida, gravida, mult-iubita, de neregăsit Dolly Schiller murind în Gray Star (capitala cărții), ori clinchetele de clopoței ale orașului din vale urcând poteca de munte (pe care am prins prima femelă cunoscută din specia *Lycaeides sublivens* Nabokov). Acestea constituie nervii cărții. Sunt puncte secrete, coordonatele subconștiente cu ajutorul cărora este urzită cartea – deși îmi dau foarte limpede seama că acestea și alte scene vor fi sărite sau nu vor fi băgate în seamă. Mai mult, cei care încep să citească romanul sub impresia că este ceva în genul unor cărți ca *Memoirs of a Woman of Pleasure* sau *Les Amours de Milord Grosvit* nici nu vor ajunge la ele. E foarte adevărat că romanul meu conține diferite aluzii la impulsurile fiziologice ale unui individ pervers. Dar, în definitiv, noi nu suntem copii, nici delincvenți juvenili analfabeți, nici băieți de la școlile publice engleze care după o noapte de zbenguială homosexuală trebuie să suporte paradoxul de a-i citi pe antici în variante expurgate.

E o copilărie să citești opera de ficțiune pentru a dobândi informații despre o țară sau despre o clasă socială, sau despre autor. Și totuși, după ce a citit *Lolita*, unul dintre puținii mei prieteni intimi s-a simțit sincer afectat de faptul că eu (eu!) sunt nevoit să trăiesc „printre oameni atât de deprimanți" – când singurul disconfort pe care îl resimțeam cu adevărat era acela de a trăi în atelierul meu înconjurat de membre abandonate și torsuri neterminate.

După ce Olympia Press, din Paris, a publicat cartea, un critic american a emis părerea că *Lolita* ar reprezenta monumentul pasiunii mele pentru romanul romantic. Dacă am înlocui „romanul romantic" cu „limba engleză", formula aceasta elegantă ar fi mai corectă. Simt însă că aici glasul meu capătă tonalități stridente. Nici unul dintre prietenii mei americani nu mi-a citit cărțile rusești și astfel orice comentariu laudativ despre forța operelor mele englezești îmi pare oarecum inexact. Tragedia mea personală, care nu poate și nu trebuie să mă preocupe decât pe mine, este că a trebuit să-mi părăsesc idiomul meu natural, limba rusă, o limbă neîmpiedicată, bogată și de o docilitate infinită, și să recurg la o engleză de calitatea a doua, lipsit fiind astfel de toate acele dispozitive – oglinda înșelătoare, fundalul din catifea neagră, asociațiile și tradițiile implicate și implicite – pe care iluzionistul băștinaș le poate utiliza în chip magic, fâlfâindu-și cozile fracului, pentru a transcende într-un fel personal moștenirea primită.

12 noiembrie 1956

În colecţia TOP 10+ au apărut:

01. Vladimir Nabokov, *Lolita*
02. Jorge Louis Borges, *Aleph*
03. Bernhard Schlink, *Cititorul*
04. Norman Manea, *Întoarcerea huliganului*

În pregătire:

05. Amos Oz, *Să cunoşti o femeie*
06. Philip Roth, *Complexul lui Portnoy*
07. Dan Lungu, *Cum să uiţi o femeie*
08. F.M. Dostoievski, *Jucătorul*

www.polirom.ro

Coperta: Carmen Parii
Tehnoredactor: Irina Lăcătuşu

Bun de tipar: februarie 2011. Apărut: 2011.
Editura Polirom, B-dul Carol I nr. 4 • P.O. Box 266
700506, Iaşi, Tel. & Fax (0232) 21.41.00 ; (0232) 21.41.11 ;
(0232) 21.74.40 (difuzare); E-mail: office@polirom.ro
Bucureşti, Splaiul Unirii nr. 6, bl. B3A, sc. 1, et. 1,
sector 4, 040031, O.P. 53, C.P. 15-728
Tel.: (021) 313.89.78 ; E-mail: office.bucuresti@polirom.ro

Tiparul executat la S.C. LUMINA TIPO s.r.l.
str. Luigi Galvani nr. 20 bis, sect. 2, Bucureşti
Tel./Fax: 211.32.60, 212.29.27, E-mail: office@luminatipo.com

---

Contravaloarea timbrului literar se depune în contul
Uniunii Scriitorilor din România
Nr. RO44RNCB5101000001710001 BCR UNIREA